Der Weg

Juan Sgolastra

Der Weg

Unterwegs mit einem Meister der heutigen Zeit

Aus dem Spanischen von Eva Naegele
Bearbeitet von Wolf Heidenreich

Life Quality Project Germany
München

Der Weg
Unterwegs mit einem Meister
der heutigen Zeit

All Rights Reserved © 2002 Juan Sgolastra

Aus dem Spanischen von Eva Naegele
Bearbeitet von Wolf Heidenreich

No part of this book may be reproduced or transmitted in any form or by any means, graphic, electronic, or mechanical, including photocopying, recording, taping or by any information storage or retrieval system, without the permission in writing from the publisher.

Herausgeber & Verlag:
Life Quality Project Germany, München

Herstellung:
BoD – Books on Demand, Norderstedt
www.libri.de

Printed in Germany

ISBN: 3-8311-3365-4

… für alle Freunde auf dem Weg

Inhalt

Vorwort	9
Die Suche	11
Zufälle	16
Ein echter Meister	33
Die Begegnung	42
Die Chance: Der Weg	62
Man ist, wenn man nicht denkt	74
Die Neue Phase	89
Die korrekte Anstrengung	101
Wollen ohne herbeizuwünschen	116
Professionell sein	129
Das Licht erhöhen	141
Die Einheit	160
Wenn der Sonnenwind weht	172
Makellosigkeit verleiht Macht	191
Der kosmische Krieger	202
Der Plan	222
Die Ausdehnung in Lateinamerika	235
Epilog	246

Vorwort

Der Mensch geht durchs Leben, ohne den wahren Grund seiner Existenz zu kennen. Er lebt in eine irreale Welt versunken, folgt falschen Vorstellungen, lebt schlafend und hat keine Möglichkeit, dass sich dies ändern könnte. Zumindest solange nicht, bis in ihm etwas geschieht, wodurch er sich seines Zustandes bewusst wird und was ihn dazu bringt, aus dem Traum zu erwachen, in dem er lebt.

In diesem Moment beginnt ein verzweifelter Kampf und die Suche nach Antworten auf die ewig gültigen Fragen. Er wird Bücher lesen, er wird vielen Personen zuhören, es werden viele Zufälle auftauchen – aber nur wenn sein Herz wahrhaft aufrichtig ist, wird an einem Ort und zu einem Moment, wo er es am wenigsten erwartet, die Chance erscheinen. Die Chance, mit einem wahren Weg in Kontakt zu kommen, der ihn zur Wahrheit führen wird.

Dieses Buch erzählt, wie meine Suche begann und welches die Zufälle und Komponenten waren, die mich im Laufe der Jahre dazu gebracht haben, den Weg zu finden, den ich gehe.

Diese Erzählung hat kein anderes Ziel, als in den Menschen die Hoffnung zu schüren, die suchend durchs Leben irren und nicht finden … noch nicht.

Die Suche

Ich wusste nicht mehr ein noch aus. Ich befand mich in einem Moment der totalen Krise. Es schien, als würde die Welt über mir zusammenbrechen. Ich war 17 Jahre alt und wusste nicht, wohin mit meinem Kopf. Nichts gelang mir, ich fühlte mich unwohl in meiner Haut, ertrug mich selbst nicht und auch sonst niemanden. Ich konnte keinen Sinn in meiner Existenz sehen. Wofür lebte ich? Warum musste ich Dinge tun, die mir nicht gefielen? Warum, warum, warum ... eine endlose Kette von „Warum?" kreiste in meinem Kopf, ohne eine einzige Antwort. Ich hatte in den letzten Jahren einige Bücher über orientalische Philosophie gelesen und versucht, etwas zu finden, von dem ich selbst nicht wusste, was es war. Und obwohl die Bücher mich anfangs begeisterten, wurde ich sie im Laufe der Zeit müde – vielleicht weil ich nicht die Grundlagen hatte, um zu verstehen, was sie sagten. Das Einzige, was ich sicher wusste, war, dass ich mich in einem Zustand der totalen Konfusion befand. Ich hatte ständig das Gefühl, dass ich Zeit verlieren würde, was ich mir allerdings nicht erklären konnte.

Mit meinen Eltern war absolut keine Kommunikation möglich, besonders mit meinem Vater nicht. Wir sprachen verschiedene Sprachen. Zwei Jahre zuvor hatte ich beschlossen, nicht mehr in die Kirche zu gehen. Dies war eine Revolution bei uns Zuhause. Mein Vater drohte damit, mich rauszuwerfen. Es gab eine Diskussion nach der anderen. Ich sah die katholische Religion als etwas Falsches, in der jeder nur große Worte in den Mund nahm und keiner irgendwas verstand. Alles nur äußerer Schein und sonst nichts. Ich erinnere mich, dass wir in der Schule die Massaker durchnahmen, die im „Namen Christi" begangen wurden, wo ganze Kulturen zerstört wurden bei der sogenannten „Evangelisierung". Manchmal stieg ich mit diesen, manchmal mit anderen Argumenten in die Diskussion ein mit Personen, welche die Materie gut kannten. Aber ich wurde nur lächerlich gemacht und blieb am Boden zerstört zurück. Meine Argumente waren infantil für sie und ich ein hoffnungsloser Fall. Ich beschloss, dass niemand mich verstand.

In dieser selbst auferlegten Nichtkommunikation lebte ich – in mich selbst verschlossen – in einer Welt der Phantasie, aus der ich nur sehr schwer wieder herauskam. Manchmal wollte ich gerne wieder ein „normaler Mensch" sein, was ich andererseits jedoch auch nicht akzeptierte und immer wieder an mir kritisierte.

Obwohl seit damals die Sache mit meinem Vater sich einigermaßen beruhigt hatte, bereitete ich mich jetzt auf einen anderen Krieg mit ihm vor, und der würde viel schwieriger zu gewinnen sein. Seit einer Weile hatte ich beschlossen, von der Schule abzugehen. Wenn ich schon im normalen Leben mit den Menschen nicht zurechtkam, in der Schule fühlte ich mich wie ein Fisch auf dem Trockenen. Mit meinen Mitschülern gab es keine Gemeinsamkeiten. Ich nutzte jede Gelegenheit, um nicht in die Schule zu gehen, und wollte mich ausschließlich der Musik widmen, einer Welt, in der ich Zuflucht gefunden hatte. Ich ging im vorletzten Jahr der Oberstufe von der Schule ab, und ganz entgegen meinen Erwartungen widersetzte sich mein Vater kaum; er hatte resigniert. Das Einzige, was er mir sagte, war: »Von heute an musst du jeden Monat die Summe X an Geld zum Familienleben beisteuern. Es interessiert mich nicht, wie du das Geld aufbringst, aber wenn du es nicht schaffst, ist es besser, dass du darüber nachdenkst, dir einen anderen Platz zum Leben zu suchen.« Ich erinnere mich, dass sehr viel Traurigkeit in seinen Worten war, Traurigkeit, die mir Schuldgefühle bereitete. Aber ich hatte eine Entscheidung getroffen und konnte nicht mehr zurück.

Um die Auflage meines Vaters zu erfüllen, begann ich, Gitarrenunterricht zu geben, und spielte in verschiedenen Gruppen Rockmusik. Es war gerade ein günstiger Zeitpunkt dafür, denn Gruppen zu hören war in Mode und die Diskotheken engagierten uns, um bei ihren Veranstaltungen zu spielen. Ich verdiente genügend Geld, um meine Ausgaben zu bestreiten, und obwohl es keine sichere Arbeit war, ging es mir ziemlich gut. Außerdem erlebte Argentinien damals eine Zeit der finanziellen Spekulation. Jeder spekulierte und auch ich drang in diese Welt ein. Es war eine recht produktive und entspannte Zeit für mich, und obwohl ich das tat, was ich wollte, hatte ich im Grunde ständig das Gefühl, dass ich „Zeit verliere". Etwas fehlte mir und ich wusste nicht, was es war.

Ich spielte an verschiedenen Orten und fing an, sehr viele Leute kennen zu lernen, und integrierte mich besser in meine Umgebung als zuvor. Bei einer dieser Gelegenheiten wurde ich zu einem Fest von Freunden eingeladen. Es waren sehr viele Leute da, die ich nicht kannte. Ein Freund stellte mich jemandem vor, der auch Gitarrist war und mit dem ich mich rasch gut verstand. Wir sprachen fast während des ganzen Festes über Musik. Er spielte hauptsächlich in der Szene der Hauptstadt, während ich in der Provinz spielte. Leider erinnere ich mich nicht mehr, wie es dazu kam, dass wir in unserem Gespräch auf Themen kamen, die mit der Existenz des Menschen zusammenhingen. Ich war begeistert, dass ich meine Interessen mit einer anderen Person teilen konnte, die außerdem auch noch die gleiche Aktivität wie ich ausübte bzw. auszuüben versuchte. Dieser Junge, der José hieß, erzählte mir, dass sein Vater sehr viele Bücher über diese Themen hatte und er durch ihn auf gewisse Weise diesen Themen näher gekommen war. Er erzählte auch von seiner Schwester, die seit langem meditierte und andere Dinge in dieser Richtung machte. José zählte mir viele Bücher auf, die ich nicht kannte. Man sah, dass er sich eingehend mit dieser Art von Literatur beschäftigt hatte. Wir verabredeten uns bei mir Zuhause für die nächste Woche, um zusammen zu spielen, und nebenbei wollte er mir ein paar Bücher zum Lesen bringen.

* * *

Wie ausgemacht, trafen wir uns bei mir. Wir spielten eine ganze Zeitlang zusammen. Danach redeten wir über alle möglichen Dinge, die Musik betrafen, und bevor José ging, sagte er:

»Ah! Ich habe dir, wie versprochen, einige Bücher mitgebracht, die dich interessieren könnten.«

»Danke«, antwortete ich, »ich weiß allerdings nicht, wann ich sie lesen kann.«

»Behalte sie, solange du willst, kein Problem. Gut, jetzt muss ich aber gehen, es ist spät geworden. Wir telefonieren nächste Woche.«

Ich versank in den Büchern. Es waren zwei: Eines nannte sich *„Begegnungen mit bemerkenswerten Menschen"* von jemandem Namens Gurdjieff und das andere *„Fragmente einer unbekannten Unterweisung"* von Ouspensky, der in Wirklichkeit über die Unterweisung sprach, die er von Gurdjieff erhalten hatte.

„*Begegnungen mit bemerkenswerten Menschen*" legte ich zur Seite und las es erst nach Jahren. „*Fragmente*" verschlang ich ganz schnell. Niemals hätte ich es für möglich gehalten, dass ein Buch mein ganzes Leben auf den Kopf stellen könnte. Das erste Gefühl, das ich hatte, war eine unglaublich große Freude. In der Beschreibung der Suche des Autors sah ich wie in einem Spiegel meine eigene Unruhe, die ich nicht in Worten hatte ausdrücken können! Ein Mensch, der Anfang des Jahrhunderts in einem anderen Teil des Kontinents lebte, stellte sich die gleichen Fragen wie ich! Himmelhoch jauchzte mein Enthusiasmus. Ich war nicht sehr gebildet in Bezug auf das „Okkulte" – schließlich hatte ich nur einige wenige Bücher gelesen – aber dieses Buch zerstörte das Bild, das ich mir gemacht hatte. Ich wusste nicht warum, aber die Lehren, die vermittelt wurden, waren zum Beispiel völlig verschieden von denen der hinduistischen Meister. Ich wusste mit Sicherheit: Hier war das, was ich gesucht hatte. Ich wusste nicht, woher es zu mir gekommen war, aber dieses Buch war mein „tägliches Brot" und ich hatte es immer bei mir. Ich verbrachte fast ein ganzes Jahr damit, es zu lesen. Zeitweise musste ich es zur Seite legen, um zu versuchen, die ganze Information zu verarbeiten, die es enthielt.

Mit der Zeit fing ich an, mit den Ideen in dem Buch vertrauter zu werden, die auf logische Weise mit meiner Subjektivität verknüpft waren. Die Vorstellung, an „sich Selbst" zu arbeiten, das Beobachten unserer Handlungen angesichts der Einwirkungen, die wir ständig erhalten, unsere verschiedenen Persönlichkeiten, die Konditionierung etc. – all dies war Teil meines täglichen Denkens, kreiste in meinem Kopf und pflanzte den Keim für eine neue Art, des Denkens und Betrachtens. Ein anderer Aspekt, der mir auffiel, war diese neue Art, die Kunst zu sehen und speziell die Musik. Niemals zuvor hatte ich etwas von „objektiver Kunst" und von „objektiver Musik" gehört, einer Musik, die unabhängig von Geschmack oder Umgebung nur durch ihre besondere Dimension einen besonderen Zustand erzeugen konnte. Durch das Einsetzen von speziellen Kenntnissen kann sie einen zum Weinen oder Lachen bringen … Alles war so wunderbar und phantastisch, dass ich es nicht glauben konnte. Meine Begeisterung war derart, dass ich all meinen Freunden riet, es auch zu lesen. Mit Bekümmern musste ich feststellen, dass das Buch bei ihnen nicht den gleichen Effekt hatte wie bei mir.

Ich traf mich mit José und anderen Musikern zum Spielen, und wenn die Session zu Ende war, fingen wir an, über einen der Inhalte des Buches zu diskutieren. Wenn das Buch auch viele Dinge enthielt, die ich nicht verstand – vor allem das, was sich auf die Struktur des Universums, die Oktaven, die Wasserstoffe etc. bezog, erschien mir wie die Sprache von einem anderen Planeten – konzentrierte sich meine Aufmerksamkeit auf die Aspekte der Konditionierung und der Mechanisierung im Menschen, die so offensichtlich waren, dass sie jeder in sich selbst beweisen konnte. Der Mensch lebt schlafend in der Realität und sollte aufwachen, die Frage war nur: wie kann man aus seinen eigenen Träumen aufwachen? Die einzige Antwort, die ich mir geben konnte, war, dass ich auch eine Unterweisung wie diese finden musste. Aber wie anstellen? Wo anfangen? Vielleicht träumte ich das alles nur und machte mir Illusionen, etwas zu finden, das nicht existierte und nur eine Utopie war …

Mit der Zeit dämpfte sich mein Enthusiasmus und alles endete an den Grenzen des Persönlichen. Ich diskutierte nicht mehr mit anderen Freunden über diese Themen. Mein Leben verlief normal, und dann und wann dachte ich an diese Dinge.

Jetzt musste ich ein anderes Problem konfrontieren, das für mich eine Tragödie war: der Militärdienst. In erster Linie, weil er mich völlig von der musikalischen Szene abtrennen würde und von dem Kreislauf der Konzerte, in dem es mir zu diesem Zeitpunkt sehr gut ging.

Zufälle

Der Brief mit der Aufforderung, mich bei der medizinischen Untersuchung einzufinden, war angekommen. Ich untersuchte alle Möglichkeiten, damit ich nicht zum Militärdienst akzeptiert werden würde. Diese Situation bewirkte, dass ich dauernd nervös und aggressiv gegen jeden war. Ich wollte auf keinen Fall meinen Militärdienst ableisten. So konzentrierte ich denn meine ganze Aufmerksamkeit darauf herauszufinden, wie ich dies verhindern könnte. Es kam der lang erwartete Tag. Nach allen Untersuchungen und Analysen wurde ich für tauglich befunden. Ich fühlte mich, als ob die Welt auf mich herunterstürzen würde. Ich konnte nicht glauben, dass ich es tun musste. Dazu kam, dass ich eine Aversion gegen die Militärs hatte und gegen alles, was mit ihnen zu tun hatte – ich hasste sie ... Und jetzt musste ich ein Jahr verlieren, um ihnen zu dienen. Ich konnte kein wirkliches Motiv finden, das eine Rechtfertigung für die Zeit war, die dem Dienst geopfert wurde.

Zuvor hatte ich meine Hoffnungen in die Auslosung gesetzt, da in Argentinien wegen der Kapazität nicht alle den Dienst leisten müssen. Darum wird mit den letzten drei Ziffern des Ausweises gelost; benutzt werden also die Nummern 000 bis 999. Die Auslosung wurde im Fernsehen übertragen und die Glücklichen, die Nummern von 000 bis 400 hatten, retten sich vor dem Militärdienst, alle anderen machen ihn. Ich hatte die Nummer 948, mein Schicksal war besiegelt. Mein einziger Trost war, dass ich zur Marine kam, was von den drei Waffengattungen die Beste war.

Trotz des auffälligen „Tauglich A", das sie mir in meinen Ausweis gestempelt hatten, unternahm ich alles, um noch einmal untersucht zu werden. Ich hatte ein Problem mit Plattfüßen, und zu der Zeit war jemand mit diesem Problem nicht tauglich für den Dienst. Ich machte alle möglichen Röntgenaufnahmen und medizinische Gutachten und fuhr dann für eine einwöchige Untersuchung zu meinem Wehrbereich, der ungefähr drei Stunden mit dem Zug von meinem Elternhaus entfernt war. Am letzten Tag untersuchten sie meine Füße, indem sie mir ein Färbemittel auf die Fußsohlen strichen und mich über eine Metallplatte gehen ließen, auf der ganz deutlich die Fußabdrücke zu sehen waren. Nachdem die Kommission von Ärzten die Abdrücke aufmerksam untersucht hatte, fingen sie an zu lachen, und mich auf den Arm nehmend meinten sie: »Deine Füße sind wunderbar für den Dienst. Du kannst einen ganzen Tag lang marschieren, ohne anzuhalten«. Nach diesem letzten fehlgeschlagenen Versuch war es besser zu resignieren und mich an den Gedanken zu gewöhnen, den Militärdienst abzuleisten. Mir blieben noch ein paar Monate Freiheit, die ich in vollen Zügen genießen wollte.

Alle philosophischen Fragen hatte ich ganz zur Seite gelegt. Es war, als befände ich mich in einem Traum. Ich kümmerte mich nur darum, die Zeit zu genießen, die mir vor dem Einzugstermin verblieb. Ich ging jede Nacht aus, spielte in verschiedenen Kneipen und lebte ein völlig unregelmäßiges Leben, an das ich absolut nicht gewöhnt war. Ich hatte sehr abgenommen, was mir völlig egal war. Unbewusst wollte ich mir Schaden zufügen, was ich mit großem Erfolg erreichte. Was fast alle meine Kollegen akzeptierten als etwas, das man einfach tun muss und fertig, und was für andere eine interessante Erfahrung war, auf die sie sich freuten, war für mich eine echte Tragödie. Das selbstzerstörerische Leben, das ich lebte, war der Versuch zu vergessen und nicht mehr zu denken. Ich schlief extrem wenig und trieb Missbrauch mit Sex und Alkohol.

Drogen nahm ich keine. Obwohl sie sehr verbreitet waren in der Gesellschaft, in der ich mich befand, bin ich immer dagegen gewesen. Manchmal dachte ich an die Konditionierung, an die Mechanisierung des Lebens, an die Schwäche gegenüber den Schwierigkeiten und an die Tatsache, dass man die Ereignisse nicht so nimmt, wie sie sind – an all das, was ich gelesen hatte. Aber jeder Vorschlag zu Besseren, den ich mir selbst machte, hatte keine Wirkung. In Wirklichkeit war mir alles egal. Ich war in einen depressiven Zustand gefallen, den ich mir selbst geschaffen hatte. Den Besuch beim Militär hatte ich im August gemacht und eigentlich hätte ich Mitte Januar eingezogen werden sollen. Ein Konflikt zwischen Chile und Argentinien wegen des Beaglekanals bewirkte jedoch, dass die Einheit vor uns viel länger in ihrem Dienst bleiben musste.

Ich erhielt den Anruf zum Einrücken im Mai und hatte bis dahin völlig resigniert und mich damit abgefunden, ein Jahr im Dienst am Vaterland zu verlieren. Ich präsentierte mich im Militärbezirk von La Plata, von wo aus wir in die verschiedenen Kasernen zur Grundausbildung verteilt wurden. Die Stimmung war sehr angespannt, da wir bis zuletzt nicht wussten, wo wir hinkamen. Man hatte uns in einen Raum gesperrt, alle saßen auf dem Boden. Wir waren ungefähr zweihundert Personen, es fehlte Luft und wir konnten kaum atmen. Niemals zuvor war es mir so schlecht gegangen, alles war deprimierend. In meinem Kopf fragte ich mich ohne Unterlass:»Was ist der Grund für all das? Warum passiert mir das? Was kann ich daraus lernen?«

Meine Gruppe war die letzte, die verteilt wurde, es war schon Nacht geworden. Wir stiegen auf einen Lastwagen mit Fahrtrichtung zu einem Ort, der uns nicht bekannt war. Keiner der Unteroffiziere wollte uns etwas sagen. Im Gegenteil, sie machten sich über uns lustig und sagten, dass uns eine lange Reise erwarten würde und wir vielleicht erst am darauffolgenden Tag ankommen würden. Wir fuhren mehr als drei Stunden, bis der ohrenbetäubende Lärm des Lastwagens zum Stillstand kam. Der Lkw hatte gestoppt. Wir stiegen aus und blickten herum. Zur Rechten sah ich den Fluss und zur Linken sah man die Gebäude des Bahnhofsgeländes von Buenos Aires. Ich seufzte vor Erleichterung. Sie schickten uns an den besten Ort, der in der Marine existiert.

Im Laufe der Tage gewöhnte ich mich an die Umgebung und an das regelmäßige Leben, das ich in der letzten Zeit völlig verloren hatte. In kürzester Zeit kam ich durch die Übungen, die wir machten, in Form. Obwohl ich immer noch dachte, dass der Dienst eine Zeitverschwendung war und ich in ihm nichts lernen konnte, erkannte ich, dass ich eine Tragödie wegen Nichts gemacht hatte.

Es kam der erste Urlaub. Danach kam der Schwur auf die Fahne und dann der endgültige Bestimmungsort. Dies ist die größte Unbekannte und eine Zeit der Anspannung unter den Soldaten. Die Gerüchte schwirren über die Gänge: dich schicken sie dorthin, dich nach da; eine sehr nervöse Periode. Schließlich war ich dran und zu meinem Glück wurde ich zu einer Marinehandelsschule abkommandiert, die fünfzehn Minuten entfernt war von dort, wo ich mich befand, genau auf der

Seite neben dem Freiheitsgebäude, in der Hauptkaserne der Kriegsmarine. Diese Handelsschule war der Kriegsmarine unterstellt, hatte ungefähr zwanzig Soldaten und einige Unteroffiziere. Die Soldaten schoben Wachdienst und kümmerten sich um die Reinigung. Ich wurde zusammen mit einem anderen Soldaten einem Lager zugewiesen, einer Art Laden.

Die Schule war ziemlich neu und das Gebäude, in dem ich mich befand, war im gleichen Jahr eingeweiht worden. In dem Lager gab es Matratzen, Bettlaken, Decken und alle Sachen, die für die Schüler der Schule nützlich sein konnten. In dem Laden waren wir zwei Soldaten und ein Unteroffizier, der für alles verantwortlich war. Ich gewöhnte mich schnell an den Ort und an die Arbeit, die ich zu tun hatte. Ich arbeitete während der Bürozeiten: von acht Uhr morgens bis fünf Uhr nachmittags, oder die andere Schicht, von zwölf Uhr mittags, bis neun Uhr abends. Wir hatten diesen Wechsel, weil es keinen Platz zum Übernachten gab außer für diejenigen, die Wache hielten, was einmal die Woche für jeden der Fall war.

Es waren ungefähr drei Monate vergangen, seit ich an der Schule stationiert war, und alles lief seinen normalen Gang. Meine Ahnung, dass dies alles komplette Zeitverschwendung war, hatte sich völlig bestätigt. Es geschah nichts Interessantes und es gab absolut nichts zu lernen. Ich konnte immer noch nicht verstehen, warum es mich getroffen hatte, den Militärdienst zu leisten.

Der Unteroffizier, der uns leitete, teilte uns mit, dass er versetzt werden würde und dass in einer Woche ein Ersatz für ihn käme. Nach zwei Tagen erschien ein ungefähr fünfundsechzigjähriger Mann, der sich uns als der neue Verantwortliche vorstellte und betonte, dass wir unter seiner völligen Verantwortung stehen würden. Sein Name war Fabian Martinez und er sagte uns, dass er pensioniert sei. Er fing an, uns zu erklären, wie die Arbeit zu tun sei und dass wir viele Dinge ändern müssten, damit alles so funktioniere, wie er es sich wünsche. Er gab uns jede Menge zu tun. Ich fragte mich innerlich, wer zum Teufel ihn geschickt hatte. Der andere Unteroffizier hatte sich nie blicken lassen, während der Neue sich bei uns installieren wollte, um uns die ganze Zeit zu kontrollieren. Wir fingen schnell an, seine Befehle auszuführen, während er dabeisaß und in einigen alten Schachzeitschriften blätterte.

Don Fabian, wie ich ihn nannte, war ein ziemlich seltsamer Typ, und bei dieser ersten Begegnung hatte er bei mir keinen guten Eindruck hinterlassen. Ganz im Gegenteil, es schien mir, er sei ein nachtragender und griesgrämiger Alter. Er war nur aufgetaucht, um mir das Leben zu erschweren. Nach diesem Kennen lernen hätte ich niemals gedacht, dass er sich in einen echten Freund verwandeln könnte.

Die nächsten zwei Monate waren wir sehr mit der Organisation des Ladens beschäftigt. Es waren neue Kadetten aus dem Landesinneren eingetroffen, und wir mussten sie mit dem nötigen Material für ihren Aufenthalt in der Schule versorgen. Die komplette Bestandsaufnahme zu erstellen, hatte ungefähr einen Monat harter Arbeit gekostet. Don Fabian war sehr genau und kontrollierte alles, was wir taten. Er verbrachte seine ganze Zeit damit, Schachzeitschriften zu lesen. Manchmal brachte er einige Bücher mit, aber ich bekam nicht heraus, wovon sie handelten. Er tat sein Möglichstes, dass wir sie nicht sahen. Er sprach kaum von etwas anderem als davon, was wir zu tun hätten. Manchmal erzählte er, dass er viel in der Welt herumgereist sei, und von den Ländern, die ihm am besten gefallen hatten. Hauptsächlich beschrieb er uns detailliert die Frauen. Sie waren sein bevorzugtes Thema. Diese Unterhaltungen waren jedoch sehr selten, denn die meiste Zeit verbrachte er schweigend, lesend und uns dabei überwachend. Er kam mir ziemlich merkwürdig vor, und ich konnte nicht verstehen, was zum Teufel er hier tat. Er war seit fünf Jahren pensioniert und hatte nur einen Auftrag für sieben oder acht Monate angenommen. Auf jeden Fall – ganz im Gegensatz zum ersten Eindruck – ließ er uns viel Handlungsfreiheit, wenn wir die Arbeit entsprechend seinen Wünschen erledigten.

So vergingen die Wochen in kompletter Eintönigkeit und Normalität. Mein Leben hatte sich in jedem Sinn normalisiert und ich hatte wieder begonnen zu lesen. In der Buchhandlung am Bahnhof kaufte ich mir ein Buch von Krishnamurti, von dem ich schon viel gehört hatte, aber noch nie die Gelegenheit gefunden hatte, etwas von ihm zu lesen. In den freien Momenten, die ich im Laden hatte, blätterte ich darin. Eines Tages vergaß ich das Buch auf dem Tisch, und als ich vom Mittagessen zurückkam, traf ich Don Fabian an, wie er einen Blick hineinwarf. Als er mich eintreten sah, legte er es auf den Tisch.

»Lesen Sie diese Art von Büchern?«, fragte er mich.

»Ja.«

Er sah mich an, als ob er eine Röntgenaufnahme von mir machen würde, und sagte nichts mehr. Diese Situation, die sich zufällig ergeben hatte, ließ mich die Ohren spitzen und machte mich höchst aufmerksam. Ich weiß nicht warum, aber ich dachte, dass ihn vielleicht diese Art von Literatur ebenfalls interessierte.

* * *

Ich war etwas spät von zu Hause weggegangen und unterwegs zur Schule. Es kümmerte mich nicht, dass ich zu spät dran war, denn ich würde den ganzen Tag über alleine sein und hatte nichts zu tun. Die Kadetten hatten frei, mein Kollege war krank und Don Fabian hatte mich vorgewarnt, dass er vermutlich nicht zum Arbeiten kommen würde, da er etwas zu erledigen hatte. Ich kam in die Schule, und als ich die Tür zum Lager öffnete, traf ich zu meiner Überraschung auf Don Fabian, der wie immer irgend eine Schachzeitschrift las.

»Guten Tag, Don Fabian. Ich dachte, Sie würden heute nicht kommen.«

»Ja, stimmt, aber mein Auftrag wurde gestrichen und so haben Sie mich hier. Aber, setzen Sie sich doch, Sgolastra. Heute gibt es wenig zu tun. Setzen Sie sich und sprechen wir ein bisschen.«

Obwohl Don Fabian mit uns wenig sprach, weil er es vorzog, dass wir arbeiteten, hatte er den Ruf, ein „Redner" zu sein. Des Öfteren hatte ich ihn dabei beobachtet, wie er mit anderen Personen im Gespräch war, und er war wirklich ein Maschinengewehr beim Sprechen. Das Charakteristische für ihn war seine verfeinerte Ausdrucksweise. Ich hatte bis zu diesem Zeitpunkt keine Gelegenheit gehabt, mit ihm alleine zu sprechen, und war wirklich neugierig. Don Fabian begann einen langen Monolog.

»Sie wissen, dass eines der interessantesten Themen, die in der heutigen Gesellschaft existieren, das der menschlichen Beziehungen ist, d.h. das Benehmen eines Individuums in Bezug auf ein anderes Individuum, die letztendlich multipliziert die Gesellschaft bilden. Dieses reichhaltige

Thema bildet seit Urzeiten die Daseinsberechtigung für Soziologen, Psychologen, für all diese Leute, die sich dazu berechtigt fühlen, eine Meinung abzugeben, für all die religiösen Glaubensbekenntnisse, die unglücklicherweise so viel Verheerendes angerichtet haben im Laufe der Jahrhunderte, und für all die intelligenten und scharfsinnigen Personen, und das sind gewiss nicht viele, die sich darüber im Klaren sind, dass das Individuum nicht nur in einem Kurzschluss mit dem anderen Individuum ist, sondern auch mit sich selbst. Dies ist der neuralgische Punkt der ganzen Angelegenheit, dies ist das ‚Erkenne dich selbst'.

Warum das alles? Je wacher ich gegenüber meinen eigenen Reaktionen und Handlungen bin, desto klarer bin ich mir darüber, wie ich mich in meiner Umwelt befinde, die, alles zusammengenommen, durch viele gebildet wird, und das ist es, was wir Gesellschaft nennen. D.h. ich muss mir bewusst werden, was ich denke oder warum ich aufhöre zu denken, oder warum ich jene Sache tue und warum ich aufhöre sie zu tun. Mit anderen Worten, ich muss mir darüber klar werden, was das Motiv ist, das mich dazu bringt, etwas zu tun oder in etwas verwickelt zu sein.

Nehmen wir zum Beispiel den typischen Fall der Menschheit: die Frage des Glaubens. Warum ist eine Person Mohammedaner oder sagt von sich, sie sei Mohammedaner, eine andere, sie sei Buddhist, eine andere Christ usw.? Weil die Umwelt sie auf diese Weise erzieht. Sie bringt ihr eine Vorstellung bei, ein Dogma, und logischerweise akzeptiert das Kind von heute, der Mensch von morgen, das, was der Vater, die Mutter, der Großvater, der Urgroßvater oder die Gesellschaft ihm beibringt. Aus diesen Vorstellungen heraus handeln wir und bewegen uns in einer Umwelt, die immer im Konflikt ist: eine Vorstellung gegen eine andere Vorstellung, ein Bild gegenüber einem anderen Bild – und so verlieren wir die Tatsachen aus dem Blick. Die Tatsachen sind drastisch. Die Tatsachen sagen mir, dass ich ein menschliches Wesen bin und dass mein Gesprächspartner, der von jedem Teil der Welt sein kann, ein anderes menschliches Wesen ist. Aber ich versehe sie mit einem Schild: diesen nenne ich Buddhist, jenen Christ und den anderen Mohammedaner. So betrachte ich sie dann in Übereinstimmung mit den Werten, welche die Gesellschaft eingerichtet hat, Werte, die absolut falsch und absurd sind und weit entfernt von der Realität. Und das Einzige, was sie tun, ist: sie entzweien die Welt und das Individuum, indem sie festumrissene Abteilungen kreieren. Wie kann man etwas entzweien, was immer vereint war? Mit diesen Vorstellungen bewegen wir uns und handeln wir. Mit anderen Worten, wir schaffen eine falsche Zivilisation, eine falsche Kultur, und innerhalb dieser kämpfen wir darum, ein Gleichgewicht der Werte zu schaffen.

Bleibt zu betonen, dass wir von falschen Voraussetzungen ausgehend zu richtigen Schlussfolgerungen gelangen wollen, und dies ist nun wirklich unmöglich. Es genügt nicht, den Baum zu beschneiden, wenn man denkt, dass es die Äste sind, die verfaulen. Wenn die Wurzeln faulig sind, ist der Baum offensichtlich wirklich geschädigt, und man muss viel tiefergehende Maßnahmen anwenden als nur die Äste abzusägen. Entsprechend ist dann die erste Daseinsberechtigung weder mein Gegenüber noch mein Gesprächspartner noch die Gesellschaft, sondern das bin ich selbst. Was weiß ich über mich und von mir selbst? Offensichtlich sehr wenig. Die heutige Gesellschaft, wie die Gesellschaft der Vergangenheit, hat sich sehr wenig darum gekümmert, herauszufinden, was der Mensch von sich und über sich selbst weiß. Die Tatsache, Werte zu akzeptieren ‚weil Sokrates es gesagt hat', ‚weil Christus es gesagt hat' oder ‚weil Mohammed es gesagt hat', besitzt keinerlei Wert, wenn ich sie in Wirklichkeit nicht verstehe. Eine der größten Täuschungen der heutigen Zeit und auch der Vergangenheit ist, Tatsachen an eine Vorstellung anpassen zu wollen. Man glaubt an das, was einem am angenehmsten ist, und so versucht man das, was Wirklichkeit ist, zu entkräften, indem man es an ein Ideal anpasst. Dieses Ideal verdreht den Geist und verdreht unglücklicherweise die Tatsachen. An dieses Durcheinander wollen wir neue Wertmaßstäbe anlegen und diese zur Betrachtung den sogenannten intelligenten Leuten vorlegen. Es liegt auf der Hand, dass dies Vorgehen durch Falschheit verdorben ist. Sie werden mir sagen, warum. Es muss zum Teil falsch sein: Zuerst akzeptiert man ein Bild, ein Ideal, und dann wollen wir, dass die Tatsachen im Kontrast dazu echt und wahrhaftig sind. Tatsächlich wird alles wegen einer Idee gefälscht. Zusammenfassend bleibt zum x-ten Male zu sagen, dass dieses Thema immer noch in den Kinderschuhen steckt, obwohl es so alt ist wie die Welt. Was heißt es, etwas zu akzeptieren, ohne es zu verstehen, und ein Ideal an eine hypothetische Tatsache anpassen zu wollen, was dann wiederum keine Tatsache mehr ist? Es ist ein Betrug – und von diesem ‚Tatsachenstand' ausgehend glauben wir, die Welt verstehen zu können. Diese Glaubensüberzeugung verwandelt sich in ein Dogma, das Dogma in eine Krankheit, und diese schädigt den Geist und zerstört das Individuum.«

Don Fabian beendete seinen Monolog, ohne einmal innegehalten zu haben. Sein Ruf als Redner wurde auf ganzer Linie bestätigt.

»Sie werden sich fragen, warum ich mit Ihnen über all das spreche, nicht wahr?« fragte er mich nach einer Pause. »Weil ich gesehen habe, für welche Art von Literatur Sie sich interessieren, und ich dieselbe seit dreißig Jahren lese. Ich würde gerne Ihre Meinung hören zu dem, was ich gesagt habe, wenn Sie möchten?«

»Ich weiß nicht, was ich sagen soll«, antwortete ich.

»Sagen Sie das, was Ihnen einfällt«.

»Ich stimme völlig mit Ihrer Meinung in Bezug auf die religiösen Glaubenssätze überein. Ich hatte viele Probleme mit meinem Vater wegen der Religion. Ich verstand, dass ich viele Dinge akzeptieren sollte, die offensichtlich widersprüchlich waren, und ich wollte sie nicht nur deshalb akzeptieren, weil sie der allgemeinen Meinung entsprachen. Ich wäre wegen dieser Probleme fast von zu Hause ausgezogen. Ich hatte immer die Gewissheit, dass es einen anderen Weg gab, dem, was ich ‚Göttlichkeit' nannte, näher zukommen, und das war nicht der Weg, der mir beigebracht worden war.«

»Sehr gut. Ich bin sehr froh, dass wir hierin übereinstimmen. Ich denke, dass wir in der Zeit, die wir zusammen verbringen werden, über viele Dinge reden können. Jetzt ist es Zeit, Mittagessen zu gehen. Sgolastra, wir sehen uns nach der Mittagspause. Einverstanden? Heute gibt es wenig zu tun, denn das Material kommt erst morgen früh. Bis nachher.«

Es stimmte, es war ein Tag mit wenig Arbeit. Wir erwarteten das Material für die neu eingetroffenen Kadetten und dieses würde erst am nächsten Tag angeliefert werden.

Ich ging zum Essen und dachte an Don Fabian. Er war wirklich eine Persönlichkeit. Niemals hätte ich mir vorstellen können, dass er die Brücke werden würde, mit der meine wirkliche Suche begann.

* * *

Nach dem Essen kehrte ich zum Lager zurück. Don Fabian war bereits dort und studierte Schach, wie immer. Ich betrachtete ihn neugierig.

»Sicherlich sind Sie überrascht mich ständig mit diesen alten Schachzeitschriften zu sehen; das ist eine Leidenschaft, die ich seit meiner Kindheit habe. Es ist ein strategisches Spiel und ein Training für die Intelligenz.«

Ich weiß nicht warum, aber etwas in der Art, wie er „Intelligenz" sagte, erregte meine Aufmerksamkeit.

»Was ist für Sie die Intelligenz, Don Fabian?«

»Das ist eine gute Frage, und ich stelle sie mir oft selbst ... mal sehen ... ‚Intelligenz', würde ich sagen, ist die Fähigkeit, die wir ins Spiel einbringen, die Werte, die uns umgeben, zu erkennen, sozusagen die Fähigkeit, eine genaue Einschätzung vorzunehmen ... Und was ist eine genaue Einschätzung? Selbstverständlich dies, jeder Sache ihren gerechten Wert zuzugestehen. Deshalb würde ich ohne zu übertreiben sagen – und mich dabei langsam in diesem abstrakten Thema voran tasten – dass alle Dinge ein Maß haben, und dieses Maß zu kennen und mit Genauigkeit anzuwenden ist die höchste Wissenschaft im Leben. Denn im Allgemeinen bewerten wir uns menschlichen Wesen auf die eine oder andere Weise. Nehmen wir zum Beispiel das Gold, sagen wir das Maß Gold. Warum? Vielleicht, weil Gold selten ist, zudem ist es ein Metall, das für viele Zwecke benutzt werden kann, und im Verhältnis zu jedem anderen Metall gibt es nicht genug davon. Und deshalb entstehen diese großen Spekulationen, die der Mensch im Laufe der Zeit gemacht hat. Und dann nehmen wir das Maß Gold, um andere Werte zu messen – damit haben wir eine Maßeinheit. Eine andere Einheit sind die Längenmaße, wir haben ein Maß 'X' genommen, das wir Meter nennen, und das uns dazu dient, andere Gebiete zu messen.

Nun gut, gibt es ein Maß, um das zu bemessen, was wir ‚Intelligenz' nennen? Ich möchte dies in Klammern setzen, denn diese Frage stelle ich nicht nur Ihnen, Sgolastra, sondern ich stelle sie mir selbst. Diese Klarheit, diese genaue Einschätzung, die das wahrhaft intelligente Individuum charakterisieren sollte, versagt im Allgemeinen, würde ich sagen, wegen der Grundlagen, denn wir werden dazu erzogen, bestimmte Werte zu akzeptieren und andere zurückzuweisen. Dies zerstört die echte Fähigkeit zu denken. Wenn ich wie ein Buddhist erzogen werde und Sie wie ein Mohammedaner und der Herr von gegenüber als Christ, und diese Erziehung von frühester Kindheit an anfängt, dann wird alles, was man in dieses kindliche Gehirn sät, sich nicht nur in der Peripherie des Gehirns auswirken, sondern auch in seinem Unterbewusstsein. Und was passiert mit dem Ganzen? Mit dieser Bürde, mit diesem Gepäck, mit diesem Gewicht werden wir uns durch den Verlauf unseres Lebens bewegen, darauf hoffend, dass ‚Etwas' geschieht, das uns unseren Zustand bewusst macht, und danach dann die Lösung zu finden versuchen. Es ist klar, dass man in einer so komplexen Gesellschaft wie der heutigen einen herausragenden Geist braucht, um die Vielzahl von Anforderungen und Herausforderungen zu verstehen, die uns täglich erwarten.

Ich wiederhole: Wir brauchen einen lichten Geist und wir haben ihn nicht, denn dieser Geist wurde vorher schon von einer falschen Bildung verdorben. Ich würde sagen, wir zahlen Tribut an eine falsche Kultur, so leid es auch vielen Ideologen und Theologen tun mag. Der Mensch muss lernen, seine Intelligenz dazu zu benutzen, herauszufinden, was er über sich und durch sich wissen kann, ohne willkürlich das zu übernehmen, was ihm eingetrichtert wurde. Seien Sie sich im Klaren, Sgolastra, wir leben in einer Welt der gegensätzlichen Ideen: was der Buddhist für die Wahrheit hält, wird vom dem Mohammedaner zurückgewiesen und seinerseits wiederum vom Christen. Diese Art von Überlegungen ist nicht das, was ich ‚Intelligenz' nenne. Der Großteil der Menschheit macht nicht mehr, als sich einer Idee anzuvertrauen, weil er so erzogen wurde. Dies zerstört meiner Meinung nach die Intelligenz. Zum Anfang zurückkommend: Was ist Intelligenz? Intelligenz ist Verständnis. Und was ist Verständnis? Verständnis ist, sich über Ursache und Wirkung von etwas klar zu werden, die Gründe zu verstehen, die bewirken, dass etwas akzeptiert oder abgelehnt wird.«

Jemand klopfte an der Tür. Ein Unteroffizier wollte mit Don Fabian sprechen. Sie zogen sich einen Moment zurück und ich dachte nach, nicht so sehr über das, was Don Fabian gesagt hatte, sondern wie er es gesagt hatte. Er war wie ein Maschinengewehr, er war nicht zu stoppen. Don Fabian kam herein, setzte sich, und als ob nichts gewesen wäre, setzte er seinen Monolog fort.

»Wir hatten gesagt, dass Intelligenz die Fähigkeit ist, zu verstehen, und mit Genauigkeit und ohne Verzerrungen all diese Herausforderungen, all diese Anforderungen, die das Leben uns in großer Zahl jeden Tag abverlangt, einzuschätzen. Dafür braucht es enorm viel Klarheit. Diese Klarheit ist natürlich das *sine qua non*, das der gute Ausbilder auf allen Ebenen haben sollte. Beobachten wir: Das Kind kommt normal auf die Welt, unschuldig, mit einem frischen Geist, und dieser nimmt eine Lüge, die Eltern oder Lehrer ihm beibringen, genau wie eine Wahrheit auf. Dies geschieht, weil der neue Geist empfänglich ist für alle Einflüsse, und wenn man auf ihn einhämmert und ihn durch irgendeine Sache provoziert, dann erzeugt man in ihm eine Art hypnotischen Zustand und ,doped' den Geist, und mit dem ,gedopten' Geist, um es so zusagen, kann das menschliche Wesen nicht verstehen, was es nicht schon verstanden hat. Denn auf bestimmten Ebenen sind wir dazu erzogen worden, gewisse Dinge zu akzeptieren, und auf anderen Ebenen dazu, sie abzulehnen, und wir wissen immer noch nicht, wie unser Gehirn funktioniert. Unser Gehirn ist ein außerordentliches Geheimnis, man weiß sehr wenig darüber. Nehmen wir zum Beispiel diesen Fall: Wenn ich einen Theologen fragen würde, der noch so bewandert sein könnte in dem Thema: ,Was sehen Sie? Den Geist oder den Körper? Wen hören Sie? Den Geist oder den Körper?' – er wüsste nicht, was er antworten sollte. Einer sagte mir einmal, es sei die Seele – nun, dann kann man den Tieren die Seele nicht absprechen. Ein anderer sagte, es sei das vernunftmäßige Denken. Aber wie weiß oder erfährt der Geist etwas, wenn alles, was hört und sieht, der Körper ist? Dann: Welches sind die Elemente, welches sind die Brücken? Was ist das, was ein spirituelles Wesen, genannt Geist, vereint mit etwas, das stofflich ist? Dies ist selbstverständlich ein schrecklich komplexes Thema. Trotzdem wurde mit der Frage nach dem Geist, dem Stofflichen und dem Nichtstofflichen Handel getrieben durch Generationen hinweg, über Jahrhunderte. So wurden alle die Glaubenssätze geboren, all die Dogmen, all die Mythologien. Und offensichtlich ist: Wenn wir die Legendensammlungen der Geschichte durchforsten, finden wir, dass die größten Gräueltaten, die ein menschliches Wesen einem anderen menschlichen Wesen angetan hat, immer im Namen Gottes getan wurden – mit ihren leidigen Göttern, mit ihren Gottheiten beziehungsweise mit ihrer Verständnislosigkeit.

Es gibt eine Sache, die drastisch und bestimmend ist: das menschliche Wesen weiß sehr wenig über den Grund seiner Existenz, und das Wenige, das er weiß, nennt er Leben. In Wirklichkeit haben wir zwei Zustände: Den vorgeblich bekannte Zustand, den wir Leben nennen, und den unbekannten Zustand, den wir Tod nennen. Von hier aus entstanden all die Erfindungen der Ideologen, die sich im Laufe der Jahrhunderte in ein Spinnennetz verwandelt haben, welches das Individuum fesselt und die Intelligenz wie eine Droge zerstört. Man kann nicht verstehen, wenn man dazu erzogen worden ist, bestimmte Werte zu akzeptieren und andere abzulehnen. Ich kann Sie beim Zuhören nur verstehen, wenn ich zumindest teilweise zuhöre. Wenn ich Sie *a priori* ablehne, weil ich entgegengesetzte Ideen habe, werde ich Sie niemals verstehen, weil mein Zustand dann schon voreingenommen gegen Sie ist. Und wenn ich mich mit Ihnen identifiziere, werde ich Sie auch nicht verstehen. All dies zerstört natürlich die Intelligenz, sozusagen das objektive Verständnis der Tatsachen. Aber dann, was muss ich tun? Zuallererst und vor allem anderen muss ich alles, was ich weiß, beiseite lassen – alles, was ich glaube zu wissen oder was ich nicht weiß in Bezug auf bestimmte Dinge – und zuhören.

Beim Zuhören, wenn ich es mit Objektivität und Aufmerksamkeit tue, ist es möglich, dass sich innerhalb meiner Möglichkeiten diese Einschätzung bildet, die ich später als Urteil von mir gebe oder nicht. Ich kann klug sein oder nicht, aber in dieser Konfrontation zwischen Ihnen und mir kann, wenn wir beide aufrichtig und objektiv sind, möglicherweise das ‚Licht' erscheinen. Und für den Fall, dass es nicht erscheint, weil wir nicht bis zur Wurzel dessen, was wir erreichen wollten, vorgedrungen sind, sind wir uns zumindest wieder einmal darüber klargeworden, wie wenig wir wissen, und das ist selbstverständlich auch Intelligenz. Jemand, der sich völlig darüber klar ist, dass er nichts weiß, ist ein weiser Mensch, und jemand, der glaubt, dass er viel weiß, obwohl er in Wirklichkeit nichts weiß, ist ein törichter Mensch. So, was wir bis jetzt gesagt haben: Intelligenz ist Verstehen, ist mit Genauigkeit einschätzen können. Mit Genauigkeit einschätzen können heißt, die angemessene Antwort zu finden in Bezug auf eine Herausforderung … Und was ist eine Herausforderung? Eine Herausforderung ist ein Anreiz, sich sozusagen im richtigen Moment zu befinden und das zu tun, was in diesem richtigen Moment zu tun ist, so wie die Umstände es verlangen. Somit zusammenfassend und damit abschließend: Derjenige ist intelligent, der wacher ist als andere in Bezug auf die verschiedenen und vielfältigen Herausforderungen des Lebens und der mit Gelassenheit auf diese Herausforderungen reagiert, d.h. mit Verständnis. Der Lauf des Lebens verlangt Scharfblick, viel Beobachtung und einen guten Beobachter. Das ist schon der Anfang der Intelligenz.«

Don Fabian sah auf die Uhr. »Spät ist es geworden, Zeit nach Hause zu gehen. Heute habe ich viel zu viel gesprochen und ich habe Ihnen viel Stoff zum Nachdenken gegeben. Wir können unsere Unterhaltung in den nächsten Tagen wieder aufnehmen. Ah, bevor ich gehe: Ich bitte Sie darum, rechtzeitig das Lager zu schließen. Ich wurde darum gebeten, dass ab einer bestimmten Zeit niemand mehr hier ist, sonst bekommen wir Probleme. Alles klar? Bis morgen!«

Don Fabian ging und ich blieb alleine zurück und dachte über alles nach, was er mir gesagt hatte. Es war das erste Mal, dass ich eine Person kennen lernte, die mit so viel Sicherheit über diese Themen sprach. Der Verdacht, den ich gehabt hatte, dass er sich für diese Dinge interessierte, hatte sich völlig bestätigt, und das erfüllte mich mit Freude. Am Anfang hatte ich mir ein völlig falsches Bild von ihm gemacht. Ich hatte mich vom äußeren Anschein leiten lassen, ohne zu warten und ihn besser kennen zu lernen, um mir einen, wenn auch nur partiellen, Eindruck von seiner Person zu machen. Dies hob hervor, wie schwach ich war und wie ich Äußerlichkeiten zum Opfer fiel. Auch wenn mir dies im Moment nicht bewusst war: Dieser Mann würde mich ernsthafter in die Suche nach einem echten Weg einführen, den zu finden ich seit einiger Zeit die Hoffnung aufgegeben hatte.

Während der nächsten Zeit hatte ich keine Gelegenheit, die Unterhaltung mit Don Fabian wieder aufzunehmen. Wir hatten viel Arbeit und während dieser Zeit kam Don Fabian nicht jeden Tag ins Lager.

Eines Morgens entschied ich mich, *„Fragmente"* mitzunehmen und ihm zu zeigen, um seine Meinung zu hören. Ich traf ihn im Lager.

»Don Fabian, ich habe Ihnen ein Buch mitgebracht. Ich wollte wissen, ob Sie es kennen. Es hat mein Leben verändert, besser gesagt, es hat es völlig durcheinander gebracht.«

»Was ist das für ein Buch?«, fragte er neugierig.

»Es heißt *Fragmente einer* …«, und noch bevor ich den Titel ganz aussprechen konnte, unterbrach er mich..

»Und ob ich das Buch kenne! Ich habe alle diese Sachen gelesen.«

»Wirklich?« fragte ich ganz überrascht.

»In den nächsten Tagen«, fuhr er fort, »werde ich Sie zu mir nach Hause einladen, damit Sie meine Bibliothek besichtigen können. Dort werden Sie alles finden.«

»Ich kann es kaum erwarten.«

»Aber jetzt erzählen Sie mal, Sgolastra. Wie kommt es, dass Sie sich für diese Art von Literatur interessieren?«

»Ich hatte immer schon eine Neigung, mich für alles, was ich ‚magisch' nannte, zu interessieren – für das, was man weder sehen noch hören kann, aber von dem man weiß, dass es existiert. Dabei hatte ich immer die Schwierigkeit, es in Worte zu fassen, und wenn ich es tat, erschien es mir fast lächerlich. Einmal als Kind erlebte ich eine Szene, die mich geprägt hat. Mein Großvater lag im Sterben, er hatte eine unheilbare Krankheit. Ich war allein mit ihm, weil die anderen im Zimmer nebenan waren. Plötzlich bat mich mein Großvater, Wasser zu holen für einige Freunde, die angekommen seien. Mein Großvater sprach mit diesen angeblichen Freunden. Aber ich sah niemanden! Im Zimmer waren nur er und ich. Mein Großvater bestand darauf, dass ich Wasser holen sollte. Vor Angst rannte ich hinaus und holte die anderen. Sie kamen schnell herbei und dann geschah etwas, das mich tief beeindruckte. Eine der Schwestern meiner Mutter fing an, mit veränderter Stimme zu sprechen. Auch ihr Aussehen schien sich zu verändern. Sie sagte: ‚Ich komme, um Manolo (so hieß mein Großvater) mitzunehmen. Macht euch keine Sorgen, alles wird gut.' In der gleichen Nacht starb mein Großvater.

Danach musste ich lange Zeit bei meinen Eltern schlafen, weil ich solche Angst hatte. Diese Erfahrung hinterließ in mir eine tiefe Beruhigung. Diese zeigte sich hauptsächlich in meiner Jugend. Ich hatte Probleme, mich an Menschen anzupassen, ich wusste wirklich nicht, wie ich es anpacken sollte. Ich war innerlich unruhig und erlebte das Alter, das ich damals hatte, als sehr schlecht. Danach fing ich an, einige Bücher zu lesen, in denen ich mich mit einigen Dingen identifizierte, aber sie langweilten mich dennoch. Ich erinnere mich an das Buch eines indischen Yogi, der sagte: ‚Tu dies nicht, sondern meditiere; gehe nicht ins Kino, sondern meditiere, iss nicht, sondern meditiere.' Schlussendlich konnte man überhaupt nichts tun und ich habe das Buch weggeworfen ...«

Don Fabian hörte mir aufmerksam zu, fast überrascht, und er unterbrach mich.

»Und wie kamen Sie zu „Fragmente"?«

»Die Wahrheit ist, dass ich durch Zufall zu diesem Buch kam. Ein Freund hat es mir geliehen vor fast zwei Jahren. Das Einzige, was ich weiß, ist, dass es meine Art, die Dinge zu sehen, verändert hat. Bis zu diesem Moment hatte ich, wie ich Ihnen gesagt habe, Bücher über hinduistische Philosophie gelesen, und fast alles von Lobsang Rampa, aber die Lehren, die hier dargestellt werden, sind anders als alles andere. Ich kann ihnen nicht sagen warum, aber ich nehme es so wahr.«

»Interessant. Wieso haben Sie diese Ideen oder Lehren anders als die anderen empfunden?«

»Weil in diesem Buch der Mensch von einem völlig anderen Blickwinkel aus betrachtet wird. Es hebt seine Konditionierung hervor, seine Mechanik und vor allem die menschliche Dummheit, die bewirkt, dass der Mensch schlafend lebt. Aber das Wichtigste war, dass ich viele der dort beschriebenen Dinge an mir selbst beweisen konnte. Diese ganze Dummheit, diese Konditionierung, dieses komplette Verhaftet sein an die äußeren Eindrücke, das von hier nach da Gehen wie eine Fahne im Wind, ohne auch nur das Geringste ‚machen' zu können. All dies geschieht in mir, wie es sicherlich in allen anderen geschieht. Aber mit der Zeit begann ich, all dies wie etwas ‚Utopisches' zu sehen, als etwas, das nur in den Büchern existiert.«

»Ich bin sehr froh, Sie über Ihre Beunruhigung sprechen zu hören. Dies ist der erste Schritt, den es braucht, um anzufangen, etwas Wirkliches zu ‚machen' – und obwohl Sie vom Gegenteil überzeugt zu sein glauben, versichere ich Ihnen, dass diese Dinge wirklich existieren.«

Das, was Don Fabian gerade gesagt hatte, traf mich wie ein Schlag: ‚Ich versichere Ihnen, dass diese Dinge existieren.' Hatte er sie vielleicht persönlich erfahren? Mein Geist schoss mit eintausend Kilometern pro Stunde dahin und stellte sich alle möglichen Dinge vor.

Nachdem ich mir im Geiste diese Fragen gestellt hatte, stellte ich sie Don Fabian.

»Sgolastra, Sie ziehen Ihre Schlussfolgerungen viel zu schnell. In diesen Fällen ist es besser, nicht so viel zu phantasieren. Ich habe dies nicht persönlich erfahren, aber ich habe viel gelesen und kenne Personen, die auf gewisse Weise in Kontakt waren mit einer echten Lehre. Aber jetzt sprechen wir nicht darüber und auch nicht über andere Dinge, denn Sie haben viel Arbeit zu tun und ich will Sie hier nicht mehr herumlungern sehen.«

Nach dieser Unterhaltung änderte Don Fabian völlig sein Verhalten mir gegenüber. Er machte Witze und nahm mich auf den Arm, wo er nur konnte. Er wusste, dass ich leicht beleidigt war, und er nahm jede Gelegenheit war, mir dies zu zeigen. Ich war davon überzeugt, dass alles, was geschehen war und geschah, kein Zufall gewesen sein konnte, und dass es auf jeden Fall eine Richtung und einen Grund dafür gab. Sicherlich führte es mich zu ‚Etwas', das ich nicht kannte. Wenn nicht: Welchen Sinn hätten sonst solche ‚Zufälle'? Ich redete mir ein, dass es so sei, weil ich die Hoffnung hatte, dass etwas in mir sich wirklich verändern könnte. Die Situation im Militärdienst, der ich mich so widersetzt hatte, besaß einen Existenzgrund, einen ganz präzisen Grund! Aber wenn dies alles nur das Resultat meiner Wünsche war und alles hiermit enden würde? Nein! An diese Möglichkeit wollte ich nicht denken. Nur die Zeit würde mir die Antworten bringen, die ich suchte … und so war es auch.

Ein echter Meister

Die Zeit im Militärdienst verging sehr schnell. Ich hatte viel Spaß mit Don Fabian und lernte ständig neue Sachen. Er hatte mir von seiner Vergangenheit erzählt, von seinen vielen Reisen, von der Zeit, als er Lehrer an der Schule der Kriegsmarine war, wo er sich damit vergnügte, bestimmte psychologische Techniken an den Studenten auszuprobieren. Er hatte sich, seitdem er sehr jung war, für den Okkultismus interessiert und viel darüber gelesen.

In den freien Momenten zeigte er mir einige Konzentrations- und Hypnosetechniken, immer nur ganz oberflächlich, aber es war immer sehr interessant für mich. Er hatte am Rande erwähnt, dass er niemals ernsthaft mit einem Meister oder einer Gruppe verbunden war. Nur ein einziges Mal vor vielen Jahren hatte er es versucht, aber er hatte erkannt, dass dies nichts für ihn war. Aber er versammelte sich mit Freunden, um zu lesen oder *Mantras* zu praktizieren oder andere Übungen zu machen. Er betrachtete sich als einen leidenschaftlichen Leser und sonst nichts. Ich wusste wirklich nicht, ob das, was er mir sagte, die Wahrheit war oder nicht, denn er nahm mich immer auf den Arm und vergnügte sich sehr damit. Eines Morgens, mitten in einer Unterhaltung, sagte er:

»Wenn Sie morgen Abend nichts vorhaben, dann lade ich Sie zum Abendessen ein. Es werden einige gute Freunde von mir da sein, die Sie sicherlich gerne kennen lernen werden.«

»Es wird mir ein Vergnügen sein, Don Fabian, wann soll ich da sein?«

»Ungefähr um halb Acht. Ich schreibe Ihnen die Adresse auf, weil ich morgen nicht hier sein werde.«

»Danke, Don Fabian. Soll ich etwas mitbringen?«

»Nein, bemühen Sie sich nicht. Versuchen Sie nur zu kommen.«

»Ich werde auf jeden Fall da sein.«

Seit einiger Zeit schon hatte mir Don Fabian diese Einladung versprochen. Es verblieben noch zwei Monate bis zum Ende des Militärdienstes, und er erfüllte sein Versprechen.

Ich war frühzeitig von zu Hause weggegangen, um rechtzeitig zu der Verabredung zu kommen. Ich dachte, dass Don Fabian sicherlich ein „Ass im Ärmel" hatte, dass er mich aus einem ganz bestimmten Grund eingeladen hatte. Außerdem war ich sicher, dass er mich die ganze Zeit über beobachtet hatte ... Dies war nur ein Gefühl, aber ich war überzeugt davon.

Ich kam vierzig Minuten zu früh an. Don Fabian lebte in der Straße „Santa Fe", mitten im Zentrum der Hauptstadt. Um mir die Zeit zu vertreiben, ging ich zum Verlag „Kier", eine der wichtigsten Buchhandlungen von Buenos Aires, die spezialisiert auf esoterische Themen jeder Art war. Immer wenn ich in so ein Geschäft ging, wurde mir schwindlig von der Menge an Büchern, die mich interessierten – ich wusste nie, wo anfangen. Als die verabredete Zeit kam, ging ich zur Wohnung von Don Fabian. Das Gebäude, in dem er wohnte, war ziemlich luxuriös. Ich klingelte und fuhr hinauf zur Wohnung. Don Fabian erwartete mich. Er empfing mich fröhlich wie immer und sagte mir, dass seine Freunde auch gleich kommen würden.

»Mach es dir gemütlich, ich werde meiner Frau Bescheid sagen, dass du gekommen bist.«

Ich setzte mich in einen Sessel und war überrascht vom Luxus der Wohnung. Dies machte mich misstrauisch und ich fragte mich, wie es sein konnte, dass ein Unteroffizier dieses Apartment und diesen Lebensstandard unterhalten konnte, der dem Anschein nach recht hoch war.

Don Fabian stellte mich seiner Frau vor.

»Dies ist Juan Sgolastra, der Junge, von dem ich dir erzählt habe.«

»Sehr erfreut.«

»Ganz meinerseits.«

Sie war eine Frau, die viel jünger als Don Fabian wirkte. Sie zeichnete sich durch ein sympathisches Wesen und durch eine gewisse Klasse aus. Don Fabian sagte mir, dass sie Spanierin sei und eine sehr anerkannte Malerin – tatsächlich war das Haus voller Bilder – und dass ihre Bilder sehr hoch gehandelt würden. Dies erklärte ein wenig den Lebensstandard, den sie offensichtlich führten. Nachdem wir eine Weile über dies und jenes gesprochen hatten, zeigte mir Don Fabian die Wohnung. Er zeigte mir alle Zimmer und ich war beeindruckt von der Anzahl an

Büchern, die er besaß. In jedem Zimmer hatte er ein Regal voller Bücher. Don Fabian bemerkte mein Erstaunen.

»Siehst du all die Bücher? Sie sind fast alle gelesen worden, aber sie nutzen überhaupt nichts. Eines Tages werde ich sie aus dem Fenster werfen ...«

»Wie, sie nutzen nichts? Was kann man ohne Bücher denn machen?«, brachte ich mit Überzeugung hervor.

»Tja ... ich will nicht behaupten, dass sie überhaupt nichts nutzen, aber wenn du so viele Sachen liest, dann merkst du, dass es nichts nutzt. Sie bringen dich bis zu einem bestimmten Punkt, sie können dir helfen zu erkennen ... Aber um dann weiterzukommen, brauchst du etwas anderes, etwas, das sich nicht in den Büchern befindet.«

»Was ist das, Don Fabian? Was?«

»Was für ein lästiger Frager du heute bist! du willst viel zu viel wissen, viel zu schnell! Aber um dieses zu wissen, braucht man Zeit.«

Ich verstand nicht, was er mir sagen wollte. Niemals zuvor hatte ich ihn so sprechen hören, so geheimnisvoll. Mich belastete diese Art zu sprechen besonders, denn ich bin sehr ungeduldig und will alles schnell wissen. Nachdem wir die Zimmer besichtigt hatten, sagte Don Fabian, dass er mir etwas zeigen wolle. Wir gingen ins Wohnzimmer und er machte mich auf einige Teppiche aufmerksam, die an der Wand hingen.

»Diese Teppiche sind etwas Besonderes. Sie sind mit lebenden Farben gemacht. Jeder von ihnen hat, in Bezug auf sein Muster, eine spezielle Funktion.«

»Wie bitte?«

»Ja, du hast ganz richtig gehört. Die geometrischen Formen bewirken eine bestimmte Art von Welle, und zusammen mit der Farbkombination strahlen sie eine ganz bestimmte Energie aus, welche die Umgebung beeinflusst, in der sie aufgehängt werden.«

»Im Ernst, Don Fabian? Sie nehmen mich nicht etwa wieder auf den Arm?«

»Nein, dies ist mein Ernst. Dieser hier zum Beispiel unterstützt die Konzentration und der andere die Positivität.«

»Etwas Ähnliches habe ich in Bezug auf Musik gelesen, aber ich habe mir nicht vorgestellt, dass Teppiche mit dieser Funktion existieren. Wo haben Sie die her? Wenn man das wissen darf.«

»Ein Freund hat sie mir aus dem mittleren Orient mitgebracht. Er reist viel von Berufs wegen. Er ist Teppichhändler und manchmal hat er die Möglichkeit, Dinge dieser Art zu bekommen. Heute wirst du die Gelegenheit haben, ihn kennen zu lernen. Er kommt zum Essen.«

In diesem Moment klingelte es. Es waren die Freunde von Don Fabian, und wir empfingen sie. Nach der allgemeinen Vorstellung gingen wir ins Wohnzimmer, wo Alicia, Don Fabians Frau, uns einen Aperitif vorbereitet hatte.

Von den vier Freunden Don Fabians hatten zwei ihre Ehefrauen dabei. Alle waren mehr oder weniger um die 50 bis 55 Jahre alt. Ich fühlte mich etwas unwohl. Don Fabian merkte das.

»Beruhige dich und entspanne dich. Niemand wird dich beißen.«

Alle lachten, was mich sehr ärgerte. In diesen Situationen, inmitten von fremden Personen, fiel es mir sehr schwer, mich natürlich zu verhalten, und ich konnte es nicht lassen, sie zu beurteilen. Einer von ihnen zog meine Aufmerksamkeit auf sich. Er besaß etwas Besonderes, das ihn von den anderen unterschied.

* * *

Beim Abendessen unterhielt man sich über alles Mögliche: Über die Situation, in der sich das Land befand, die jeden Tag schlechter wurde, über die Weltlage und ähnliche Themen, kurzum über alle aktuellen Themen, über die man während eines Essen sprechen kann. Es wurden keine Themen berührt, die ich „interessant" fand. Alles verlief sehr angenehm. Ich machte kaum den Mund auf und hörte nur zu. In einem Moment fragte Don Fabian einen seiner Freunde, jenen, den ich seltsamer als die anderen fand:

»Erzähl doch mal, wo du auf deiner letzten Reise gewesen bist.«

»Gern, ich war drei Monate unterwegs, anderthalb Monate in europäischen Ländern und weitere anderthalb Monate im mittleren Orient. Ich bin einige bestimmte Orte abgefahren, wo es spezielle Teppiche gibt, die mich interessierten und die ich mit etwas Glück bekommen konnte. Es war mehr oder weniger die gleiche Gegend, wo ich deine bekommen habe. Es war eine anstrengende Reise, und außerdem fühlte ich mich gesundheitlich nicht wohl. Unglücklicherweise kann ich jetzt nicht viel ausruhen, denn in Kürze muss ich fast den ganzen

Norden des Landes bereisen. Übrigens, wann hast du vor, nach Spanien zu fahren?«, fragte er Don Fabian.

»Wenn der Vertrag mit der Schule zu Ende ist, in etwa einem Monat glaube ich, wenn alles gut läuft.«

»Dann, warum kommst du nicht mit?«, sagte Javier, so hieß der Teppichhändler. »Ich muss zwei Tage nach Mendoza und wir werden auf den Landsitz fahren. Du weißt, dass er dann hier sein wird, nicht wahr?«

»Ja«, antwortete Don Fabian.

Ich wusste nicht, wovon sie sprachen und auf wen sie sich bezogen. Es war offensichtlich, dass dies eine Sache zwischen den beiden war, denn die anderen unterhielten sich untereinander. Javier fuhr fort:

»Er wird zu Besuch da sein, und zwar nur für eine Nacht, und dieses Mal möchte ich ihn gerne sehen.«

»Wenn ich frei bin, begleite ich dich mit Vergnügen, ich würde ihn auch gerne wiedersehen.«

»Gut, wir werden noch Zeit haben, um uns in Ruhe darüber zu unterhalten und uns abzustimmen.«

In der Zwischenzeit bat uns die Frau von Don Fabian, in das Wohnzimmer zu gehen. Dort bildeten sich kleine Gruppen, die sich getrennt unterhielten. Auf der einen Seite die Frau von Don Fabian mit den Freunden und ihren jeweiligen Ehefrauen und auf der anderen Don Fabian, Javier und ich. Die Atmosphäre war sehr angenehm. Wir saßen gemütlich in einer Ecke des Wohnzimmers. Man hörte nur das leise Murmeln unserer Stimmen. Plötzlich sagte Don Fabian zu mir gewandt:

»Javier war einige Jahre lang in den Gruppen von Gurdjieff.«

Er überraschte mich völlig und sicherlich zeigte dies mein Gesichtsausdruck, denn beide lachten.

»Wirklich?«

»Ja, ich war drei Jahre dabei, als ich noch viel jünger war, aber danach bin ich dem entkommen. Zum Glück!«

»Warum zum Glück? Ist es denn keine wahre Lehre?«

»Bevor wir von Lehre sprechen, müssen wir verstehen, dass eine Schule, wenn wir sie so nennen wollen, eine Funktion erfüllt, und wenn ihr Begründer stirbt, kristallisiert automatisch die Schule und verwandelt sich in etwas sich Wiederholendes und Steriles. Damit möchte ich nicht behaupten, dass Gurdjieff eine Schule gegründet hat, denn das hat er nicht. Er hatte eine Arbeit zu erledigen, worin er teilweise erfolgreich war und worin er teilweise versagte. Als ich das während dieser Jahre erkannte und meine Augen öffnete, fing ich das an zu suchen, was in diesem Moment noch funktionierte, mit anderen Worten die Schule, oder wie auch immer du es nennen möchtest.«

Das war für mich viel zu stark und ich konnte nicht genau verstehen, was er mir sagen wollte. Eine Menge Fragen tobten in meinem Kopf.

»Aber, das was Gurdjieff vermittelte … war es falsch?«, sagte ich, ohne zu wissen, wo ich mit meinen Fragen beginnen sollte.

»Es handelt sich nicht darum, ob es falsch oder richtig ist. Er benutzte das Material und die Sprache, die für den Moment angemessen waren und vermittelte es entsprechend den Bedürfnissen der Menschen. Seine Arbeit war, unter anderem, eine bestimmte Art von Philosophie zu durchbrechen, die sich im Westen installiert hatte, und vor allem das Terrain vorzubereiten für das, was danach kommen sollte.«

An diesem Punkt verstand ich schon nichts mehr und war verwirrt und sehr verärgert. Don Fabian vermittelte.

»Ich habe dich in der ganzen letzten Zeit beobachtet (was ich vermutet hatte) und die Unterhaltungen, die wir geführt haben, waren nicht zufällig. Sie hatten einen Grund, einen ganz bestimmten Zweck für mich. Du konntest dies jedoch nicht erkennen. Wie viele andere Menschen bist du ein Neugeborener in Bezug auf ‚Etwas' … Dieses ‚Etwas', das dich den Grund deiner wahren Existenz suchen lässt, ist deine Beunruhigung, die dich dazu bringt, immer unzufrieden zu leben. Es gibt unzählige Personen, die am gleichen Punkt sind wie du, mit den gleichen Fragen, die die ewigen Fragen der Menschheit sind. Diese Beunruhigung ist der äußere Widerschein einer kleinen Flamme, die der Mensch besitzt Wenn dieses ‚Flämmchen' sich zeigt, dann muss es ernährt werden, und es kann nur durch das Wissen ernährt werden … durch das wahre Wissen, das zu dem Menschen gehört.«

Ich erkannte, dass sie sehr ernst zu mir sprachen, wie um etwas Bestimmtes in mir hervorzurufen. Nach einer Pause, in der man die Stimmen der anderen hörte, die ich ganz vergessen hatte, fuhr Javier fort.

»Gurdjieff war in Kontakt mit diesem Wissen und zum Teil schaffte er es, Bruchstücke davon zu vermitteln. Aber zu denken, dass dies für eine wirkliche Arbeit an dir selbst nützlich sein kann, heißt dir etwas vormachen und deine Zeit zu verschwenden. Wie Fabian dir gesagt hat, jenseits aller Beschränktheit der Menschheit existiert die Möglichkeit, aus dem Traum erwachen zu können

Ich weiß, dass du nichts verstehst, aber alles, was wir dir gesagt haben, wird – wenn du es entsprechend einsetzt – dir sehr nützlich sein können. Nicht sofort, denn du bist zu grün, um zu erkennen, aber zukünftig ganz bestimmt.«

»Aber das Wissen, von dem du sprichst und von dem, wie du sagst, Gurdjieff einen Teil vermittelte, wo ist es? Was muss man tun, um es zu finden? Wer besitzt es?« fragte ich ungeduldig.

»Das ist nicht einfach zu beantworten, denn du hast noch keine ausreichende Basis, um dies verstehen zu können, aber ich werde versuchen, es dir in ganz einfachen Worten zu erklären. Das *Wissen* ist immer gegenwärtig, aber dieses *ätherische Wissen*, von dem ich spreche, findet sich nicht in Büchern. In Büchern kannst du nur Bruchstücke von Teilwahrheiten finden, die die verschiedenen Stadien der Evolution oder Entwicklung widerspiegeln und die du nur verstehen kannst, wenn du sie selbst erlebt hast. Die Erfahrung kann dir nur die *Quelle* geben, die dieses *Wissen* erzeugt. Die Verknüpfung zwischen der *Quelle* und dem *Wissen* ist ganz besonderen Menschen anvertraut, die *wahre Meister* genannt werden … Sie sind wie eine Art Kanal oder Tür, damit sich das *Wissen* manifestieren kann. Und alle Personen, die darauf vorbereitet sind, es zu empfangen, können davon profitieren und sich entwickeln. Verwechsle nicht *Wissen* und Information, denn das sind ganz unterschiedliche Dinge. *Wissen* ist Erfahrung, Information sind nur Daten.«

»Aber diese *Meister*, wo sind sie? Sind sie in Indien, in Tibet?«

»Bevor ich dir antworte, musst du verstehen, dass die *Meister*, von denen ich spreche, nichts mit dem, was du oder andere Leute denken können, zu tun haben. Alles, was du dir vorstellen kannst, ist das Ergebnis deiner Phantasie und von dem, was du in Büchern hast lesen können. Du stellst dir einen Mann in einer weißen Tunika vor, sitzend, mit den Augen himmelwärts gerichtet, der mit *süßer* Stimme alle deine infantilen Fragen beantwortet. Stimmt es?«

Ich nickte.

»Ich spreche von *wahren Meistern*. Diese Menschen haben eine Aufgabe auf dem Planeten, und nur der Kontakt mit ihnen kann dich zu einer wahrhaften Entwicklung bringen. Obwohl zu anderen Zeiten der Menschheit durch besondere Umstände etwas entstehen konnte, das ich *Zentrale* nenne, verrichten diese *Meister* heute ihre *Arbeit* an Orten, die man am wenigsten vermuten würde. Es ist keine Frage der Geographie, sondern eine Frage der Notwendigkeit.«

Ich folgte ihm schon fast nicht mehr. Ich konnte nicht verstehen, was er mir sagen wollte und worauf er hinauswollte. Während ich ihm zuhörte, beurteilte ich gleichzeitig das, was er mir sagte, und wählte aus, was mit meinen Ideen übereinstimmte. Javier hatte bemerkt, dass ich nichts mehr mitbekam, und um die Unterhaltung zu unterbrechen, holte er sich ein frisches Getränk und bat Don Fabian, ihn dabei zu begleiten. Ich blieb einige Minuten alleine zurück. Die anderen waren in Alicias Atelier, um ihre neuen Werke zu sehen. Ich fühlte mich unwohl und voller Misstrauen. Es gab etwas an Javier, das mir Angst machte. Seine Art zu sprechen war sicher und er sprach, als ob er gewisse Dinge erprobt hätte. Vielleicht war er mit einem *wahren Weg* verbunden und versuchte, mir dies indirekt mitzuteilen, damit ich von allein drauf käme. Während ich dies dachte, kamen Javier und Don Fabian zurück, und bevor sie etwas sagen konnten, fragte ich:

»Javier, Sie sind in Kontakt mit der Art *Meister*, von der sie mir erzählt haben … Ist es das, was Sie mir sagen wollen?«

Er war etwas überrascht von meiner Frage.

»Nein. Ich bin mit keinem *Meister* verbunden und ich will dir wirklich nichts sagen. Ich sage dir nur das, was du wirklich auch hören kannst, und sonst nichts. Ich sage dir noch einmal, diese Unterhaltung kann sehr nützlich sein für dich, wenn du ihre Essenz verstehen kannst.«

»Und was ist die Essenz? Ich bin etwas verwirrt von allem, was Sie mir gesagt haben.«

»Es ist gut, wenn du verwirrt bist. Das bedeutet, dass du anfängst, die Dinge auf andere Art zu sehen, und dass du Dinge in Betracht ziehst, die dir vorher nicht bekannt waren. Aber die Essenz unserer Unterhaltung musst du selbst entdecken. Dies ist die einzige Art und Weise, auf der sie dir nützlich sein und auf deinem Weg weiterhelfen kann.« Javier sah auf die Uhr und war überrascht.

»Es ist spät«, sagte er, »es ist schon fast ein Uhr. Es ist unglaublich, wie die Zeit vergeht, wenn man anfängt zu reden! Jetzt muss ich gehen. Morgen, besser gesagt heute, habe ich viel zu tun.« Er verabschiedete sich von Don Fabian und den anderen Gästen, die auch anfingen zu gehen.

»Ich hoffe, wir sehen uns noch einmal, bevor Don Fabian nach Spanien geht. Falls nicht, wünsche ich dir viel Glück und dass du dich nicht entmutigen lässt, okay?« sagte er zum Abschied.

Alle waren gegangen und auch ich bereitete mich vor, zu gehen. Don Fabian kam zu mir.

»Wie hat dir Javier gefallen? Er ist merkwürdig, nicht wahr? Er hat viele Erfahrungen gemacht und manchmal kann er etwas barsch wirken, aber er ist ein guter Mensch. Ich habe dich eingeladen, damit du ihn kennen lernen und dich ein bisschen mit ihm unterhalten kannst. Ich bin mir sicher, dass du ihm sehr sympathisch warst, denn normalerweise spricht er nicht mit jedem über die Dinge, die er mit dir besprochen hat.«

»Ich weiß nicht, was ich sagen soll, er kam mir merkwürdig vor. Seit wann kennen Sie ihn, Don Fabian?«

»Ein ganzes Leben lang! Wir sind sehr gute Freunde und wir haben viel Spaß zusammen. Als wir noch jünger waren, haben wir gewisse Dinge geteilt ... das waren andere Zeiten. Gut, jetzt ist es aber Zeit, dass du nach Hause gehst, und bitte, ich möchte, dass die Arbeit im Lager nächste Woche beendet ist. Alles klar?«

»Ja, keine Sorge. Wird alles erledigt.« antwortete ich.

Ich verabschiedete mich von seiner Frau und ging, ganz durcheinander, nach Hause. Auf dem Weg nach Hause drehte sich alles, was ich gehört hatte, immer wieder in meinem Kopf. Ich spürte, dass dies eine wichtige Unterhaltung für mich gewesen war, und wusste dennoch nicht warum. Einerseits fühlte ich, dass ich mich an etwas annäherte, das ich nicht erklären konnte, und dass ich es auf eine ganz bestimmte Art tat. Andererseits störte mich dies alles und bewirkte, dass ich mich unwohl fühlte. Beide Gefühle, Freude und Beschwernis, besaßen die gleiche Intensität. Ich kam zu Hause an und hatte keinen klaren Schluss ziehen können. Es war besser, nicht mehr daran zu denken, denn ich verstrickte mich immer mehr und wurde immer verwirrter. Kaum hatte ich die Matratze berührt, schlief ich auch schon ein.

Die Begegnung

Die Zeit war schnell vergangen, und es verblieben noch zwei Wochen bis zum Ende der Militärzeit. In der ganzen letzten Periode hatte ich Don Fabian nur sehr wenig gesehen. Er war zu beschäftigt mit den Vorbereitungen für seine Reise nach Spanien. Das letzte Mal, als ich ihn sah, sagte er mir, dass er einen Vorschlag für mich habe, und da er kaum noch einmal ins Lager kommen werde, würde er mich anrufen. Über das, was in seiner Wohnung geschehen war, hatte ich kaum mit ihm reden können. Ich hatte versucht, alles, was Javier und Don Fabian mir gesagt hatten, zu verdauen. Nach der Verwirrung, die durch diese Unterhaltung provoziert worden war, hatte eine Reihe von Gedankenketten und unklaren Gefühlen angefangen, sich in mir zu regen, und ich wollte Zeit haben, sie zu analysieren, zu definieren und einen Grund für sie zu finden. Sicherlich hatte Don Fabian genau vorausgesehen, wie ich mich fühlen würde, und deshalb hatte er mir Zeit zum Überlegen gelassen und vermieden, von der Sache zu sprechen, wenn wir uns sahen. Dieser angekündigte „Vorschlag" erfüllte mich mit Neugier.

Ich kam früher zu Hause an als sonst. Im Lager hatte es nichts mehr zu tun gegeben. Die Kadetten hatten ihr Schuljahr beendet und waren nach Hause zurückgekehrt. Viele Rekruten, die in der Schule gewesen waren, waren entlassen worden. Wir waren noch zu zehnt und bald sollten die Neuen kommen. Als ich nach Hause kam, sagte mir meine Mutter, dass ein Herr angerufen habe und dass er sich noch einmal melden würde. Sicherlich Don Fabian, dachte ich. Nach etwa zwanzig Minuten klingelte das Telefon. Es war Don Fabian.

»Wie geht's, Juan?«

»Gut. Ich habe schon auf Ihren Anruf gewartet.«

»Ja, ich weiß. Hör zu, ins Lager werde ich nicht mehr kommen. Ich bin sehr beschäftigt mit den Vorbereitungen für meine Reise und muss eine Reihe von Formalitäten erledigen. Ich komme höchstens noch einmal, um ein paar Sachen zu beenden, und wir werden dann keine

Zeit zum Reden haben. Deshalb wollte ich dir einen anderen Vorschlag machen. Warum treffen wir uns nicht in der Stadt im Zentrum und trinken etwas zusammen? Dann können wir uns unterhalten, natürlich nur wenn du nichts anderes zu tun hast ...«

»Jetzt gleich? Ich komme gerade aus dem Zentrum und bin etwas müde.«

»Nicht gleich. Sagen wir in drei Stunden. Ist dir halb sieben recht?«

»Ja, besser. Wo treffen wir uns?«

»Wir könnten uns im Eingang des San Martin Theaters treffen, und dann gehen wir etwas trinken. Einverstanden?«

»Perfekt, Don Fabian. Bis halb sieben, dann.«

Die Sache schien wichtig zu sein. Ich legte mich eine Weile ins Bett, ich war sehr müde. Es war extrem heiß und die Luftfeuchtigkeit war so hoch, dass man das Gefühl hatte, die Luft wäre knapp. Ich hatte Schwierigkeiten zu atmen. Während ich versuchte, ein bisschen zu schlafen, fing ich an, über alles nachzudenken, was mir im letzten Jahr widerfahren war, über meine Albernheit, nicht den Militärdienst ableisten zu wollen, ihn in ein Drama für mich und für alle in meiner Umgebung zu verwandeln. Welch sinnlose Probleme hatte ich mir bereitet! Wenn ich sie in diesem Moment nüchtern betrachtete, war es mir peinlich, wenn ich an all die Widerstände dachte, die ich mir selbst kreiert hatte und die mir das Leben unnötig kompliziert gemacht hatten. Und dabei hatte sich diese Situation zu etwas sehr Wichtigem entwickelt.

Obwohl ich immer noch nicht verstanden hatte, was wirklich passiert war, hatte die Begegnung mit Don Fabian mir eine Menge Sicherheit über Dinge gebracht, die für mich vorher keine Verbindung untereinander gehabt hatten. Mein Gefühl, dass „Etwas" jenseits des täglichen Lebens existieren musste, war richtig, obwohl meine Einschätzung voller Phantasien war. Die Begegnung mit Javier hatte das bestätigt, was ich von der Lehre Gurdjieff's gedacht hatte, wie er sie in „Fragmente" vermittelte, obwohl Javier hervorgehoben hatte, dass dies nur Bruchstücke eines „höheren Wissens" seien, mit dem Gurdjieff in Kontakt war und das er nur zum Teil und sehr zerstückelt vermittelt habe. In Wirklichkeit sei er jemand, der eine Arbeit verrichtet habe, und nicht der Meister. Er war in Kontakt mit jemandem, der die „Tür" repräsentierte. All dies zusammengefasst war das Ergebnis des letzten Jahres. Neue Ideen, die anfingen, ein neues Gedankengebäude in meinem Geist zu errichten, das ich als zuverlässiger und sicherer ansah. Die Militärzeit war eine wichtige Passage gewesen, vielleicht die wichtigste überhaupt für mich, und das hätte ich mir niemals vorstellen können.

Ich bereitete mich vor, um zum Treffen mit Don Fabian zu gehen. Die Hitze war niederdrückend und es bildete sich ein Gewitter. In Buenos Aires kommt es im Sommer häufig vor, dass nach einigen heißen Tagen und einer Luftfeuchtigkeit von fast einhundert Prozent sich die Spannung in einem Gewitter mit stärksten Winden entlädt. Ich hasste das und dieses Mal schien es mich auf dem Weg zu erwischen. Ich kam zur festgesetzten Zeit an und Don Fabian erwartete mich schon. Er war allein.

»Lass uns in die Konditorei zwei Straßen weiter unten gehen. Es ist gemütlich dort und man ist dort gut aufgehoben. Wir müssen uns beeilen, bevor uns der Regen trifft.«

Die Atmosphäre war extrem geladen und der warme, schwere Wind blies den Dreck und die Papiere, die auf der Straße lagen, vor sich her. Als wir in der Konditorei ankamen, begannen die ersten Tropfen zu fallen. Wir setzten uns an einen Tisch, der etwas abseits stand. Das Café war sehr angenehm. Es war dekoriert mit ägyptischen Figuren und seltsamen Symbolen.

»Dies ist der Treffpunkt für die ‚Esoteriker' von Buenos Aires«, sagte Don Fabian. Wir bestellten etwas zu trinken.

»Worüber wollten Sie mit mir reden?«

»Ich werde es dir gleich sagen, sei nicht so ungeduldig. Warte, bis ich mein Getränk bekomme, ich habe eine ganz trockene Kehle.«

Ich hielt meinen Mund und sah zu, wie Don Fabian aufmerksam die ägyptischen Zeichnungen betrachtete.

»Siehst du diese Zeichnungen? Es sind Übungen. Die Leute betrachten sie als einfache Bilder, aber sie zeigen spezielle Übungen. Ich habe sie studiert und vor vielen Jahren die Übungen einige Jahre lang praktiziert. Ich lernte auf einer Reise einen der größten Experten dafür kennen. Am Anfang war ich sehr fanatisch. Ich glaubte, ich hätte Amerika entdeckt. Mit der Zeit erkannte ich, dass sie mir nichts nutzten und dass sie eine Zeitverschwendung waren ... weißt du, wie ich diese Art Dinge nenne? Schlafmittel. Die Leute suchen nur Schlafmittel. Deshalb musst du vorsichtig sein, um nicht der Macht der Schlafmittel zum Opfer zu fallen, so anziehend sie auch sein mögen.

Erinnerst du dich, dass Javier bei dem Abendessen bei mir über eine Reise nach Mendoza gesprochen hat, die er an einem dieser Wochenenden machen muss?«

»Ja, ich glaube ja. Er hat sie eingeladen, schien mir, nicht wahr?«

»Ja.«

»Und nun?«

»Ich werde ihn begleiten. Neulich sprachen wir von dir und er meinte, wir sollten dich auch dazu einladen. Wir sind maximal drei Tage weg. Was meinst du dazu?«

»Ich weiß es nicht, Don Fabian. Wenn es etwas gibt, das ich mehr hasse als alles andere, dann ist das Reisen. Glauben Sie mir, ich halte es im Auto über längere Zeit nicht aus. Ich fühle mich nicht wohl dabei.«

»Betrachte es doch als kurze Ferien nach dem Militärdienst. Immerhin wirst du etwas von deinem Land kennen lernen ... was bist du denn für ein Argentinier, Mensch!«, lachte er, als er sich über mich lustig machte.

»Ach, das ist mir egal, ich bin kein Nationalist und will nichts kennen lernen.«

»Komm mit, sei kein Dickkopf, versuch die Anstrengung zu unternehmen, schlussendlich werden wir uns dann nicht mehr sehen.«

Er hatte recht, danach würde er nach Spanien gehen und ich würde ihn sicherlich nicht mehr sehen.

»Wann würden wir wegfahren?« fragte ich schließlich.

»Du beendest kommenden Mittwoch deine Dienstzeit, nicht wahr?«

»Ja.«

»Wir würden Samstag morgen ganz früh wegfahren und Montag wären wir wieder zurück. Was meinst du?«

»Wie viele Stunden dauert die Reise?«

»Das kommt darauf an, Javier hat auf dem Weg einige Dinge zu erledigen … ich weiß es nicht, es werden ungefähr neun Stunden sein.«

»Neun Stunden! Neinnnnn! Wie soll ich die ganze Zeit nur durchstehen?«

»Machen wir folgendes: Denk drüber nach und lass mich deine Antwort dieses Wochenende wissen. Es ist kein Problem, wenn du nicht mitkommen willst. Gut so? Tu, was du für dich am besten hältst.«

Ich bemerkte, dass Don Fabian ein wenig enttäuscht war, obwohl er versuchte, es mir nicht zu zeigen.

»Dann rufe ich Sie Sonntag oder Montag an und gebe Ihnen Bescheid.«

Wir tranken unsere Erfrischungen und sprachen über andere Dinge. Das Gewitter war nicht ganz so schrecklich wie erwartet.

»Das war falscher Alarm«, sagte Don Fabian, »es ist besser, du nutzt es aus, um nach Hause zu gehen, bevor es schlimmer wird.«

»Ja, Sie haben recht. Bei diesem Wetter weiß man nie, wie die Sache endet.«

Wir verabschiedeten uns und verblieben damit, am vereinbarten Termin zu telefonieren.

* * *

Auf dem Nachhauseweg dachte ich über den Vorschlag nach, den mir Don Fabian gemacht hatte. Die Vorstellung, all diese Stunden reisen zu müssen, erschreckte mich. Immer schon seit meiner Kindheit weigerte ich mich, mit dem Autobus zu fahren. Wenn meine Mutter mich ins Zentrum mitnehmen musste, um zum Arzt zu gehen … diese einstündige Fahrt war ein echtes Drama.

Das Einzige, was mich die Möglichkeit, meine Meinung zu ändern, in Betracht ziehen ließ, war die Tatsache, dass Don Fabian nach Spanien ging und diese Tage eine Art Verabschiedung sein würden. Alles in allem hatte mir Don Fabian viel geholfen und in mir neue Möglichkeiten geöffnet. Aber selbst diese Betrachtungsweise war nicht stark genug, um mich zum Mitfahren zu bewegen. Ich wusste auch, dass Don Fabian enttäuscht sein würde, wenn ich nicht mitkäme. Ein Teil von mir wusste, dass er mitfahren musste, aber der andere Teil widersetzte sich völlig. Ich befand mich zwischen diesen beiden Kräften und wusste wirklich nicht, wie ich mich entscheiden sollte. Diese Situation wiederholte sich immer dann, wenn ich eine Entscheidung treffen sollte, von der ich wusste, dass sie die richtige war. In diesen Situationen gab es einen Teil von mir, der sich völlig widersetzte. Ich entschied, nicht mehr darüber nachzudenken, denn es war sinnlos und das Einzige, was es bewirkte, war, dass ich mich ärgerte. Es war besser, die Entscheidung auf einen anderen Zeitpunkt zu verschieben, an dem ich mit mehr Klarheit denken konnte.

Ich verbrachte die ganze Woche, ohne mir über die Entscheidung klar zu werden. Für mich bedeutete es eine wahrhaftige Anstrengung, diese ganze Strecke zu reisen. Ich erkannte, dass ich dabei war, ein Drama daraus zu machen, wie ich es auch wegen des Militärdienstes getan hatte, und dass es vielleicht besser wäre, meine Bedürfnisse beiseite zu lassen und das zu tun, von dem ich im Grunde fühlte, dass ich es tun sollte.

Sonntag Abend rief ich Don Fabian an, um ihm mitzuteilen, dass ich trotz meiner Widerstände mich entschieden hatte, mit ihm zu verreisen. Don Fabian empfing die Nachricht mit Freude und sagte mir, dass ich es nicht bereuen würde.

* * *

Ich hatte den Militärdienst beendet und ein Kapitel war damit definitiv abgeschlossen. Das Jahr war unglaublich schnell vergangen. Ich hatte die Zeit fast nicht wahrgenommen. Im Verlaufe der Woche sprach ich mit Don Fabian, um die Details der Fahrt abzustimmen. Wir wollten uns am Samstag um sechs Uhr morgens bei mir treffen. Dann war es soweit. Ich war etwas müde, ich hatte nicht gut geschlafen. Vielleicht wegen der Aufregung, die mich vor einer Reise immer befällt. Punkt sechs Uhr kamen Don Fabian und Javier in einem Kombi an. Nachdem sie meine Eltern begrüßt hatten und ihre letzten Ratschläge angehört hatten, brachen wir nach Mendoza auf.

Der Tag war recht heiß. Es war kaum sechs Uhr morgens und die Luft fühlte sich schon schwer an. Wir saßen alle drei in dem vorderen Teil des Wagens, der hintere Teil war beladen mit Teppichen und antiken Gegenständen. Der Kombi war reichlich schwer und man konnte nicht schnell fahren.

»Don Fabian hat mir gesagt, dass du nicht mitkommen wolltest, ist das wahr?« sagte Javier nach einer Weile.

»Ja, das ist richtig, ich reise nicht gerne.«

»Aber wenn du mit deiner ‚Abneigung' zu verreisen zu Hause geblieben wärst, hättest du vielleicht eine Gelegenheit verpasst, etwas Neues zu machen, das vielleicht wichtig für dich ist. Ich habe mit der Zeit eine Sache gelernt: Aufmerksam zu sein für Chancen, die sich mir bieten, besonders wenn sie plötzlich auftauchen, ohne dass ich danach gesucht habe.«

Ich blieb still und dachte, dass er im Grunde recht hatte. Er fuhr fort:

»Manchmal können sich hinter Situationen, die unwichtig scheinen, große Chancen, die man sich nicht vorstellen kann, für das Wachstum verstecken. Mir ist das oft passiert und manchmal habe ich großartige Möglichkeiten verpasst, weil ich mich nicht bemüht habe, das zu tun, was ich tun sollte. Es ist unsere Tendenz, immer die geringste Anstrengung bei allem zu machen, aber um wirklich etwas zu erreichen, ist es nötig sich anzustrengen. Wir bekommen nichts geschenkt. Manche können es bei einigen Dingen leichter haben, andere bei anderen, aber immer muss hart gearbeitet werden, um etwas zu erreichen. Das ist eine Sache, die man immer präsent haben muss, besonders in den Momenten, in denen wir von unserer Faulheit versucht werden. Die Leute unterteilen sich in jene, die nicht wissen, wo sie stehen, und die sich bewegen, indem sie Impulsen folgen, die von Einwirkungen und Konditionierung bestimmt sind. Sie treiben von hier nach da, wie der Wind weht. Und die anderen, die genau wissen, wo sie hinwollen, und die notwendige Anstrengung unternehmen, um dorthin zu kommen. Wenn sie nach Süden gehen müssen, gehen sie nicht nach Norden oder Osten, sie gehen direkt nach Süden. Versuch immer, zur zweiten Gruppe zu gehören.«

Alles, was Javier sagte, hatte die gleiche Basis. Er sagte mir immer das Gleiche. Es war offensichtlich, dass er wollte, dass ich mir über etwas klar werden sollte, aber ich wusste immer noch nicht, was er mir wirklich sagen wollte.

»Warum versuchst du nicht, ein wenig zu schlafen, jetzt, wo es noch etwas kühler ist. Nachher wird es schwieriger sein und du wirst todmüde ankommen«, griff Don Fabian ein.

»Ja, vielleicht haben Sie recht,« antwortete ich, »außerdem habe ich diese Nacht nicht gut geschlafen.«

»Man sieht es … man sieht es.«

Ich versuchte zu schlafen, während ich zuhörte, wie sie über ein Treffen sprachen, das sie an diesem Abend hatten.

»Ich weiß, dass er nur diese Nacht da sein wird, und morgen ganz früh fährt er direkt nach Brasilien weiter«, sagte Javier, »es war nicht vorgesehen, dass er auf das Gut kommt und es ist sehr seltsam, dass er es tut. Deshalb nutze ich diese Reise, um ihn zu sehen. Das letzte Mal, als er in Buenos Aires war, konnte ich ihn nicht treffen, da ich außer Landes war. Ich habe vor zwei, drei Monaten mit ihm über einige Probleme, die ich hatte, gesprochen. Ich habe wirklich große Lust ihn zu sehen, ich brauche ihn.«

»Weißt du, wie viele Leute dort sein werden?«. fragte Don Fabian.

»Nicht genau, nein. Aber ich glaube, alle aus den Gruppen im Norden und vielleicht Leute aus Buenos Aires.«

»Ich freue mich auch, ihn zu sehen, obwohl meine Situation ganz anders ist als deine. Du bist mit ihm zusammen und ich habe ihn nur ein paar Mal gesehen und hatte das Glück, mit ihm sprechen zu können. Du weißt genau, wie wichtig diese Zusammentreffen für mich waren.«

»Ja, ich weiß. Aber warum entscheidest du dich nicht für …«

»Du weißt«, unterbrach ihn Don Fabian, »dass ich das wegen meinem Charakter nicht machen kann. Ich verpflichte mich nicht mehr ganz … ich bin so. Dagegen kann ich nichts machen. Aber das hindert mich nicht daran, das anzuerkennen, was er vertritt und ich bin mir bewusst, dass mir sein Segen auf gewisse Weise das Leben gerettet hat zu der Zeit.«

»Ja, das weiß ich genau. Uns allen hat er, auf die eine oder andere Weise das Leben gerettet. Sonst wären wir alle verloren, hinter wer weiß was für Dingen.«

Ihre Stimmen verloren sich, während ich einschlief.

»Juan! Juan! Wach auf, wir halten zum Mittagessen an.«

»Wie spät ist es?«, fragte ich.

»Halb eins. Wir sind sechs Stunden unterwegs und du hast geschlafen wie ein Stein«, antwortete mir Don Fabian. Ich war völlig überrascht von dem, was geschehen war. Ich hatte niemals zuvor in einem Auto schlafen können. Ich konnte es wirklich kaum glauben. Ich fühlte mich sehr gut und entspannt und hatte einen unglaublichen Hunger. Ich stieg aus und wir gingen ins Restaurant. Javier war vorausgegangen, um einige Anrufe zu erledigen und um das Essen zu bestellen.

»Siehst du, dass die Reise nicht so dramatisch ist – wir haben die Hälfte des Weges hinter uns und du hast es nicht einmal gemerkt.«

»Ja, das ist wahr, Don Fabian. Das Gleiche habe ich auch gerade gedacht.«

»Dein Problem ist in deinem Kopf, du ertrinkst immer in einem Wasserglas ... entspann dich und genieße alles, was auf dich zukommt.«

»Das werde ich versuchen.«

In Wirklichkeit hatte ich keine Lust zuzuhören. Ich war noch nicht ganz wach und wollte mich nicht beim Nachdenken anstrengen. Nachdem wir uns etwas frisch gemacht hatten, setzten wir uns an den Tisch. Javier hatte eine gemischte Grillplatte mit Salat bestellt, die lange brauchte, bis sie gebracht wurde. Wir waren sehr hungrig. Endlich kam eine Platte voller Fleisch, das wir schon beim Anblick verschlangen. Eine ganze Weile öffnete niemand seinen Mund außer für das Fleisch, das köstlich war. Nach einer ganzen Zeit, als wir langsam anfingen satt zu werden, wandte sich Javier an mich.

»Und jetzt, was waren deine Schlussfolgerungen bezüglich der Unterhaltung, die wir bei Fabian geführt haben? Was war die Essenz von allem?«

Seine Frage traf mich unvorbereitet und bevor ich antwortete, musste ich in meinem Gedächtnis kramen nach dem, was er mir damals gesagt hatte.

»In Wirklichkeit haben Sie mir ganz viele Dinge gesagt, aber ich könnte nicht sagen, was die Essenz unserer Konversation war. Ich weiß, dass ihre Unterhaltungen eine bestimmte Richtung haben, von der ich immer noch nicht verstehe, welche es ist. Auf jeden Fall konnte ich Ihren Kommentaren die Existenz einer ‚wahren Lehre' entnehmen, die ich immer für eine Utopie gehalten hatte. Sie haben mir auch bestätigt, dass der Eindruck, den ich vom Inhalt des Buches *„Fragmente"* hatte, auf gewisse Weise mit dieser Lehre zu tun hat ... oder nicht?«

»Ja, so ist es. Wie du vielleicht gemerkt hast, habe ich bei allem, was ich dir gesagt habe, keine Vermutungen geäußert. Ich habe dir gewisse Dinge bestätigt, weil ich Kenntnis von ihrer Ursache habe. Dies tat ich, weil ich meine Gründe habe, und du für deinen Teil musst dich bemühen, zu versuchen wahrzunehmen, was ich dir wirklich sagen will. Ich habe dir ja schon gesagt, dass du all dies im Moment nicht gebrauchen kannst. Es kann dir in Zukunft nützlich sein, aber es nicht sicher, dass es so sein wird. Das wird von vielen Faktoren und Zufällen abhängen, aber hauptsächlich wird es von dir abhängen.«

Seine Worte ließen mich ihn fragen, warum all dies mir im Moment nichts nützen würde, sondern erst in Zukunft.

»Du solltest dir nicht so viele Sorgen machen und nicht alles, was ich dir sage, wörtlich nehmen«, antwortete mir Javier. Ich kann dir sagen, dass du ein ‚Neugeborener' bist in Bezug auf das, was ich ‚die Möglichkeit' nenne. Dieser neugeborene Teil kann wachsen, kann ‚erwachsen' werden, all die Wachstumsstadien durchlaufen, die nötig sind, um sich komplett zu entwickeln – oder ganz im Gegenteil, er kann auf dem Weg sterben, und zwar ziemlich schnell sterben. In dieser Entwicklung, in diesem Wachstum gibt es Krankheiten, die zu heilen sind, nicht in symptomatischer Art, sondern von der Wurzel ausgehend, sonst wäre jede Anstrengung, sich zu entwickeln, unnütz.

Alles menschliche Wissen durchläuft eine Vermittlungskette, die sich in verschiedene sekundäre Ketten verzweigt, in denen die Impulse erzeugt werden, die bestimmte Veränderungen im Menschen bewirken. Der Ursprung davon ist die Quelle allen Wissens. Der Kontakt mit diesem Wissen wird von ganz besonderen Menschen verkörpert, die auch eine ganz besondere Arbeit machen müssen. Diese Menschen werden *Meister* genannt, aber es sind nicht die Meister, die du dir vorstellen kannst, das habe ich dir ja schon letztes Mal gesagt. Jede Epoche hat ihre Meister. Es gibt nur sehr wenige und jeder von ihnen arbeitet in einer anderen geografischen Zone. Ohne den Kontakt mit einem *echten Meister* hat kein Mensch die Möglichkeit, sich wirklich zu entwickeln. Um zum Schluss zu kommen, ich bestätige dir, dass dieses *Wissen*, von dem wir gesprochen haben, existiert und dass es immer gegenwärtig ist. Und der einzige Zugang, den der Mensch dazu hat, ist der durch einen *wahren Meister*.«

Ich war sprachlos. Das was vorher eine unklare Sache war, hatte sich in etwas Klares und Überzeugendes verwandelt. Don Fabian und Javier bemerkten, welche Wirkung ihre Worte auf mich hatten, und ohne das Thema noch einmal aufzunehmen, beschlossen sie, die Reise fortzusetzen.

Ich blieb still und dachte darüber nach, was Javier gesagt hatte. Sicherlich hatte er zu mir auf diese Art gesprochen, weil er in Kontakt gewesen war mit einer wirklichen Lehre oder vielleicht sogar mit einem *wahren Meister*. Aber wenn es so war, warum sagte er es mir dann nicht einfach, damit auch ich mich damit in Kontakt setzen konnte. Das war genau das, was ich mir immer gewünscht hatte!

»Was ist los mit dir, Juan, warum bist du so nachdenklich?«, sagte Don Javier.

»Ich denke über das nach, was Javier mir gesagt hat«, antwortete ich.

»Und was denkst du?«, unterbrach Javier.

»Ich dachte, wenn Sie mit so viel Sicherheit mit mir reden und mir sagen, dass sie Kenntnis von der Quelle haben, dann heißt das, dass Sie auf gewisse Weise in Kontakt mit einer echten Lehre sind, oder wie immer Sie es nennen mögen. Warum sagen Sie es mir nicht einfach, und wir hören auf, immer um das Gleiche herumzureden? Es kommt mir vor, als ob ich erraten soll, ob Sie mir dies oder jenes sagen wollen, und meistens ist das Einzige, das ich erreiche, dass ich verwirrt bin. Wenn Sie wirklich hilfreich sein wollen, dann sollten Sie mir die Dinge vereinfachen und nicht verkomplizieren. Wenn Sie mit all diesen Unterhaltungen sich versichern wollten, ob ich an einer echten Unterweisung interessiert bin, dann kann ich Ihnen gleich ja dazu sagen. Es wäre besser, die Sache klar zu stellen, damit sparen wir Zeit«, schloss ich.

Don Fabian und Javier waren überrascht. Javier sah mich mit einem kleinen Lächeln an, als wenn er meine Unreife verstehen könne, und auch darüber, dass ich offensichtlich die Essenz der Dinge nicht begriffen hatte. Er antwortete mir.

»Zuerst einmal, du bejahst Dinge, obwohl du nicht die Fähigkeit hast, wirklich zu verstehen, was sie sind und wie sie funktionieren. Das ist sehr verständlich, ich verstehe es völlig, aber wenn du eines Tages etwas von all dem profitieren willst«, betonte er, »musst du vor allem zuhören lernen, bevor du voreilige Schlüsse ziehst. Das braucht viel Geduld, und die hast du nicht. Das lässt dich glauben, dass du das

Recht und alle anderen die Pflicht haben, dir das zu geben, was du brauchst. Du hast absolut kein Recht und ich habe keinerlei Verpflichtung, dir die Dinge zu erleichtern. Falls du diese Haltung hast, wenn die *Chance* erscheint, dann wirst du sie nicht erkennen können, und du wirst deine Chance verpassen.«

»Ich glaube, dass ich die Fähigkeit habe, mir darüber bewusst zu sein und es zu erkennen, wenn ich in Kontakt mit einer Lehre oder einem Meister käme. Als ich „*Fragmente*" las, habe ich erkannt, dass dort über eine wahrhaftige Lehre geredet wurde, und Sie selbst haben dies anerkannt, als Sie sagten, dass Gurdjieff den Kontakt mit der *Quelle des Wissens* hatte.«

»In Wirklichkeit hast du überhaupt nichts erkannt. Das einzige, was du bemerkt hast, war, dass dies anders war als alles, was du bis zu diesem Moment gelesen hattest. Ich kann dir andere, viel wichtigere Bücher als dieses und als alles, was Gurdjieff geschrieben hat, zum Lesen geben und ich versichere dir, dass du nichts verstehen würdest. Versuche mich zu verstehen, ich kritisiere dich nicht und erteile dir keine Lektion. Ich zeige dir nur auf, dass – falls du mit dieser Haltung fortfährst – es sehr schwer sein wird, Nutzen aus dem Ganzen zu ziehen.«

Ich fühlte mich angegriffen und verärgert durch alles, was er mir gesagt hatte. Es war das erste Mal, seit ich ihn kannte, dass eine Situation dieser Art entstanden war. Ich wusste nicht, warum ich dort war und mit ihnen reiste. Ich wusste nicht, was geschehen war, aber ich hatte den Wunsch zu verschwinden. Ich war bestürzt und sah alles negativ. Es war nichts Schlimmes geschehen, aber in meinem Innern tobte ein Krieg. Eine Menge negativer Gedanken schwirrten durch meinen Kopf, bis zu dem Punkt, dass ich dachte, sie hätten sich über mich lustig gemacht. Don Fabian erkannte meinen Zustand und sagte lachend:

»Siehst du, dass du immer in einem Glas Wasser ertrinkst?«

»Ich bin durcheinander ... ich weiß nicht, warum ich hier bin und mit Euch reise. Ich hasse reisen!«

»Warum du hier bist, das kannst du nur mit der Zeit wissen, so Gott will«, war die Antwort von Don Fabian.

»Wir werden im nächsten Dorf anhalten. Ich muss einige Dinge erledigen und nebenbei kann Juan etwas frische Luft schnappen, das braucht er jetzt«, verkündete Javier, und nach einer Pause fuhr er fort:

»Mach dir nicht zu viele Sorgen, alles geht vorbei und die Konfusion, die du hast, ist gut. Sie zeigt, dass etwas in dir sich bewegt.«
Ich sagte kein Wort.

* * *

Wir kamen in ein Dorf, das ungefähr dreieinhalb Stunden von unserem Ziel entfernt war. Javier setzte uns an einer Bar ab, während er seine Waren ablieferte. Wir setzten uns und bestellten etwas zu trinken. Die Hitze hatte sich gelegt und die Temperatur war angenehm. Don Fabian fragte mich, wie es mir ginge. Ich sagte ihm, dass es mir wieder besser ginge und dass ich nicht wüsste, was mir geschehen sei. Es sei gewesen, als ob eine Bombe explodiert wäre, und ich hätte die Konsequenzen nicht kontrollieren können. Don Fabian sagte mir, dass diese Reise sicherlich sehr wichtig für mich werden würde und dass ich ihre Früchte in Zukunft sehen würde. Wir blieben in der Bar, unterhielten uns eine ganze Weile und warteten auf Javier. Wir hatten immer noch mehr als drei Stunden Fahrt vor uns. Wir wollten ungefähr um neun Uhr auf dem Gut ankommen. Ich fragte Don Fabian aus über den Ort, wo wir hinfuhren, und fragte, was sie vorhatten.

»Wir werden die Nacht auf dem Gut verbringen.«

»Was ist es, ein Hotel oder ein Gut? Was machen wir dort?«

»Nein, es ist kein Hotel, auch kein eigentliches Gut. Das Haus gehört einigen Freunden von Javier, Leuten mit viel Geld, und dieses Wochenende findet dort ein Treffen mit Freunden statt. Deshalb wollte Javier die Gelegenheit nutzen, seine Lieferungen zu erledigen und an dem Treffen teilzunehmen.«

»Was für eine Art Treffen ist das? Was machen sie?«

»Es ist nur ein Treffen von Freunden, ganz normal und gewöhnlich. Leute, die etwas gemeinsam haben und die das miteinander teilen.«

»Die gehören nicht etwa einer politischen Partei an, oder?«

»Nein! Politische Partei! Stell dir nicht irgendwelche Sachen vor, die nichts damit zu tun haben.«

»Und wer ist diese so wichtige Person, die dort sein wird?«

»Welche Person?«, fragte er, überrascht von meiner Frage.

»Ja ... Sie und Javier sprachen darüber, als Sie dachten, dass ich schlafen würde.«

»Ah! Also hast du nicht geschlafen!«
»Nicht in diesem Moment, danach bin ich eingeschlafen.«
»Dann hast du geträum … ich glaube, dass ich mit Javier über das Treffen gesprochen habe, aber nicht über eine besonders wichtige Person, die dort sein muss. Das wirst du dir eingebildet haben.«
»Vielleicht haben Sie Recht und mir kam es nur so vor, als ob ich es gehört hätte.«
Obwohl es möglich war, dass Don Fabian Recht gehabt hätte, war ich doch überzeugt davon, dass ich es gehört hatte und dass er es mir aus irgendeinem Grund nicht sagen wollte.

*   *   *

Javier war angekommen. Es war schon sechs Uhr nachmittags. Wir waren seit zwölf Stunden unterwegs, all die Zwischenstops mitgerechnet. Wir stiegen ins Auto und fuhren weiter.
»Na, ist alles vorbei, Juan? Geht es dir besser?«
»Ja, Javier, mir geht es besser«, antwortete ich.
»Wie gut. Dies ist die letzte Etappe und dann sind wir bald da … ungefähr drei Stunden. Siehst du, dass die Fahrt nicht so schrecklich war, wie du gedacht hast?«
»Ja, das ist wahr, ich dachte, dass es viel anstrengender sein würde.«
»Jetzt versuch dich auszuruhen, denn die Müdigkeit spürt man erst hinterher.«
»Ich werde es versuchen, ich bin schon etwas müde.«
Ich schloss die Augen, um mich zu entspannen. Ich war nicht müde und ich wollte auch nicht schlafen. Ich hatte bloß Lust, die Augen zu zumachen. Javier erzählte Don Fabian von den Verkäufen, die er gemacht hatte, und während sie sich unterhielten, verlor ich mich in meinen Gedanken, bis ich ihre Stimmen nicht mehr hörte. Ich ließ alles Revue passieren, was den Tag über geschehen war. Ich hatte verschiedene emotionale Zustände und Widersprüche erlebt. Es waren nur zwölf Stunden gewesen, aber mir kamen sie unendlich vor. Während ich so nachdachte, schlief ich ein, ohne es zu merken. Don Fabian weckte mich und kündigte an, dass wir dabei waren, auf dem Gut anzukommen.
Ich bemerkte, dass es schon Nacht war. Wir kamen über eine Nebenstraße auf die Hauptstraße und von weitem schon sah man

viele Lichter auf einem Anwesen. Das wird sicherlich der Gutshof sein, dachte ich.

Wir kamen am Tor des Hofes an, der immens groß war, und es war augenscheinlich, dass die Eigentümer Leute mit viel Geld waren. Wir gingen ungefähr hundert Meter, bevor wir zum eigentlichen Haus kamen. Überall waren Leute und ungefähr dreißig Meter vor dem Haus standen einige schon besetzte Tische, wo die Leute zu essen begannen. Als wir ausstiegen, kamen einige Leute, um uns zu begrüßen. Es waren Freunde von Javier. Nach der Vorstellung zeigten sie uns den Platz, wo wir unsere Sachen lassen konnten und wo das Bad war, falls wir uns ein wenig frisch machen wollten vor dem Essen.

* * *

Ich war überrascht von der Anzahl an Menschen, die da waren. Ich schätzte sie ungefähr auf zweihundert Personen. Man hatte einen Grill vorbereitet und die Menge an Fleisch, die es gab, war beeindruckend. Javier war in der Menge verschwunden. Don Fabian und ich jedoch waren etwas abseits geblieben und warteten, dass Javier uns sagen würde, was wir tun sollten. Der Platz war mit langen Tischen unterteilt, die verschiedene Gänge zwischen sich bildeten. Ich beobachtete, dass Javier, nachdem er einige Personen begrüßt hatte, stehen blieb und nach jemandem mit besonderer Aufmerksamkeit Ausschau hielt. Er beobachtete einen Moment, dann hatte er denjenigen entdeckt, den er suchte, und ging direkt auf ihn zu. Ich folgte ihm mit dem Blick, um zu sehen, wohin er ging und wen er treffen wollte. In etwa dreißig Meter Entfernung von uns entfernt sah ich viele Leute um eine Person herum, die das Zentrum der Aufmerksamkeit der ganzen Versammlung zu sein schien. Javier ging direkt dorthin. Von da, wo ich war, konnte ich die Person nicht gut sehen und auch nicht, was dort vor sich ging. Als Javier hinkam, sah ich, dass der Mann aufstand und ihn mit einer Umarmung begrüßte. Sie unterhielten sich einige Minuten und danach sah ich, dass Javier etwas zu ihm sagte und dabei in unsere Richtung zeigte. Javier kam zu uns und sagte, dass wir ihn begleiten sollten. Wir gingen dorthin, wo der Mann war. Ich weiß nicht, aus welchem Grund, aber er machte mir Angst und ich fühlte Widerstand in mir. Wir erreichten den Platz, wo er war. Er begrüßte zuerst Don Fabian, den er schon kannte, und danach stellte Javier mich mit den Worten vor: »Dies ist ein Freund von uns, der uns auf dieser Reise begleitet hat. Ich wollte, dass du ihn kennen lernst.«

Er war eine robuste Person und vermittelte den Eindruck, sehr stark zu sein. Er hatte einen Schnurrbart und einen so durchdringenden Blick, wie ich es nie zuvor bei jemandem gesehen hatte. Es schien, als ob er eine Röntgenaufnahme von mir machen würde, aber gleichzeitig vermittelte er Sicherheit und strahlte etwas ganz Besonderes aus, das ich nicht genauer bestimmen konnte. Ich war nervös und bemerkte, dass ich zitterte. Er beobachtete mich einige Sekunden lang und lächelte mich an.
»Ich heiße Alfredo.«
Er gab mir die Hand und fuhr fort:
»Und du, wie heißt du?«
»Ich heiße Juan Sgolastra.«
»Aha! Dann bist du italienischer Abstammung, nicht wahr?«
»Ja. Mein Vater ist Italiener, meine Mutter Argentinierin.«
»Und von woher in Italien kommt dein Vater?«
»Mein Vater kommt aus einer Stadt, die San Benedetto del Tronto heißt, in der Provinz von Ascoli Piceno.«
»Was du nicht sagst! Das ist ein Ort, den ich kenne.«
Was er mir gesagt hatte, erregte meine Aufmerksamkeit, aber ich hielt es nicht für besonders wichtig.
»Wir werden uns sicherlich wiedersehen, wenn Gott will. Jetzt gehe ein bisschen was Essen und amüsiere dich. Und ruhe dich aus, du siehst ziemlich müde aus von der Reise.«

Don Fabian und ich gingen, während Javier blieb, um einige Minuten mit Alfredo zu sprechen. Kurze Zeit danach kam er, um mit uns zu essen.

Kaum hatten wir angefangen zu essen, da fühlte ich eine sehr große Müdigkeit. Ich konnte die Augen nicht offen halten. Ich wusste nicht, was mit mir los war. Ich sagte Don Fabian, dass ich mich nicht sehr gut fühlte und dass ich sehr müde sei. Javier sagte, dass es besser sei, wenn ich schlafen ginge, und dass ich mir keine Sorgen machen solle. Ich sei den ganzen Tag gereist und sei das nicht gewohnt und außerdem, sagte er, dies sei alles viel zu viel für mich. Ich verstand nicht, was er sagen wollte, aber das machte mir auch nicht viel aus. Ich wollte bloß schlafen. Ich fiel fast um. Javier sprach mit einigen Leuten und zusammen mit Don Fabian brachten sie mich zu einem Zimmer, das ans Haus angrenzte. Kaum hatte ich mich ins Bett gelegt, befand ich mich auch schon in tiefem Schlaf. Ich erwachte am nächsten Tag um elf Uhr vormittags. Ich wusste nicht, wo ich war, und ich konnte mich nicht mehr an das erinnern, was am Vortag geschehen war. Ich verließ das Zimmer und traf Don Fabian.

»Wie fühlst du dich heute? Gestern hast du ausgesehen wie eine Leiche.«

»Mir geht es besser, ich kann mich nur an nichts mehr erinnern.«

»Macht nichts. Mach dich fertig jetzt, wir wollen losfahren.«

Ich packte meine Sachen und holte Don Fabian und Javier ein, die ihre Sachen in den Kombi luden. Das Haus war fast leer, es waren nur wenige Leute da. Ab und zu kamen einige Bilder von der vorherigen Nacht hoch, so als wäre das alles vor langer Zeit geschehen. Ich erinnerte mich, dass ich jemanden kennen gelernt hatte, aber ich wusste nicht mehr, wer das war, und konnte mich nicht an seine Gesichtszüge erinnern. Javier rief mich, damit ich meine Sachen im Kombi verstauen sollte.

»Ich hoffe, dass du dich erholt hast. Du hast mehr als zwölf Stunden geschlafen.«

»Ja, ich bin gut erholt und ich fühle mich viel besser. Wo fahren wir jetzt hin?«, fragte ich.

»Ich muss einige Besuche machen und danach sehen wir, ob wir heute oder morgen früh nach Buenos Aires zurückfahren.«

Wir verabschiedeten uns von den Hausbesitzern und von den wenigen Leuten, die noch da waren.

»Wie kommt es, dass niemand mehr in dem Haus war?«, fragte ich Javier, als wir schon unterwegs waren. »Wenn ich mich richtig erinnere, war es gestern voll.«

»Deshalb, weil die Leute gestern sehr spät ins Bett sind und einige schlafen noch. Die anderen sind in ihren Hotels.«

»Und der Mensch, den ich gestern kennen gelernt habe«, fuhr ich fort, »von dem ich mich weder an das Aussehen, noch an den Namen erinnere, schläft er auch noch?«

»Nein, er ist heute morgen ganz früh abgereist.«

»Wie heißt er?«

»Er heißt Alfredo.«

Ich dachte nach und versuchte mich zu erinnern.

»Ich weiß nicht, was gestern mit mir los war. Ich habe mich noch nie so gefühlt! Heute morgen fühle ich mich, als ob ich in einem beeindruckenden Rausch fünf Liter Wein getrunken hätte. Und das Beste ist, dass ich keinen Tropfen angerührt habe.«

»Das kommt daher, weil du dich auf gewisse Weise berauscht hast«, antwortete Javier.

»Wieso habe ich mich berauscht? Was bedeutet das?«

»Du hast du nicht am Wein berauscht, sondern an etwas anderem. Aber jetzt denk nicht darüber nach, sondern entspann dich. In einer Weile halten wir, um etwas zu essen. Gestern hast du nichts gegessen und heute musst du sehr hungrig sein, oder?«

»Ja, das ist wahr, ich sterbe vor Hunger.«

Wir hielten zum Mittagessen an einem Restaurant an. Javier erledigte wie immer seine Telefonate. Don Fabian und ich setzten uns und bestellten das Essen. Don Fabian begann die Unterhaltung.

»Donnerstag werde ich ein Abschiedsfest für einige Freunde und meine Familie machen. Wenn du kommen möchtest, bist du eingeladen.«

»Warum? Wann reisen Sie ab nach Spanien?«

»Kommenden Samstag.«

»Es tut mir leid, dass ich Sie dann nicht mehr sehen kann. Sie haben mir sehr geholfen und Sie haben viel Geduld mit mir gehabt und ich wollte mich bedanken.«

»Da gibt es nichts zu bedanken«, unterbrach er mich, »denn ich habe überhaupt nichts gemacht. Ich hoffe nur, dass dir unsere Unterhaltungen etwas genützt haben, und eigentlich bin ich sicher, dass das so ist. Ich denke, dass du dich immer an dieses Zusammentreffen erinnern wirst.«

»Ganz sicher.«

Javier kam an den Tisch und teilte uns mit, dass wir nach Buenos Aires zurückkehren würden, da seine Pläne sich geändert hätten. Die verbleibenden Lieferungen würde er auf dem Rückweg erledigen.

Während wir aßen, teilte Javier Don Fabian mit, dass er die nächste Woche in Argentiniens Süden reisen müsse, da er einige Kontakte mit

Personen hergestellt hätte, die daran interessiert seien, seine Teppiche zu verkaufen. Es sei ihm daher nicht möglich, zur Abschiedsfeier zu kommen. Don Fabian sagte, er solle sich keine Gedanken machen und sie würden auf jeden Fall in Kontakt bleiben. Danach wandte sich Javier an mich.

»So, wie hat dir diese Erfahrung gefallen? Diese Blitzreise? Das war besser, als zu Hause zu bleiben, nicht wahr?«

»Ja, das muss ich zugeben. Es war alles nützlich und es geht auch alles vorbei.«

»Alles hat ein Ende. Diese Erfahrung wird dir helfen zu wachsen. Der Mensch, den ich dir gestern vorgestellt habe, Alfredo, ist einer von den *Meistern*, von denen ich dir erzählt habe – deshalb hatte ich Fabian gebeten, dass er dich zu diesem Treffen einlädt. So konntest du den Kontakt haben. Dies ist, außer deiner Müdigkeit, der Grund dafür, dass du dich gestern schlecht gefühlt hast. Es war alles zu stark für dich.«

»Ist das wahr, was Sie mir sagen?«, brachte ich heraus. Ich sah, dass Don Fabian bestätigend mit dem Kopf nickte.

»Ja. Ich konnte dir nicht sagen, um was es wirklich ging, denn sonst wärst du mit einer falschen Einstellung gekommen. Jedoch ohne es zu wissen, konntest du im Rahmen deiner momentanen Möglichkeiten ‚empfangen'.«

»Aber ich habe nichts empfangen, ich musste schlafen gehen, kaum dass ich angekommen war. Können Sie mir das alles nicht besser erklären?«

»Da gibt es nichts zu erklären, und wenn du weiterhin versuchst, es mit deinem limitierten, stumpfsinnigen und unreifen Gehirn zu verstehen, dann wirst du mit dem Kopf immer gegen die Wand laufen. Das, was du empfangen hast, kann man nicht erklären, man kann es nur wahrnehmen. Und es nützt dem ‚Neu-Geborenen', der du bist: Es ist seine Nahrung. Alle Personen haben gestern ihre ‚Nahrung' erhalten. Einige sind in der Kindheit, andere sind dabei, sich zu entwickeln, aber du bist ein ‚Neu-Geborener'. Ein ‚Neu-Geborener' muss sich stärken, er muss die ersten Monate des Lebens überstehen, er muss sich zurechtfinden. Und vor allem muss er die Schwierigkeiten überwinden, welche die ersten Schritte im Leben mit sich bringen, so wie er später andere Schwierigkeiten überwinden muss, aber dann wird er schon stärker sein ... ich weiß nicht, ob du verstehst, was ich dir sagen will?«

»Ich glaube schon. In Wirklichkeit sagen Sie mir, dass ich nicht bereit bin für den ‚Kontakt' mit der Unterweisung, nicht wahr?«

»Ganz genau. Dieser Moment ist nicht der richtige für dich und frag mich jetzt nicht, warum.«

»Was muss ich denn tun? Ich verstehe überhaupt nichts.«

»Gestern hat Alfredo dir gesagt, dass du ihn sicherlich wieder treffen würdest. Dies ist ein gutes Zeichen ... warte.«

»Aber, bis wann muss ich warten?«

»Wenn dein Herz ernsthaft den *Weg* weiter sucht, dann wird der *Weg* sicherlich in dem Moment auftauchen, wo du am wenigsten daran denkst und vielleicht an dem ungewöhnlichsten Ort. Ich kann dir nicht mehr dazu sagen. Erinnere dich, du nimmst mit, was du mitnehmen kannst, nicht mehr und nicht weniger.«

Mit diesen Worten beendete Javier die Konversation. Es war die letzte, die ich mit ihm hatte, bevor wir uns in Buenos Aires verabschiedeten. Don Fabian traf ich noch einmal auf dem Abschiedsfest vor seiner Reise nach Spanien, aber ich hatte keine Gelegenheit mehr, mit ihm zu reden.

Eine Etappe war abgeschlossen. Don Fabian und Javier gingen in die Erinnerung über. Mir waren viele Dinge passiert und ich musste sie verdauen. Ich war in Kontakt mit einem *echten Meister* gewesen und hatte weder dies noch die Bedeutung, die er besaß, erkannt ...

Die Chance: Der Weg

Die Militärzeit lag hinter mir und ich war ins Alltagsleben zurückgekehrt. Zuerst lebte ich mit der Erinnerung an die Unterhaltungen, die ich mit Don Fabian und Javier geführt hatte, und an die Erfahrungen, die ich gemacht hatte. Ich dachte, dass sich wirklich etwas verändert hatte und dass dies alles nicht nur zufällig passiert sein konnte. Ich wollte es so sehen. Es musste eine Entwicklung in dieser Situation geben, eine Entwicklung, die mich irgendwo hinbringen würde.

Ein Teil von mir war komplett davon überzeugt, aber mit der Zeit begann der andere Teil daran zu zweifeln. Ich zweifelte an Don Fabian und Javier. Möglicherweise hatten sie mir etwas vorgemacht und die beiden waren nichts weiter als zwei Ungläubige. Ich zweifelte an allem, was ich bei dem Treffen gesehen hatte. Wer sagte denn, dass diese Leute nicht einer politischen Bewegung oder einer Sekte angehörten? Welches waren ihre wahren Ziele? Diese Zweifel überschwemmten meine Gedanken. Ich fühlte mich zweigeteilt. Entsprechend wurde der eine Teil, der an die Erfahrung glaubte und das Bedürfnis hatte, damit in Kontakt zu bleiben, von dem anderen Teil attackiert, der an allem zweifelte. Diese Spaltung bewirkte, dass ich mich immer weiter von dem entfernte, was für mich essentiell für meine Existenz war.

Diese zwei Zustände dauerten an. Einerseits war mir bewusst, dass ein Teil meiner Person *Etwas* suchte, und dass dieses *Etwas* der Hauptgrund für meine Existenz war. Und nicht nur für meine Existenz, sondern für die aller menschlichen Wesen, denn mehr oder weniger fragen wir uns alle in einem Moment des Lebens – bei Schwierigkeiten oder bei einer Krankheit, die uns dem Tod näher bringt – warum wir geboren wurden und was der wahre Grund für unser Dasein ist. Der Unterschied zwischen den Menschen ist nur der, dass einige diese Unruhe ständig latent spüren. Warum sich diese Unruhe bei einigen ausdrückt und in anderen nicht, weiß ich nicht zu beantworten. Nun gut, ich habe immer geglaubt, dass ich zu der Gruppe von Menschen gehöre, die diese Unruhe ständig latent spüren. Die Erlebnisse des Militärdienstes hatten mich in dieser Ansicht bestätigt und hatte meine Sicherheit zu dieser Einstellung erhöht. Jetzt aber befand ich mich im ‚Zweifel' mit allem und allen. Ich verstand diesen starken Widerspruch in mir nicht und wollte ihn nicht haben. Die kleine *Hoffnungsflamme*, die in meinem Inneren angefangen hatte zu brennen, wurde zunehmend durch den Zweifel erstickt. Und das Traurigste war, dass ich anfing, mich an diesen Zustand zu gewöhnen und keinerlei Reaktion in Bezug auf ihn zeigte. Ich hatte diese Realität akzeptiert, indem ich meinem negativen Aspekt erlaubt hatte, sich meiner zu bemächtigen. Dies bescherte mir Leiden, ein passives Leiden, das Raum schaffte für Depression und der Selbstzerstörung Tür und Tor öffnete.

Die drei Jahre, die der Militärzeit folgten, waren für mich wie ein Tunnel ohne Ausgang. Meine Neigung, in depressive Zustände zu fallen, wuchs von Mal zu Mal. Obwohl ich mich wieder in die Musikszene eingegliedert hatte – ich spielte in einigen Lokalen und verdiente etwas Geld – sah ich nichts am Horizont, was meine Situation verbessern konnte. Als ich fühlte, dass ich ganz am Boden war, ergab sich eine unerwartete Situation, die mein ganzes Leben verändern sollte.

Wir erhielten die Nachricht, dass meine Cousine aus Italien, Sabrina, für einige Wochen zu uns zu Besuch kommen würde. Mich ließ das alles völlig kalt. Ich lebte in meiner eigenen Welt und alles, was sich auf familiärem Gebiet abspielte, interessierte mich nicht. Meine Cousine Sabrina kannte ich nur von Photos und von dem, was mein Vater uns erzählt hatte, als wir klein waren.

Als ich Sabrina kennen lernte, fühlte ich sofort, dass wir die gleiche Wellenlänge hatten. Niemals hätte ich gedacht, dass wir etwas gemeinsam haben könnten. Sabrina erkannte, dass es mir nicht gut ging, und auf gewisse Weise sagte ihr die Intuition, was es war. Wir sprachen viel über die Themen, die eine Suche nach der Wahrheit mit sich bringt, und ich erzählte ihr von meinen Erfahrungen im Militärdienst und davon, wie sich in mir ein Zustand der Selbstzerstörung gebildet hatte. Mit Sabrina konnte ich reden, wir verstanden uns wunderbar. Einige Tage bevor sie nach Italien zurückging, lud sie mich ein, ein paar Monate in Italien zu verbringen. Ich akzeptierte, ohne zweimal darüber nachzudenken. Ich hatte immer schon aus meinem Land fortgehen wollen und hatte gewusst, dass ich es eines Tages tun würde. Das Problem war, dass ich nicht genug Geld für das Ticket hatte, aber Sabrina sagte, dass das nicht wichtig sei. Das Wichtigste sei, dass ich die erforderlichen Amtsgänge erledigen würde und mich bereit hielte. In spätestens fünf Monaten würde ich mein Ticket bekommen.

So war es, fünf Monate später erhielt ich mein Ticket und reiste nach Italien ab. Meine ganze Familie und meine Freunde glaubten, dass es nur für ein paar Monate sei, aber ich wusste, dass es für immer war oder mindestens für eine lange Zeit.

* * *

Ich kam im Jahr 1984 nach Italien. Zu Anfang, wie immer bei etwas Neuem, erschien mir alles phantastisch. Ich lebte im Haus meines Onkels. Doch nach zwei Monaten begannen die ersten Probleme, sicherlich aufgrund meines Charakters. Ich beschloss, mir etwas Eigenes zu suchen. Ich mietete ein billiges Zimmer und gab einige Anzeigen auf, in denen ich Gitarrenunterricht anbot. Logischerweise war das musikalische Angebot in San Benedetto klein und man konnte es nicht mit der Musikszene von Buenos Aires vergleichen. Ich erkannte, wie schwierig es sein würde, vom Gitarrenunterricht zu leben und entschloss mich, zusätzlich meine Dienste einem Geschäft für Musikinstrumente in der Stadt anzubieten. Zu meinem Glück gaben sie mir Arbeit. Die Dinge fingen an, besser zu laufen. Ich hatte mit dem ersten Gitarrenkurs begonnen und unter meinen Schülern gab es einen, der meine besondere Aufmerksamkeit erregte. Sein Name war Agha. Er war ein besonderer Junge und auch ziemlich merkwürdig. Er war ein guter Beobachter und intelligent; außerdem hatte ich nie zuvor den Namen gehört. Nach einiger Zeit, nachdem wir uns besser kennen gelernt hatten, erzählte er mir, dass sein Vater im Versicherungswesen arbeitete und viel in der Welt herumreisen würde. Er sei viele Male in Argentinien gewesen und hätte dort einige Jahre gelebt, als er jünger gewesen sei.

Alles, was er sagte, interessierte mich, andererseits konnte ich die Arbeit eines Versicherungsagenten nicht mit der Tatsache ständiger Weltreisen in Verbindung bringen. Agha erzählte mir, dass sie ständig Besuche von Freunden seines Vaters aus aller Welt erhielten. Etwas, das auch meine Aufmerksamkeit erregte, war ein kleines Schwert, das er um den Hals hängen hatte. Als ich ihn fragte, was das sei, sagte er, dass dies ein Geschenk sei, das sein Vater all seinen Freunden gebe. Ich dachte, da er Versicherungshändler sei, gäbe er dies seinen Klienten als *Souvenir*.

Während der Zeit, die der Kurs dauerte, war ich besonders an allem interessiert, was Agha mir erzählte. Aber dabei blieb es auch. Ich hatte nie daran gedacht, ihn zu bitten, mich seinem Vater vorzustellen. Da er so viel nach Argentinien reiste, hätte ich mich gut mit ihm unterhalten können.

So vergingen die ersten anderthalb Jahre. Obwohl ich schon genügend Schüler hatte und anfing, bekannter zu werden, fing die Geschichte wie immer an, sich zu wiederholen. Ich bemerkte, dass mir etwas fehlte, und die Depression fing an, mein alltäglicher Zustand zu sein. Ich wusste nicht, warum ich in Italien war, aber gleichzeitig wollte ich nicht weg. Italien war meine letzte Chance. In diesem Zustand nach Argentinien zurückzukehren hätte mich in die totale Selbstzerstörung geführt.

Ich begann woanders einen neuen Gitarrenkurs und wie zuvor in meinem Leben, wenn ich ganz am Boden war und keine Möglichkeit mehr für eine Veränderung in meinem Leben sah, passierte wieder etwas, das mir das Leben retten würde, und dieses Mal endgültig.

In diesem Kurs lernte ich eine Frau kennen, mit der ich schnell im Einklang war. Nach einiger Zeit erzählte ich ihr von meiner Suche, von den Büchern, die ich las, und von dieser Art Dinge. Zu meiner Überraschung war sie auch an diesen Themen interessiert und erzählte mir von einem Freund, der eine Unzahl von Büchern besaß, die von diesem Thema handelten. Dabei blieb es erst einmal. Zur nächsten Stunde brachte sie mir ein Buch auf Spanisch mit und sagte mir, dass der Freund es mir schicken würde. Das Buch hieß *„Gurdjieff's Meister"* und ich kannte es nicht. Ich kam nach Hause und las es in der gleichen Nacht aus. Dieses Buch zu lesen hatte einen merkwürdige Effekt auf mich und es machte mir unglaubliche Freude – als ob ich etwas, das ich verloren hatte, wiedergefunden hätte. Obwohl es offensichtlich war, dass – kurz nachgerechnet – der Autor niemals diese vermeintlichen Meister gekannt haben konnte, gefiel mir der Inhalt ganz und gar. Außerdem lag er auf der Denklinie, mit der ich mich identifizierte.

* * *

Im Laufe der Woche las ich das Buch noch einmal. Ich bemerkte einen Hinweis, in dem am Ende des Buches eine Adresse angegeben war, wo man mehr Information erhalten konnte. Normalerweise hätte ich, ohne zu überlegen, hingeschrieben, aber dieses Mal fühlte ich großen Widerstand in mir bei dem Gedanken, dorthin zu schreiben. Am folgenden Samstag – dem Tag, an dem ich meine Klasse hielt – traf ich Marta, meine Freundin, und ich fragte sie, ob ihr Freund mir noch mehr Bücher leihen würde. Sie antwortete mir, dass sicherlich ja und dass ich ihn persönlich fragen könne, denn er käme sie nach der Stunde abholen. Am Ende der Stunde kam ihr Freund. Sie stellte ihn mir vor. Das erste, was ich zu ihm sagte, war, ob er noch mehr Sachen in dieser Art zum Lesen hätte. Er antwortete ja und sah mich einen Moment an.

»Hast du nicht einem Typ Namens Agha Gitarrenunterricht gegeben?«

»Ja«, sagte ich.

»Ah! Er ist der Sohn eines Freundes von mir.«

Dies erregte meine Aufmerksamkeit nicht besonders. Mein Interesse war darauf gerichtet, ob er noch andere Sachen zum Lesen hatte. Er beobachtete mich auf merkwürdige Weise und sagte nichts. Während er mich beobachtete, sagte ich ihm, dass ich überlegt hätte, an die Adresse zu schreiben, die am Ende des Buches angegeben sei, aber – obgleich ich nicht wüsste warum – einen starken Widerstand in mir dagegen verspürt hatte. Ich fragte ihn, was er davon hielte. Fernando, so hieß er, blickte mich fest an.

»Gut gemacht«, antwortete er mir lächelnd, »denn da würdest du absolut nichts finden. Wir haben immer die Neigung zu glauben, dass wir die Sachen in weiter Ferne suchen müssten, an wer weiß welchen Orten, aber manchmal haben wir sie direkt vor der Nase und merken es nicht.«

Das, was er mir sagte, berührte mich aus irgendeinem Grund und ließ mich ihn fragen, was er mir wirklich damit sagen wolle.

»Ich will dir genau das sagen, was du gehört hast. Sonst nichts.«

Nach einer kurzen Pause fuhr er fort:

»Wenn du möchtest, kann ich dich einem Freund von mir vorstellen, der viel darüber weiß.«

»Ja! Das würde mir sehr gut gefallen!«

»In Ordnung. Ist dir nächste Woche recht? Dienstag oder Mittwoch?«

»Ist mir sehr recht«, antwortete ich.

»Gib mir deine Telefonnummer, ich werde dich anrufen.«

Ich gab ihm meine Nummer und wir verabschiedeten uns. Ich kehrte nach Hause zurück und dachte an das, was geschehen war. Um halb sieben erhielt ich einen Anruf von Fernando, der mir sagte, dass sein Freund mich noch am gleichen Abend kennen lernen wollte. Ich erklärte ihm, dass ich unmöglich kommen könne, da ich mit einigen Freunden in ein Jazzkonzert nach Ancona fahren wolle, und dass sich alle bei mir zu Hause treffen würden. Ich erklärte ihm auch, dass ich kein Auto hätte und das Wichtigste sei, dass ich die Eintrittskarten für das Konzert von allen hätte.

»Um wieviel Uhr holen dich deine Freunde ab?«, fragte mich Fernando.

»Um acht, viertel nach acht«, antwortete ich.

»Dann machen wir folgendes. Ich rufe dich um halb neun an. Wenn du weg bist, ist es egal, und wenn du noch da bist, machen wir was aus für heute Abend.«

»Fernando, es ist unmöglich heute Abend ... aber wenn du anrufen willst, tu es.«

Wir verabschiedeten uns. Es war unmöglich, dass meine Freunde mich nicht abholen würden: Sie hatten keine Eintrittskarten. Ich verdrängte den Gedanken aus meinem Kopf und machte mich fertig zum Ausgehen. Es wurde acht und niemand erschien, viertel nach acht und immer noch kein Lebenszeichen. Sie werden sich verspätet haben, dachte ich. Um halb neun rief Fernando an.

»Habe ich dir nicht gesagt, dass du nicht gehen würdest, nicht wahr?«, waren seine Worte.

»Ja, aber ich verstehe nicht, was passiert ist. Wie können sie das nur vergessen haben?«

»Bei diesen Dingen funktioniert alles so, ohne dass man eine Erklärung geben kann.«

»Und jetzt, was machen wir?«, fragte ich.

»Ich hole dich um halb zehn Uhr bei dir zu Hause ab. Warte vor der Tür auf mich.«

»In Ordnung, bis dann.«

Ich verstand nicht, was mit meinen Freunden geschehen war. Ich war enttäuscht von der Art und Weise, wie sie sich verhalten hatten.

* * *

Um halb zehn wartete ich vor der Tür darauf, dass ich abgeholt wurde. Plötzlich sah ich ein Auto kommen, das mir Lichtzeichen gab, damit ich näher kommen solle. Es war Fernando. Die Straße war dunkel und ich konnte die Leute, die mit dabei waren, nicht sehen, was mich ein wenig nervös machte. Ich stieg ein. Sie waren zu viert: vorne saßen Fernando und ein anderer Mann, den ich noch nicht von vorne sehen konnte. Hinten saßen zwei weitere. Ich setzte mich nach hinten und kaum fuhren wir los, sagte eine Stimme auf Spanisch mit Akzent aus Buenos Aires zu mir:

»Hallo Juan ... ich habe dir gesagt, dass wir uns wieder begegnen würden, nicht wahr?«

Es war Alfredo! Ich konnte es nicht glauben, mir standen die Haare zu Berge.

»Aber, wie ...?«

»Jetzt beruhige dich, das sind Dinge, die passieren können«, sagte er, ohne mich ausreden zu lassen.

Danach wies er Fernando an, uns zu einem Teehaus zu bringen, um eine Weile zu erzählen. Den ganzen Weg über zitterte ich, mir erschien das alles wie ein Traum.

* * *

Im Teehaus angekommen, in dem ich schon einige Male gewesen war, setzten wir uns an einen Tisch, der etwas abseits stand. Ich konnte meine Nervosität nicht zügeln, und es war offensichtlich, dass alle es bemerkten.

Nachdem wir bestellt hatten, fingen sie an, über alles Mögliche zu sprechen, während ich versuchte, mich zu beruhigen und an die Situation zu gewöhnen. Inmitten des Stimmengemurmels, das man im Lokal hörte, fragte mich Alfredo:

»Welche Sachen hast du gelesen?«

»Von allem ein bisschen, aber ich bin an dem Material von Gurdjieff hängen geblieben.«

»Gut, jetzt kannst du all das vergessen. Es hat dir geholfen bis hierher zu kommen, aber es taugt nichts und es kann dich nirgendwo hinbringen. Es kann dich nur noch mehr verwirren. Auf einem echten Weg zu sein und diese Erfahrung zu machen ist etwas ganz anderes, als über einen Weg etwas zu lesen und intellektuell über ihn nachzudenken.«

Alle Worte, die Alfredo sagte, trafen mich in meinen Innersten. Nie zuvor hatte ich eine vergleichbare Empfindung erlebt, wenn jemand zu mir gesprochen hatte. Seine Worte waren wie Schläge, die mich erschütterten. Nach einer Pause fuhr Alfredo fort.

»Bis zu mir zu kommen ist nicht leicht, und dieser Weg ist auch nicht leicht. Man braucht viel Mut, um weiterzugehen. Außerdem ist dieser Weg nicht für alle Menschen, er ist nur für einige wenige … für diejenigen, welche bestimmte Bedingungen in sich vereinen und die, auf gewisse Weise, vorbereitet sind. Das Ziel ist, zur Ganzheit des *Wesens* zu gelangen, und dies geschieht mittels der Verbindung von einer unendlichen Zahl von Schaltkreisen, die dich dazu bringen, in allen Dimensionen komplett zu funktionieren.

Im ersten Schritt wird es notwendig sein dich zu entleeren, denn nur dann kannst du mit der göttlichen Gnade gefüllt werden. Wenn du mich jetzt nicht verstehen kannst, versuch auch nicht zu interpretieren, was ich dir sage. Mit der Zeit wirst du lernen, dass unser Intellekt, den ich die ‚niedrige Wahrnehmung' nenne, nur in dem Bereich nützlich ist, in dem er arbeitet. Aber auf dem Gebiet der höheren Einsicht ist er nur ein Hindernis für das Wachstum.«

Ich war ganz starr, niemals zuvor hatte ich mich so gefühlt. Das Einzige, was ich wusste, war, dass ich glücklich war, und diese Freude kam aus dem Herzen. Ich konnte nicht einmal etwas sagen. Alfredo sprach weiter zu mir.

»Alle diejenigen, die wahrhaftige Sucher der Wahrheit sind, können, wenn sie den Weg nicht finden, der sie dorthin bringt, große Fehler im Leben machen. Sie können sogar verrückt werden … denn die *Essenz*, die von der *Quelle* aller Wahrheit ernährt werden muss, kann nicht mit der Lüge erstickt werden

Ich bilde *Krieger* aus, denn nur als guter Krieger ist es möglich, all die inneren und äußeren Kämpfe zu überstehen, die dich zum Sieg bringen. Für einen *Krieger* existiert nur der *Sieg*, denn nur der *Sieg* wird ihn zur *Wahrheit* bringen.« Er sah mich mit einem Lächeln an und sagte zu mir:

»Jetzt gib mir deine rechte Hand.« Und er legte mir ein kleines Schwert hinein, das gleiche, das ich bei Agha gesehen hatte. Ich sagte es Alfredo.

»Dieser Junge ist mein Sohn und dieses Schwert gebe ich all meinen Freunden, es ist das Symbol des ‚Kriegers'. Das Einzige, was du tun musst, um dich in die Arbeit zu integrieren, ist jeden Mittwoch zur Versammlung der Gruppe zu kommen, sonst nichts. Wenn du möchtest, kannst du kommenden Mittwoch anfangen, der Treffpunkt ist am Nardone-Platz um halb acht. Von dort aus gehen wir zum Ort der Versammlung. Fernando erklärt dir nachher alle Details. Gut, ich denke, das reicht, außerdem ist es Zeit für uns zu gehen.«

Fernando bezahlte die Rechnung und wir verließen das Lokal. Wir begleiteten Alfredo nach Hause und er verabschiedete sich von mir mit einem »bis Mittwoch«. Wir brachten auch die anderen beiden nach Hause, die uns begleitet hatten. Danach sagte mir Fernando, wenn ich noch nicht zu müde sei, könnten wir noch in ein anderes Lokal gehen, um uns noch etwas zu unterhalten. Ich war einverstanden und wir gingen. Fernando erzählte mir, wie er Alfredo kennen gelernt hatte und dass er fünf Jahre warten musste, um akzeptiert zu werden. Er fragte mich, wie es kam, dass ich mich für diese Dinge interessierte, und wie ich bis hierher gekommen sei. Ich erzählte ihm meine Geschichte und er war nicht überrascht, da fast alle Personen auf eine ähnliche Weise zu Alfredo kamen, wie er mir sagte. Ich konnte es nicht lassen, ihm einige Fragen zu stellen: aus was das Training bestand, welche Übungen man machte, was für Atemübungen … aber bevor ich weitermachen konnte, stoppte mich Fernando.

»Nichts von dem, was du gelesen hast oder dir vorstellst, hat mit dem hier etwas zu tun. Dies ist ein echter Weg und ein echter Weg existiert nur, wenn ein echter, lebender Meister existiert. Versuche nicht, eine Ähnlichkeit zu finden mit all dem, was du gelesen hast … vergiss das alles! Du schaffst dir nur Hindernisse. Aus was die Übung am Mittwoch besteht, das wirst du mit deinen eigenen Augen am Mittwoch sehen und du wirst es mit deinem eigenen Körper erleben.« Er machte eine Pause. »Eines der wichtigsten Dinge, um auf dem Weg voranzukommen, ist Geduld, Geduld mit deinen Wegbegleitern und vor allem mit dir selbst. Denn wenn dir diese Grundbedingung fehlt, kann es sein, dass du deine Chance verpasst. Vielleicht kannst du mich jetzt nicht verstehen, aber ich erzähle dir eine Geschichte, die mir ein Freund erzählt hat, als ich in die Gruppe gekommen bin:

Es war einmal ein Junge, dessen einziger Wunsch war es zu fliegen. Dies war das Einzige, was er wollte im Leben. Er glaubte, er sei dazu fähig und dachte, das dies sein Schicksal sei. Er hatte von einem alten Meister reden hören, der das Geheimnis des Fliegens kannte. Und so machte er sich auf die lange Reise, ihn zu finden, wohl wissend, dass viele Schwierigkeiten und Gefahren auf ihn lauerten. Aber seine Entschlossenheit war so groß, dass er dennoch loszog. Während der Reise stellte er sich vor, wie der Unterricht im Fliegen sein würde, und zog seine eigenen Schlussfolgerungen, wie es sein müsste zu fliegen. Nach vielen Monaten der Reise fand er ein kleines, verlorenes Dorf mitten in den Bergen, in dem der alte Meister lebte. Als er mit ihm sprechen konnte, sagte er zu ihm:

‚Verehrter Meister, ich möchte fliegen lernen und ich weiß, dass du der Einzige bist, der es kann. Wenn du mich als deinen Schüler akzeptierst, werde ich alles tun, was Du mir aufträgst.'

Der Meister antwortete: ‚Mein Sohn, das, was du möchtest, ist es wirklich das Fliegen?'

Worauf der Junge antwortete: ‚Natürlich will ich das. Ich bin Monat für Monat gereist, um dich zu treffen. Das muss dir meine Überzeugung zeigen.'

Der Meister akzeptierte ihn und ließ ihn alle möglichen Arbeiten machen: Gartenarbeit, Reinigungsarbeiten, Arbeiten, die offensichtlich nichts mit den Flugtechniken zu tun hatten.

Am Anfang verrichtete der Junge alles mit großer Freude, in der Hoffnung, dass der Meister ihm jeden Moment sein wertvolles Geheimnis enthüllen würde. Die Monate vergingen und unser Freund begann ungeduldig zu werden, da er keine Verbindung sehen konnte zwischen den Arbeiten, die der Meister ihn tun ließ, und den Flugtechniken. Da begann er den Meister zu beurteilen und er fühlte, dass der Meister ihn ausnützte. Es kam der Moment, an dem er das alles müde war und nicht mehr an die Versprechungen des Meisters glaubte. Und er ging, um es ihm zu sagen:

‚*Ich bin viele Monate gereist, um einen Alten zu finden, der mich unwichtige Arbeiten tun lässt, sonst nichts. Deshalb habe ich beschlossen, dich zu verlassen und einen wirklichen Meister des Fliegens zu finden.*'

Der Meister antwortete ihm: ‚*Mein Sohn, da du glaubst, dass du im Recht bist, kannst du mit meinem Segen gehen, aber wisse: Wenn du einmal von hier fortgegangen bist, kannst du niemals mehr zurückkommen.*'

Der Junge ging murrend von dannen, da er so viel Zeit damit verloren hatte, diesem Alten zuzuhören. Als er sich von dem Ort, wo der Meister wohnte, entfernt hatte, fühlte er den Impuls sich umzudrehen. Als er das tat, sah er den alten Meister davon fliegen. Und so kam es, dass der Junge seine Chance verloren hatte.

Sei Dir dessen, was ich Dir gesagt habe, immer bewusst«, sagte Fernando, als er seine Geschichte beendete, »und auch darüber, was in dieser Geschichte ins Auge springt, denn die Ungeduld kann Dich dazu verleiten, falsche Schritte zu tun.«

Wieder fühlte ich mich von den Worten getroffen. Dies war etwas, das ich wirklich immer präsent haben musste, denn Ungeduld war einer meiner Hauptcharakterzüge.

Nachdem Fernando und ich uns noch etwas unterhalten hatten, entschieden wir uns aufzubrechen. Es war schon spät. Er bestätigte mir den Treffpunkt und bat mich, bitte pünktlich zu sein. Er brachte mich nach Hause und wir verabschiedeten uns.

Ich konnte nicht glauben, was passiert war. Es kam mir vor, als ob ich in einem Traum wäre. Alles hatte etwas Magisches. Ich legte mich ins Bett und Alfredos Worte erschienen wieder und wieder in meinem Kopf ...

Ich konnte nicht schlafen, alles erschien mir so ungewöhnlich. Ich fragte mich ständig, ob das alles wahr gewesen war.

Am folgenden Morgen fühlte ich mich wunderbar, obwohl ich fast überhaupt nicht geschlafen hatte. Ich konnte nicht glauben, dass mir das passiert war – und in dem Moment, wo ich am wenigsten danach gesucht oder es erwartet hatte. Ich war fasziniert von den Zufällen, die mich dorthin gebracht hatten, und konnte mich kaum beherrschen. An jenem Tag kamen die beiden Freunde, die ich tags zuvor erwartet hatte. Sie entschuldigten sich und erzählten mir, dass sie sich im Theater getroffen hätten und dass beide vergessen hätten, dass sie mich abholen sollten. Sie konnten sich immer noch nicht erklären, wie das möglich gewesen sein konnte. Ich sagte ihnen, dass sie sich keine Gedanken machen sollten, denn Dank ihres Vergessens sei mir das Wichtigste in meinem ganzen Leben geschehen. Offensichtlich verstanden sie überhaupt nichts, aber das war mir egal. Ich hatte den Kopf in einer anderen Welt und das Einzige, das ich kaum erwarten konnte, war, dass der Mittwoch endlich käme, um mit der Arbeit beginnen zu können.

Man ist, wenn man nicht denkt

Es kam der Mittwoch. Ich war ungeduldig und ängstlich zugleich. Ich wusste nicht, auf was genau ich treffen würde, und obwohl ich versuchte, nicht zu denken, konnte ich den Gedanken daran nicht aus meinem Kopf verdrängen. Der Treffpunkt war für halb acht auf dem Nardone-Platz vereinbart. Ich kam fünf Minuten zu früh an und wartete, dass jemand auftauchte. Nach fünf Minuten sah ich Alfredo herbeispazieren. Er wohnte ganz nahe an dem Platz.

»Hallo Alfredo.«

»Wie geht es dir, Juan? Ich sehe, dass du früh dran bist, das gefällt mir. Es ist immer besser, zu früh zu kommen als zu spät. Ich hatte einen Freund, der die Gewohnheit hatte, zu allen Verabredungen zu spät zu kommen ... Und einige Male habe ich es erlebt, dass er sein Flugzeug verpasst hat. Es macht so wenig Mühe, etwas zu früh zu kommen. Es reicht, wenn man ein paar Minuten früher von zu Hause weggeht. Dann hat man immer ein wenig Spielraum, falls etwas Überraschendes passiert, meinst du nicht?«

Ich war so nervös, dass ich kein Wort herausbrachte. Alfredo bemerkte dies.

»Sei nicht so nervös«, sagte er, »niemand wird dich auffressen. Wenn du willst, kannst du etwas sagen.«

»Ich kann es nicht vermeiden, so zu sein«, konnte ich endlich sagen, „in Wirklichkeit bin ich in diesem Zustand, seit ich Sie am Samstag nacht gesehen habe. Ich denke die ganze Zeit nach.«

»Das ist das Problem! Nachdenken. Mit der Zeit wirst du lernen, wie unnütz es ist nachzudenken – es ist eine Energieverschwendung. Und man kommt zu keinem Schluss. Es erhöhen sich nur die falschen Realitäten. Die menschlichen Wesen gründen ihr Leben auf falsche Realitäten und richten ihre ganze Anstrengung darauf zu versuchen, diese falschen Realitäten zu erhärten ... und weißt du, was meine Arbeit ist? Sie zu zerbrechen! Immer und immer wieder und auf alle möglichen Arten ...« und lachend erklärte er: »Du wirst schon sehen, was für ein guter Zerstörer ich bin!« Danach sah er auf seine Uhr und wechselte völlig das Thema.

»Jetzt müsste Fernando hier sein. Wir machen die Übungen bei ihm zu Hause, wo andere Freunde uns schon erwarten. Du wirst sie heute Abend kennen lernen. Isst du gerne?«, fragte er.

»Ja.«

»Gut! Denn wir essen viel und das ist etwas, das du mit der Zeit verstehen wirst. Du wirst verstehen, warum. Nach der Übung gehen wir alle zum Essen in ein Restaurant hier in der Nähe. Das Training endet nach dem Essen.«

Wie, die Übung endet nach dem Essen, dachte ich für mich. Eine Übung ist eine Übung, aber „Essen" hatte ich nie als Übung betrachtet.

Ich fragte Alfredo, wie das zu verstehen sei.

»Die Energie, die während der Übung entsteht und die du bald erleben wirst, arbeitet danach weiter, und während des Abendessens entsteht weiterhin das, was ich *Unterrichtsmaterial* nenne ... sowie viele Dinge mehr, die du in diesem Moment nicht verstehen kannst ... alles zu seiner Zeit.«

In diesem Moment kam Fernando mit seinem Auto. Wir stiegen ein und fuhren zum Versammlungsort. Ich befragte Alfredo zu etwas, das sehr stark meine Aufmerksamkeit erregt hatte: sein Spanisch mit Buenos Aires Akzent. Ich hätte niemals gedacht, dass er Italiener sei. Man hätte ihn für einen Argentinier halten können.

»Das kommt daher, dass ich lange Jahre sehr viel gereist bin«, erklärte er mir. »Außerdem habe ich einige Jahre lang in Argentinien gelebt, als ich jung war. Aber so wie ich mit dir sprechen kann, mit dem Akzent von Buenos Aires, kann ich auch mit der Melodie eines Chilenen, eines Kubaners oder eines Mexikaners sprechen ...« Und er fing an, die unterschiedlichen Tonfälle dieser Länder zu imitieren, was mich sehr beeindruckte, da ich für Sprachen untalentiert bin.

* * *

Wir kamen bei Fernando zu Hause an. Im Eingang des Gebäudes warteten die anderen Personen der Gruppe. Wir gingen zum Aufzug und fuhren in den fünften Stock. Als alle Mitglieder der Gruppe angekommen waren, stellte mich Alfredo vor, und nachdem ich alle begrüßt hatte, warteten wir darauf, dass es acht Uhr wurde, um mit der Übung zu beginnen. Die Gruppe bestand aus fünfzehn Personen. Ich fühlte mich unwohl und sehr seltsam in dieser Situation. Ich konnte es nicht erwarten, dass die Übung begann. Um fünf vor acht gingen wir in einen anderen Raum, wo alles für die Zusammenkunft vorbereitet war. Alfredo setzte sich ins Zentrum auf einen Stuhl, auf dem ein Teppich lag. Die anderen Personen setzten sich langsam. Fernando zeigte mir den Platz, wo ich mich hinsetzen sollte. Es regierte eine absolute Stille und eine Harmonie, die ich nie zuvor gefühlt hatte. Alfredo sagte mir, dass ich nichts anderes tun als mich entspannen und der Kassette zuhören solle. Auf ein Zeichen von Alfredo schaltete Fernando den Apparat ein und ich hörte eine Stimme sagen: »Im Namen Gottes, dem Schöpfer aller Dinge und aller existierenden Wesen …« Diese Stimme fuhr fort, bis eine Musik ertönte. Ich konnte nicht verhindern, dass ich, während ich der Musik zuhörte, zu meinem inneren Dialog zurückkehrte und zu analysieren versuchte, was ich hörte. Aber ich bemühte mich, nicht in meine eigene Falle zu geraten, und fing an mich zu entspannen, wie mir Alfredo geraten hatte. Von neuem ertönte die Stimme und danach eine andere Musik, eine sich wiederholende, ganz andere als die vorherige. Ohne es zu bemerken war ich so entspannt, dass ich meinen Körper fast nicht mehr fühlte. In einem Moment fing ich an, von einer ganz feinen Energie durchtränkt zu werden – es fühlte sich wie etwas „Frisches" an. Es war beeindruckend, ich konnte es kaum aushalten … der Raum war überschwemmt mit dieser Energie und zeitweise roch man den Duft von einem starken Parfüm. Alles geschah, während die Musik in meinem Körper widerhallte. Ich hatte so etwas noch nie zuvor gefühlt und hätte auch nicht gedacht, dass etwas existierte, das so … es gibt in Wirklichkeit keine Worte, um es zu beschreiben.

Die Übung erreichte ihr Ende und Alfredo sagte, dass wir jetzt Essen gehen könnten. Ich verließ verwirrt den Versammlungsort. Ich hatte nichts von dem was passiert war verstanden, oder besser gesagt, von dem was mir passiert war. Ich war so beschäftigt mit mir, dass ich die anderen nicht einmal wahrnahm. Plötzlich hörte ich Alfredos Stimme, die mir sagte:

»Es ist sinnlos, dass du nachdenkst und zu verstehen versuchst, damit erreichst du nur noch mehr Verwirrung.«

Seine Worte brachten mich zu mir zurück. Danach, während wir die Wohnung verließen, sagte Alfredo einen Satz, den er später zu anderen Gelegenheiten wiederholen würde: »Die Leute sagen und glauben, dass *man ist, was man denkt*, ich dagegen sage, dass *man ist, wenn man **nicht** denkt*.«

Einige Minuten später saßen wir im Restaurant. Fernando setzte mich an Alfredos Seite. Die Gruppe bestand zu diesem Zeitpunkt aus Personen, die im Durchschnitt um die vierzig Jahre alt waren. Es waren nur zwei Personen dabei, die jünger waren als ich. Das Essen kam schnell und Alfredo machte mich spaßhaft darauf aufmerksam, mich schnell zu bedienen, sonst würde ich den anderen nur noch zuschauen können:

»Das sind alles Piranhas«, sagte er lachend.

Die Leute unterhielten sich über verschiedene Themen und Alfredo unterbrach von Zeit zu Zeit. Ich beschränkte mich darauf zu essen und sagte kein Wort, vielleicht weil ich in der illusorischen Erwartung war, dass über „etwas Wichtiges" gesprochen werde. Es war offensichtlich, dass dies meine erste Zusammenkunft war und dass ich nicht wusste, wie ich mich benehmen und was ich tun sollte. Diese Unsicherheit kam einzig daher, dass ich „etwas" erwartete, anstatt, was ich mit der Zeit lernte, das einzig Wichtige zu tun und mit Einfachheit präsent zu sein. Es verging eine ganze Weile, bevor Alfredo anfing zu sprechen.

»Auf diesem Weg«, begann er, »damit ich euch wahrhaft nützlich sein kann, ist es notwendig, dass ihr alle in dem Maße wie möglich versucht, euch einige Ratschläge und Anweisungen zu eigen zu machen, die ich euch geben werde. Dies ist während der ersten Etappe der Arbeit sehr wichtig. Es ist wichtig, sich daran zu erinnern, dass diese Ratschläge Teil der Unterweisung sind und wertvolle Instrumente für Verständnis und Wachstum. Es wird manchmal vorkommen, dass ihr nicht versteht und dass ihr in Versuchung geratet, auf jeden Fall rational verstehen zu wollen. Dies würde eine Zeit- und Energieverschwendung bedeuten, die euch zu einer noch größeren Verwirrung führt ... versucht alles in eurem tieferen Gedächtnis zu verstauen, damit ihr es im geeigneten Moment benutzen könnt. Erinnert euch daran, dass der Intellekt oder die niedrige Wahrnehmung – wie ich schon viele Male gesagt habe und niemals müde werde zu wiederholen – nur auf dem Gebiet nützlich sind, auf dem sie arbeiten. Aber der Intellekt kann keine Hilfe sein, um zur Erkenntnis zu gelangen, und auch nicht, um die Realität zu verstehen, denn diese kann nur wahrgenommen, erlebt werden – und danach wird sie nur von der erweiterten Wahrnehmung verstanden. Behaltet in der Erinnerung, dass die erweiterte Wahrnehmung das Organ ist, das mit der Weisheit des Allmächtigen verbunden ist.

Wenn ihr mit der Gnade und Erkenntnis erfüllt werden wollt, ist es zuerst notwendig, euch zu entleeren … zu entleeren von all euren falschen Glaubenssätzen und von all den falschen Konzepten bezüglich der Unterweisung, der Arbeit und eurer Existenz. Es müssen viele Prüfungen bestanden werden, die manchmal äußerlich wirken können – sie werden sich als unangenehme Situationen präsentieren. Aber in Wirklichkeit sind die Prüfungen in unserem Inneren, und je weiter man auf dem Weg voranschreitet, desto subtiler werden sie sein und auf diese Weise schwieriger zu entdecken.«

Er machte eine Pause. Alle hörten aufmerksam seinen Worten zu.

»Ihr müsst versuchen, euch nicht einzumischen«, fuhr er fort, »indem ihr sinnlos den Verstand mit phantastischen Gedanken anstrengt, denn diese sind immer Hindernisse und entstammen dem unkontrollierten Begehren, der Gier und der Konfusion. Versucht immer, im hier und jetzt gegenwärtig zu sein. Ihr müsst euch bewusst werden, dass ihr auf dem richtigen Weg seid. Greift nicht ein, sondern helft bei dieser Arbeit mit Einfachheit, Hingabe und vor allem mit Geduld … Geduld nicht nur mit euch selbst, sondern auch mit euren Wegbegleitern. Deshalb versucht, harmonisch zu sein, und nehmt aktiv ohne Angst teil.«

Alfredo hörte auf zu sprechen und wechselte rasch das Thema, aber einer der Anwesenden stellte ihm eine Frage:

»Alfredo, ich bin noch ziemlich neu in der Arbeit und versuche mich anzustrengen, einige Konzepte aufzunehmen, die für mich total neu sind. Aber das ist so schwer für mich, dass ich mich manchmal verheerend fühle … zum Beispiel versuche ich die Präsenz zu üben, aber ich fühle, dass ich bei all meinen Versuchen scheitere.«

Alfredo hörte ihm aufmerksam zu und antwortete:
»Vor allem wirst du keinerlei Ergebnis erzielen, wenn sich in der Basis ‚Angst' befindet. Wenn deine Anstrengung von Angst motiviert ist und du die Illusion hast, konkrete Ergebnisse innerhalb einer Woche zu erzielen, dann unternimmst du eine falsche und nutzlose Anstrengung. Zuerst musst du – wie ich gerade gesagt habe – Geduld mit dir selbst haben, und zwar viel. Vielleicht kannst du dir nicht einmal vorstellen, von welcher ‚Geduld' ich spreche. Du misst die Geduld bezogen auf die Zeit. Die ‚Geduld', von der ich dagegen spreche, steht nicht in Beziehung zur Zeit … für die Arbeit wird es nötig sein, diesen Zustand nutzen zu lernen. – Eine weitere sehr wichtige Sache ist entspannt zu sein. Wenn du lernst entspannt zu sein, fängt alles an zu funktionieren, und du wirst überrascht sein, wie bestimmte Dinge sich in dir verwirklichen, ganz ohne das Eingreifen des begrenzten Verständnisses deines Intellekts. Mach dir keine Gedanken, widme dich mit Hingabe deinen Aktivitäten und vor allem: entspanne dich.«

Alfredo wechselte wieder die Unterhaltung und fing an, über das Essen zu sprechen, das wir beendeten. Mich überraschte seine Art, in der Unterhaltung von einem Thema zum anderen zu wechseln: von „spirituellen" Themen, um sie irgendwie zu nennen, zu alltäglichen Themen, die scheinbar keine wichtige Bedeutung haben konnten, aber nur scheinbar. Bevor das Essen zu Ende ging, traute ich mich, ihm eine Frage zu stellen, welche die Musik betraf, und sehr impertinent sagte ich:
»Alfredo, ich bin an einer bestimmten orientalischen Musik interessiert, die – wie ich vermute – sie gut kennen müssten, und da sie sicherlich Aufnahmen haben, würde ich sie gerne hören, um ein wenig damit zu arbeiten.«

Alfredo sah mir fest in die Augen und sagte zu mir:
»Du, bevor du Fragen stellst, musst du lernen zuzuhören, und zwar reichlich.«

Ich erkannte meine Impertinenz und Arroganz beim Formulieren der Frage. Und plötzlich war es mir so peinlich, dass ich am liebsten verschwunden wäre. Seine Antwort, die vielleicht jemanden anderes nicht getroffen hätte, hinterließ in mir einen Eindruck über Jahre hinweg und konditionierte meine Haltung in den Versammlungen der Gruppe: bevor ich den Mund aufmachte, überlegte ich es mir tausendmal.

Das Abendessen war beendet, und nachdem wir uns von Alfredo verabschiedet hatten, lud Fernando mich auf einen Tee ein. Fernando hatte die Aufgabe, sich um die neuen Personen zu kümmern, die zur Gruppe kamen, und auf irgendeine Weise all die unnützen Fragen zu beantworten, die ein neu Hinzugekommener stellte. Und wie ihr euch vorstellen könnt, war ich keine Ausnahme. Kaum saßen wir in dem Café, fing ich an, Fernando alles zu sagen, was ich in der Übung gefühlt hatte, alle meine Empfindungen und das, was ich glaubte, was geschehen sei. Er unterbrach meine Rede sofort und sagte mir, dass es nicht nötig sei, über diese Dinge zu sprechen und dass jeder für sich behalten sollte, was er erlebt hatte. Ich entschuldigte mich mit den Worten, dass ich bestimmte Dinge noch nicht wisse und viele Dinge noch nicht erkennen könne, aber dass es nicht wieder vorkäme.

»Ich verstehe dich ... was dir geschieht, ist dass du jetzt ›besoffen‹ bist«, war seine Antwort. »Das erste Mal fühlt man die Energie sehr stark, aber mit der Zeit wirst du dich daran gewöhnen. Alfredo kanalisiert und leitet viel Energie. Du kannst dir nicht vorstellen, wie viel Glück du gehabt hast, dass du Alfredo getroffen hast. Bis zu Alfredo zu kommen ist sehr schwer, aber jetzt bist du schon da und dein Weg beginnt.«

»Weißt du was, Fernando?«, traute ich mich zu bekennen, »ich hatte immer das Gefühl, egal was ich tat, dass ich Zeit verlieren würde. Das war ein Gefühl in meinem Inneren, es kam nicht vom Verstand. Seit ich Alfredo gefunden habe, ist dieses Gefühl völlig verschwunden. Ich fühle mich, als ob ich nach Hause gekommen wäre.«

»Das ist genau, wie es ist. Es ist nach Hause kommen. Du wirst auch lernen, die Bewohner des Hauses zu erkennen.«

»Was heißt das?«

»Das heißt, dass man, wenn man die Fähigkeit und die nötige Sensibilität dazu hat, unter den Menschen, denen man in der Welt begegnet, diejenigen erkennen kann, die Bewohner des Hauses gewesen und jetzt verloren sind. Wir können und sollen sie zurückbringen, so wie auf gewisse Weise andere es mit uns gemacht haben.«

Ich kam um vor „Hunger" nach mehr Wissen. Ich hätte gerne tausend Fragen gestellt, aber ich bremste mich, weil ich dachte, dass ich es vielleicht nicht sollte. Ich wollte mehr über Alfredo wissen und mehr über den Weg. Ich traute mich:

»Fernando, du weißt, dass ich Alfredo in Argentinien kennen gelernt habe auf einem Fest, zu dem ich eingeladen war. Ich habe ihn nur begrüßt, sonst nichts, und ich wusste nicht, wer er war und auch nicht, was an diesem Ort vor sich ging. Auf diesem Fest waren sehr viele Leute. Sind alle diese Leute seine Anhänger?«

»All diese Personen waren seine Anhänger und gehören zu einer anderen *Phase* der Arbeit. Alfredo war viele Jahre lang ein wandernder Meister der Sufi Tradition, um der Sache einen Namen zu geben – obwohl in Wirklichkeit Worte wenig Bedeutung haben angesichts der wirklichen Tatsachen. Er bereiste während vieler Jahre die ganze Welt und vermittelte die Lehre. Als diese *Phase* ihre Funktion erfüllt hatte, begann Alfredo seinen eigenen Weg. Das ist die *Neue Phase* oder auch die neue Phase der gleichen Sache, sozusagen der Arbeit.

Es gibt wenige Personen auf der Welt mit der Funktion, die Alfredo hat, nur vier, und jeder einzelne hat eine spezifische Arbeit zu tun. Und sie müssen sich nicht notwendigerweise kennen, obwohl Meister diesen Niveaus auf anderen Ebenen der Existenz immer untereinander in Kontakt sind.«

Ich war erstaunt über das, was Fernando mir sagte und über die Wichtigkeit und die Tragweite, welche die Arbeit hatte.

»Denk jetzt nicht mehr über diese Sachen nach, denn all das, was ich dir gerade gesagt habe, sind nur Worte. Und die repräsentieren nicht den millionsten Teil der Bedeutung, die all das hat und von dem, was Alfredo wirklich darstellt und was Alfredo ist: Alfredo ist ein Kanal, damit Veränderungen in der Menschheit geschehen können. Das wird dir unwahrscheinlich vorkommen, aber es ist wirklich so.«

Ich war sprachlos, ich war wirklich beeindruckt. Es war spät geworden. Fernando setzte mich bei mir zu Hause ab und wir verabredeten uns für kommenden Mittwoch. Ich legte mich ins Bett, aber ich konnte nicht schlafen. Ich war zu aufgeregt. Ich fühlte mich, als hätte ich zehn Tassen Kaffee getrunken. Alles was geschehen war, erschien in meinen Kopf wie ein Film. Ich versuchte, eine Reihenfolge von dem, was Alfredo während des Essens gesagt hatte, herzustellen, und es war dies genau der Moment, in dem ich entschied, dass es das Beste sei, alles, was Alfredo sagte, in einem Heft aufzuschreiben. Und ich versprach mir selbst, angefangen von diesem Moment, dies immer zu tun.

* * *

Es war wieder Mittwoch. Die Woche war wie im Flug vergangen und ich hatte nichts anderes getan, als auf den Tag der Versammlung zu warten. Es ist sehr schwer zu beschreiben, wie ich mich in dieser Woche, zwischen dem ersten und dem zweiten Mittwoch, gefühlt habe. Alle in meiner Umgebung sahen es … oder besser gesagt sahen es nicht. Meine Gedanken waren ausschließlich auf den Weg, den ich begonnen hatte, gerichtet. Tagsüber erinnerte ich mich ständig an Alfredos Worte. Manchmal musste ich mich anstrengen, um einer Unterhaltung zu folgen; mein Geist richtete sich immer auf den gleichen Punkt, ich konnte es nicht verhindern.

Ich kam zur gleichen Zeit wie am Mittwoch zuvor am Treffpunkt an. Fernando kam aus einer Bar und näherte sich mir.

»Alfredo erwartet dich in seinem Büro«, sagte er.

»Aber … wo ist sein Büro?«

»Es ist dort in der Galerie … komm, ich begleite dich.«

Fernando begleitete mich bis zur Tür des Büros und sagte mir, dass er in der Bar auf uns warten würde. Ich blieb eine Sekunde in der Tür stehen, Alfredo schrieb auf einer Schreibmaschine.

»Verzeihung«, sagte ich ein wenig nervös.

»Ah! Juan, ich habe dich erwartet. Wie geht es dir?«

»Gut.«

Schon beim Eintreten war ich völlig überrascht von der Zahl an geometrischen Symbolen, die an den Wänden hingen, Symbole, die ich nie zuvor gesehen hatte. Aber was mich am meisten beeindruckte, war der Wohlgeruch, der in der Luft hing. Innerhalb weniger Sekunden war ich durchtränkt von diesem besonderen Parfüm, das auf fast magische Weise meinen Gemütszustand veränderte. Tatsächlich war ich vor dem Eintreten sehr nervös gewesen, aber jetzt fühlte ich mich ganz anders. An diesem Ort gab es eine Aura von etwas Mystischem, etwas, das wahrhaft den Eindruck vermittelte, in einer anderen Dimension zu sein.

»Nimm Platz, nimm Platz … bleib da nicht stehen, Mensch«, sagte er mit seinem Buenos Aires Akzent.

Alfredo hatte die Eigenart, immer fröhlich zu sein – die wenigen Male, die ich ihn gesehen hatte, war er immer zufrieden und froh. Ich setzte mich in einen der Sessel.

»Siehst du, dies ist mein Büro, und für die Welt bin ich ein Versicherer. Wenn du ein Problem hast oder mich besuchen willst, ich bin immer da.«

Er zog das Papier aus der Maschine und sagte:

»Ich gebe dir deine persönliche Übung. Dies ist das Wort, das du jeden Tag zwanzig Minuten lang wiederholen sollst, begleitet von einer Kopfbewegung.«

Alfredo fuhr fort, mir detailliert die Vorgehensweise für die Übung zu erklären und gab mir auch die Anzahl der Bewegungen pro Minute an, die ich machen sollte und die Richtung, in die ich mich setzen sollte.

»Dieses Wort darfst du niemandem sagen«, sagte er und setzte nach einer Weile hinzu »Kann sein, dass du am Anfang einige Schwierigkeiten bei der Koordination der Bewegungen hast. Aber du wirst sehen, dass du schnell deinen eigenen Rhythmus findest und danach machst du es mit Natürlichkeit. Hast du irgendeinen Zweifel oder willst du eine Frage stellen?«

»Nein«, antwortete ich.

»Dann gehen wir, denn Fernando wartet sicher schon.«

Wir gingen zu der Bar. Fernando erwartete uns in seinem Auto. Wir stiegen ein und fuhren zur Versammlung. Wir kamen bei Fernando zu Hause an, und nach und nach kamen die anderen Gruppenmitglieder. Einige kamen von ziemlich weit her und andere kamen aus den umliegenden Dörfern von San Benedetto. Einige befragten Alfredo in Bezug auf einige Probleme in ihrer Arbeit oder sie erbaten seinen Ratschlag und mir fiel auf, dass alle anderen aufmerksam zuhörten, als ob er von Themen spräche, die mit dem Weg zu tun hätten. Ich beobachtete alles, was ich konnte, denn ich fühlte mich noch in der Luft hängend und bemerkte, dass es eine Art gemeinschaftlichen Verhaltens gab bei den Leuten der Gruppe in bestimmten Situationen, wie zum Beispiel in diesem Fall. Egal, welche Sache von Alfredo kommentiert wurde und auch wenn sie scheinbar keine Beziehung zum Weg hatte: die Leute hörten mit größter Aufmerksamkeit zu. Ich verstand dies nicht besonders gut und konnte keine Verbindung mit der Arbeit finden, aber für alle Fälle versuchte ich alles zu beobachten, was geschah, und vor allem versuchte ich, so viel wie möglich wahrzunehmen. Als es Zeit für die Übung wurde, bemerkte ich, wie alle still wurden, in sich gekehrt, und sich auf die Übung vorbereiteten.

Wir gingen in den Übungsraum und ich konnte mit größerer Klarheit die subtile Energie wahrnehmen, die an diesem Ort herrschte. Ich finde keine Worte, um sie zu beschreiben. Sie vermittelte das Gefühl, in einer anderen Dimension zu sein. Nachdem die Übung beendet war, gingen wir in das gleiche Restaurant wie am Mittwoch zuvor. Ich setzte mich etwas weiter weg von Alfredo und konnte seiner Konversation nicht folgen. Ich musste mich enorm anstrengen, um ihn zu hören, da ich kein einziges Wort verpassen wollte. Ich weiß nicht, welche Frage ihm einer der Gefährten stellte. Ich glaube, es hatte mit etwas zu tun, das ihm passiert war. Ich konnte Alfredos Antwort hören:

»Dies geschieht«, sagte er, »wenn man nicht achtsam ist. Ich empfehle euch immer die *Achtsamkeit* zu nutzen. Es ist notwendig, aufmerksam zu sein und die Erinnerung wach zu halten. Ihr müsst euch immer fragen, wer ihr seid, was ihr tut und wohin ihr geht. Die Werkzeuge der entsprechenden Achtsamkeit und Erinnerung zu nutzen hilft, das Bewusstsein zu entwickeln. Ihr müsst lernen, dass alle Glaubenssätze, die ihr aus der Umgebung, in der ihr gelebt habt, erhalten habt, aus der Herrschaft der niederen Wahrnehmung stammen. Obwohl sie in der Vergangenheit nützlich waren, besteht die Gefahr, dass diese Glaubenssätze sich in unnütze Überzeugungen verwandeln und dadurch in Fallen, aus denen man schwer wieder herauskommt. Aus diesem Grund ist es nötig, einen offenen Geist zu haben und aufnahmebereit zu sein für all die positiven Eindrücke, die euch helfen, diese Ketten der Unwissenheit zu zerbrechen. Mit der Zeit werdet ihr entdecken, dass einige Glaubenssätze korrekt sind, aber dass ihre Bedeutung variiert, je nachdem auf welcher Etappe des Weges ihr euch befindet. Ihr müsst euch jenseits der Meinungen und Überzeugungen bewegen, um zu den Tatsachen zu gelangen.

Ihr werdet beobachten, dass ich immer wieder auf dem Gleichen bestehe. Das tue ich, weil es nötig ist, dass ihr eure spezielle Aufmerksamkeit darauf richtet. Es ist sehr einfach, in die Fallen zu tappen, die von den verschiedenen negativen Aspekten unserer Persönlichkeit kreiert werden. In dieser Arbeit, die für wenige ist, ist es nötig, normal zu sein und deshalb in der Normalität zu leben. Es ist nötig, auf allen Ebenen im Gleichgewicht zu sein: physisch, geistig und seelisch, denn dies ist die einzige Weise, in der sich die Arbeit vollziehen kann. Der Altruismus und der Egoismus müssen, wie andere Aspekte auch, im Gleichgewicht gelebt werden und ohne Befriedigung in ihnen zu suchen. Auf die gleiche Weise lebt ausgeglichen in der Zeit. Die Zeit, die auf unserer Ebene eine bestimmte Funktion für uns hat – d.h. einige Dinge kommen früher als andere – ermöglicht es, dass sich eine Kette von Ereignissen bildet, die bewirkt, dass unser Wachstum harmonisch ist. Deshalb sollt ihr euch dem Weg widmen und euch selbst, denn das ist die gleiche Sache ...

Strengt euch an, Erinnerung und Aufmerksamkeit auf diese Notwendigkeiten zu lenken. Alles weitere kommt von alleine.«

Alfredo hörte auf zu sprechen und wir alle dachten nach über das, was er gesagt hatte. Sofort fing Alfredo an Witze zu machen, als wenn es darum ginge zu vermeiden, dass wir denken, anstatt das zu speichern, was er gesagt hatte. Alfredo benutzte häufig diese Technik, die Unterhaltung zu unterbrechen und das Thema zu wechseln, um die Aufmerksamkeit der Leute in eine andere Richtung zu lenken.

Damals habe ich es nicht erkannt, aber im Laufe der Jahre konnte ich beobachten, wie er gewisse Aspekte hervorhob, die vorher für mich verdeckt waren.

Nach dem Essen ging ich, wie gewohnt, mit Fernando einen Tee trinken. Ich berichtete ihm, was ich in Bezug auf die Gruppenmitglieder beobachtet hatte: bestimmte gemeinsame Verhaltensweisen, die sie hatten.

»Die Beziehung zu einem Meister hat viele subtile Aspekte«, sagte er. »Alles, was Alfredo tut und sagt, beinhaltet eine Unterweisung, obwohl es manchmal scheinbar nicht so ist. Deshalb muss die Haltung der Leute dem Meister gegenüber von völliger Aufmerksamkeit und Beobachtung geprägt sein. Nichts, was Alfredo sagt, ist zufällig. Er betont ständig Aspekte von uns, damit wir an ihnen arbeiten können. Er kann z.B. mit mir sprechen und das, was er sagt, ist an dich gerichtet! Deshalb muss man ständig achtsam sein und den tiefen Respekt aufrecht erhalten, der etwas ganz anderes ist als der äußerliche Respekt. Die Haltung Alfredo gegenüber soll einfach und ehrlich sein; auf diese Weise sollst du dich an ihn richten. Du musst dir darüber klar sein: Wenn du beschlossen hast, dich in seine Hände zu begeben, musst du dies tun wie der tote Körper es tut mit dem, der ihn vor der Beerdigung wäscht. Widerspreche nie einer seiner Meinungen, und noch weniger widersetze dich seinen Aktionen, indem du Hindernisse aufbaust. Wenn du z.B. ein Verhalten nicht verstehst und es dir so vorkommt, als ob es gegen die allgemeine Moral oder gegen deine Moral verstößt, musst du dich daran erinnern und dir selbst sagen, dass du die Vernunft ignorierst. Juan, ein Meister irrt sich niemals, denn wenn er sich irren würde, wäre er kein Meister. Mit der Zeit wirst du von ganz alleine die verschiedenen Facetten und Feinheiten der Unterweisung erkennen. Im Moment erzähle ich dir nur einige Aspekte, aber es gibt viele andere, die du mit der Zeit selbst entdecken musst.«

Ich verwahre das, was Fernando mir gesagt hatte, wie einen Schatz in meinem Innern, und nachdem ich zu Hause angekommen war, versuchte ich ein wenig Ordnung in meinen Kopf zu bringen.

Der Eindruck, den der Weg auf mich in den ersten paar Monaten gemacht hatte, war stark und unaufhaltsam gewesen. Es waren nicht nur die neuen Konzepte, die ich durch Worte aufzunehmen versuchte. Es gab da eine andere Sache, die sich erst wahrnehmen ließ, wenn man in Kontakt kam. Es war eine besondere Energie, welche die Menschen mit einer anderen Nahrungsquelle in Kontakt brachte. Ich fühlte Alfredos Gegenwart, wo immer ich mich befand, und seine Worte kamen mir ständig ins Bewusstsein. Ich erlebte eine magische Zeit voller Enthusiasmus, was normal war. Ich war ständig dabei zu phantasieren und es gelang mir nicht, den inneren Dialog zu stoppen. Tatsächlich war das erste Hindernis, das ich überwinden musste – unter vielen anderen – das „Nicht Denken". Alfredo wiederholte ständig: »*Man ist, wenn man nicht denkt.*« Dieses Konzept aufzunehmen war sehr schwer für mich, und noch schwerer war es, dies in die Praxis umzusetzen. Wenn ich z.B. meine tägliche Übungen machte, hatte ich Schwierigkeiten, den inneren Dialog anzuhalten, und dies ließ mich wiederum denken, dass ich vielleicht die Übungen nicht richtig machen würde. Ich erinnere mich daran, dass ich eines Tages in Alfredos Büro ging, um ihn zu grüßen und ihm von diesem Problem zu erzählen.

»Das, was dir geschieht, ist normal«, war seine Antwort, »und es ist ein Problem, das am Anfang fast alle haben. In diesen Fällen ist es wichtig, nicht gegen deine Gedanken anzukämpfen und sie nicht zu nähren. Lass sie einfach vorbeiziehen, und du wirst sehen, dass sie mit der Zeit völlig verschwinden werden.

Die Übungen müssen mit dem *Hammer-Effekt* gemacht werden und daran denkend, dass sie nur Instrumente und nicht das Ziel selbst sind. Sie haben eine spezifische Funktion und dienen unter anderem dazu, bestimmte Zentren der inneren Wahrnehmung in Betrieb zu bringen. Aber kümmere dich jetzt nicht um diese Dinge, tue was dir gesagt wird und damit fertig – ohne zu versuchen, zu interpretieren und mit unangebrachten Mitteln Schlüsse zu ziehen. Aber vor allem, denk nicht nach und handle, ohne etwas zu erwarten. Die Dinge werden von alleine und zu ihrer Zeit kommen und es hat nichts damit zu tun, ob du intellektuell verstanden zu haben glaubst, wie die Dinge sich ändern ... die Dinge ändern sich nur, indem etwas getan wird.«

Dies war ein weiteres wichtiges Konzept in der Arbeit: das *Tun und Erleben* als Gegenpol zum *Intellektualisieren*. Die Mehrheit der Menschen denkt und glaubt, dass man etwas *„weiß"*, wenn man eine Sache *intellektuell verstanden* hat, aber man *weiß* wirklich nur, wenn man *erlebt*. Dies ist die Basis der Arbeit: die Leute zur Erfahrung zu bringen, in den Kontakt mit der Realität durch die Gesamtheit des *Seins*.

Die Veränderungen, die sich in mir gebildet hatten, seit ich Alfredo kannte, waren so offensichtlich, dass sogar Personen, die mir nahe standen, es bemerkten und mich neugierig fragten, was mir geschehen sei. Alle fanden mich sehr verändert, und so fühlte ich mich auch. Alfredos Gegenwart war vollständig, und es passierte mir oft, dass ich sein Parfüm roch, während ich auf der Straße ging oder bei mir zu Hause war. Manchmal fühlte ich eine Welle frischer Luft mit dem subtilen Duft seines Parfüms. Dies passierte nicht nur mir, sondern auch den anderen Mitgliedern der Gruppe. Das Gefühl, in diesen Momenten die Gegenwart Alfredos fühlen zu können, war so stark, als ob er genau in diesem Moment in Wirklichkeit da wäre. Fernando hatte mir bei einigen Gelegenheiten erzählt, dass Alfredo gewisse Fähigkeiten habe, wie z.B. durch die Zeit zu reisen oder Träume zu durchdringen, und dass er gleichzeitig an verschiedenen Orten erscheinen könne. Er hatte mir erzählt, dass er und auch andere Personen einige Erfahrungen dieser Art gemacht hatten, aber dass diese nur auftraten, wenn eine Notwendigkeit dafür bestand und wenn sie einem bestimmten Zweck dienten. In der Zukunft sollte ich einige ähnliche Situationen erleben, die großen Eindruck auf mich machten.

Die neue Phase

Es war an Ostern 1987, als ich das erste Mal an einer Versammlung von allen Gruppen Alfredos in Italien teilnahm. Ich war seit neun Monaten in der Gruppe und dies würde meine Gelegenheit sein, die anderen Weggefährten kennen zu lernen. Ich wusste, dass es in anderen Städten in Italien weitere Gruppen gab, aber ich hatte niemanden aus diesen Gruppen kennen gelernt. Und soweit ich sehen konnte, entwickelte sich die Arbeit stark zu dieser Zeit und es kamen ständig neue Personen. Sehr oft kamen Leute von überall her, um Alfredo zu besuchen. Ich sah Alfredo nur mittwochs in den Versammlungen, und ganz selten nur besuchte ich ihn in seinem Büro, hauptsächlich deshalb, weil ich vom Bild des Meisters so beeindruckt war – wenn ich ihn sprechen wollte, dachte ich jedes Mal so viel darüber nach, was ich ihm sagen wollte, dass ich am Ende gar nichts sagte. Es kostete mich viel Anstrengung, natürlich zu sein, und ich wurde immer nervös, weshalb ich seinem Ratschlag folgend es vorzog, „Zuhören zu lernen, bevor ich unnütz den Mund aufmachte". Deshalb fragte ich in den Versammlungen fast nie etwas. Ich widmete mich der Beobachtung und hörte aufmerksam allem zu, was gesagt und getan wurde, und versuchte kein einziges Wort zu verlieren, denn ich fand in allem eine Lehre.

Die Osterversammlung wurde in einem Dorf in der Nähe von San Benedetto durchgeführt, das durch Zufall das Dorf war, in dem mein Vater im Krieg Zuflucht gesucht hatte.

Es waren ungefähr einhundert Personen aus verschiedenen Städten gekommen, hauptsächlich aus Rom. Viele Personen waren neu. Sie waren erst vor kurzem zur Arbeit hinzugekommen und dies war das erste Mal, dass sie Alfredo persönlich sahen. Alles, was ich mir hätte vorstellen oder denken können, war weit entfernt von dem, was sich in der Versammlung wahrnehmen ließ. Die Atmosphäre war besonders, und zwischen den Leuten herrschte eine Harmonie, die die Gegenwart Alfredos ausstrahlte. Ich hatte den Eindruck, dass ich all diese Menschen seit langer Zeit kennen würde. Ich begann schnell, die neuen Kameraden kennen zu lernen, und wir fragten uns fast alle, wie wir auf den Weg gekommen waren. Viele wollten wissen, wie ein Argentinier bis hierher gekommen war. Beim Hören der Erzählungen der Kameraden, wie sie bis zu Alfredo gelangt waren, überraschte mich die Tatsache, dass viele von Alfredo geträumt hatten, ohne ihn zu kennen, und dass er ihnen Hinweise von Orten oder Personen gegeben hatte, an die sie sich wenden sollten. Eine Frau z.B., die als Touristenführerin arbeitete, sagte mir, dass Alfredo ihr in einem Traum erschienen sei, ohne dass sie ihn kannte. In dem Traum kam Alfredo mit einer Schulfreundin von ihr zusammen, die sie seit langer Zeit nicht gesehen hatte. Sie war sehr überrascht und am nächsten Tag entschied sie sich, die Freundin zu besuchen. Als sie in ihrem Haus war, erzählte sie ihr den Traum und sah zu ihrer Überraschung ein Photo von Alfredo an der Wand hängen. Und so begann alles. Fast alle Personen, mit denen ich sprechen konnte, waren durch unglaubliche Zufälle zu Alfredo gekommen. In ihnen allen existierte eine wirkliche Notwendigkeit, die Notwendigkeit, den wahren Grund für ihre Existenz zu finden. Ich fühlte mich seltsam, mit so vielen Menschen zusammenzusein, die durch ein gemeinsames Ziel vereint waren, und obwohl wir uns nicht kannten, gab es einen roten Faden zwischen uns. Es waren auch einige ältere Schüler da, die seit der anderen Phase der Arbeit bei Alfredo waren. Sie widmeten sich der Organisation der Versammlung und brachten u.a. all die Anweisungen Alfredos zur Ausführung.

Am Ostersonntag versammelten wir uns alle in einem Saal des Hotels, das ausschließlich der Gruppe zur Verfügung stand, und Alfredo sprach auf folgende Weise zu uns:

»Liebe Freunde. Indem ich euch zu dieser Versammlung willkommen heiße, möchte ich, dass wir uns all die Freunde und Freundinnen vergegenwärtigen, die aus dem einen oder anderen Grund heute nicht mit uns zusammensein können. Ich bin sehr glücklich, viele neue Personen zu sehen, die beschlossen haben, sich in die Arbeit zu integrieren, und sie heiße ich besonders willkommen.

Ihr alle seid jetzt hier durch ein gemeinsames Ziel und dies ließ euch bei mir ankommen, eine Sache, die nicht leicht ist. So, wie es auch nicht leicht ist zu verstehen, dass der größte Teil der Kommunikation, die sich mit mir herstellen muss, *nonverbal* ist. Das heißt, sie muss in jenem Teil von euch stattfinden, der nicht auf gewöhnliche Weise denkt, in jenem Teil, in dem nur Platz ist für die Göttlichkeit und für sonst nichts. Ihr alle seid mit vielen und ganz verschiedenen Erfahrungen beladen, wenn ihr bei mir ankommt – zusätzlich zu den ganzen negativen Aspekten der verschiedenen Persönlichkeiten ... aber nur auf dem Weg befindet sich das Licht. Dieser Weg ist für verzweifelte Krieger, die sich nach Rettung und Perfektion sehnen, und deshalb ist es notwendig stark zu sein, denn es erwartet euch eine lange Reise. Fallen und Schwierigkeiten, Leid, Freude und andere Zustände des Gemüts werden Hindernisse sein, die ihr überwinden müsst. Es ist von äußerster Wichtigkeit, wenn nicht sogar lebenswichtig, dass ihr euch in den formalen Aspekten des Lebens professionell verhaltet. Pünktlichkeit, Genauigkeit, Respekt, Achtsamkeit, Hingabe sind alles wichtige Instrumente für die Arbeit. Diese Bewegung oder Schule nenne ich die *Neue Phase*, und sie gehört in Wirklichkeit zu der *Neuen Phase* des Entwicklungsprojektes der Menschheit. Sie bildet einen Teil des Unterrichts über die *Tradition* des Menschen seit seinem Erscheinen auf dem Planeten bis zu unserer heutigen Zeit. Die Quelle, die uns nährt, ist die gleiche, welche die Begründer der großen Religionen und die ganze Menschheit genährt hat, und sie ist in der *Wahrheit* aller Dinge. Die Wahrheit steht über allen Systemen, die sich mit der Zeit kristallisiert haben, denn die Wahrheit ist lebendig und lässt sich nicht durch fixe und dogmatische Formeln einzäunen.

An diesem Punkt ist es notwendig, einige Konzepte zu erklären, die aus für den menschlichen Verstand unbekannten Dimensionen kommen und die sich nur, wie wir es bereits bei anderen Gelegenheiten getan haben, als Science-Fiction-Geschichten beschreiben lassen.

Die *Neue Phase*, die die Manifestation der Arbeit auf unserer materiellen Ebene ist, kann als ein UFO angesehen werden, das die Mission oder Arbeit hat, die Menschheit zu einer weiter entwickelten Zukunft zu geleiten.

Diese Reise wurde und wird erdacht, gewünscht, beschützt und ferngesteuert von dem Einzigen Wesen, das in sich selbst alles Wissen des Universums und der Welten einschließt. Dies geschieht durch eine unendliche Zahl an Höheren Wesen, die auf anderen Ebenen existieren, und ihre Kenntnisse können mit dem menschlichen, nicht wiederhergestellten, getrennten Verstand nicht erfasst werden.

Alle, die an dieser *Reise* teilnehmen, können das Ziel erreichen, wenn sie mit Makellosigkeit und korrekt die Energie benutzen, die jedem zur Verfügung steht – falls sie nicht auf einer der zahlreichen Etappen vorher aussteigen.

Der Führer, der diese Reise schon gemacht hat und die Route und Gefahren kennt, kanalisiert die ‚angeborene Wissenschaft' und hat die Aufgabe und die *Fähigkeit*, das Gepäck zusammenzubringen, Reiseagenturen zu eröffnen, die Fähigkeiten der Teilnehmer an dieser Reise zu fördern und anzuerkennen und die kosmischen Reisenden auf die Eindrücke durch die Realitäten während der verschiedenen Abschnitte vorzubereiten, das Gepäck zur Verfügung zu halten, die Reisenden so vorzubereiten, dass alle körperlichen Fahrzeuge sich transformieren, damit sie immer effizienter funktionieren können mit dem Ziel, angesichts der verschiedenen Bedingungen, die sie auf jeder einzelnen Etappe vorfinden, nicht unterzugehen.

Die *Neue Phase* kann sich auch *Letzte Schlacht* nennen, denn der Entwicklungsprozess des *Homo Sapiens*, diese Reise und ihre Schwierigkeiten, entsprechen dem letzten Hindernis vor dem großen Sprung zu einer höheren Qualität der Existenz. Das Hindernis ist aus der Summe der negativen Aspekte der Persönlichkeit geformt, welche die Vereinigung mit dem Einzigen Wesen in seiner unendlichen Gesamtheit verhindern.

In dieser Art Fabel ist die *Essenz* der Arbeit enthalten, die ich tue und die ich realisieren muss. Erinnert euch daran, dass ich die Menschen in Übereinstimmung mit dem Willen des Einzigen Wesens leite und zu den Bedingungen des Zeitalters, in dem ich lebe.«

Alfredo machte eine Pause. Wir alle hörten seinen Worten mit höchster Aufmerksamkeit zu. Er fuhr fort:

»Die Arbeit hat viele Aspekte, und in dem Maße, in dem die Arbeit, die ihr tut, bewusster und tiefer wird, werdet ihr ihre Größe und ihre immensen Auswirkungen auf euch selbst erkennen können. Erinnert euch daran, dass wir die Erlangung der Gegenwärtigkeit und Bewusstheit verfolgen. Wir müssen uns immer fragen und wissen: Wer sind wir? Wo sind wir? Was tun wir? Und wohin gehen wir? Mit Bewusstheit!

In der Basis unserer Arbeit muss die Mäßigkeit existieren, die Bildung, die Entwicklung der Freundschaft und der Vertrautheit – neben der menschlichen und beruflichen Ethik – um körperliches, geistiges, materielles und seelisches Wohlbefinden zu erreichen. Es ist notwendig, hart zu arbeiten, um das Vertrauen zwischen uns zu erhöhen, und wir dürfen nicht vergessen, dass auch die Freude, die gute Laune, der Gebrauch von Humor, von Positivität und Klarheit Gaben Gottes sind und unverzichtbare Instrumente, welche die Reise zu Gott und zur Wahrheit erleichtern.

Der Fanatismus, die Arroganz, die Belastung, die Dominanz, die Idealisierung, der Aberglaube, die Suggestion und die Verehrung der Menschen sind gefährliche Hindernisse auf dem Weg, weil nur Gott alle Bewunderung und Verehrung verdient.

Nach dieser langen Ansprache«, fuhr Alfredo fort, »werden wir eine kurze Übung machen, die wir auch für all unsere Freunde machen, die heute nicht bei uns sind.«

Alfredo erklärte uns die Übung mit allen Details. Als die Übung beendet war, waren wir alle „besoffen" von der Energie, die an dem Ort zirkulierte. Alfredo bat uns, dass wir mit den Händen unseren ganzen Körper abrubbelten, um die Energie zu verteilen. Wir fühlten uns alle in Harmonie und vor allem waren wir erfüllt von innerer Freude, die aus unseren Gesichtern strahlte. Alfredo war gegangen. Danach gingen wir alle im Garten des Hotels spazieren. Ich fühlte mich sehr wohl und dachte nur an das Glück, das ich hatte, hier zu sein.

Nach dem Abendessen versammelten wir uns mit Alfredo in einem Salon. Es war unglaublich, wie Alfredo die Versammlung und die Aufmerksamkeit von uns allen lebendig hielt. Er erzählte uns eine Menge Witze und Anekdoten, durch die wir umkamen vor Lachen. Er besaß einen natürlichen Humor und eine beeindruckende Fähigkeit, Leute nachzumachen oder sich über menschliche Verhaltensweisen lustig zu machen. Das Klima, in dem alles stattfand, war sehr vertraut und vor allem normal, weit entfernt von einem Klima, das nach außen hin mystisch oder esoterisch war, wie das vielleicht viele Personen erwartet hatten. Wie ich in den folgenden Jahren herausfinden konnte, zerstörte Alfredo ständig diese Art von Dingen in den Menschen, und zwar bis hin zu seinem eigenen Bild. Er hielt den Blick ständig auf das Essentielle gerichtet und war extrem praktisch, im Gegensatz zu Personen, welche die Neigung haben, zu phantasieren und sich eine Welt der Illusionen zu schaffen, um ihre eigene Wichtigkeit zu nähren.

Wir alle erwarteten, vor allem die ganz neu dazu gekommenen Personen wie ich, dass Alfredo bei dieser Gelegenheit – da es sich um eine besondere Situation handelte – zu uns über irgendeinen Aspekt der Arbeit sprechen würde. Es war sehr schwer bei Alfredo, diese Art Dinge vorauszusehen, denn man wusste nie, welche Richtung seine Unterhaltung nehmen würde. Und häufig konnte eine Unterhaltung, die scheinbar keine besondere Bedeutung hatte, in einen tiefen Aspekt der Arbeit einmünden.

»Eine Person, die erst kurz zuvor zur *Arbeit* gekommen ist, kann nicht verlangen, alles zu wissen, und zwar gleich«, sagte Alfredo an diesem Abend, »obwohl es ganz normal ist für denjenigen, der nach Wahrheit *dürstet*, dass er von den tausenden von Fragen aufgezehrt wird, die ihm im Kopf herumschwirren und die er gerne stellen möchte. Dies kommt nur während den ersten Etappen der Arbeit vor und ich wiederhole, dass es etwas völlig Normales ist. In dem Maße, wie jemand beginnt, von der arbeitenden Energie durchdrungen zu werden, erscheinen viele Fragen dumm und infantil, andere verschwinden, und die verbleibenden beantworten sich von selbst zu gegebener Zeit. Es gibt bei den Neuen immer eine bestimmte Art von Fragen, die wir als *korrekt* bezeichnen können, und im Allgemeinen haben sie einen praktischen Nutzen für den jeweiligen Moment, der gerade durchlebt wird. Ihr wisst ganz genau, dass es schwierig ist für mich, auf alle Fragen, die ihr mir stellt, zu antworten. In Wirklichkeit antworte ich auf gar keine«, lachte er, »und das geschieht, in Wirklichkeit, weil ich euch die Antworten gegeben habe, bevor ihr mir die Fragen gestellt habt. Wenn jemand viele Jahre bei der Arbeit dabei ist, dann erkennt er, dass es bestimmte *korrekte* Fragen gibt, welche die Etappe des Weges, die gerade durchquert wird, widerspiegeln und die ihr mir stellen müsst. Besser gesagt, ich erwarte, dass ihr sie mir stellt. Und wenn ihr sie mir nicht stellt, ist es auch gleich, denn das ändert in Wirklichkeit absolut nichts. Ich weiß ganz genau, was jeder einzelne von euch braucht, und deshalb sollt ihr euch auf euch selbst konzentrieren, auf eure eigene Entwicklung. Verliert euch nicht in unnützen Phantasien, die dazu da sind, euch zu täuschen und Fallen bilden, die bewirken können, dass ihr vom Weg abkommt und die *Chance* verliert. Ihr dürft nicht glauben, dass ihr, je mehr informative Daten ihr habt, desto mehr verstehen werdet. Das intellektuelle Verständnis hat eine ganz begrenzte Nützlichkeit und das wahre Verständnis, von dem ich spreche, das ergibt sich aus der Erfahrung. Die Arbeit, die wir tun, hat viele Aktionsebenen und Aktionsradien. Diese Arbeit ist sehr alt. Sie entsteht mit dem Erscheinen des Menschen auf dem Planeten und hat eine Kontinuität, die in einer Kette von Übertragungen besteht, die eine Kette von Meistern darstellt, von der ich ein Teil bin. Ich bin das letzte Glied. Das soll nicht heißen, dass danach alles zu Ende ist, nichts dergleichen. Danach wird etwas anderes kommen, aber in einem anderen Kontext der Menschheit. Auf jeden Fall ist dies nicht der Moment, um von diesen Dingen zu sprechen. Wenn es sinnvoll sein sollte, werden wir das bei anderer Gelegenheit tun.

Die einzige Möglichkeit, die eine Person hat, um aus dem Weg den größten Nutzen zu ziehen, ist sich komplett der Arbeit gegenüber zu verpflichten. Je mehr man sich der Arbeit verpflichtet, desto größer ist der Nutzen, den man aus ihr ziehen kann. Sich dem *Weg* zu verpflichten heißt in Wirklichkeit, sich sich selbst gegenüber zu verpflichten, denn das ist die gleiche Sache. Ich weiß, dass ihr vielleicht in diesem Moment nicht ganz verstehen könnt, was ich genau sagen will, denn ihr seht die Dinge getrennt, das eine vom anderen. Ganz im Gegenteil: alles ist vereint. Ihr denkt, der Weg sei auf der einen Seite und ihr auf der anderen. Das ist nicht so. Der Weg ist in euch selbst, und mit der Zeit werdet ihr euch mehr und mehr darüber klar werden.

Ein echter Meister kann alle möglichen Techniken benutzen, um bestimmte Fähigkeiten in Menschen zu entwickeln. Ihr müsst euch immer daran erinnern, dass alle Übungen, die ich benutze, funktional sind. Sie sind ein technisches Instrument, aber sie wirken nur innerhalb der *Neuen Phase*. Das heißt, dass sie nur funktionieren im Kontakt mit der arbeitenden Energie, von der ihr alle durchdrungen seid.

Jede Übung, die von Personen gemacht wird, die außerhalb der Arbeit stehen, würde nicht nur unnütz sein, sondern kann auch gefährlich werden. Dies ist der Grund, warum ich euch sage, dass das Arbeitsmaterial, das ich euch zeige, ausschließlich für die Leute ist, die Teil der Schule sind, und dies nicht, weil es etwas Geheimes oder Geheimnisvolles ist. Der Grund ist ganz praktisch, und zwar, weil es gefährlich werden kann, abgesehen davon, dass es Verwirrung stiftet. All das, was ich benutze, kenne ich ausgesprochen gut und weiß ganz genau Bescheid über seine Funktion. Ein echter Meister ist ein Professioneller und nicht jemand Emotionelles, und ich kann euch versichern, dass ich in meiner Arbeit übertrieben professionell bin.

In unserer Arbeit gibt es weder Geheimnisse noch seltsame Dinge. Das, was von außen seltsam erscheinen mag, ist nur unsere Albernheit, um jeden Preis Schlüsse zu ziehen – was ein Produkt unserer Arroganz ist – und zu glauben, dass wir mit unseren fünf oder sechs Prozent denkendem Verstand irgendeine Möglichkeit hätten, etwas zu verstehen. Ich brauche niemanden zu überzeugen und ich versuche auch nie, jemanden zurückzuhalten. Diejenigen, die nicht zur Bewusstheit gelangen und die nicht bereit sind, hart an sich selbst zu arbeiten – und das kann nicht heißen, Meinungen über die Arbeit oder äußerliche Manifestationen abzugeben über das, was wir verstanden zu haben glauben, um zu zeigen, wie intelligent wir sind … das heißt vielmehr, im stillen Kämmerchen zu arbeiten, uns wie normale Menschen benehmend. Alle, die dies nicht verstehen, können keinen Profit aus der Arbeit ziehen. Damit ich euch wirklich nützlich sein kann, ist es nötig, dass ihr mir helft und euch selbst helft. Und die einzige Art dies zu tun ist – wie ich vorher schon gesagt habe und niemals müde werde zu wiederholen – sich der Arbeit *zu verpflichten*. Dies ist weder ein Verein noch das Rote Kreuz oder die Heilsarmee. Dies ist ein Weg, der die gesamte Entwicklung des Menschen im Blick hat, und es ist ein Weg für wenige. Wenn ihr euch immer mehr dem Weg verpflichtet, werdet ihr alle die Widerstände zerbrechen, die ihr euch selbst schafft. Am Anfang sind diese Widerstände sichtbar und man kann sie ganz leicht entdecken. Aber danach sind die Widerstände subtiler und man muss sehr achtsam sein, um sie zu entdecken und zu bekämpfen. Aber die Menschen wollen sie im Allgemeinen nicht zerbrechen, selbst wenn sie

sie erkennen. Sie befürchten *etwas* zu verlieren und erkennen nicht, dass sie überhaupt nichts verlieren – im Gegenteil, sie gewinnen … gewinnen und erobern immer mehr Freiheit. Aber die Menschen wollen nicht *frei* sein! Sie wollen in den trüben Wassern der Ignoranz verankert bleiben. Dieser Widerstand verhindert, dass die wohltätige Energie frei an euch arbeiten kann. Ihr blockiert immer die Spirale und dies bringt nur unnützes Leiden.

Ich benutze in der Schule weder Belohnung noch Strafe, obwohl die Menschen es vorziehen, motiviert durch Belohnung zu handeln – sie wollen, dass man ihnen sagt, wie gut sie sind. Ich kann dies auch tun und auf gewisse Weise tue ich es auch, aber nur um euch zu zeigen, wie zerbrechlich ihr seid und wie leicht ihr euch dem Kleinmut aussetzt. – Ich benutze in der Schule die Freundschaft. Ich bin *der* Freund, nicht *ein* Freund, und das dürft ihr nicht vergessen. Aber ich könnte auch andere Methoden benutzen und es wäre das Gleiche. Das was die wirklichen Meister voneinander unterscheidet, sind nur die Methoden, denn in ihrem Inneren sind sie alle gleich: alle sind in *Gott*. – Meine Freude sind eure *Fortschritte*, eure Erfolge auf dem Weg und in allem, was mit der Arbeit verbunden ist. Aber meine Trauer ist auch in euren Misserfolgen, wenn diese von mangelnder Achtsamkeit oder Makellosigkeit herrühren. Es gibt nichts, das mich so traurig macht, wie Leute zu sehen, die nach Jahren harter Arbeit wegen einer Dummheit alles aus dem Fenster werfen. Ich habe viele Leute gekannt, die kurz davor waren, den Sprung zu tun – ihnen fehlte nur so viel (zeigte es mit der Hand) – und weil sie sich nicht von der Welle erfassen ließen, blieben sie in der Tür stehen und verpassten ihre Chance.

Auf diesem Weg braucht man Mut. Man darf niemals Angst haben. Obwohl manchmal die Angst erscheint, erinnert euch daran, dass sie nur ein Produkt des Verstandes und von unseren negativen Aspekten ist. Der Weg, den ihr mit mir macht, ist einer der schnellsten und deshalb einer der schwierigsten. Es gibt keine Zeit für Symbolismen und Rituale, was in vergangenen Zeiten sicherlich von Nutzen war. Es gibt auch keine Zeit für intellektuelle Prozesse. Auf diesem Weg ist es nötig, dass die Personen in die *Arbeit* eintauchen, wie man in das Wasser eines Schwimmbads oder des Meeres eintaucht. Die Energie, die Unterweisung funktioniert von allein auf ganzheitliche Weise und allen Ebenen des Seins. Das menschliche Wesen muss, um sich vollständig zu entwickeln, in den elf Dimensionen unseres Sonnensystems funktionieren, aber davon werde ich euch später erzählen. Dieser Weg, den ihr geht und der die von mir initiierte Straße ist, repräsentiert die Kontinuität der *Arbeit*, die immer präsent war, in allen Epochen der Menschheit. Die *Neue Phase* bietet alles nötige für die Entwicklung und das Wachstum. Das heißt, dass ihr nicht woanders auf die Suche gehen sollt nach dem, was ihr glaubt, was *Wissen* ist. Wenn dies geschieht, dann versucht ihr euch von etwas zu überzeugen oder ihr habt die Illusion, dass ihr Nutzen aus den Pseudo-Lehren ziehen könnt. All dies ist verlorene Zeit und das Einzige, was es euch einbringt, ist mehr Verwirrung. In der *Neuen Phase* ist alles praktisch und effizient. Hier ist kein Platz für Phantasien. Diejenigen, die nach Phantasien suchen und dem Übernatürlichen hinterherlaufen, vergeuden ihre Zeit hier. Dies hier ist eine klare Unterweisung, und von Mal zu Mal, wenn sich mehr Phantasien dazwischenschieben, werden sie immer schneller zum Hindernis, das die Menschen von der Unterweisung trennt.«

Alfredo machte eine Pause und bat darum, dass einer seiner Anhänger ihm eine Flasche Wasser bringt. Es war normal, Alfredo in den Versammlungen große Mengen an Wasser trinken zu sehen. Damals glaubte ich, dass er es nur als Therapie benutzte, aber mit der Zeit fand ich den wahren Grund heraus.

Wir waren alle still und beobachteten Alfredo, während er trank. Es war seltsam, dass niemand leise sprach oder irgendein Geräusch machte oder aufstand. Bei dieser Gelegenheit waren wir alle in uns gekehrt und versuchten all das, was Alfredo gesagt hatte, zu verdauen und zu speichern. Alfredo betrachtete uns lachend und sagte zu uns:

»Schaut, ihr dürft miteinander sprechen! Bei diesen Sachen ist es sehr wichtig, sich selbst nicht zu ernst zu nehmen!«

Seine Worte zerbrachen das Klima, das entstanden war, und lösten die Atmosphäre. Fast alle begannen miteinander zu sprechen, und mitten in dem Gemurmel fuhr Alfredo mit seiner Ansprache fort:

»Wenn eine Person darum bittet, mein Schüler zu sein, muss sie, nachdem ich sie akzeptiert habe, einige Forderungen erfüllen, die der heiligen Regel entsprechen. Eine davon ist, an den Versammlungen der Gruppe teilzunehmen. Ohne Gruppe gibt es kein echtes Wachstum. Eine Person kann nicht alleine arbeiten und erwarten oder die Illusion haben, dass sie eine Möglichkeit zum Wachstum hat. Damit eine Person alleine arbeiten kann, muss sie viele Jahre Erfahrung in der Arbeit haben, sie muss wirklich ein *Experte* sein.

Es gibt Fälle von Leuten, die aus Gründen der Entfernung nicht an einer Gruppe teilnehmen können. Diese Leute, nachdem sie eine Anfangsarbeit gemacht haben, in der die Disziplin gestärkt wird, ohne die es sehr schwer ist, zu irgendeinem Ziel zu kommen, müssen drei oder vier weitere Personen finden, um eine kleine Gruppe zu bilden. Dies ist essentiell! Eine Person alleine kann die Energie, die ich schicke, nicht empfangen; die Energie wäre in gewissem Sinn verschwendet. Wenn eine Gruppe existiert, sei sie auch noch so klein, dann funktioniert sie wie ein *Kelch* und verhindert, dass Energie verschwendet wird. Die Arbeit, die eine Gruppe erledigt, ist vorrangig, und wir können sagen, dass ohne Gruppe keine wirkliche Arbeit existieren kann. Eine Gruppe funktioniert auf verschiedenen Ebenen, und nicht alle Gruppen arbeiten auf die gleiche Weise, denn das hängt von vielen Faktoren ab. Eine Gruppe erzeugt Energie, zieht Energie an und verteilt sie. Die Energie, die für die *Neue Phase* zur Verfügung steht, existiert überall dort, wo ein *Bedürfnis* besteht. Ihr alle werdet von dieser Energie ernährt und nur ihr könnt die Urheber von Interferenz mit dieser Energie sein. Eine korrekt harmonisierte Gruppe ist ein fruchtbares Territorium für die Erfahrungen, welche die Menschen zu einem tieferen Verständnis von sich selbst führen. Eine Person allein kann nichts erreichen, denn sie kann sich selbst nicht sehen. Um sich zu selbst zu sehen, braucht man Spiegel. Diese Spiegel sind die verschiedenen Mitglieder der Gruppe. In dieser Situation leisten sich die Personen gegenseitig Hilfe, manchmal ohne es zu erkennen und ohne es zu wollen. Die Gruppen können Zeiten durchmachen, die schwierig und voller Konflikte sind. Diese kleinen Konflikte sind, auch wenn sie disharmonisch erscheinen mögen, in Wirklichkeit in perfekter Harmonie mit der Arbeit und verkörpern das Material für *Beobachtung* in diesem Moment. Logischerweise sind die Personen sich nicht bewusst darüber und nur einige können wirklich erkennen, was gerade geschieht. Aber das sind Dinge, die ich kontrolliere und manchmal absichtlich verursache, weil die kosmische Situation dieses *Vergrößerungsglas* begünstigt, um es irgendwie zu nennen. Ich verlange nicht, dass ihr versteht, was ich euch sage. Ihr könnt es nur verstehen, wenn ihr die Erfahrung macht. –

All dies, bewahrt es auf, und ihr werdet es im geeigneten Moment verstehen, der morgen sein kann, in einem Monat oder in Jahren. Das, was ich euch gesagt habe, sind nur einige Aspekte der Arbeit. Im geeigneten Moment werde ich über andere sprechen. Das Einzige, worum ich euch bitte – und ich werde niemals müde es zu wiederholen – ist, dass ihr den kleinen Anweisungen folgt, die ich euch gebe, und dass ihr nicht versucht einzugreifen, indem ihr das unnütze *Denken* benutzt. Lasst euch mitnehmen, wie es die Wellen mit der Strömung des Meeres tun.

Gut, ich glaube für heute Abend ist es genug. Ich sehe ihr seid alle *besoffen*. Geht euch ausruhen. Ich reise morgen früh ab. Diejenigen, die ich nicht mehr sehen werde, fühlt euch gegrüßt.«

So beendete Alfredo seine Ansprache.

Der Ausdruck „*besoffen*", den Alfredo so häufig benutzte, war der geeignetste, um den Zustand der Mehrzahl der Leute zu beschreiben, die sich dort befanden. Ich fühlte mich wirklich so. Die Worte Alfredos klangen in meinem Innern wider und erfüllten mein ganzes Wesen. Jedes Mal lernte ich mehr Dinge und fing an, mit vielen Begriffen und Konzepten vertraut zu werden, was der erste Schritt ist, um sie in der Praxis anzuwenden, was wiederum, wie ich schon bemerkt hatte, schwierig zu verwirklichen war.

Es ist komisch zu sehen, wie man geneigt ist zu denken, dass nur das intellektuelle Verstehen eines Konzeptes, einer Technik oder einer Wahrheit automatisch *Wissen* bedeuten soll, wenn in Wirklichkeit die einzige Art zu *wissen* das Erfahren ist. Ich habe lange gebraucht und unnütz gelitten, bis ich das verstanden hatte, weil es mir schwer fiel, mich von meiner konditionierten Art zu „denken" zu trennen. Der Weg war nicht, aus einem Buch zu lernen und auswendig eine Reihe von Regeln zu kennen. Der Weg war die *Erfahrung* und die Teilnahme an einer Arbeit, die Personen vereinte, die das gleiche Ziel haben – und auf bestimmte Weise war er eine Lebensform.

Die korrekte Anstrengung

Ich verbrachte eine ziemlich schwierige Zeit. Ich war in eine tiefe Krise gestürzt und jeder Versuch, etwas gegen diesen Zustand zu unternehmen, ließ mich noch mehr leiden. Die einzige Art, diese Krise zu überwinden, war, sie vorbeigehen zu lassen und nicht in die Fallen zu geraten, die mich wie Spinnweben immer mehr einwickelten.

Eine Menge an negativen Gedanken zogen mir durch den Verstand und bewirkten, dass ich den Sinn dafür verlor, was ich tat und warum ich es tat. Das Gefühl war schrecklich und ich fand kein schnelles Gegenmittel. Ich erinnerte mich, dass Alfredo zu uns von dem Mut zu sprechen pflegte, der auf diesem Weg nötig sei, denn es gäbe Momente, in denen man aufgeben möchte und von seiner eigenen Negativität gefangen würde. Mehr denn je bekamen seine Worte einen Sinn für mich und ich erlebte, was sie wirklich sagen wollten. Und auch wenn jemand von den verschiedenen negativen Aspekten seiner Persönlichkeit spricht, kann er sie trotzdem nicht mit Klarheit sehen und entdecken. Ihre Effekte können vernichtend sein. Meine verschiedenen Persönlichkeiten griffen mich an und versuchten, mir Zweifel über Zweifel zu servieren. Es war, als ob sie auf eine Weise etwas von ihrem Territorium verlieren würden. Die Arbeit, die ich machte, hatte begonnen, ihre Wirkung auf mich zu zeigen, und logischerweise wurde dies von einem Teil in mir nicht akzeptiert. Und so versuchte er mich davon zu überzeugen, es sein zu lassen, indem er Chaos und Verwirrung stiftete. Alles in mir war aufgewühlt und auf den Kopf gestellt. Es war das erste Mal, seit ich bei der Arbeit war, dass ich mich so fühlte. Alles war widersprüchlich. Und ich wollte keine Zweifel haben in Bezug auf das, was ich tat! Ich versuchte, nicht zu denken. Aber immer wieder wandten sich alle meine Gedanken dem Zustand zu, in dem ich mich befand. Ich versuchte, ihn durch bloße Willensanstrengung zu ändern, was unmöglich war. Das Einzige, was ich erreichte, war, dass ich tiefer im Sumpf versank, und dies war tatsächlich, was ein Teil in mir wollte.

Dieser Zustand gehörte zu einem Prozess der Veränderung in mir und ich musste ihn geschehenlassen und beobachten. Als ich an der Versammlung am Mittwoch teilnahm, erkannte ich, dass fast alle meine Freunde auf gewisse Weise einen ähnlichen Prozess durchmachten. Zwischen einigen entstanden ungerechtfertigte Reibereien der Persönlichkeiten und fast alle kämpften mit ihren Persönlichkeiten. Es war offensichtlich, dass alles, was passierte, nicht durch die Personen verursacht wurde, sondern durch den Typ „Welle", den wir gerade durchlebten. Und der bewirkte, dass wir uns wie mitten in einem Wirbelwind der Verwirrung fühlten.

Nachdem wir die Übung beendet hatten, sprach Alfredo einige Worte zu uns, um uns auf den Moment aufmerksam zu machen, den wir gerade erlebten.

»Es gibt Zeiten auf dieser Reise«, sagte er, »die sehr schwer erscheinen können, und sie werden noch schwerer durch unsere gewöhnliche Art, diesen Situationen zu begegnen.

Schürt das Feuer nicht mit euren eigenen Negativitäten. Trauer und Schmerz werden vom passiven Leiden verursacht. Es ist notwendig voranzuschreiten, mit einem Herzen voller Tapferkeit. Versucht in euch die Qualitäten zu entwickeln, die euch fehlen, und bestraft euch nicht wegen der Negativitäten und Irrtümer, die ihr begeht. Sich selbst Schuld zu geben nützt nichts. Es ist notwendig, aus den Fehlern zu lernen und sie als Korrektiv zu nutzen. Wir arbeiten mit der Positivität und der Liebe – uns interessiert die Negativität auf keinerlei Weise. Und zwar deshalb, weil es hundert Leben dauern würde, uns von den Unreinheiten zu reinigen. Erhöht das Licht in euch und der Rest kommt von alleine ... und jetzt gehen wir essen.«

Die Worte von Alfredo hatten den Nagel auf den Kopf getroffen, und als wenn nichts gewesen wäre, war die ganze Last verschwunden, die auf mir gelastet hatte ... als hätte er mich mit mir selbst und meiner Umgebung harmonisiert. Ich hatte bemerkt, dass die Botschaften Alfredos sich immer auf den Moment bezogen, der gerade erlebt wurde oder in kürzester Zeit geschehen würde. Und auch wenn wir es nicht erkannten, alle Gruppen arbeiteten mit einer gewissen Art von Material, um es irgendwie zu nennen, welches logischerweise nicht als solches erkannt werden konnte wegen unserer fragmentarischen Sichtweise der Dinge. Alfredo erinnerte uns häufig an die Notwendigkeit, in einem Zustand von totaler *Wachsamkeit* und *Wachheit* zu sein. Inmitten des Abendessens erklärte uns Alfredo einige wichtige Aspekte, die eine Beziehung zu der Zeit hatten, die wir gerade durchlebten:

»Es ist notwendig für die Etappe, die ihr gerade durchlebt, in einem Zustand von *Wachheit* und *Wachsamkeit* zu sein. Obwohl ich weiß, dass viele von euch nicht genau verstehen, was ich euch sagen will, müsst Ihr euch anstrengen und diese Zustände in euch entwickeln. Es wäre unnütz, euch in diesem Moment zu erklären, was gerade wirklich passiert, weil ihr mich nicht verstehen würdet. Und zwar nicht, weil ihr nicht die Fähigkeit dazu habt, sondern weil ihr die Instrumente zum Verstehen noch nicht entwickelt habt. Aber um euch eine Ahnung zu geben, in diesem Moment passiert der Planet eine negative ‚Welle' von ziemlich dauerhaftem Ausmaß. Diese Art Welle kann Unfälle produzieren oder auslösen, Schäden und Phänomene, die in einen bestimmten Entwicklungsprozess eingreifen können, der sich gerade abspielt. Meine Arbeit sowie die von anderen Personen ist, diesen Typ ‚Welle' zu dämpfen, damit er den geringst möglichen Schaden anrichtet. Deshalb, weil es keinen Weg gibt ihr auszuweichen, aber wir können dafür sorgen, dass es viel leichter sein wird. Auch wenn ihr euch dessen nicht bewusst seid, bitte ich euch darum, *aufmerksam* und ganz *wach* zu sein und alle Dinge des Weges mit Professionalität zu erledigen, d.h. sich nicht in unnützen Emotionen zu verlieren. Ihr müsst euch in jedem Moment daran erinnern, was ihr tut, wohin ihr geht und wer ihr seid. Dies erhöht das Bewusstsein in euch und den Schutz. Erinnert euch, dass ich immer eine bestimmte Menge an Energie zur Verfügung stelle, die als Schutz verwendet wird. Das heißt, dass ihr alle beschützt seid. Aber erinnert euch auch daran, dass die Leute, die bei der ‚Arbeit' sind, immer mehr Gefahren ausgesetzt sind als ein normaler Mensch und dass das Risiko sich besonders dann erhöht, wenn man nicht aufmerksam und makellos mit sich selbst ist. Die Dummheit kann im Menschen viele Schäden anrichten, wovon die meisten irreversibel sein können.

Die *Energie*, mit der ihr in Kontakt seid, ist selbsterziehend. Das heißt, in dem Moment, in dem die Makellosigkeit an ihre minimale Grenze kommt, versetzt euch die Energie in einfachen Worten *über-*

allhin Schläge. Makellos zu sein, bedeutet, frei zu sein von Unreinheiten, keine Verpflichtungen einzugehen, die uns vom Weg abbringen könnten, heißt mit Aufrichtigkeit in jeder Situation der Arbeit handeln, sei diese esoterisch oder exoterisch. Bleibt dem treu, was eure Herzen euch befehlen, und wenn ihr manchmal Zweifel am Weg habt, dann ist das ein Moment, um Fortschritte zu machen. Denkt daran, erinnert euch ständig daran. ihr müsst erkennen, dass eure Weggefährten genau das Gleiche wie ihr durchmachen. Und wenn ab und zu euch etwas an ihnen ärgert oder belästigt, dann denkt daran, dass es der gleiche Ärger ist, den ihr in ihnen produzieren könnt.

Beobachtet und beobachtet euch selbst, ihr seid die Spiegel für eure Kameraden und für euch selbst. Wenn ihr alles unter diesem Blickwinkel betrachtet, werdet ihr überrascht sein, wie viel ihr lernen und entdecken könnt. Nehmt immer eine Haltung der Dankbarkeit allem gegenüber ein und seid euch bewusst über die Chance, die ihr habt. Erinnert euch daran, dass nur ihr die Urheber eures Weges sein könnt. Wenn irgendeine Spannung oder Reibung, egal welcher Art, zwischen euch besteht, dann versucht die positive Seite in euren Freunden zu sehen, und ihr werdet erkennen, wie alles eine ganz andere Farbe bekommt, alles wird leichter. Diese Zustände sind unvermeidlich und sie sind da, um euch einige Aspekte zu zeigen und zu lehren, die ihr noch nicht klar sehen könnt. Es gibt kein anderes Mittel, um zu Bewusstsein darüber zu kommen. Wenn ihr eine Situation nicht versteht oder sie euch widersprüchlich erscheint, beurteilt sie nicht. Sagt euch selbst, dass es einen Grund oder einen Anlass geben muss, warum sie existiert. Sich von dieser Art Situationen hinreißen zu lassen, heißt in Wirklichkeit zu vergessen, was man tut und warum man hier und jetzt ist. Alles hat seine Seinsberechtigung, daran müsst ihr euch immer erinnern, denn die Neigung zu vergessen ist immer gegenwärtig. Viele Aspekte, die untereinander keine Verbindung zu haben scheinen, sind durch einen roten Faden verbunden. Ihr könnt nichts davon erkennen, denn ihr verliert euch in den Dummheiten eures Verstandes. Das Ziel ist die *Einheit* oder die *Ganzheit* von sich selbst, und das ist wie eine Serie von Kreisläufen, die in verschiedenen Dimensionen funktionieren und die dich zu einem totalen Funktionieren bringen. Die Realität ist für euch etwas Deformiertes, weil das, was ihr seht, durch eure vorgefassten Ideen geschieht. Es ist, als ob ihr es in einem verzerrten Spiegel sehen würdet, den ihr in euch habt. Die Eindrücke, die ihr auf dem Weg empfangt, haben die Tendenz, diese Deformationen zu zerbrechen und euch zu einer klaren Sicht der Wirklichkeit zu bringen.

Die Schule kann man sich wie ein Trainingslager vorstellen, in dem alle Arten von inneren und äußeren Erfahrungen einen Grund haben zu existieren und dem Wachstum und der Entwicklung des Schülers dienen. Die Schule ist ein sehr fruchtbares Territorium, wo alles, was richtig ist, wächst und alles, was falsch ist, vertrocknet – immer und nur dann, wenn der Schüler die Absicht hat, ernsthaft zu arbeiten und sich sich Selbst und den Anderen zu verpflichten. In diesem Fall wird die Anstrengung von allen geteilt, und auf die gleiche Weise wird der Nutzen geteilt. Die Fruchtbarkeit des Bodens ist die *Energie*, die uns nährt, denn ohne sie wäre alles umsonst und nutzlos. Es gibt viele Erfahrungen, die äußerlich denen einer beliebigen Person, die nicht auf dem Weg ist, gleichen können. Aber das ist nur äußerlich. Diese Person hat im Vergleich zu euch keinerlei Möglichkeit, Nutzen zu ziehen aus den Früchten der Erfahrung, denn für sie geschieht alles zufällig und ohne Grund.

Lasst euch nicht verwirren. Versucht, euren Verstand offen zu halten und ganz an diesem *Werk* teilzunehmen. Lasst euch mitnehmen. Ich werde niemals müde werden, immer wieder das Gleiche zu wiederholen, und das tue ich tatsächlich auch. Macht euch keine Sorgen und habt keine Angst, *etwas* zu verlieren. Dieses *Etwas* existiert nur in eurer Vorstellung. Nehmt immer an allen Aktivitäten mit Einfachheit teil und vor allem entspannt. Alles kommt zu seiner Zeit. Alles, was ihr wirklich braucht, werde ich euch auf tausend verschiedene Formen zukommen lassen, und ich werde mich versichern, dass ihr es empfangt. Ihr seid in meiner Obhut vierundzwanzig Stunden am Tag, und außerdem wisst ihr, dass ich euch immer zur Verfügung stehe. Aber ihr dürft mich nicht mit einem öffentlichen Dienst verwechseln oder mit irgendetwas anderem. Ich bin ein Meister und dies ist meine Funktion. Erinnert euch daran, dass ein Meister, so leid es mir tut, niemals der Notwendigkeit entfliehen kann zu sagen, dass er es ist, der das technische Wissen hat und der weiß, was am besten ist. In den Aspekten der Unterweisung irrt ein Meister nie, denn er spricht für die Wahrheit, inspiriert von der absoluten Wahrheit, das heißt durch das Einzige Sein.

Es ist gut, wenn ihr diese Dinge immer gegenwärtig habt, denn so erhöht ihr in euch das Bewusstsein für das, was ihr tut«, beendete Alfredo seine Ansprache.

* * *

Nach der Versammlung zu Hause angekommen, fing ich an zu schreiben und Aufzeichnungen zu machen von dem, was Alfredo gesagt hatte. Während ich schrieb, fing ich an zu erkennen oder besser gesagt zu erfahren, wie schwierig es war, die Unterweisungen, die Alfredo uns erteilte, in mir zu realisieren. Es existierte ein großer Unterschied zwischen intellektuellem Verständnis und der Erfahrung. Mir kam ein Satz von Alfredo in den Sinn bezüglich des Weges: »Dieser Weg ist sehr schwer, weil er leicht zu sein scheint.«

Gut, ich hatte in Wirklichkeit nie gedacht, dass er leicht zu sein schien, aber dies war ein wichtiger Aspekt, der einige Leute verwirren konnte. Alfredo bat uns um sehr wenige Dinge, und die waren einfach zu verwirklichen. Seine Sprache war direkt und sehr realistisch und hier lag vielleicht die Schwierigkeit der ganzen Angelegenheit. Denn wir sind es gewohnt, uns den Verstand mit nutzloser Information zu füllen, und dies kann einen glauben machen, dass man Wissen erlangt. Dabei ist das, was man aufnimmt, jedoch nur konditionierte Information, die ausschließlich Hindernisse produziert. Alfredo sprach zu uns über die Erfahrung und davon, dass wir uns von der Unterweisung durchdringen lassen sollten. Der Schlüssel lag im *Widerstand*, den man hatte. Manchmal konnte man das Gefühl haben, gegen den Strom anzurudern, und dies verursachte Leiden. Aus diesem Leiden konnte man, wenn es bewusst gelebt wurde, großen Nutzen ziehen für die Arbeit an sich selbst. Aber wenn es in passiver Form erlebt wurde, dann transformierte es sich in etwas Nutzloses, dem jede positive Erfahrung fehlte.

Ich hatte in diesen ersten zwei Jahren der Arbeit bemerkt, dass viele Dinge in mir sich verändert hatten. Aber was mich am meisten überraschte, war, dass ich angefangen hatte, viele Aspekte in mir und in den anderen zu beobachten, die völlig verborgen waren. In jeder Versammlung und ohne dass man darüber sprechen musste, kamen eine Menge an Besonderheiten zum Vorschein. Die bloße Präsenz von Alfredo war wie ein gigantisches Vergrößerungsglas: Dinge, die normalerweise unbemerkt vorbeigehen würden, wurden fast sofort hervorgehoben.

Eines war gewiss: in der Arbeit war alles in Bewegung, eine kontinuierliche Veränderung. Einer Idee, die es schaffte sich festzusetzen, wurde fünf Sekunden später von einer anderen widersprochen. Es war, als ob ich mich an nichts festhalten konnte. Alles hatte einen Grund zu sein für diejenigen, die *aufmerksam* und *wachsam* waren. Für die anderen vergingen viele subtile Ereignisse unbemerkt, und konsequenterweise wurden sie nicht genutzt. Ich hatte auch die Rolle bemerkt, welche die Beziehung zwischen den Personen spielte, die eine Gruppe bildeten, und wie sich unsere negativen Aspekte abzeichneten. Es war offensichtlich, dass all die Arbeit, die wir mit Alfredo machten, viele Facetten und Ebenen hatte. Als wenn sie verschiedene konzentrische Kreise hätte und in dem Maße, in dem der Schüler sich dem Zentrum näherte, drang er immer tiefer in die eigene Essenz der Arbeit ein. Jedes Mal, wenn einer dieser Kreise überwunden war, bekam die Vision von der Arbeit und von uns selbst eine neue Dimension, viel tiefer und wichtiger. Manchmal in den Versammlungen oder während der Essen genügte ein Wort von Alfredo, damit sich mir die Türen zum Verständnis von etwas öffneten, das mir vorher nicht eingehen wollte. Und auf die gleiche Weise zerstörte er alles, was ich mir von der Arbeit, von mir oder von anderen vorgestellt haben konnte, mit einem einzigen Wort. In diesen Situationen fühlte ich mich wirklich desolat, manchmal sogar verzweifelt.

Wenn es mir gelang, mit Kohärenz einige Gewissheit über alles, was geschah und alles, was ich tat, zu konstruieren, dann genügte eine Sekunde, um alles zu zerstören.

Alfredo zerstörte ständig alles, was unser Wachstum behindern konnte, und er verhinderte, dass wir uns an jeglicher Phantasie mystischer Art festhalten konnten oder an irgendwelchen anderen Dingen, die uns zu den ‚Falschheiten' bringen würden, an denen der Mensch so hängt. Das war für diejenigen sehr schwer zu akzeptieren, die auf ihre Weise eine gewisse esoterische *Kultur* hatten und von vornherein von bestimmten Vorurteilen ausgingen über das, wie die Arbeit und wie ein Meister sein sollten. Einmal hatte ich die Gelegenheit, einen Freund der Gruppe zu beobachten, der eine Person mitgebracht hatte, die sich für die Arbeit interessierte und Alfredo kennen lernen wollte. Dieser Mann war ein wichtiger *Esoteriker* in seinem Umfeld, der verschiedene esoterische Bücher im Laufe seines Lebens geschrieben hatte. Als er sich mit Alfredo traf, wollte er zeigen, was er alles wusste über die sogenannten *okkulten Themen*. Es war sehr unterhaltsam zu beobachten, wie Alfredo sich ganz anders benahm, als es diese Person erwartet haben konnte. Es gab Momente, in denen er den Eindruck vermittelte, dass er erschrocken sei und gerne verschwinden würde. Und das Beste an all dem war, dass Alfredo ihm absolut nichts sagte. Er sprach mit ihm über alltägliche Themen und sonst nichts. Aber sicherlich produzierte die Energie des Ortes einen Druck, der so stark war in diesem Herrn, dass er mit seinen negativen Aspekten konfrontiert wurde.

Nach diesem Treffen ließ der berühmte Esoteriker sich nie mehr sehen, nicht einmal bei dem Freund, der ihn mitgebracht hatte.

Es war sehr interessant zu beobachten, wie Alfredo sich in verschiedenen Situationen benahm. Manchmal lernte man aus seinem Verhalten mehr als aus seinen Worten. Bei einer Gelegenheit, sich auf obige Situation beziehend, sagte er uns folgendes:

»Wenn es etwas gibt, dass mit unserer Arbeit unverträglich ist, dann sind das die sogenannten ‚Okkultisten'. Und wenn ich mich auf Okkultisten beziehe, dann meine ich damit auch Spiritisten, Hellsichtige, Heiler vierter Klasse und alle die Typen von Personen, die in diese Kategorie gehören. Sie alle besitzen für uns keinen Wert. Es sind alles Personen, die keine Fähigkeit haben zu lernen und die versuchen, Ideen und Meinungen durchzusetzen. Aber hier werden weder Meinungen noch Ideen gegenübergestellt: Dies ist keine Demokratie! Ein Mensch, der nicht die Fähigkeit zur Ergebenheit an die Arbeit hat, besitzt keine Möglichkeit zur Entwicklung. Alles, was jemand weiß oder glaubt zu wissen, muss er beiseite lassen, denn es repräsentiert nur ein Hindernis und sonst nichts. Wenn jemand fähig ist, dies zu akzeptieren, dann wird er die Möglichkeit haben, aus der Arbeit Nutzen zu ziehen.

Nun gut, wenn ich mich auf die ‚fähigen Okkultisten' beziehe, dann will ich nicht sagen, dass diese Art von Erfahrungen gar keinen Nutzen haben. Ihr Nutzen liegt darin zu erkennen, dass sie keinen Nutzen haben.

Ich hatte, als ich jung war, auch außergewöhnliche Fähigkeiten. Einige Leute erinnern sich heute noch daran. Aber als ich erkannt hatte, dass sie nur ein Hindernis und ein Selbstbetrug waren, ließ ich sie beiseite. Für mich sind alle diese Dinge nur ein hysterischer Zustand, sonst nichts.

Viele Leute nähern sich der Arbeit auf der Suche nach dieser Art von Dingen, nach diesen vermeintlichen ‚Fähigkeiten'. Sie wollen mit einem fliegenden Teppich fliegen, wollen exotische und außergewöhnliche Gefühle haben, um sie ihren Freunden auf irgendeinem Fest zu zeigen, das sie in ihrem Haus geben werden. In Wirklichkeit hat der Mensch so viele dumme und unnütze Phantasien, dass er sich hinter Träumen und Illusionen verliert. Wenn sich diese Personen mir nähern, fühlen sie sich unwohl und sie schaden sich. Wenn sie den nötigen Mut haben, um ihre reale Situation zu akzeptieren, dann kann es sein, dass sie eine Möglichkeit finden, etwas für sich selbst zu tun; andernfalls überstehen sie keine fünf Minuten. Dies ist so, weil die Energie für die Dummheit verheerend ist.«

Im Laufe der Jahre sollte ich selbst erkennen, dass nur wenige Leute wirklich die *Wahrheit* suchen. Viele, vielleicht ohne sich dessen bewusst zu sein, suchen etwas anderes und merken es erst nach vielen Jahren. Aber wie uns Alfredo einmal sagte:

»Ein wahrhaft Suchender hat von Anfang an eine 95%-Chance, sein Ziel zu erreichen.«

Nur die Arbeit in der Schule bewirkt, dass die Menschen herausfinden, welches ihre wirklichen Absichten sind und bis zu welchem Punkt sie bereit sind, sich der Arbeit, d.h. sich selbst hinzugeben. Dazu gab Alfredo einmal folgenden Kommentar ab:

»Der Mensch lebt völlig schlafend in Bezug auf seine Realität. Er ist voll von Gewohnheiten, Automatismen und Schranken, die er ständig für sich selbst kreiert. Der Arbeit in der Schule kann man auf gar keinen Fall mit dieser Haltung gegenübertreten. Die Gewohnheiten sind ein echtes Hindernis für die Entwicklung. Die Leute müssen bei allen Aktivitäten der Schule ständig Aufmerksamkeit und Beobachtung üben. Viele Personen vergessen nach einigen Jahren, wenn die Zeit des Enthusiasmus überwunden ist, warum sie mit mir zusammen sind: sie werden ‚automatisch', und das bringt sie dazu zu kristallisieren. Auf diese Weise haben sie nur eine geringe Möglichkeit, ihren Vorteil herauszuziehen – wenn sie nicht doch noch korrekt auf die Serie der Eindrücke reagieren, die ihnen ständig die Zeichen der Aufmerksamkeit signalisieren. Aber wenn einer ständig ‚schläft', ist die Möglichkeit, dass er reagiert, sehr unwahrscheinlich. Es gibt Momente auf den verschiedenen Abschnitten des Weges, die der *richtige Zeitpunkt* sind, um für sich den größten Nutzen aus der *korrekten Anstrengung*, die man machen soll, zu ziehen. Es ist, als ob alle Bedingungen vorteilhaft seien, um den größten Nutzen, den die Erfahrung einer Person bringen kann, zu empfangen. In diesen, sagen wir fruchtbaren Momenten, muss die Person die Gelegenheit, die sich ihr bietet, ganz und gar erkennen, damit sie diese im höchsten Maße nutzen kann. Und da ist es dann, wo sie den nötigen Mut haben muss, um ihre Schemen und Ängste zu durchbrechen und die Erfahrung zu nutzen. Wenn jemand normalerweise nicht den Mut aufbringt, aus Angst ‚Etwas' zu verlieren, verpasst er diese Chance und muss warten, bis sie sich wieder bietet. Es kann sein, dass sie sich ihm nach einer Woche, einem Monat oder einem Jahr bietet. Normalerweise merkt man, wenn die Gelegenheit vorbei ist, und fälschlicherweise gibt man sich selbst die Schuld dafür, was absolut nichts nutzt. Es gibt einen richtigen Moment, eine jede Sache zu tun, und wenn man dies nicht tut, aus egal welchem Grund oder mit welcher Entschuldigung: was dann geschieht, ist, dass sich das Wachstum verzögert, und dies ist wirklich eine Sünde. Es gibt Momente auf dem Weg, in denen es nötig ist, auf die Welt zu verzichten, und es gibt Zustände, in denen es sogar nötig ist, auf sich selbst zu verzichten. Deshalb ist es notwendig, ohne Angst immer weiterzugehen. Die Ängste kommen durch die Zweifel und das fehlende Vertrauen in das, was getan wird. Wenn man vertraut, auch wenn man bestimmte Realitäten nur schwer akzeptieren kann, dann soll man sich dem Willen Gottes unterwerfen und sich mitnehmen lassen.«

Bei einer anderen Gelegenheit machte Alfredo einen Kommentar über die Funktionalität der Gruppen und der Ebenen der Arbeit. Dies war einer der Aspekte, die mich besonders interessierten. Seit ich angefangen hatte, mich für diese Art Dinge zu interessieren und auf gewisse Weise zu *„suchen"*, hatte ich immer geglaubt, dass sich die Arbeit auf persönlicher Ebene entwickelt, d.h. in der Beziehung des Schülers zum Meister. Aber dies war nur einer der Aspekte der Arbeit. Immer wenn Alfredo eine Anmerkung zu diesem Thema machte, dann versuchte er, Daten damit zu verbinden und diese zu verknüpfen, was mir eine umfassendere Sichtweise geben sollten. Obwohl die Resultate, die er erzielte, wegen meines mangelnden Verständnisses nur partiell und konditioniert waren, nützten sie mir dennoch, um über viele Dinge in mir selbst klar zu werden. Dies mag etwas seltsam klingen, aber ich fand in allem, was Alfredo uns erzählte, die Spiegelung eines Prozesses, der sich in mir abspielte.

Alfredos Erklärung war sehr interessant:

»Im Verlauf des Weges kann eine Person viele Zweifel haben: sie kann an sich selbst zweifeln, am Weg und sogar am Meister. Die Zweifel sind das Produkt der Getrenntheit. In diesem Zustand kann man alles zerstören, was man bis zu diesem Moment erreicht hat.

Es wird ein Moment kommen, in dem die Zweifel völlig verschwinden werden, und man kann nicht mehr zurück. In diesem Moment verschmilzt man mit dem Weg, mit den Kameraden und dem Meister, das heißt mit sich selbst. Man kann sagen, dass die wahre Reise in diesem Moment beginnt.

Eine Gruppe hat verschiedene vorbereitende Phasen, bevor sie sich in eine echte Gruppe verwandelt. In einer echten Gruppe kann es keinerlei Vorbehalte zwischen den Mitgliedern geben. Es darf keine Trennung, Egoismus, Eifersucht, Ehrgeiz und keinerlei persönliches Eigeninteresse geben, das sich gegen die Interessen der Anderen und gegen die Arbeit stellt. Es muss das existieren, was ich eine wahre Freundschaft nenne. Damit eine Gruppe zu dieser Art von Verschmelzung gelangt, muss sie die vorherige Etappe passieren, und das kann lange dauern. Aber ohne das kann es keine Möglichkeit zum Wachstum geben.

Ich kann manchmal Aufgaben zur Erledigung an diese oder jene Person geben. Ihr werdet bemerkt haben, dass ich niemals Befehle gebe oder jemanden zwinge, etwas zu tun. Ich mache nur Vorschläge. Wenn jemand ausreichend aufmerksam ist, erkennt er, dass in meinem Vorschlag etwas ist, womit die Person an sich selbst arbeiten kann. Dies nenne ich *Arbeitsmaterial.* Viele nehmen diese Situationen auf die leichte Schulter, weil sie schlafen, und erkennen nicht die Vorteile, die sie mit dem, was ich ihnen vorschlage, erreichen können. Der größte Irrtum, der gemacht wird, ist der, zwischen der Arbeit und den Aufgaben keine Verbindung herstellen zu können. Alles hat mit der Arbeit zu tun! Auch wenn es von außen so aussehen kann, als ob das nicht so wäre. Ihr alle durchquert ständig eine Etappe und auf jeder Etappe gibt es *Hindernisse.* Jedes Mal, wenn ein Hindernis überwunden ist, macht man einen Schritt nach vorne. Meine Vorschläge bieten euch die Möglichkeit, euch dem Hindernis entgegen zu stellen, damit ihr es überwinden könnt.

Manchmal kann ich den Eindruck vermitteln, dass ich eine Person zu sehr dränge, meinen Vorschlägen zu folgen. Andere Male mache ich den Eindruck, die kleinstmögliche Anstrengung zu unternehmen, aber in beiden Situationen zeige ich euch etwas. Wenn ich euch zwingen würde, etwas zu tun, dann nähme ich euch die Möglichkeit, etwas zu lernen. Ich versetze euch in die Lage, dass ihr selbst erkennen könnt. Und wenn ihr achtsam seid, dann zeige ich euch immer, welcher Weg zu gehen ist. In Wirklichkeit ist das Einzige, was ich tue, euch ständig einen Wecker hinzustellen, und man muss schon sehr tief schlafen, um dies nicht zu bemerken. Wenn die Leute, ich sage nicht allen, sondern nur einem Teil der Anweisungen, die ich ihnen gebe, folgen würden, dann wäre alles sehr viel leichter und es ließen sich viele unnütze Leiden vermeiden. eure Leben würden sich über Nacht ändern.«

Dies war eine Charakteristik der Art, wie Alfredo unterrichtete, die ich bemerkt hatte: er zwang niemanden jemals, eine Aufgabe gegen seinen Willen zu tun. Er machte nur Vorschläge, und dies manchmal sehr subtil. Am Anfang konnte man das nicht erkennen, aber im Laufe der Zeit sah man, dass der Vorschlag Alfredos aufzeigte, was man in Wirklichkeit tun sollte. Es ist viel leichter, wenn man gesagt bekommt, was zu tun ist, und es wie ein Automat ausführt. Aber auf diese Weise nimmt man jemandem die Chance, sich über etwas klar zu werden. Alfredo stellte uns ständig vor einen Spiegel. Manchmal waren diese Spiegel gigantisch groß und man musste total blind sein, um nicht zu erkennen, was er aufzeigte. Ich selbst hatte die Male, die ich seinen Vorschlägen nicht gefolgt war oder mich innerlich dagegen gesträubt hatte – nicht in direkt in dem Moment, aber später – die Erfahrung gemacht, eine Chance zu wachsen und ein Hindernis zu überwinden verpasst zu haben, was mir vielleicht im gegebenen Moment verborgen geblieben war. Die Konsequenz davon ist, dass man sich selbst sinnlose Vorwürfe macht, und das Einzige, das erreicht wird, ist, dass man seine negativen Aspekte erhöht.

»In dem Maße, indem eine Person sich auf die Arbeit ausrichtet und anfängt, innerhalb ihrer möglichen Fähigkeiten zu funktionieren, fange ich an, mehr von ihr zu verlangen. Das soll in Wirklichkeit heißen, ich übertrage ihr Verantwortung. Diese Anforderungen geben der Person mehr Gelegenheiten, Hindernisse zu überwinden, auf die sie treffen wird. Man könnte sagen, ich schaffe Bedingungen, damit sie größere Anstrengungen unternimmt als normalerweise. Wir können dies den *Beschleunigungsprozess* nennen. In diesem Prozess existieren jedoch gewisse Sicherheitsventile, d.h. ich veranlasse niemals eine Person, einen größeren Schritt zu tun, als ihre Beinlänge es erlaubt. Auf dem Weg kann man nicht anders gehen als durch seine eigene Kraft. Niemand kann für euch gehen. Hier bekommt man nichts geschenkt. Aber man kann Hilfe empfangen. Je mehr Anstrengungen man unternimmt, desto mehr Hilfe empfängt man. Meine Aufgabe ist es, euch auf allen Ebenen zum Funktionieren zu bringen, nicht nur zum Teil, sondern ganz und gar. Und wie ich schon viele Male gesagt habe, funktioniert der Mensch in elf Dimensionen im Sonnensystem. Ich benutze das Wort ‚*funktionieren*' in einem sehr erweiterten Sinn.

Die Funktion, die eine Person erfüllen muss, die mit mir, das heißt in der Arbeit ist ... sie muss auf drei Ebenen funktionieren oder dienen: sie muss nützlich sein für die Arbeit, für mich und für sich selbst. Auf diesen drei Ebenen korrekt zu funktionieren heißt den größten Nutzen aus der Arbeit zu ziehen. Es gibt nur wenige, die korrekt ausgerichtet sind und somit auf diesen drei Ebenen harmonisch funktionieren. Es gibt immer ein Ungleichgewicht zwischen diesen drei Aspekten, aber das Traurigste ist, wenn jemand keinen Nutzen für seine eigene Entwicklung und sein Wohl aus der Arbeit zieht.«

Bei einer anderen Gelegenheit sagte Alfredo zum gleichen Thema:

»Ein echter Meister, das heißt einer, der mit der Quelle verbunden ist, kennt das Ziel der Arbeit ganz genau und weiß, wie es zu erreichen ist. Er wird die Mittel benutzen, die er als die nützlichsten ansieht, und kann sie an die Umgebung anpassen, in der er sich befindet. Ein Schüler, und sei er noch so fortgeschritten auf dem Weg, kann nicht wissen, was das Ziel der Arbeit ist. Er kann es nur denken, und das ist etwas ganz anderes. Ein Schüler kann nur wissen, was er erlebt hat. Dazu kann es bestimmte besondere Schüler geben, die im Namen des Meisters unterrichten können oder sie können auf selbstständige Weise unterrichten, ohne sich auf den Meister zu beziehen, aber immer im engen Kontakt mit ihm, denn sonst funktioniert das Ganze nicht. In diesen besonderen Fällen ist es nicht wichtig, ob diese Personen genau wissen, was der Ursprung dessen ist, was sie tun, und was das endgültige Ziel der Arbeit ist. Wenn sie auf die Arbeit ausgerichtet bleiben und im Kontakt mit dem Meister, ist die Arbeit, die sie tun, innerhalb des Planes.

Wenn ich mich darauf beziehe, dass jemand auf indirekte Art mit einem Meister verbunden ist, spiele ich auf diese besonderen Fälle an. Es gibt zum Beispiel einen gewissen Typ von Personen, denen ich keine Hilfe sein kann. Sie würden sich schaden und ich würde auf gewisse Art zu stark für sie sein. In diesen Fällen müssen die Menschen den Kontakt in indirekter Form erhalten, das heißt durch andere Methoden, die der Umgebung näher sind, in der sie leben. Diese Art Personen sind nicht darauf vorbereitet, die Unterweisung direkt zu empfangen, aber sie werden auf jeden Fall ihren Nutzen haben, denn das Wichtige ist der Kontakt mit der Energie. Wenn eine Person, die mit mir zusammen ist und die ich für fähig halte, im Rahmen ihrer Fähigkeiten die Unterweisung weitervermittelt, dann versetze ich sie in die Lage, dies zu tun, denn diese Erfahrung wird für ihr Wachstum wichtig sein – immer und nur dann, wenn sie es mit Makellosigkeit tut. Makellosigkeit soll heißen die Energie zu respektieren, denn andernfalls wird die gleiche Energie selbsterziehend wirken und dies kann viel unnützes Leid produzieren.

Das Dienen ist einer der wichtigsten Aspekte der Arbeit. Es gibt viele Ebenen des Dienens, aber die einzige Art, es zu lernen, ist zu dienen.

Jemand, der dient, erwartet nichts im Austausch, er dient und sonst nichts. Wenn er neue Stufen der Erkenntnis erklimmt, dann muss er das mit den Anderen teilen, sonst kann er keinen Nutzen daraus ziehen und kann sogar das, was er erreicht hat, wieder verlieren. Das Geben und Nehmen ist etwas, das immer in einer Situation der Arbeit existieren muss. Diesen Aspekt wahrhaft zu verstehen ist schon eine besondere Angelegenheit.

In unserer Arbeit müssen alle Aspekte immer präsent sein, denn die Gelegenheiten, um sie zu erfahren, sind genauso immer präsent. Unglücklicherweise tappen die Menschen in die Fallen, die ihre Arroganz für sie bereit hält und geben vor, fähig zu sein, zu beurteilen und auszuwählen. Die Leute, die mit mir zusammen sind, haben *keine* Wahl, dies ist keine Demokratie. Und wenn es eine Wahl gibt, dann die zu gehen, und sonst keine. Die Personen, die wirklich erwachen wollen, wissen, dass sie einen echten Weg brauchen. Es gibt keine andere Wahl. Wenn sie aus freiem Willen auf dem Weg bleiben, dann haben sie keine Wahlmöglichkeit … das ist so glasklar wie Wasser, nicht wahr? Erinnert euch immer daran: ein schlafender Mensch kann einen wachen nicht erkennen, aber ein wacher einen schlafenden.

Die schlafenden Menschen können nur von den Träumen her sprechen über Träume und Illusionen, aber die Erwachten können aus der Realität heraus sprechen und durch die Wahrheit.«

Alle diese Beschreibungen der Arbeit, die uns Alfredo dann und wann gab, halfen mir, die verschiedenen Aspekte und Ebenen zu verstehen und zu verbinden. Es gab immer neue Aspekte und als Konsequenz entstanden neue Einblicke in mir. Trotz allem konnte ich nicht vermeiden, in phantastische Gedanken und schlechte Angewohnheiten in dem, was ich tat, zu verfallen. Dies brachte mich dazu, manchmal auf irrige Weise meine Kameraden für die Art und Weise zu verurteilen, wie sie sich in Bezug auf die Arbeit verhielten, wenn sie nicht mit dem Kodex in Übereinstimmung waren, den ich mir selbst kreiert hatte. Dies ist eine Falle, die auf allen Etappen des Weges gegenwärtig ist.

Wollen ohne herbeizuwünschen

Ich war zu einem Spaziergang ohne festes Ziel aufgebrochen. Ich hatte Alfredos Worte von der letzten Versammlung im Kopf, als er auf der Wichtigkeit der materiellen Seite der Arbeit bestand. Dieser Aspekt war für viele Leute schwer zu verstehen, sie betrachteten ihn als widersprüchlich zu den „spirituellen" Aspekten. Diese Betrachtungen kamen immer von Personen, die erst kurze Zeit in der Arbeit waren und nicht erkennen konnten, was Alfredo uns wirklich sagen wollte. Ich hatte in diesem Aspekt auch etwas Widerstand gefühlt, aber im Laufe der Jahre erkannte ich die enge Beziehung, die er mit der Arbeit hatte und dass er auf gewisse Weise den Zustand der Person widerspiegelte. Andererseits betonte Alfredo immer, dass es eine der Seiten der Arbeit sei, physischen, intellektuellen, materiellen und spirituellen Wohlstand zu erreichen, aber unser Drang, zu Beurteilen und die Dinge nur bruchstückhaft zu sehen, verdecke uns die reale Verbindung, die zwischen all diesen materiellen Seiten und der Verwirklichung auf der spirituellen Ebene existiert. Alfredo versuchte allen Personen, die sich der Arbeit näherten – hauptsächlich denen, die in einer sehr prekären finanziellen Situation waren – dabei zu helfen, mehr Geld zu verdienen. Er gab ihnen Ratschläge, damit sie in ihren Beschäftigungen konkreter wurden. Und denen, die keine Beschäftigung hatten oder wenigstens keine ständige, denen gab er die Möglichkeit – nur wenn sie wollten, logischerweise – irgendeines der Produkte zu verkaufen, die Alfredo unterstützte, oder irgend eine andere Aktivität zu beginnen. Für diese Dinge besaß Alfredo eine beeindruckende Spürnase und in all den Jahren, die ich mit ihm zusammen bin, habe ich nicht erlebt, dass er sich getäuscht hat. Alles, was Alfredo unterstützt, hat Erfolg.

Hierzu muss klar gestellt werden, dass Alfredo nicht irgendwelche Sachen unterstützt – er unterstützt immer nur Produkte, die für die Gemeinschaft von Nutzen sind.

Dank der Ratschläge von Alfredo haben viele Menschen erlebt, wie sich ihr Leben auf materieller Ebene komplett geändert hat, und dieser Erfolg ist der Widerschein der inneren Arbeit, die sie verrichtet haben. Ich weiß, dass es schwierig ist, dies zu verstehen und den Zusammenhang zu sehen, aber so funktioniert es, und ich konnte das an mir selbst erfahren. Ich hatte bemerkt, dass Alfredo den Leuten Vorschläge machte, damit sie bestimmte Charakteristiken und Fähigkeiten maximal nutzen konnten, die sie bisher ignoriert hatten und in sich selbst nicht sehen konnten. Alfredo war – neben dem, was er repräsentierte – eine Person, die ein intensives Leben geführt hatte. Er war sehr viel in der ganzen Welt herumgereist und hatte eine unendliche Zahl an Arbeiten ausgeführt. Durch dies alles war er in Geschäftsdingen sehr fähig. Ich hatte diesen Aspekt nie für sehr wichtig gehalten, und tatsächlich maß ich den materiellen Dingen nicht viel Gewicht bei. Es vergingen Jahre, bis ich ihre wahre Bedeutung erkennen sollte. In meinem Fall zielte Alfredo ganz schnell ins Zentrum. Ich hatte lange Jahre mit dem romantischen Aspekt der Musik verbracht, dem „Ich bin die Musik". Ich lebte in einer illusorischen Welt. Selbst als ich dies erkannte, konnte ich es nicht aus mir verbannen. Jahrelang hatte ich einen Großteil meines Lebens darauf konzentriert, das „Ziel" des Künstlers zu erreichen, indem ich hinter Phantomen herrannte. Aber in Wirklichkeit war dies alles eine Entschuldigung, um mich vor der Realität zu verstecken. Ich hatte enorme Anstrengungen unternommen, die zum größten Teil unnütz waren. Ich spielte mein Instrument zehn Stunden täglich, und dies machte ich für ziemlich lange Zeit. Dabei hatte ich mich in eine „verschlossene Person" verwandelt – ich posaunte die Freiheit hinaus und war dabei komplett ein Gefangener meiner selbst. Es war genau mein Problem, nicht den jämmerlichen Zustand akzeptieren zu wollen, in dem ich mich befand, was bewirkte, dass ich in ständigem Konflikt mit mir selbst war.

Im ersten Jahr, in dem ich in der Gruppe war, zerbrach Alfredo all das. Das Gefühl, das in mir durch den Kontakt mit der Realität entstand, war überhaupt nicht angenehm. Eine kurze Zeitlang war meine Reaktion, dass ich alles, was ich in der Vergangenheit getan hatte, ablehnte: die Musik und alles, was meine Ideale gewesen waren. Und obwohl der Schlag hart gewesen war, hatte ich ein Gefühl der

Befreiung. Es war, als hätte ich mich von einem enormen Gewicht befreit. Alfredo hatte mir in Wirklichkeit nichts gesagt. Das Einzige, was er tat, war, dass er mich vor einen riesigen Spiegel führte. Und als ich ungeschönt sah, wie die Dinge wirklich waren, zerbrachen sie. Nach einer Weile verschwand das Gefühl der Beschwerde und alles kehrte zur Normalität zurück. Sagen wir, ich hatte eine Art von Versöhnung und diese ganze Sache ging in einen normalen Zustand über und in das, was es wirklich war: ein Mittel, um Geld zu verdienen.

Alfredo gab mir einige Ratschläge, damit ich mehr Schüler bekam, und er bestand darauf, dass ich mehr Geld verdienen sollte.

Und ich weiß nicht warum, aber alles begann wunderbar zu laufen. Niemals zuvor hatte ich so viele Schüler gehabt wie zu der Zeit. Das, was mit mir geschehen war, geschah mit allen – unter der Bedingung, dass man keinen Widerstand dagegen setzte. Wir widersetzten uns zwar alle, aber es genügte, nur einigen Ratschlägen Alfredos zu folgen, damit alles sich veränderte.

Eines Tages spazierte ich gedankenverloren durchs Zentrum der Stadt, als ich Fernando traf.

»Alfredo sagte mir, dass du in seinem Büro vorbei schauen sollst, wenn du Zeit hast.«

»Ich kann jetzt gleich gehen«, antwortete ich.

»Das wäre ideal. Wenn du in der nächsten Viertelstunde vorbei gehst, dann treffen wir uns dort.«

»Okay. Wir sehen uns dort.«

Ich war voller Neugierde und gleichzeitig etwas nervös. Im Allgemeinen ging ich niemals in Alfredos Büro. Ich dachte, ich würde stören. Ich sah ihn nur mittwochs bei den Übungen. Außerdem hatte ich mir angewöhnt, keine Fragen zu stellen. Nicht, weil ich keine hatte, sondern weil ich erkannt hatte, dass die Antworten schon im richtigen Moment auftauchen würden. Außerdem, wenn ich glaubte, ein Problem zu haben und es Alfredo sagen wollte, brauchte ich ihn nur zu sehen, und schon verschwand das Problem oder es erschien mir dumm.

Das war meine Haltung. Andere Freunde der Gruppe besuchten Alfredo von Zeit zu Zeit in seinem Büro.

Als ich mich dem Büro näherte, fühlte ich, wie sein Parfüm genau wie seine Gegenwart anfingen, die Luft zu erfüllen, was mich nervös machte, ohne dass ich es kontrollieren konnte. Die Tür war offen, Alfredo war am Telefon. Er war allein. Dies war seltsam, denn fast immer waren Leute dort, um ihm zu besuchen. Ich blieb in der Tür stehen und wartete, dass er meine Anwesenheit bemerken würde. Als er mich sah, machte er eine Geste, dass ich hereinkommen und mich setzen solle.

»Juan, wie geht es dir?«, fragte er mich, als er das Telefongespräch beendet hatte.

»Gut«, sagte ich.

»Ich sehe dich niemals hier. Wenn du möchtest, kannst du ab und zu vorbei kommen, um ‚Hallo' zu sagen.«

»Danke«, antwortete ich, »manchmal möchte ich gerne, aber dann denke ich, dass Sie zu beschäftigt sind und lasse es sein.«

»Juan, beschäftigt bin ich immer! Wenn du vorbeikommen möchtest, dann kannst du das tun … aber nur eine Sekunde, sonst werfe ich dich hinaus«, lachte er. »Du weißt, dass die Zeit des Meisters Gold ist und dass es nichts gibt, womit man sie kaufen kann. Ich stehe zu bestimmten Zeiten am Tag immer zur Verfügung, während derer die Leute mich anrufen oder mich besuchen kommen können. Aber ich stehe nicht zur Verfügung, um Dummheiten anzuhören, und das ist etwas, das die Leute lernen müssen. Die Beziehung zwischen den Schülern und dem Meister ist sehr subtil, und ich mache ständig auf bestimmte Aspekte aufmerksam, damit die Leute erwachen. Der Schüler schuldet dem Meister völligen Respekt, und nicht nur äußeren Respekt, sondern den inneren, der derjenige ist, der wirklich zählt. Du weißt, dass viele Leute mich besuchen kommen, und von weit her. Es gibt einige, die aus dem Ausland kommen, um nur für einige Minuten mit mir zusammen zu sein. Viele kommen im Glauben, dass sie irgendeine Situation zu ihrem Vorteil nutzen könnten, oder sie glauben, dass sie durch ihr Kommen sich auszeichnen oder sich einen Vorteil gegenüber ihren Kameraden verschaffen können. Diese Dinge sind Illusionen des Verstandes und sonst nichts. Die Personen, die mit dieser Haltung kommen, ziehen keinen Nutzen daraus, obwohl sie viele Kilometer gereist sind, denn die Einstellung ist von Anfang an falsch.

Die einzig richtige Einstellung, die ein Schüler dem Meister gegenüber haben muss, ist die *Aufrichtigkeit*, aber niemals die, etwas zu erwarten

– vielmehr muss er bereit sein, alles zu geben. Die *Aufrichtigkeit* ist die Basis der Arbeit und der erste Schritt, damit sich eine echte Veränderung vollziehen kann. Der Schüler muss aufrichtig zu seinem Meister sein, aber hauptsächlich muss er aufrichtig zu sich selbst sein. Wenn er zu sich selbst nicht aufrichtig ist, dann kann er niemals zu seinem Meister aufrichtig sein. Man muss sich dem Meister vollkommen ‚nackt' präsentieren und ihm nichts verbergen. Dies ist schwierig zu erreichen, denn ihr glaubt immer, dass ihr eine Situation auf egoistische Weise ‚ausnützen' könnt. Niemand kann aus etwas Nutzen ziehen, wenn er es nicht mit den anderen teilt, und dies ist ein Gesetz. Die Haltung oder besser gesagt die Grundeinstellung muss völlig aufrichtig sein. Darüber muss man sich bewusst sein. Man kann nur aufrichtig sein mit dem, was man kennt, nicht mit dem, was einem unbekannt ist, d.h. man steht vor dem Meister in gutem Glauben. Dem Meister dient die Aufrichtigkeit des Schülers nicht, denn er weiß alles über seinen Schüler. Die Aufrichtigkeit dient dem Schüler selbst. Er muss sich über sein eigenes Unvermögen vollkommen und aufrichtig im Klaren sein und sich losgelöst beobachten. Vor sich selbst einen schweren Defekt – um es irgendwie zu benennen – zu verbergen und dann am Ende der Unterweisung anzukommen, würde bedeuten, seine Zeit und alle bis zu diesem Moment gemachten Anstrengungen verschwendet zu haben.«

Alfredo machte eine Pause, und danach sagte er lächelnd und ironisch zu mir: »Aber warum erzähle ich Dir all diese Dummheiten, die zu nichts taugen?«

Dies war eine Charakteristik von Alfredo: nachdem er etwas gesagt hatte, brach er das, was er gesagt hatte, ab und bemühte sich darum, dass die Zuhörer das Gesagte nicht intellektuell aufnahmen, sondern „speicherten". Aber trotz allem konnte ich meinen inneren Dialog nicht stoppen. Das, was er gesagt hatte, berührte eine alte Wunde in mir. Ich fragte mich, ob das, was ich gehört hatte, mir etwas aufzeigen sollte. Ich glaubte in meiner Arroganz, dass ich aufrichtig mit mir sei, aber nach dem, was mir Alfredo gesagt hatte, erkannte ich, dass ich es nicht war. Und ich begann automatisch, mich schuldig zu fühlen.

Alfredo bemerkte dies.

»Denk nicht nach, denn so löst du nichts«, sagte er dann. »Auf diesem Weg braucht man viel Mut.«

Danach wechselte er das Thema, und um meine Aufmerksamkeit von dem abzulenken, was er gesagt hatte, fragte er mich:

»Wie geht es dir mit deiner Arbeit? Hast du viele Schüler?«

»Es geht so.«

»Es ist notwendig, dass du mehr Geld verdienst. Und es gibt keinen Grund, warum du dies nicht tun könntest. Es reicht schon, wenn man wirklich will, aber ohne es herbeizuwünschen. Die magische Formel ist diese: *Wollen ohne herbeizuwünschen*. Das sind nur wenige Wörter, aber es ist sehr schwierig, sie anzuwenden.

Schwierig, weil die Leute es mit einer Menge anderer Dinge verwechseln und vermischen. Sie vermischen es mit Gefühlen, mit ihren Phantasien und mit ihren Träumen, mit dem, was sie zu sein glauben und mit dem, was sie gerne wären, und kreieren eine große Konfusion.

Die Bedeutung des Geldes liegt darin, dass es dir erlaubt, Dinge zu tun und zu bewegen. Es ist ein Mittel, sonst nichts, und bewegt eine bestimmte Art von Energie. Stell dir z.B. vor, dass es nötig wäre, eine Reise zu einem bestimmten Ort zu machen, um eine Tätigkeit zu verrichten, die für die Arbeit, die gemacht wird, notwendig ist. Wie stellst du dir vor, dass du reist? Zu Fuß? Mit dem Pferd? Oder gehst du zur Fluglinie, erzählst ihnen die Gründe deiner Reise und dass sie dir wegen der Wichtigkeit der Arbeit das Ticket gratis geben müssen? Nein. Zum Reisen braucht man Geld, sonst bekommt man kein Ticket. Das Geld hat seine Wichtigkeit in der Arbeit, aber es ist nur ein Mittel und man muss völlig losgelöst davon sein. Verstehst du was ich sage? *Es ist besser reich zu sein als arm, es ist besser gesund zu sein als krank, es ist besser zu essen als nicht zu essen ...*

Und jetzt sage ich dir noch eine andere Wahrheit und höre gut zu: *Je mehr Geld du ausgibst, desto mehr wirst du bekommen und desto mehr wirst du verdienen*, aber der Schlüssel liegt darin, dass es dir egal sein muss. Die Leute sind verwirrt, wenn ich hierüber spreche, und verstehen nicht wirklich, was ich sagen will, und dann sagen sie: ‚Aber was hat der materielle mit dem spirituellen Teil zu tun?' Diese Personen können nicht weiter als bis zu ihrer eigenen Nasenspitze sehen. Und dann nehmen sie den Mund voll und sprechen von der Menschheit, von den Problemen, die zu lösen sind, und von ihren Wünschen, den anderen zu helfen. Diese Menschen belügen nur sich selbst. Den Leuten gefällt es, den Mund mit wunderschönen Worten voll zu nehmen, um den anderen zu zeigen, wie wichtig sie und ihre großen altruistischen Berufungen sind. Sie glauben, dass sie in der Position sind, zu sprechen und ihre Meinung zu allem abzugeben. Sie sprechen über Spiritualität, universale Liebe etc. etc.

Alles in unserem Universum ist materiell! Ja, aus Materie mit verschiedener Dichte, darin stimmen wir überein, aber immer Materie. Deshalb darf der wirtschaftliche Aspekt nicht vergessen werden. Dazu steht Energie zur Verfügung und es ist eine Sünde, sie nicht zu benutzen. Wichtig ist, eine starke Absicht zu haben und vor allem einen starken Willen. Begrenze niemals deine Absicht. Der Vorsatz ist beim Start sehr stark, aber in dem Maße, in dem er bestimmte Schranken überwindet, die ihn behindern, verliert er an Kraft. Wenn man ihn einschränkt, ist – nachdem er diese Hindernisse überwunden hat – von dem anfänglichen Vorsatz nichts mehr da. Wenn dagegen der Vorsatz unbegrenzt ist, dann reicht es auch, wenn nur ein Viertel der anfänglichen Kraft ankommt.

Das Problem bei all dem ist, dass die Menschen immer alles mit dem vergleichen, was sie zu wissen und verstehen glauben. Sie können die Zeit, in der sie leben, weder erkennen noch sich darin zurechtfinden. Sie haben einige Bücher über orientalische Traditionen und Pseudo-Meister gelesen und glauben, dass diese äußerlichen Beschreibungen sich mit der Zeit fortpflanzen. Diese Personen suchen in Wirklichkeit nicht die Wahrheit – sie suchen nur das, was ihrem Glauben daran, wie die Sachen sein müssten, am nächsten kommt. Schau in die Bücher, die wir als ernst betrachten können: es gibt nur Spuren von Wahrheiten und von dem, was wirklich ein wahrhafter Weg sein kann. Alles, was geschrieben wird, ist am Ende nur Blabla. Kannst du dir jetzt vorstellen, was die anderen Bücher sagen … einen Haufen Dummheiten!

Die Leute suchen die äußere Nachahmung. Sie möchten in Tuniken und Umhänge gekleidet sein, wenn nicht sogar mit dem Kamel durch die Straßen der Stadt reiten. Alles nur, damit die anderen sehen können, dass sie im Thema sind. Ein Meister passt die Unterweisung immer an die Zeit an, in der er lebt, und nutzt die praktischsten Mittel, die er zur Verfügung hat. All die Vermutungen, die über die Vergangenheit gemacht werden können, sind Phantasien. Nichts kann die direkte Erfahrung ersetzen, und nur *nach* der Erfahrung kann man einige Wahrheiten verstehen, die von einigen wenigen gesagt wurden. Glaubst Du, wenn Jesus heute leben würde, dass er zu Fuß und ohne Schuhe unterwegs wäre oder dass er alle Transportmittel und alle Instrumente, die ihm heute zur Verfügung stehen, benutzen würde? Die Antwort liegt auf der Hand, nicht wahr? Erinnere dich immer daran, hier an den unmöglichsten Orten, zwischen Computern, Restaurants und Büros, hier ist unser *Weg*, ein ‚*Weg ohne Gestalt*'.«

Plötzlich klingelte das Telefon, Alfredo antwortete. Ich war verblüfft, sprachlos.

»Komm rein, Fernando«, sagte Alfredo, mit einem Blick zur Tür.

Als er sein Telefongespräch beendet hatte, wandte er sich an Fernando.

»Hast du bekommen, worum ich dich gebeten hatte?«

»Nein, Alfredo, er hatte es nicht, aber er bekommt es nächste Woche«, antwortete er.

»Sehr gut. Denk dran, dass ich es brauche. Vergiss bitte nicht, es nächste Woche abzuholen.«

»Keine Sorge.«

Ich wusste nicht, worüber sie sprachen, und während ich darüber nachdachte, was es sein könnte, fragte mich Fernando, ob alles okay sei. Ich sagte ja. Gleichzeitig sah ich Alfredo zu, wie er auf ein Blatt Papier eine Zeichnung machte.

»Siehst Du, was ich gemacht habe? Es ist ein magisches Quadrat. Die Summe der vertikalen, horizontalen und diagonalen Reihen ergibt immer die gleiche Zahl. Dieses magische Quadrat hat die fünfzehn. Die Quadrate können viele Verwendungen haben. Wenn der Moment da ist, werde ich sie dir geben, damit du sie bei der musikalischen Komposition benutzen kannst, bestimmten numerischen Kombinationen folgend.«

Ich sagte nichts, aber ich platzte beinahe, so gern hätte ich Fragen zu diesem Thema gestellt. Es war das erste Mal, dass ich davon hörte. Alles was aus einem objektiven Blickwinkel heraus mit der Musik zu tun hatte, faszinierte mich. Auch wenn ich tausend Fragen hätte stellen können, verhielt ich mich still, denn ich wusste, dass ich sicherlich keine einzige Antwort bekommen würde.

»Alles wird mit der Zeit kommen. Dafür braucht man viel Geduld«, sagte Alfredo dann.

Es kamen zwei Personen in das Büro herein wegen irgend einer Versicherungsangelegenheit. Alfredo beriet sie.

Nachdem er sie verabschiedet hatte, fragte er Fernando, ob er mir die energetischen Zentren gezeigt hätte.

»Nein, noch nicht, Alfredo.«

»Dann fang an, ihn nach und nach zu all den Plätzen zu bringen.«

»In Ordnung. Sobald Juan Zeit hat, können wir anfangen.«

»Ich stehe immer zur Verfügung«, sagte ich schnell.

»Dann verabrede dich mit Fernando.«

Es gab einen Moment Stille, und so fragte ich:

»Aber ... was ist das, energetische Zentren?«

»Es ist nicht wichtig, was ich dir über sie sagen kann. Das Wichtige ist, sie zu besuchen, aber ohne zu erwarten, dass etwas besonderes geschieht oder dass du die Energie wahrnehmen kannst oder etwas in der Art. Man muss sie besuchen wie jeden anderen Ort auch, wie auf einem Spaziergang. Jeder dieser Orte besitzt ein besonderes Mikroklima und erfüllt eine bestimmte Funktion. Einige fallen mit einigen Konstruktionen der Templer zusammen, wie du sehen wirst, aber die Zentren sind viel älter als all dies und haben keine Beziehung damit. Diese Zentren produzieren eine Art besondere Energie und die Personen, die auf der gleichen Frequenz schwingen, saugen sich voll mit dieser Energie, aber sie dürfen sich dessen nicht bewusst sein. Die Personen können auch die Energie zu anderen Orten mitnehmen, als wenn sie Transporttanks wären ... aber das ist ein anderes Thema.

Diese Zentren werden zu dem Zeitpunkt aktiviert, zu dem sie gebraucht werden. Ich hatte die Funktion, sie zu aktivieren. Es gibt andere Zentren in anderen Ländern und Kontinenten, jetzt ist es nicht nötig, über sie zu sprechen. Besuche diese Orte so, als ob du einen Ausflug machen würdest, ohne zu viel zu denken. Das ist die richtige Art es zu tun. Alles, was du empfangen kannst, wirst du empfangen, und nicht dadurch, dass du es dir denken kannst.«

Ich verabschiedete mich von Alfredo und Fernando. Ich verließ das Büro ziemlich durcheinander. Alles was mir Alfredo gesagt hatte, hatte mir den Boden unter den Füßen weggezogen, hauptsächlich als er über die *Aufrichtigkeit* gesprochen hatte. Er machte mich wirklich darauf aufmerksam, dass ich zu mir selbst nicht aufrichtig war und dass ich viele Dinge, die ich in mir wahrgenommen hatte, versuchte zu übersehen, weil sie unbequem waren. Ich wollte sie nicht erkennen oder akzeptieren, weil sie gegen das standen, was ich in diesem Moment in der Lage war zu akzeptieren. Es war ein riesiger Unterschied, ob man intellektuell eine Unterweisung verstand oder ob man sie erlebte. Man konnte manchmal denken, eine Erfahrung zu machen, oder konnte denken, dass man ein Hindernis erobert hätte oder ein Ziel erreicht. Aber das ist etwas ganz anderes als die echte und direkte Erfahrung. Sich bestimmten Aspekten von sich selbst gegenüber zu stellen und sich mit völliger Aufrichtigkeit zu sehen, kann sehr hart sein. Man kann sich wirklich erschrecken und die Angst kann uns dazu bringen, zurückzuweichen.

Jetzt konnte ich klar verstehen, warum Alfredo immer von Mut zu uns sprach und viel Gewicht darauf legte, dass es notwendig sei, ein wahrer Krieger zu sein. Obwohl ich dies zuvor intellektuell verstanden hatte und viel davon gesprochen hatte, hatte die Unterhaltung mit Alfredo mich zurück auf den Boden der Tatsachen gebracht. Sie führte mir vor, dass ich in Wirklichkeit gar nichts verstanden hatte oder zumindest, dass es nicht das intellektuelle Verstehen ist, das etwas nützt, sondern vielmehr das in einem selbst erlebte Verstehen, das uns zu Wachstum und Entwicklung bringt und das eine echte Veränderung in uns produzieren kann.

Ich war in einer Krise, in Rebellion mit mir selbst. Einerseits voller Verlangen, auf dem Weg fortzuschreiten, alles was möglich war zu lernen. Aber gleichzeitig fand ich eine Menge Widerstände von verschiedenen Teilen meiner Persönlichkeit, als ob das Gebiet, über das sie jeweils herrschten, in Gefahr wäre. Was wäre der Schlüssel, um diese Situation zu überwinden? In diesem Moment konnte ich ihn nicht mit Klarheit sehen. Das Einzige, was ich in mir fühlte, war ein völliger physischer Verdruss, Verdruss über meine Gedanken, über alles, was mich umgab. Ich wollte mich nicht so fühlen, aber ich konnte nichts dagegen tun. Ich erinnerte mich an etwas, das Alfredo mir einmal gesagt hatte:

»Die Krisen sind notwendig, denn sonst gibt es kein Wachstum. Nach dem Gewitter kommt immer die Sonne, auf die gleiche Art gibt es nach der Krise immer eine Veränderung. Das Wichtige ist, sie nicht zu nähren und ihr nicht in die Falle zu gehen. Die Krisen können zehn Minuten, eine Stunde, eine Nacht oder einen ganzen Tag dauern, aber sie gehen vorbei, sie sind dafür da, uns zum Wachstum zu bringen.«

Mich an seine Worte zu erinnern hatte mich getröstet, aber das Gefühl, das ich hatte, war schrecklich und ich konnte es nicht erwarten, dass es verging.

Der Weg war das Wichtigste für mich und ich dachte den ganzen Tag an das Gleiche. Ich fand in allem eine Verbindung mit dem, was ich tat. Vielleicht bewirkte diese Einstellung, dass sich jede Schwierigkeit, die ich fand, vergrößerte und mir keine Ruhe ließ.

Wie Alfredo immer sagte: »Auf diesem Weg ist das Erste, was man lernen muss, entspannt zu sein; Anspannung und Besessenheit führen zu nichts.« Ich versuchte darauf zu warten, dass alles vorübergehen und dass das Licht zu mir kommen würde.

* * *

An einem Wochenende besuchte ich mit Fernando alle die energetischen Zentren. Ich versuchte, die Ratschläge zu befolgen, die Alfredo mir über die korrekte Art, sie zu besichtigen, gegeben hatte, und versuchte, nicht zu viel über sie nachzudenken. Die Geschichten von jedem Ort waren sehr interessant und machten mich neugierig. Viele Zentren stimmten mit Plätzen überein, die in der Vergangenheit der Sitz für Praktiken von bestimmten Gruppen gewesen waren, suchenden Mönchen, die Indizien hinterlassen hatten von der Arbeit, die sie verrichtet hatten.

Niemals hätte ich gedacht, dass all diese Dinge so nahe an dem Ort existierten, an dem ich wohnte. Alle diese Orte waren erfüllt von Tradition und das Schönste war, dass alles von den Leuten vor Ort völlig unbemerkt war. Von all diesen Orten zu erzählen wäre sehr langweilig, aber ein Ort, der meine Aufmerksamkeit sehr stark erregte, lag in einer präromanischen Ruine, und an dem Ort standen zwei sehr alte Bäume. Fernando erklärte mir, dass sich dort eine Art Tür zu anderen Dimensionen befand und dass eine Person das Gefühl des Wechsels wahrnehmen könne, wenn sie diese durchschreiten würde.

Der Besuch war beendet und alles, was ich gesehen hatte, hinterließ großen Eindruck in mir. Auf alle Fälle hatte ich entschieden, dass es besser war, nicht zu viel darüber nachzudenken und es mit Natürlichkeit so zu nehmen, wie es war. Es war so leicht, die Vorstellung schweifen zu lassen und sich in Gedanken zu verlieren, die sowohl phantastisch wie unnütz waren.

In einer der nächsten Versammlungen passierte etwas ganz Besonderes, was mir nie zuvor geschehen war. Der Tag hatte ziemlich merkwürdig für mich begonnen. Ich fühlte mich seltsam und konnte keinen Grund dafür finden. Ich verbrachte den ganzen Tag so und schaffte es nicht, mich auf irgendetwas, das ich tat, zu konzentrieren. Ich kam an den Ort der Versammlung. Es waren schon alle da. Eine große Menge an neuen Leuten hatte sich in die Arbeit eingegliedert, hauptsächlich jüngere. Es gab in der Gruppe eine Art Wechsel an Personen und dies ergab, wie Alfredo sagte, einen „energetischen Austausch". Kaum war ich eingetreten, grüßte ich alle, und Alfredo wie immer mit seiner fröhlichen Stimmung und als ob es nichts Wichtiges wäre, was er sagte, fragte er mich:
»Juan, hast du einen Kranken in deiner Familie?«
»Nein«, sagte ich.
Alfredo sprach weiter mit anderen Personen.
Seine Worte brachten eine Menge an Gedanken in mir in Bewegung. Wenn er mir das sagte, hatte er sicherlich einen Grund, aber als ich das letzte Mal mit meinen Eltern gesprochen hatte, sagten sie nichts dergleichen. Ich versuchte meinen inneren Dialog zu stoppen, was sehr schwierig war nicht nur wegen dem, was Alfredo mir gesagt hatte, sondern weil der ganze Tag so seltsam für mich gewesen war.
Wir gingen in den Versammlungsraum und Alfredo bat uns, den inneren Dialog während der Übung, die wir beginnen wollten, anzuhalten. Er bat uns darum, absolute Stille in uns selbst zu halten. In der Übung gab es keine Musik, weder Bewegungen noch Wiederholungen. Der Ort wurde von völliger Stille überschwemmt, und nach und nach wurden wir von der Energie durchtränkt. Es war mir fast unmöglich, aufzuhören zu denken. Tausend unnütze Gedanken kamen mir in den Sinn. Je mehr ich sie vermeiden und verdrängen wollte, desto mehr nahmen sie zu. Ich bemerkte, dass ich anfing, angespannt und

verärgert zu sein. Plötzlich, und ich machte fast einen Satz dabei, hörte ich Alfredos Stimme in der Mitte meiner Brust, die sagte: »Juan! Juan!« Dies provozierte in mir einen Angstzustand, fast einen Schock, der bewirkte, dass mein innerer Dialog fast schlagartig aufhörte. Langsam fing ich an, in einen tiefen Entspannungszustand zu fallen. Ich konnte nicht denken, ich hatte nicht die Kraft dazu. Ich fühlte meinen Körper kaum und das Einzige, das ich sehen konnte, war ein Meer von Farben in einer Intensität, wie ich sie nie zuvor gesehen hatte. Langsam wurde ich durchtränkt von einem Duft, den ich nicht beschreiben kann. Die Energie, die zirkulierte, war beeindruckend.

Als die Übung beendet war, sprach Alfredo folgende Worte zu uns:

»Heute habe ich euch in direkten Kontakt mit einer bestimmten Situation gebracht.«

Wir verhielten uns alle still. Es war üblich, dass niemand über bestimmte Sachen, die Alfredo sagte, Fragen stellte. Wir wussten alle, dass wir keinerlei Antwort erhalten würden.

* * *

Als ich an diesem Abend nach Hause kam, rief ich als erstes in Argentinien an, um zu wissen, ob jemand krank war. Zu meiner Überraschung sagte mir meine Mutter, dass mein Onkel einen Infarkt gehabt hatte und dass eine Cousine von mir kurz davor gewesen sei, an einer Bauchfellentzündung zu sterben. Sie erzählte mir auch, dass sie versucht habe, mich anzurufen, aber dass sie niemanden erreicht habe. Die Nachrichten trafen mich sehr. Diese Personen standen mir sehr nahe und ich hatte sie sehr gern.

Am nächsten Tag ging ich zu Alfredo ins Büro und ich sagte ihm, dass ich tatsächlich zwei Familienmitglieder hätte, die schwer krank seien. Er sagte mir, dass er das schon gewusst habe. Er bat mich um die Namen.

»Wir werden ihnen etwas Energie schicken«, sagte er dann.

»Deine Cousine wird gesund, dein Onkel hat weniger gute Aussichten … aber alles ist in Gottes Hand.«

Das, was Alfredo gesagt hatte, traf ein: meine Cousine, die am Rande des Todes gestanden hatte, wurde gerettet, aber mein Onkel, der schon außer Gefahr gewesen zu sein schien, starb kurz darauf.

Professionell sein

Die Osterversammlung wurde in einer Stadt in der Nähe von Rom organisiert. Das seit der letzten Osterversammlung vergangene Jahr war wie im Flug vergangen. Wenn sich etwas verändert hatte, seit ich in der Gruppe war, dann das Gefühl für die Zeit. Es war nicht mehr wie früher, dass ich das Gefühl hatte, sie immer zu verschwenden. Jetzt lebte ich sie auf andere Art und auf ganze Weise. Es fällt mir schwer, dies in Worten zu beschreiben. In dem Jahr, das vergangen war, waren so viele Dinge passiert und so viele Veränderungen in mir geschehen. Gefühle wie z.B. sich darüber bewusst zu sein, immer vorwärts zu gehen, und plötzlich das Gefühl zu haben, wieder zurückzufallen, zu glauben, dass man bestimmte Dinge erreicht habe und dass sie schon zu einem gehören ... und eine Sekunde danach mit Ernüchterung zu sehen, dass man absolut nichts hat. Das Gefühl war ein ständiges Auf und Ab. Alles war in Bewegung und nichts konnte festgehalten werden, alles war lebendig, und aus diesem Grund war das Risiko zu schlafen noch größer. Wir waren ständigen Einwirkungen ausgesetzt, als wenn wir alle in einem ununterbrochenen Tanz wären. Auch wenn die Arbeit schwierig war und ständige Teilnahme und Aufmerksamkeit erforderte, konnte ich mir mein Leben nicht mehr ohne sie vorstellen. Wenn ich nur daran dachte, verzweifelte ich schon, denn dies war mein Platz!

Die Versammlung an Ostern 1988 war sehr intensiv und wichtig für mich. Es waren viele junge Leute zu der Gruppe hinzugekommen und die Luft war erfüllt von Intensität. Es wurden viele Aktivitäten veranstaltet und diese Versammlungen repräsentierten u.a. eine Gelegenheit, engere Bande der Freundschaft zwischen Personen zu knüpfen, die sich aus Gründen der Entfernung bisher nicht kannten. Die Aktivitäten, die jeder Einzelne ausführte, und die gemeinsame Neigung, sich kennen zu lernen, bewirkten eine Art des Kontaktes zwischen den Teilnehmern, der nur sehr schwer auf andere Weise hätte hergestellt werden können, besonders wenn man nur so wenig Zeit zur Verfügung hat.

Die Leute waren sehr entspannt und es entstand eine ungewöhnliche Atmosphäre von Freundschaft und Herzlichkeit. Alfredo bestand sehr darauf, dass der Aspekt der Freundschaft zwischen uns einen wichtigen Teil der Arbeit bildete, die wir leisteten. Bei diesen Versammlungen widmete sich Alfredo völlig den Teilnehmern, besonders jenen, die er nur wenige Male im Jahr sah, und viele versuchten, seine Aufmerksamkeit zu erwecken. Diese Versammlungen waren auch eine großartige Gelegenheit, um die verschiedenen Verhaltensmuster zu beobachten und die verschiedenen Reaktionen in Bezug auf die Unterweisung. Wir hatten alle verschiedene Grade an Verständnis, und dies war offensichtlich. Es war auch interessant zu sehen, wie Personen aus verschiedenen Ländern, verschiedenen sozialen und kulturellen Schichten alle dort durch ein gemeinsames Ziel vereint waren. Das war sehr wohltuend. Man erkannte, dass man nicht allein war.

Nach dem Abendessen am ersten Tag gingen wir alle in den Saal des Hotels, das wir für uns allein hatten. Wir saßen alle ganz bequem und unterhielten uns. Alfredo war ganz umgeben von einer Gruppe von Personen und erzählte, wie immer, eine Anekdote aus seinem Leben oder einen Witz und glänzte mit seiner guten Laune. Nach einer guten Weile, als ob wir uns alle abgestimmt hätten, kam eine ernste Stille auf, die Alfredo den Weg ebnete, seine Ansprache zu beginnen.

»Liebe Freunde,« begann er, »vor allem wollen wir uns mit Zuneigung an all die Freunde und Freundinnen erinnern, die nicht zu dieser Versammlung kommen konnten und die sicherlich mit Zuneigung und Sympathie an uns denken. Deshalb betrachten wir sie in unseren Herzen als anwesend.

Ich sehe mich gezwungen, euch von einem Aspekt zu sprechen, der jetzt in Betracht gezogen werden muss. Der Grund ist, dass man nicht in einen höheren Zustand übergehen kann, ohne vorher die wahre Bedeutung des Kontextes zu kennen, in dem ihr euch befindet. Um in der *Neuen Phase* Fortschritte zu machen, bitte ich euch darum, dass ihr euch darum bemüht, *Professionelle* zu sein und den dilettantischen Teil für immer aufzugeben. Die Menschen vergessen, und sie vergessen, weil sie nicht wissen, das der Aspekt, der die Situation verändert, die *Zeit* ist. Die *Zeit* ist ein Mittel, um in diesem Kontext zu lernen. Und die Abfolge von Ereignissen und Erfahrungen besitzt eine Ordnung, die durch den Faktor *Zeit* festgelegt wird. *Gewisse Dinge müssen vor anderen kommen.* Die Störung dieser Folge bewirkt ein Ungleichgewicht in den Personen, stört die harmonische Entwicklung. Bis eine Person es nicht aufgibt und aufhört, gegen sich selbst zu kämpfen, kann sie niemals ein Professioneller sein, und ihre Bedingungen werden weiterhin die gleichen sein wie bisher. In dem Wachstums- und Entwicklungsprozess einer Person kann man das Gefühl haben, nicht vom Fleck zu kommen oder sogar denken, dass es einem schlechter geht. Lasst euch von diesem Gefühl nicht täuschen. Das ist normal. Was geschieht, ist, dass ihr eure eigenen Schemen zerbrecht, die gleichen, die euch zu euren eigenen Gefangenen gemacht haben. Ihr werdet sehen, dass es euch erst besser gehen wird, und danach werdet ihr glauben, dass sich nun wieder alles verschlimmert hat, bis es sich endgültig bessert, um dann in einen höheren Zustand überzugehen. Dazu braucht man viel *Mut*, und vor allem muss man sich wirklich in einen *Professionellen* verwandeln. Wenn jemand die Illusion hat zu denken, dass es woanders besser sei, dann täuscht er sich. Man muss sich darüber klar werden, dass man nicht die Fähigkeit zur Wahl hat und dass das Einzige, was man tut ist, vor sich selbst zu ‚fliehen'.

Wenn jemand es schafft, sich diesen Aspekt korrekt in seinen Kopf einzugravieren und nach und nach zu lernen, was er wirklich bedeutet, dann kann er sich einen guten Dienst erweisen und hat gleichzeitig die Möglichkeit, der *Neuen Phase* zu dienen. Der Mensch muss sich harmonisch entwickeln. Die Persönlichkeiten der Illusion werden durch die der Realität ersetzt. Der Mensch muss mit mehreren verschiedenen Aspekten seiner Persönlichkeit kämpfen, wie es die Eigenliebe, der Geiz, der Egoismus, die Trägheit, der Mystizismus, der Ungehorsam, die Selbstzerstörung und viele andere mehr sind. Deshalb braucht man in dieser Arbeit enorm viel Geduld und eine richtige Haltung in Bezug auf die Anweisungen, die ich gebe. Ordnung und Klarheit müssen sich in ihren inneren und äußeren Aspekten widerspiegeln und Effizienz muss bei allem, was getan wird, praktiziert werden. Ihr müsst die völlige Leistungsfähigkeit erreichen, die es euch erlaubt zu tun, was zu tun ist, ohne Zeit zu verschwenden und mit dem bestmöglichen Resultat. Das heißt für alles, was man tut, nicht mehr Energie als nötig zu benutzen. Nutzlose Phantasien und Emotionen zu benutzen, wo es notwendig ist, korrekt zu reagieren, ist eine Energieverschwendung.

Die *Neue Phase* kümmert sich grundlegend um die Entwicklung der ‚*Inneren Essenz*'. Aus diesem Grund ist es wichtig, ständig in einem wachen Zustand zu sein und die Formen des äußeren Benehmens aufmerksam zu hüten. Sie dürfen niemals die *Essenz* begrenzen oder konditionieren. Der äußere Aspekt muss der Widerschein des Inneren sein. Diese Arbeit muss mit der größtmöglichen Ernsthaftigkeit gemacht werden, und hierbei beziehe ich mich nicht auf den Humor, der ein sehr nützliches Instrument ist, sondern ich beziehe mich auf die Einstellung, auf die Strenge, auf die Beständigkeit und die Beharrlichkeit. Erinnert euch daran, dass wir nicht hier sind, um zu spielen. Dies ist kein Verein von guten Freunden, das Rote Kreuz oder die Heilsarmee. Wir sind hier, um zu lernen und um uns über die Realität bewusst zu werden. Alles, was unangebracht ausgedrückt oder angewandt wird, kann verwirren. Die Ernsthaftigkeit ist ein ganz wichtiger Faktor und muss eine Verpflichtung sein, die ihr mit euch selbst eingehen müsst. Wenn unser Ziel ernst ist, dann müssen unsere Verfügbarkeit und Aufmerksamkeit auch ernst und fest sein. Deshalb ist es notwendig, Unschlüssigkeit, Unverantwortlichkeit und Passivität zu vermeiden, die im Allgemeinen aus der Angst, sich zu irren, entstehen. Erinnern wir uns daran, dass jedes Mal, wenn wir unsere Bemühungen nicht erfüllen und zu Entschuldigungen greifen, bewusst oder unbewusst wir unsere Schuld erhöhen und uns mit einer Schuld beladen, die sich in eine nutzlose Last verwandeln wird, die unsere Reise verzögert. Ihr müsst Lösungsträger sein und nicht Problemträger! Gefährdet niemals die Lehre, indem ihr sie mit Dingen vermischt, die nichts mit dem Weg selbst zu tun haben. Das gefährdet nur eure Makellosigkeit.

Diese Arbeit muss von normalen Menschen gemacht werden und als solche sollt ihr euch benehmen. Hier braucht man keine Übermenschen. Ein Schüler, der ein solcher werden will, muss vor allem eine erwachsene, ausgeglichene und verantwortungsvolle Person sein. Man braucht eine positive und gerechte Mentalität. Nutzen bringen und nicht benutzen, geben und nicht wegnehmen. Immer Teil der Lösung sein und nicht des Problems. All dies, was ich euch sage, sind Schlüssel, um aus der Arbeit Nutzen zu ziehen. Diese Unterweisung bietet euch alles, was nötig ist, um an das Ende des Weges zu gelangen. Versucht nicht, euch unnützerweise vorzustellen, dass ihr einen Vorteil erlangt, indem ihr andere Sachen sucht und sie mit dem vermischt, was ihr hier tut. Geht nicht in diese Falle. Auch wenn euch all dies sehr einfach erscheinen mag, in Wirklichkeit ist es das nicht. Man muss ständig aufmerksam und wach sein, sich daran erinnern, wer wir sind, was wir tun und wohin wir gehen. Wie ich schon viele Male wiederholt habe und nicht müde werde zu wiederholen: *Einer der schwierigsten Aspekte des Weges ist, dass er einfach zu sein scheint.*

Viele Hindernisse werden auf jeder Etappe des Weges erscheinen, aber erinnert euch daran, dass die negativen Aspekte unserer Persönlichkeiten nicht annulliert werden können, indem man direkt an ihnen arbeitet. Sie können nur annulliert werden, indem man an den korrekten *Komplementäraspekten* arbeitet. Hier sind einige: Aufmerksamkeit, Arbeit, Klarheit, korrekte Information, Gehorsam, Kommunikation, Verantwortlichkeit, Ethik, Pünktlichkeit, tiefe Erinnerung und Bemühung in der richtigen Art und zur richtigen Zeit. Ihr müsst versuchen, die Aufmerksamkeit immer auf positive Dinge und Gedanken zu lenken. Wir arbeiten immer *mit der Positivität* und *in der Positivität*.«

Alfredo machte eine Pause, um Wasser zu trinken. Wir machten nicht das kleinste Geräusch und warteten, dass er seinen Vortrag fortsetzte. Alfredo fuhr fort:

»Die gegenwärtige Phase der Menschheit verlangt von den Personen, die sich in der realen Möglichkeit, sich zu entwickeln, und bei der *Arbeit* befinden, eine größere Aufmerksamkeit auf den physischen und mentalen Gesundheitszustand zu richten. Dies ist unerlässlich, um in einen höheren Entwicklungszustand von bestimmten besonderen Fähigkeiten übergehen zu können. Das bedeutet eine größere Fähigkeit zu entwickeln, in Übereinstimmung mit der harmonischen Energie zu handeln, die unser ganzes Universum nährt und bewegt. Ihr müsst bedenken, dass in der ganzen Kreation das gleiche harmonische Gesetz regiert, und weder die Entfernung noch die Zeit können es verändern. Es ist unwandelbar, auch wenn seine Manifestationen unendlich verschieden sein können. Erfüllen wir den göttlichen Auftrag, indem wir ständig die Einstellung, die Hingabe und den Glauben anwenden, immer mit einem Herzen, das erfüllt ist von Hoffnung. Es muss immer daran gedacht werden, dass wir uns so verhalten, dass Suchende zu sein eine Realität ist und dass diese Qualität uns dazu befähigen soll, *in der Welt zu sein, ohne von der Welt zu sein.* In der Welt zu sein verlangt von uns, dass wir die Notwendigkeiten erfüllen, und wenn jemand von uns nicht die *richtige Anstrengung* unternimmt oder es vermeidet, an den materiellen Verpflichtungen teilzunehmen, wird es zu einer Disharmonie im Kontext mit der *Arbeit* kommen.

Die unsere ist eine kosmische Arbeit und es ist notwendig, vollständig und ohne Vorbehalte an ihr teilzunehmen. Das ist die einzige Art, um ganz zu werden und aktiv an dem großen Werk der Evolution der menschlichen Rasse teilzunehmen, in unserer Welt, in den Welten und im Universum. Ganz zu sein soll heißen, die *Präsenz* erlangt zu haben, und diese bezieht man direkt und ohne Zwischenhändler von der Quelle des Lebens selbst, und sie versieht uns mit der angeborenen Wissenschaft, was auch das letzte Stadium des Weges ist. Aber bei alledem ist der einzige Faktor, der eingreifen kann, der menschliche Faktor, d.h. wir selbst alleine und in dummer Art und Weise, indem wir uns von den Fallen unserer unnützen und irrealen Persönlichkeiten fangen lassen. Nur wir allein sind das wahre Motiv für unsere eigenen Niederlagen, und nur die Wahrheit kann uns zum Sieg bringen.

Unsere Arbeit, die Arbeit der *Neuen Phase*, hat zum Ziel, den Menschen zur Perfektion zu bringen und zur physischen und geistigen Fülle. Denn im Mann wie auch in der Frau existieren unendlich größere Fähigkeiten als diejenigen, die sie normalerweise nutzen. Das menschliche Wesen ist ein unendlich perfektes System, kein Computer kann sich jemals an die Kapazität der Verbindungen im menschlichen Gehirn annähern. Überlegt nur einmal, dass ein einzelner menschlicher Nerv sich mit ungefähr sechzigtausend anderen Nerven verbinden kann … unglaublich, nicht wahr? Ein genialer Denker funktioniert mit ungefähr sechs oder acht Prozent seiner Gehirnkapazität. Und wir können uns dann fragen: wozu dient denn der Rest des Gehirns?

Die Antwort ist, dass die vollständigen und verwirklichten Menschen es wissen! In der Vertrautheit der Einheit, sich ihrer eigenen Hilflosigkeit bewusst, völlig einer praktischen Akzeptanz der Ereignisse unterworfen, ohne zu resignieren oder zu verzweifeln, benützen sie es in Harmonie mit der Kreation und dem göttlichen Plan auf der Erde, mit Professionalität und Humor.

Für den *nicht regenerierten* Menschen, d.h. für diejenigen, die Einheit in sich selbst nicht erreicht haben und die in einem Zustand von Nicht-Sein fortfahren, ist das, was ich euch sage, verborgen und sie können sich den Nutzen davon, die Beteiligung daran und seine Größe nicht vorstellen.

Wenn man über die Attribute Gottes, der Engel und Propheten spricht und von vielen anderen Dingen, dann dient dies in Wirklichkeit dazu, die *Fähigkeiten unserer erweiterten Wahrnehmung* zu beschreiben, dem Teil des Gehirns, der nicht richtig benutzt wird und der von der nicht regenerierten Menschheit nicht anerkannt wird. Deshalb versucht, meinen Anweisungen auf richtige Weise zu folgen, und vor allem versucht, den nicht-verbalen Kontakt und die Kommunikation mit der Quelle des Wissens und der Gnade und der Segnung zu verbessern.«

Alfredo hörte auf zu sprechen, und danach sagte er in einem scherzhaften Ton, so als ob er das aufmerksame Klima, das entstanden war, zerstören wollte:

»Das mögt ihr, wenn ich etwas erzähle, eh? Es ist nicht nötig, so eine feierliche Haltung zu haben, ihr müsst entspannt sein.

Bei diesen Gelegenheiten, wenn sich ein gewisser *aufmerksamer* Zustand kreiert, dann geschehen die Dinge nicht durch die Worte, die ich euch sage. Ich gebe euch in Wirklichkeit andere Dinge, die jenseits der Worte sind.

Gut, da es jetzt schon reichlich spät geworden ist, könnt ihr machen, was ihr wollt. Ich gehe schlafen. Ich sehe euch morgen früh, natürlich nur wenn Gott will. Die Versammlung morgen ist um elf Uhr. Fernando gibt euch nachher die Details und zeigt euch den Ort. Alles klar? Jetzt aber Gute Nacht und bis morgen.«

Wir verabschiedeten uns von Alfredo. Viele blieben noch in dem Saal und unterhielten sich untereinander, andere gingen etwas spazieren im Wald und wieder andere, wie ich, zogen sich in ihre Zimmer zurück. Ich war es gewohnt, fast immer zur gleichen Zeit zu schlafen.

Wenn die Zeit, an die ich gewöhnt war, überschritten wurde, fielen mir die Augen von alleine zu und ich konnte nichts anderes mehr tun als schlafen zu gehen. Nach all dem, was ich gehört hatte, war ich erfüllt von Ruhe und riesiger Freude. Die Worte von Alfredo klangen in meinem Kopf nach, aber ich hatte nicht einmal mehr die Kraft, um Schlussfolgerungen aus ihnen zu ziehen, wie ich es sonst immer tat.

* * *

Am folgenden Morgen, Ostersonntag, gingen wir zu dem Raum, der für uns reserviert war. Der Saal war sehr groß, aber wir passten fast nicht alle hinein. Wir waren ungefähr zweihundert Personen, ohne die mitzuzählen, die aus verschiedenen Gründen nicht hatten kommen können. Der Saal war ziemlich abseits vom Hotel gelegen inmitten eines Waldes. Das machte es besonders angenehm, denn durch die großen Fenster konnte man die verschiedenen Tönungen der Bäume sehen.

Der Tag war grau und ziemlich frisch, es war völlig bewölkt. Dennoch hatte man nicht den Eindruck, dass es regnen würde. Als ich in den Saal kam, saß Alfredo gegenüber den Stühlen, die für uns reserviert waren. Als wir alle Platz genommen hatten, begann Alfredo zu sprechen:

»Ich brauche euch nicht noch einmal darum zu bitten, wie ich es gestern getan habe, dass wir all unsere Freunde und Freundinnen präsent haben, die heute nicht bei uns in dieser Versammlung sein können.

Bevor wir eine kurze Übung machen und ein bisschen an das anschließen, was ich gestern gesagt habe, möchte ich euch auf die Bedeutung aufmerksam machen, die in der Notwendigkeit besteht, sich einen sehr wichtigen Aspekt der Arbeit bewusst zu machen: *Wenn man den Aspekt der Göttlichkeit in sich nicht präsent hat, dann ist alle Anstrengung in der Arbeit umsonst.*

Die Arbeit verwirklicht sich in vielen Aspekten, von denen einige sehr subtil sind. Manchmal können sie sich äußerlich in tausenden von Widersprüchen manifestieren, die große Verwirrung in euch anrichten können. Aber ihr müsst euch immer daran erinnern, dass es nur verschiedene Seiten der gleichen Sache sind. Wenn ihr die Göttlichkeit vergesst, wird alles umsonst sein.

* * *

Die Gesamtheit, in der wir leben, ist eine organische Realität. Es kann nichts existieren, das nicht organisch ist. Das Universum ist organisch. Es existiert ein verbindendes Gewebe, welches das Konzept selbst ist von dem, was es ist und was es nicht ist, mit anderen Worten: die Göttlichkeit. Ihr seid göttliche Wesen, aber das größte Problem ist, dass Ihr das immer vergesst. Ihr müsst euch darüber klar sein und müsst lernen, euch zu lieben. Die schwierigste Seite der Arbeit ist genau das: zu lernen, die Liebe in euch selbst zu entwickeln. Auf diese Weise kommt Ihr Gott näher. Die Liebe, über die ich spreche, hat nichts mit der Liebe von Begehren, Abhängigkeit oder Besitz zu tun. Das ist keine Liebe, auch wenn Ihr glaubt, dass dies Formen der Liebe seien. Das, wovon ich spreche, ist die unpersönliche Liebe, die Liebe zu Gott.

Ich weiß, dass einige von euch, speziell in diesem wichtigen Moment, den wir erleben, das Gefühl haben, dass sie auf dem Weg bis jetzt nicht gut gearbeitet haben. Ihr könnt euch hilflos oder unzufrieden fühlen, weil ihr nicht versteht, was ihr wirklich wahrnehmt. All dies geschieht, weil in dem Maße, in dem die Konditionierungen gehen, dies auch die Gewohnheiten tun, und dies kann ein negatives Gefühl verursachen. Aber diese Gefühle dürfen euch nicht bekümmern, im Gegenteil, sie sind notwendig. Wenn ihr sie nicht erlebt, dann bedeutet das, dass ihr euch weigert, all diese Dinge des Verstandes aufzugeben, die ihr immer noch als wichtig anseht. Dies sind vorübergehende Zustände, die schnell vergehen werden.

Ich bin hier, um euch zu helfen, und wenn ihr zusammen an eurem Wachstum arbeitet, dann – wenn Gott will – werdet ihr in diese besondere Art von Energie eingeführt, die von der Quelle der wahren Existenz herstammt.

Diese Art Energie wird in reichlicher Menge nur im Moment von großen Krisen ausgeschüttet, insbesondere im Augenblick des physischen Todes.

Meine Arbeit besteht darin, die notwendige Energie auf eine solche Weise zur Verfügung zu stellen, dass dieser Wachstumsprozess sich in der Tiefe jedes Einzelnen vollziehen kann. Von dem Moment an, in dem wir über einen echten Wandel sprechen, wird dieser Prozess unvermeidlicherweise innere Konflikte schaffen, die durch die Widerstände bei der Zerstörung unserer alten mentalen Konzepte, Einstellungen und kristallisierten Verhaltensweisen geschaffen werden. Wenn ihr mit Klarheit seht, dass diese Negativitäten an die Oberfläche kommen, dann macht euch keine Sorgen, denn dies ist ein deutliches Signal, dass die Energie in euch arbeitet und die Dunkelheit und die Verwirrung durch Licht ersetzt. Vor allem in diesen Momenten versetzt euch in eine Haltung der Verfügbarkeit für die Hilfe, damit keine Schranken zwischen euch und eurer erweiterten Wahrnehmung errichtet werden. Erinnert euch immer daran, dass ihr Teil des Ganzen seid und dass ihr zur gleichen Zeit das Ganze enthaltet.«

Alfredo machte eine Pause, und nachdem er Wasser getrunken hatte, das ihm einer der Freunde gereicht hatte, fuhr er fort:

»Das, was ich vermittle, ist an jeden einzelnen von euch auf unterschiedliche Weise gerichtet. Das Licht und das tiefere Verständnis, das mit der Zeit in euch wachsen wird, werden auch fühlbare Auswirkungen in anderen Dimensionen haben, sowohl räumlich als auch zeitlich. Es ist nicht sehr wichtig, dass ihr die Details des Plans versteht. Was wirklich wichtig, ist, ist dass ihr an dieser Arbeit mit der richtigen Absicht teilnehmt, damit euch geholfen werden kann, das höchste Evolutionsniveau zu erreichen.

Wir sind an einem Punkt im Leben auf diesem Planeten angekommen, an dem wir lernen müssen, in jedem Moment in uns selbst zu sterben, damit wir in jedem Moment wiedergeboren werden können. Es ist notwendig, bewusst zu leben und zu sterben, damit unser Planet seine Entwicklung fortsetzen kann. Ich hoffe wirklich, dass ihr verstehen und begreifen könnt, was ich euch gerade gesagt habe. Um abzuschließen, machen wir jetzt eine kleine Übung.«

Alfredo erklärte uns die Übung. Als diese beendet war, fühlte ich, dass sich in mir etwas bewegte. Es war eine etwas merkwürdige Situation, weder angenehm noch unangenehm. Ich blickte die Personen in meiner Umgebung an und nahm sie auch anders wahr. Wir gingen aus dem Saal. Ich fühlte mich, als wenn ich jenseits von allem wäre, als hätte ich den Kontakt mit der Realität verloren.

Ich ging Richtung Wald, um spazieren zugehen und zu versuchen, in mich zurückzukehren. Ich hatte diese Versammlung wie etwas Magisches erlebt, das mit Worten unmöglich ausgedrückt werden konnte. Vielleicht erhöhte ich mit Phantasien meine Gedanken, aber ohne Zweifel war etwas in mir geschehen. Nur die Zeit würde es beweisen.

Während der weiteren Versammlung bestätigten sich viele Dinge. Ich hatte diese Osterversammlung völlig anders erlebt als die vorhergehende, und dies war so, weil ich mich immer mehr integrierte und immer mehr mit dem Weg verschmolz. Diese Feststellung erfüllte mich mit Freude und gab mir die Sicherheit, dass sich etwas veränderte.

Während ich nach Hause fuhr, erinnerte ich mich an einige Dinge, die Alfredo gesagt hatte bezüglich der momentanen Situation und der Verantwortlichkeit, die wir in der Arbeit aufbringen sollten.

»Dies ist eine Zeit in der Geschichte der Menschheit, in der viele traditionelle Formen zerfallen. Die ganze Welt versucht verzweifelt, die angestammte Art und Weise des religiösen, politischen und wirtschaftlichen Lebens zu erhalten. Alle suchen Stabilität, aber die Verwirrung dauert an, genauso wie der Zerfall des Alten.

An diesem Punkt der Evolution des Planeten kann es keine Veränderung geben, wenn sich die Menschen nicht in wahrhaft Suchende verwandeln. Wenn sich dies nicht ereignet, dann kann wirklich das Risiko entstehen, dass die Erde im größten Chaos untergeht. Es kann sein, dass wir in unserem Leben das Ende der Zivilisation erleben, wenn nicht schnellstens eine ausreichende Arbeit und mit höchstem Anspruch gemacht wird. Das, was ich versuche euch zu sagen, ist, dass die Zukunft des Planeten auch von der echten Veränderung abhängt, die ihr in euch verwirklichen könnt.

Wir bereiten uns für eine zukünftige Welt vor, aber wenn dies geschieht, wird es zu der Zeit von Gott sein, nicht zu unserer.

Wenn ihr begreifen konntet, was ich euch gesagt habe, übernehmt ihr eine enorme Verantwortung. Das, was ihr tun müsst, ist mehr an euch selbst zu arbeiten und weniger zu schlafen und vor allem beten, dass euch das Verstehen gegeben wird, was euch die Dinge erleichtern wird.

Natürlich existieren viele andere Stadien der Existenz jenseits derer, die wir hier erfahren. Davon werde ich euch in dem Moment erzählen, in dem ihr vorbereitet seid, mir zuzuhören, und dies kann in einer Woche sein, einem Monat oder es müssen erst noch Jahre vergehen.

Alles hängt von euch ab und vom Willen Gottes.

Auf der Welt gibt es viele vorgefertigte Ideen. Aber dennoch existiert auch die Dankbarkeit, dank derer die Liebe allen Schmerz und alle Konditionierungen auflösen und weit wegwerfen kann. Auf diese Weise können die Menschheit und die unsichtbare Welt kooperieren, um eine neue Art zu leben auf dieser Welt zu ermöglichen.

Ich weiß, dass ihr glaubt und denkt, dass ich nur von euch spreche, und das wird davon verursacht, dass ihr zu sehr auf euch selbst ausgerichtet seid und nicht genau zuhört.

Wenn ihr euch Gott ganz widmet und hingebt, und das ist es, wovon ich zu euch spreche, besonders zu denen, die mich wirklich hören können, werdet ihr keinerlei Notwendigkeit haben, zu verzweifeln, und werdet fähig sein, euch an die Menschheit zu wenden und ihr einen echten Dienst anzubieten. Einen echten Dienst für diejenigen in der Welt, die bereit sind zuzuhören.«

Das Licht erhöhen

Drei Wochen nach der Osterversammlung geschah etwas, das alle Personen der Gruppe verstörte. Es versetzte uns alle in große Besorgnis, so dass wir uns völlig verloren fühlten. Obwohl ich schon zwei Jahre in der Gruppe war und viele Veränderungen in meiner Art, mich zu sehen, erlebt hatte, hatte ich erst jetzt angefangen, mich zu integrieren und die Unterweisungen von Alfredo aufzunehmen. Und dieses Ereignis, das uns so durcheinander gebracht hatte, würde mit der Zeit eine radikale Veränderung in meiner Beziehung zu Alfredo und der Arbeit bewirken. Logischerweise war alles, was ich jetzt sagen kann, in dieser Zeit für mich nicht zu sehen und noch viel weniger konnte ich erkennen, was wirklich vor sich ging. Dies ist ganz logisch, denn man kann die Dinge erst erkennen, wenn sie vorbei sind und wenn man sie rückblickend betrachten kann. Erst dann konnte ich mit Klarheit erkennen, warum viele Dinge geschehen waren, und konnte den Zusammenhang von so vielen Situationen sehen, die zuvor scheinbar keine Verbindung miteinander hatten.

Eines Freitagmorgen erhielt ich einen Telefonanruf von Fernando. Ich besaß kein Telefon in meiner Wohnung, aber ich konnte Anrufe vom Telefon meiner Vermieterin aus empfangen. Tatsächlich rief Bruna, die Hauseigentümerin, mit Nachdruck vom Erdgeschoss aus nach mir, da sie wusste, dass ich zu Hause war. Aber ich konnte sie nicht hören, da ich mich gerade duschte. Kaum hörte ich ihre Rufe, trocknete ich mich ab und lief schnell hinunter. Ich fühlte, dass es ein wichtiger Anruf war. Ich kam noch nass ans Telefon. Ich nahm den Hörer und hörte Fernando mit belegter Stimme und in einem Ton, der zeigte, dass etwas passiert war. Fernando sagte zu mir:

»Juan ... Juan ... hörst du mich?«

»Ja, ich höre dich. Was ist passiert?«

»Es ist etwas Schlimmes passiert. Alfredo hatte gestern Nacht einen Herzinfarkt und unglücklicherweise war dieser sehr schwer.«

Nachdem ich diese Neuigkeit gehört hatte, erstarrte ich bewegungslos. Mir versagte die Stimme, um Fernando zu antworten. Ich fühlte wirklich, dass meine Welt zusammengebrochen war. Nach einer Weile fragte ich ihn:

»Wie ist das geschehen?«

»Juan, ich kann in Wirklichkeit nicht viel dazu sagen. Das Einzige, was ich weiß, ist, dass es ein sehr schwerer Infarkt war und dass die Ärzte der Familie gesagt haben, dass Alfredo die Nacht nicht überleben würde und dass es nur wenig Hoffnung gäbe, dass er es übersteht. Auf jeden Fall,« fuhr Fernando fort, »bat die Familie darum, nicht gestört zu werden, und dass bitte niemand anrufen solle, um zu fragen, wie sein Zustand sei. Dies sei die beste Art, ihnen zu helfen. Ich weiß nicht wie, aber es wissen schon alle und das Telefon hört nicht auf zu klingeln. Es kommen Anrufe von überall her, aus Italien und aus dem Ausland. Ich habe schon allen Bescheid gesagt und wenn es irgend eine Neuigkeit gibt, dann lasse ich es dich wissen. Im Moment bleibt uns nichts anderes übrig als abzuwarten, was weiter passiert.«

Ich verabschiedete mich von Fernando und kehrte in mein Zimmer zurück, völlig verstört und verloren. Viele Ideen und Gedanken zogen durch meinen Kopf. Ich fragte mich, wie das geschehen konnte. Ich versuchte, eine Antwort zu finden, und trotz dessen, was Fernando über den schweren Zustand, in dem Alfredo sich befand, gesagt hatte, entstand in mir die Gewissheit, dass ihm nichts passieren konnte.

Einige Tage lang gab es keinerlei Neuigkeiten, aber jeder Tag, den Alfredo überstand, war eine Hoffnung. Einen Tag vor der Übung, die, wie ich dachte, nicht gemacht werden würde, bis es Alfredo besser ginge, rief Fernando an, um mir zu sagen, dass das Schlimmste vorbei sei und dass Alfredo außer Gefahr sei, obwohl er noch auf der Intensivstation bleiben müsse. Er informierte mich auch, dass am folgenden Tag die Übung gemacht werden solle, denn das habe Alfredo gewünscht. Fernandos Anruf erfüllte mich mit Erleichterung und Freude. Diese Versammlung war für uns alle sehr bewegend. Auch wenn wir versuchten, nicht über das Thema zu sprechen, hatten wir alle unsere Gedanken auf Alfredo gerichtet. Nach der Übung beim Essen sagte Fernando folgendes zu uns:

»In diesem kritischen Moment, den wir gerade durchmachen, ist es notwendig, dass wir unsere Herzen voller Hoffnung haben und dass wir den starken Vorsatz und Wunsch haben, dass es Alfredo bald wieder besser geht. Alfredo hat mich gebeten, dass wir auf sein Wohl anstoßen, und zwar mit Freude.« Nach dem Trinkspruch fühlte ich mich ganz besonders erleichtert und hatte die völlige Gewissheit, dass das Schlimmste vorüber war.

Während der Zeit, in der Alfredo auf der Intensivstation war, kamen viele Leute nach San Benedetto, um zu versuchen, Alfredo nahe zu sein. Dennoch konnte er keinerlei Besuch empfangen. Die ersten Monate nach diesem Vorfall waren für alle ganz besonders. Viele emotionale Schocks wurden freigesetzt und entwickelten sich in unserem Inneren. Wir wussten alle, dass es Alfredo von Tag zu Tag besser ging und dass er bald zu den Versammlungen zurückkehren würde.

Drei Monate später kehrte Alfredo zu den Versammlungen zurück, wie immer mit seiner gewohnt guten Laune. Logischerweise war sein Aussehen das einer Person, die einen schweren Schlag überstanden hatte, aber darüber hinaus war seine Genesung beeindruckend, was vielleicht daran lag, dass er eine sehr gesunde Person war und eine sehr starke Konstitution hatte.

In diesem Herbst, eines frühen Morgens, hatte ich mich entschieden, eine Runde mit dem Fahrrad zu drehen. Ich fuhr Richtung Zentrum zur Fußgängerzone, die an einem Park mit Pinien und Palmen entlang verläuft. Ich fuhr ganz langsam mit meinem Rad spazieren, völlig abgelenkt und ohne einen besonderen Gedanken in meinem Kopf. Plötzlich hörte ich einen Pfiff, der an mich gerichtet zu sein schien. Ich drehte mich um, sah nach allen Seiten und sah niemanden. Ich setzte meine Spazierfahrt fort und kurze Zeit danach hörte ich den gleichen Pfiff. Ich wollte ihm keine Bedeutung mehr beimessen, aber ich blickte, ohne es zu wollen, auf eine Seite. Dort zwischen den Palmen saß eine Person auf einer Bank. Ich hielt an und ging zu Fuß näher an die Person heran. Zu meiner Überraschung war es Alfredo.

»Das hat lange gedauert, bis du mich erkannt hast. Man sieht, dass du nicht achtsam warst. deine ‚Antennchen' funktionieren noch nicht. Sie sind mit unnützen Gedanken verstopft.«

Und lächelnd lud er mich ein, mich zu ihm auf die Bank zu setzen. Wie immer, wenn ich bei Alfredo war, fing ich an nervös zu werden. Es war mir unmöglich, mich natürlich zu benehmen. Ich fühlte mich überwältigt, obwohl Alfredo überhaupt nichts tat, um jemanden zu beeindrucken. Er war immer sehr herzlich und fröhlich. Er bewirkte, dass die Leute sich wohl fühlten. Aber niemand konnte sich völlig entspannt fühlen, schließlich stand man dem Meister gegenüber, und seine reine Gegenwart war ein ständiges „Erinnert werden" und ein „Sich entblößt fühlen".

Ich setzte mich zu Alfredo und fragte ihn, wie er sich fühlte.

»Ich fühle mich wie einer, der vor drei Monaten einen Infarkt hatte«, antwortete er mir. »Weißt Du, dass die Ärzte mich für tot erklärt hatten?«

»Ja«, sagte ich, »Fernando hat es uns erzählt.«

»Aber wie man sieht, ist die Zeit für mich zu gehen noch nicht gekommen, nicht wahr?«, sagte er lachend. »Auf jeden Fall fühle ich mich schon viel besser. Jetzt muss ich diese Genesungszeit überstehen und danach werden wir schon sehen.«

Ich dachte über den Satz nach, in dem er gesagt hatte: »Meine Zeit ist noch nicht gekommen«. Ich dachte, dass er sich vielleicht darauf bezog, dass er noch nicht die Arbeit erledigt hatte, die er tun musste. Ich hätte ihm gerne einige Fragen gestellt, aber ich traute mich nicht. Ich war immer davon überzeugt gewesen, obwohl ich nichts wusste und obwohl ich neu war in der Arbeit, dass Alfredo nichts Schlimmes zustoßen konnte und dass das, was passiert war, ein Unfall war und sonst nichts.

Ich dachte all diese Dinge in wenigen Sekunden.

»Stimmt es, dass du jeden Morgen spazieren gehst?«, fragte ich ihn.

»Ja. Jeden Morgen laufe ich ein wenig, und nicht nur, weil ich den Infarkt hatte. Ich habe das immer getan. Vor dem Infarkt bin ich um sechs Uhr morgens hinaus gegangen und anschließend ins Büro. Jetzt dagegen gehe ich später los aus bekannten Gründen, und danach gehe ich direkt ins Büro.« Er machte eine Pause. »Du solltest auch eine Runde mit deinem Fahrrad drehen jeden Morgen. Ein wenig Sauerstoff würde dir gut tun. Wenn du morgen wieder hier vorbeikommst, wirst du mich hier finden.

Jetzt muss ich aber nach Hause, sonst komme ich zu spät. Ciao, Juan, einen schönen Tag.«

Ich verabschiedete mich von Alfredo, der langsam nach Hause ging. Am folgenden Tag zur gleichen Zeit traf ich Alfredo am gleichen Ort sitzend wieder, aber dieses Mal war er in Begleitung von zwei Personen: einem Mann und einer Frau, die ich beide nicht kannte.

Als Alfredo mich sah, winkte er mich heran. Ich stellte mein Fahrrad ab und setzte mich auf die Bank. Alfredo stellte mir die beiden als alte Freunde von ihm vor, die aus Mexiko gekommen waren, um ihn zu besuchen. Diese Personen schienen eine gewisse soziale und kulturelle Stellung zu haben. Alfredo erzählte ihnen, dass ich Argentinier war und außerdem Musiker. Es erregte ihre Aufmerksamkeit, dass ich in Italien lebte. Wir begannen uns zu unterhalten.

Plötzlich fing Alfredo an, die mexikanische Art spanisch zu sprechen nachzumachen. Er begann zu sagen:

»Siehst du Juan, die Mexikaner verwenden andere Worte für Banane, Erbsen, Ananas und Tomate. Ihr habt die Sprache erfunden und die anderen ruinieren sie euch.«

Auf ironische Weise zeigte Alfredo ganz subtil die egozentrische Seite der Argentinier von Buenos Aires auf, eine Seite, für die wir sehr bekannt und verhasst sind in Lateinamerika.

Nach einer Weile verabschiedeten sich die beiden von Alfredo und verabredeten sich für später in seinem Büro. Als sie sich entfernten, erzählte mir Alfredo:

»Die beiden sind aus Mexiko gekommen, um mich einige Stunden zu besuchen ... sie wollten den Kontakt mit mir erneuern und wollen dort eine Gruppe in Gang bringen. Wir werden sehen, was geschieht ... wenn es Rosen sind, werden sie blühen. Als ich meinen eigenen Weg begann, wollte ich keine Gruppen im Ausland haben, und ich verhinderte den Menschen jede Möglichkeit dazu. Dies tat ich aus ganz bestimmten Gründen. Jetzt dagegen haben viele Zufälle bewirkt, dass ich die Kontakte mit dem Ausland erneuere, dies auch aus ganz bestimmten Gründen und weil es ein Teil des Programms ist: ,Die Sache ist dort, nicht hier'. Wie viele Kilometer hast du heute geschafft?«

»In Wahrheit keinen einzigen. Ich bin direkt hierher gefahren.«

Alfredo hatte völlig das Thema gewechselt und ließ mich in der Hoffnung, dass er mir mehr Dinge sagen würde.

»Noch besser als Fahrrad zu fahren ist es,« fuhr er fort, »zu gehen. Du solltest dir angewöhnen, jeden Morgen zu gehen. Das Gehen ist eine Bewegung, die den ganzen Körper in Bewegung versetzt und ihn anregt … bist du dünner geworden oder täusche ich mich?«

»Ja, ich bin dünner. Das kommt daher, dass ich eine besondere Diät mache …«

Ich erklärte ihm meine Ernährung.

»Das Problem mit den verschiedenen Systemen der Ernährung ist,« antwortete er mir, »dass sie sich von der Natur des Menschen entfernen, und das Einzige, was sie bewirken, ist, dass sie stören. Sich gesund zu ernähren ist eine gute Sache, nicht verarbeitete Lebensmittel zu bevorzugen, viel Gemüse und Früchte zu essen usw. Aber wenn es losgeht, dass Nahrungsmittel verboten werden, wenn es nicht einen speziellen Grund dafür bei einer Person gibt, dann komplizieren sich die Dinge und es beginnt ein Ungleichgewicht zu entstehen, das weder genau bestimmt noch kontrolliert werden kann.

Der Mensch braucht alle die Nahrungsmittel, die für ihn kreiert wurden, und sollte sich keines davon vorenthalten, bloß weil es Herr Soundso gesagt hat, der eines Morgens aufstand und entschied, eine neue Theorie zu erfinden. Man muss in allem das Gleichgewicht suchen. Schau Juan, ich glaube, dass der Mensch alles essen sollte inklusive Fleisch, was viele aus spirituellen Gründen ablehnen. Jedes Stück Nahrung transformiert sich von einer Ebene der Existenz in eine andere. Nichts wird zerstört und am Ende und während des Lebens essen wir alle und werden gegessen, sowohl auf der menschlichen als auch auf der kosmischen Ebene. Aber dies ist ein anderes Thema und verlangt, dass man einen Punkt im Wachstum erreicht hat, an dem man *essentiell* und nicht *intellektuell* die wahre Natur der Dinge und des Schöpfers versteht. Wenn jemand Fleisch isst, ist es gut so. Wenn jemand kein Fleisch isst, ist es genauso gut! Ich glaube, dass jemand in Wahrheit essen sollte, was er bekommen kann, ohne zu versuchen einzugreifen, wie ich es dir zuvor gesagt habe. In der Vergangenheit war Essen eine Überlebensfrage. Der Missbrauch ist schlecht, aber genau so schlecht ist es, ständig mit Diäten und unnatürlichen Methoden einzugreifen. Man muss dem natürlichen Instinkt folgen. Wenn man nicht denkt und sich von seinen Instinkten leiten lässt, kann man sich nicht täuschen.

Essen Gott rühmend
Trinken Gott dankend
Atmen Gott erinnernd

Und vor allem erinnere dich daran, dass Gott das ‚*Ich Bin*' ist, das in dir ist, das Einzige, das ‚*Ich Bin*'.«

Alfredo sah auf seine Uhr und rief aus:
»Es ist schon wieder so spät geworden! Ich muss gehen, da ich heute Morgen sehr viel zu tun habe. Juan, wir sehen uns, einen schönen Tag.«

Ich fuhr eine Runde mit dem Fahrrad. Die wenigen Worte, die Alfredo allgemein über die Ernährung gesagt hatte, hatten ins Schwarze getroffen. Ich hatte die Neigung, mich auf Dinge zu fixieren, und deshalb repräsentierte die Ernährung dann eine Besessenheit. Ich weiß nicht, ob Alfredo es wegen mir gesagt hatte, aber ich kam mir ziemlich dumm vor.

* * *

Von dem ersten Mal an, das ich mit Alfredo morgens spazieren ging, fing meine Beziehung zur Arbeit an, sich zu verändern. Einerseits konnte ich eine engere Beziehung mit Alfredo unterhalten und andererseits fingen alle Konzepte, die ich mir bis dahin gemacht hatte, an zusammenzubrechen, indem sie sich ständig transformierten.

Dies geschah in Wirklichkeit ständig und Alfredo zerbrach ganz allmählich und subtil alles, was ich geistig zu konstruieren versuchte. Wie es völlig natürlich ist, erkannte ich nicht alle subtilen Facetten und wie Alfredo jemanden, ohne dass der dies erkannte, bis zu seinen wirklichen Bedürfnissen begleitete.

Jeder Morgen war für mich eine Chance, etwas zu lernen. Mit allem, was Alfredo sagte, zeigte er mir etwas. Ich fühlte mich sehr beglückt, dass ich ihn begleiten konnte, aber ich bemerkte nicht, dass dies seine Risiken hatte. Risiken, die meine Beziehung zu der Arbeit in Gefahr brachten bis an den Punkt, dass ich sie fast verlor.

Alfredo unterweist durch die Freundschaft und nicht auf der Basis von Auflagen. Der Schüler braucht seine maximale Aufmerksamkeit, da Alfredo ihm niemals sagen wird, was er zu tun hat. Vielmehr macht er ihm Vorschläge, aber der Vorschlag ist nicht auf einen einzigen Aspekt gerichtet. Er richtet sich auf viele Aspekte, aber nur in einem einzigen liegt der Schlüssel zum Weiterkommen, und man muss diesen Schritt immer in bewusster Form machen.

Es ist viel einfacher, wenn einem jemand die ganze Zeit über sagt, was man zu tun hat, und es dann mechanisch zu tun, als das zu erkennen, was zu tun ist. Auf gewisse Weise kann man machen, was man will, das heißt man ist nicht verpflichtet, etwas gegen seinen Willen zu tun. Aber im Laufe der Zeit fängt man an zu erkennen, dass das „Nicht-Tun" den Widerstand in einem selbst erhöht. Alfredo sagt immer, dass es einem Schüler egal sein muss „zu tun" oder „nicht zu tun". Damit will er sagen, dass in dem „Tun" keinerlei Widerstand existieren darf.

Durch unsere fragmentarische Sichtweise der Dinge können wir nicht erkennen, wie alle Seiten der Arbeit von den esoterischen bis zu den exoterischen eine ganz enge Verbindung haben. Ich persönlich brauchte Jahre, bis ich diese Seiten erkannte, und ich bin immer wieder überrascht festzustellen, wie viele äußere Aspekte der Personen wie „Spione" der inneren Aspekte funktionieren.

Die Unterhaltungen auf den Spaziergängen mit Alfredo waren ungewiss, unerwartet und manchmal ziemlich hart bis an den Punkt, dass ich nichts mehr hören wollte. Aber sie schienen alle eine Ordnung zu haben, die sich automatisch ergab. Gleichzeitig wurden meine Glaubenssätze, meine Konzepte zerbrochen, bis ich an den Punkt kam, dass ich mir über nichts mehr sicher war.

Alles, was eine Illusion von Sicherheit hätte bieten können, war zerbrochen.

Dieser ganze Prozess manifestierte sich nach und nach und wechselte sich ab mit Krisenzeiten und Perioden von Enthusiasmus, die das Vorzimmer waren von dem, was wir „Normalität" nennen könnten.

Ich führte eine Mitschrift der Unterhaltungen mit Alfredo von dem, an das ich mich erinnern konnte. Viele dieser Unterhaltungen waren verbunden mit irgend einer Situation, die mir im Kopf hängen geblieben war. Andere prägten sich mir ein, weil sie großen Eindruck auf mich gemacht hatten. Eines war offensichtlich: Alfredo versuchte auf tausend verschiedene Arten, uns zu *„wecken"*, und seine Geduld dabei war unendlich. Diese Geduld ist jenseits unseres Verständnisses, wir können sie uns nicht einmal vorstellen. Ich hatte bemerkt und an mir selbst erfahren, dass eine Veränderung, verstanden als eine kleine Spur von Entwicklung, die sich in einem selbst produziert, das Verständnis im Schüler erhöht nicht nur für das, was er tut, sondern auch das Verständnis dem Meister gegenüber in bestimmten Aspekten erhöht. Ich glaube, dass man das Wirken eines Meisters niemals verstehen kann. Viele seiner Handlungen sind unverständlich, inkohärent, widersprüchlich. Aber alles hat seinen Grund so zu sein und man darf das Konzept nicht vergessen, dass „*alles, was der Meister tut, auch wenn es widersprüchlich erscheinen mag, immer das Beste ist, was dir passieren kann*".

Alfredo wiederholte mir diesen Satz bei verschiedenen Gelegenheiten und er war für mich ein Schutzschild, mit dem ich unbeschadet gewisse Situationen überstand und nicht unnütz litt.

Ein wahrhafter Meister kennt genau die Bedürfnisse und Fähigkeiten seiner Schüler, die manchmal versteckt sind, und Alfredo brachte und bringt jeden einzelnen von uns zu unseren eigenen Fähigkeiten und Zielen, ohne dass wir es merken.

Obwohl ich mir in den ersten beiden Jahren mit Alfredo eine konzeptuelle Basis der Arbeit geschaffen hatte, veränderten sich die Dinge ständig, seit ich angefangen hatte, mit ihm jeden Morgen spazieren zu gehen, und manchmal fühlte ich mich, als ob ich absolut nichts verstanden hätte.

Von Anfang an bewirkte Alfredo, dass ich mich auf ganz subtile Weise mit bestimmten Aspekten in mir und der Arbeit konfrontierte, so subtil, dass es manchmal nicht wahrnehmbar war.

* * *

Ich erinnere mich an einen der ersten Spaziergänge, auf dem Alfredo mit mir über die richtige Art in der Welt zu sein geredet hat. Sein Kommentar beeindruckte mich ganz besonders.

»Die Leute sind in einem totalen Durcheinander, sie leben verwirrt, ganz zu schweigen davon, wenn sie erst in Diskussionen über ‚spirituelle' Themen einsteigen. Sie erkennen wirklich nicht, dass ihnen Elemente fehlen, um ein Verständnis zu erlangen, kein völliges, einfach nur ein teilweises von bestimmten Ereignissen. Eines der Dinge, auf welches die Menschen leicht hereinfallen, ist, dass sie die Verbindung nicht sehen, die zwischen der sichtbaren und der unsichtbaren Welt, oder dem was sie ‚spirituell' nennen, existiert.

Diese beiden Dinge haben eine enge Verbindung, und das, was sich ‚materielle Welt' nennt, spielt eine lebenswichtige Rolle im spirituellen Wachstum. Eine Person, die nicht dazu fähig ist, ihren Lebensunterhalt zu verdienen oder gewisse Widrigkeiten zu überwinden, die das Leben in der ‚Welt' ihr präsentiert, kann wirklich nur schwer die inneren Hindernisse überwinden, die sich ihr auf dem Weg präsentieren. Wer auf diesem Weg ist, muss sich immer daran erinnern, dass er *in der Welt ist, wissend dass er nicht von der Welt ist.* Dies ist der Schlüssel, um nicht unter dem Ungleichgewicht zwischen diesen beiden Aspekten zu leiden.

Das Leben in der Welt repräsentiert eine unerschöpfliche Quelle von Erfahrungen, um uns auf die Probe zu stellen. Wenn man nicht den größten Teil der Zeit schlafend verbrächte, könnte man die Menge der Elemente erkennen, die in unserem täglichen Leben auf dem Spiel stehen und die uns Aspekte aus unserem Inneren aufzeigen. Alles ist vereint durch ein verbindendes Gewebe und in dem Maße, in dem man immer mehr erwacht, wird das sichtbarer.

Das, was ich dir sage, steht nur denen zur *Verfügung*, die einen echten Weg gehen. Die normalen Menschen haben keinen Zugang dazu, sie leben in einer Welt der Illusionen und Phantasien, komplett versunken in ihren Emotionen, und verlieren ihre Zeit ausschließlich mit unnützen Dingen. Das soll jedoch nicht heißen, dass jemand nur durch die Tatsache, dass er auf einem *Weg* ist, schon erwacht wäre.

Zum Beispiel die Tatsache, dass du mit mir zusammen bist, bedeutet nicht, dass du nicht in einer Welt der Phantasien lebst, und tatsächlich ist das auch so: du lebst in einer Welt der Phantasien! Aber du hast die Chance, erwachen zu können, wenn du sie zu nutzen weißt. Sie dagegen haben keinerlei Chance, wie sehr sie sich auch anstrengen mögen.

Die wahrhafte Unterweisung, Juan, ist jenseits der Worte, auch wenn diese ihre Bedeutung haben. Das ist so, weil das reale Wachstum durch den Kontakt mit dem, was ich *substanzielle Essenz* nenne, geschieht. Die Arbeit verrichtet man, wie ich dir schon gesagt habe, im Gleichgewicht zwischen dem Äußeren und dem Inneren. Man muss die Objektivität in der Welt suchen und finden. Ohne die Objektivität kannst du von der Illusion mitgerissen werden und dich in der Dunkelheit verlieren. Das ist der Grund, warum ich die Leute dazu bringe, immer fest mit den Füßen auf der Erde zu stehen und die Aspekte nicht überzubewerten, die keine Verbindung zur Arbeit zu haben scheinen, die wir tun. In meinem ständigen Drängen liegt die Hoffnung, dass die Leute ihr Verständnis erhöhen und nach und nach anfangen zu erwachen und so ihr Bewusstsein erhöhen.«

In Bezug auf das Verhalten der Personen, die auf dem Weg sind, erinnere ich mich an eine Unterhaltung, die sehr ähnlich wie die vorherige war. Alfredo sagte zu mir:
»Nicht alle, die zu mir kommen, kommen, weil sie wirklich suchen. Um die Wahrheit zu sagen, die wahrhaft Suchenden sind nur wenige. Der größere Teil ist auf der Suche nach Emotionen und auf diesem Weg muss man über diese Art Dinge hinaus sein.

Ein Suchender hat, wie ich dir schon andere Male gesagt habe, eine achtzig oder neunzigprozentige Chance, sein Ziel zu erreichen, wenn er nicht vorher verloren geht. Und dies, glaube mir, hängt nur von ihm ab, von seinem Engagement und von seiner Makellosigkeit.

Er wird auf Schwierigkeiten stoßen, die ihm Zweifel bringen und Ängste, die schrecklich erscheinen können, die aber nur das Ergebnis des eigenen Getrenntseins und Vergessens sind. Man muss sich dessen ständig und zu jedem Moment erinnern.

Ich spreche jetzt über Dinge, die du noch nicht erlebt hast, die du aber in Zukunft sicherlich erleben wirst. Dann wirst du ganz genau verstehen, was ich dir damit sagen will.

Du wirst erkennen können, dass es unmöglich ist, Dinge zu erklären, die erlebt werden müssen, um wirklich verstanden zu werden. Das ist, als ob ich einem Blinden eine Farbe erklären wollte oder den Geschmack eines Apfels jemandem, der noch nie einen gegessen hat. Ich kann nur Hinweise geben und das Terrain vorbereiten, damit du es erleben kannst. Und außerdem wird deine Erfahrung niemals wie meine oder die einer anderen Person sein.

In all dem gibt es kleine Risiken, die man eingeht und die ich einkalkuliert habe. Die Personen, die in meiner Unterweisung sind, haben ein Sicherheitsventil, so als wenn es eine Sicherung gäbe, die es erlaubt, dass ein bestimmtes Maß an Irrtum möglich ist, ohne dass irgend ein Schaden entsteht. Ohne dieses Sicherheitsventil kann es sein, dass Irrtümer, die durch Dummheit und nicht durch Unwissenheit begangen werden, sehr teuer bezahlt werden müssen, manchmal sogar mit dem Leben.

Du musst dich daran erinnern, dass die Energie, die ihr tragt, selbsterziehend ist. Und wenn man sich nicht daran ausrichtet und sie nicht respektiert, dann wird man von allen Seiten Schläge empfangen. Unglücklicherweise ist dies die einzige Art zu lernen. Deshalb bestehe ich darauf, dass man sich daran erinnern muss, was man tut und wohin man geht. Dessen ungeachtet fallen alle nach einer Zeit in diesen Zustand von *Schlaf*. Sie passen sich an die Situation an und schlafen in dem Glauben, dass sie immer in Sicherheit sind. Aber auf diesem Weg, Juan, ist niemand sicher und sollte sich auch nicht sicher fühlen. In jedem Moment können alle erreichten Anstrengungen vergeudet sein. Nur diejenigen, die den *Abgrund* überqueren, haben keinen Rückfahrtschein mehr.

Dies ist ein Weg für wenige und es ist eine sehr harte Arbeit, aber nicht unmöglich, besonders unter den Bedingungen, in denen ihr euch befindet.

Wenn ihr nur fünfundzwanzig Prozent der günstigen Möglichkeiten erkennen könntet, die zur Verwirklichung der Arbeit in diesem Moment bestehen, würdet ihr viele der Irrtümer, die ihr begeht, nicht begehen. Wir haben die günstigsten Konditionen seit Adams Zeiten. Aus diesem Grund ist dieser Weg der schnellste und es ist notwendig, schnell eine bestimmte Arbeit zu realisieren, um in eine Etappe der höheren Existenz überzugehen, die die ganze Menschheit umfasst.

Aber um dies völlig zu nutzen, muss man ganz wach sein. Es gibt viele Fallen, Tricks, Inszenierungen, Theater, die ich benutze, damit die Leute nicht in den Schlaf fallen, sondern erwachen und vor allem das alles nutzen, um zu lernen. Vergiss nicht, dass wir nicht unendlich viel Zeit haben. Die Zeit ist begrenzt und sie muss vollständig genutzt werden. Man muss in einem Zustand von ständiger Aufmerksamkeit sein.«

Es war schwierig für mich, den Kommentaren von Alfredo zu folgen. Er wechselte mit Leichtigkeit von Thema zu Thema. Manchmal sprachen wir über weltliche Dinge und das gab den Anlass, dass er mit mir über Aspekte der Arbeit sprach.

In dieser gleichen Unterhaltung bezog sich Alfredo auf einen Aspekt, den er für sehr wichtig hielt und den er uns einflößte. Dieser Aspekt war die *Einfachheit*.

»Eine Bedingung, die ich als essentiell betrachte in der Arbeit, ist die *Einfachheit*. Die *Einfachheit* muss sich in allen Lebensbereichen manifestieren, inneren und äußeren.

Dies ist für viele Personen sehr schwer zu akzeptieren, und dies sind die Personen, die nicht den ganzen Nutzen aus der Arbeit ziehen können, obwohl sie die Möglichkeiten dazu hätten. Denn nicht immer sind die Ichs bereit, ihre Macht ruhen zu lassen. Die Leute geben dem Ich nach, vielleicht weil es viel bequemer ist oder ihnen gefällt, und bleiben so Gefangene ihrer selbst.

Wer weder seine Rolle im Leben noch sich selbst völlig akzeptieren kann, kann diese *essentielle Einfachheit* nicht erreichen.

Alles, was man zu sein glaubt, ist man nicht, und alles was man zu wissen glaubt, ist man auch nicht.

Auf diesem Weg muss man akzeptieren, dass man *nichts ist und nichts weiß*. Wenn dies akzeptiert ist, kann man anfangen sich zu entleeren. Das wird dann ermöglichen, dass mehr Licht in das Herz hereinkommt, was wiederum hilft, mit größerer Klarheit alle Fallen und Phantasien des Verstandes zu erkennen.

Dieses Licht wird alle Verteidigungsmechanismen zerbrechen, die die Personen so viele Jahre lang gepflegt haben und die sie zu einem sinnlosen Leiden gebracht haben.

In dem Maße, wie die Verteidigungsmechanismen zurückweichen, kann man sich immer mehr ergeben. In dieser völligen Hingabe gibt es die Sorge, *was ich bin und was ich weiß*, schon nicht mehr ... *man ist nur noch*.«

Was Alfredo in Bezug auf das „*Licht*" gesagt hatte, erregte meine Aufmerksamkeit sehr stark. Er hatte es zu anderen Gelegenheiten erwähnt und einmal fragte ich ihn, wie es zu bewerkstelligen sei, dass das Licht in uns erhöht würde. Dies waren seine Worte:

»Um das *Licht* in sich selbst zu erhöhen, muss man die richtige Einstellung zur Arbeit haben und unsere Aktivitäten bewusst und effizient verrichten. Das heißt in Wirklichkeit, die Positivität auf harmonische Weise zu entwickeln in Bezug auf uns und auf das, was wir tun. Um die Positivität zu entwickeln, arbeiten wir nicht direkt mit den negativen Aspekten der Persönlichkeit. Vielmehr arbeiten wir indirekt, indem wir die negativen Aspekte durch positive und nützliche ersetzen.

Der Mensch lebt mit einem Wirbel von Konfusion in sich als Gefangener seiner wechselnden Persönlichkeiten und seiner Konditionierungen. All das kann nicht von einem Tag zum anderen überwunden werden. Das einzige Mittel dagegen ist zu erkennen, dass dies in Wirklichkeit eine Schlacht ist, die wir in uns schlagen müssen.

Deshalb versuche ich euch zu zeigen, wie ihr schlaft, und manchmal schlaft ihr so sehr, dass ihr nicht einmal meine Weckversuche bemerkt. Es ist sehr einfach, uns die Schuld für unsere ständigen Irrtümer und Schwächen zu geben. Es ist viel schwieriger etwas zu tun, damit es sich verändert. Durch die Übungen, egal ob bei den Wiederholungen oder in den Gruppenübungen, durch die Erinnerung an sich selbst und daran, was man tut, bildet sich ein neuer *Lichtkörper* in der Person. Jedes Mal wenn eine Übung korrekt ausgeführt wird oder wir uns positiv benehmen, fügen wir unserem Körper ein wenig mehr *Licht* hinzu. Dieser Körper wird bald so sehr entwickelt sein, dass er einem neuen Körper Platz machen wird, den wir *engelhaft* nennen können. Dieser *engelhafte* Körper ist kein objektiver Körper, er ist nur eine Phase der Arbeit. In der Tat kann dieser Körper nicht über seine eigenen Funktionen hinaus gelangen und zur Erkenntnis kommen. Es existieren andere Ebenen und Etappen in der Arbeit, bevor das Funktionieren in den elf Dimensionen unseres Universums erreicht wird.

Wenn ein menschliches Wesen stirbt und nicht genügend Positivität angesammelt hat, um einen neuen Lichtkörper zu formen, der mit höherer Intensität und Geschwindigkeit vibriert, wird es nach dem Gesetz der Natur von der kosmischen Negativität absorbiert, indem es sich in ihr auflöst. Wenn man dagegen erreicht hat, ein ausreichend positives Leben zu entwickeln, wird man nach dem Tod mit hoher Geschwindigkeit durch die zwischenliegenden Phasen der Arbeit geführt und verhindert so, dass man eine lange Phase des Schlafes passieren muss. Deshalb, Juan, sage ich euch immer, dass es sehr wichtig ist, ehrgeizig im positiven Sinne zu sein: *Alles zu wollen*, die eigene Persönlichkeit positiv in Richtung auf das Göttliche hin zu entwickeln, ohne sich mit den irdischen Mächten zufrieden zu geben, und die eigene Aufmerksamkeit auf positive Gedanken zu richten, wenn man von seinen eigenen Negativitäten gefangen ist.«

Viele der Dinge, die Alfredo mir sagte, waren für mich nur schwer verständlich. Manchmal verstand ich nicht einmal, auf was er sich bezog. Aber für alle Fälle hatte ich mich entschieden, keine Fragen zu stellen, weil ich auf gewisse Weise erkannt hatte, dass in allem, was Alfredo mir sagte, nicht nur die Fragen, sondern auch die Antworten enthalten waren: es war alles darin. Ich musste nur warten, bis der Moment kam, in dem ich verstehen konnte. Außerdem konnten viele Fragen nur von mir selbst beantwortet werden.

* * *

Alles was ich vom Beginn meiner Suche an gelesen hatte, alle Personen, die mir auf irgendeine Weise geholfen hatten, in die richtige Richtung zu gehen, selbst wenn dies unbewusst geschehen war, alles was ich verstanden zu haben geglaubt hatte, all die Worte, die voller Überzeugung aus meinem Mund kamen, alles was ich mir nur vorstellen konnte: nichts davon kommt dem auch nur im geringsten nahe, was es bedeutet, auf einem *echten Weg* zu sein. Es ist, als ob der Verstand beginnen würde, durch eine Nahrung genährt zu werden, die über Worte und Formen hinaus geht, und als würde er auf einer anderen Ebene zu funktionieren beginnen.

Was meine Aufmerksamkeit mehr als alles andere erregte, war die Beziehung, die zum Faktor *Zeit* bestand. Die Beziehung, die ich immer zur *Zeit* gehabt hatte, war völlig verschwunden. Und in dem Maße, in dem sich die Arbeit entwickelte, befand ich mich außerhalb der gewöhnlichen Bezugsgrößen, die die Mehrheit der Personen wahrnimmt.

Eines der Basiskonzepte der Arbeit ist, dass die Unterweisung auf *nicht-verbale* Weise erfolgt durch das, was Alfredo die *erweiterte Wahrnehmung* nennt. Zu unendlich vielen Gelegenheiten verwies Alfredo auf die vitale Wichtigkeit dieses Instruments und auf die Weise, wie es arbeitet, und betonte immer die Nutzlosigkeit, die „*niedere Wahrnehmung*" auf Gebieten zu benutzen, zu denen sie keinen Zugang hat. In einer Unterhaltung bezog er sich auf diese Tatsache von einem anderen Blickwinkel aus. So begann er seine Unterhaltung:

»Die gewöhnliche Art, die Dinge wahrzunehmen, ist durch eine installierte Ordnung. Unsere Beziehung zum Außen präsentiert sich auf diese Art und geschieht durch ein äußerst begrenztes Instrument, welches ich die *niedere Wahrnehmung* nenne.

In unserer Arbeit zieht ihr ein Instrument erst in Erwägung, dann wendet ihr es praktisch an, ein Instrument des Geistes, das auf radikale Weise das Bewusstsein verändert. Dieses Instrument arbeitet so, dass die Übertragung immer durch einen sofortigen, direkten Kanal geschieht, und ihr könnt wahrnehmen, wie das *ist*, was ist, ohne Filter, die den Strahl der Wahrnehmung begrenzen.

Für den größeren Teil der Personen ist es schwierig, diese Realität zu akzeptieren, und wenn sie sich einem ‚spirituellen' Weg nähern, glauben sie, dass die Art zu lernen die gleiche ist wie in der Schule oder in der Universität. Und sie erwarten, dass der Meister die gleiche Rolle übernimmt wie ein Lehrer in der Schule und sich an ein Benehmen hält, das sie als solches erkennen können.

Ein Meister, Juan, kann niemals katalogisiert oder in ein Schema gepresst werden, weil er Tricks benutzt und Methoden, die sich je nach Situation verändern und als Spiegel für die Person dienen. Die Personen, die mit dieser Haltung kommen, empfangen, wie du sicherlich schon beobachtet hast, starke Schläge beim ersten Zusammentreffen. Wenn sie das überleben, dann können sie Nutzen daraus ziehen, wenn nicht, haben sie ihre Chance verpasst.«

Sehr oft habe ich Leute gesehen, die Alfredo das erste Mal besuchen kamen und völlig bestürzt waren von dem Eindruck, den Alfredo auf sie machte. Manchmal genügte eine kleiner Satz in einer Unterhaltung und das Unbehagen der Personen war sofort sichtbar. Gleichzeitig ließ ihnen Alfredo keine Zeit zum Nachdenken. Er verließ sich darauf, dass die Begegnung ihren Effekt produzieren würde.

Viele Leute wollen, wie ich beobachten konnte, Alfredo kennen lernen in der Hoffnung, dass er sie überzeugen werde. Oder sie stellen sich vor und versuchen zu zeigen, was sie alles wissen und was sie alles verstehen. Sie alle haben wenig Chancen, ihr Vorhaben durchzuführen, außer dass sie „auf den Kopf gestellt" wieder weggehen.

Alfredo fuhr fort:

»Alles ist in ständiger Bewegung. Die gleiche Wahrheit ist in Bewegung und kann nicht eingefangen oder durch Worte erklärt werden. In dem Moment, in dem man versucht sie zu fangen, hört sie auf, Wahrheit zu sein. Man benutzt Worte und Sinnbilder, damit bestimmte Dinge in Betrachtung gezogen und erkannt werden können, wenn ihr Moment gekommen ist.

Der Punkt, über den man sich immer ganz im Klaren sein muss, ist, dass das intellektuelle Verständnis, in das die Personen so viel von ihrer Energie investieren, sie nirgendwo hinbringt. In dem Moment, in dem man die Hoffnung verliert und aufhört, verstehen zu wollen, fängt alles an, einen Sinn und Nutzen zu bekommen. Wenn man mit diesem Instrument nicht eingreift, dann fängt sozusagen mit der *höheren Wahrnehmung* eine Art der Wahrnehmung in uns an, sich zu manifestieren, welche die Personen vorher nicht erkennen können.«

Zu einer anderen Gelegenheit sprach Alfredo über das gleiche Thema. Es war ein sehr heißer Tag und die Feuchtigkeit verursachte ein Gefühl, als ob die Luft völlig fehlte. Ich traf Alfredo an dem gewohnten Platz. Ich bemerkte sofort, dass er sich nicht wohl fühlte. Er litt sehr unter dem Klima.

»Juan«, sagte er, »lass uns direkt in den Park gehen und uns hinsetzen. Heute laufe ich nur auf drei Zylindern.«

Wir brauchten nicht lange bis zum Park. Wir setzten uns auf eine Bank unter die Pinien, wo etwas frischer Wind wehte. Alfredo unterbrach die Stille:

»Es ist unglaublich, wie das Klima in San Benedetto sich verändert hat. Vor wenigen Jahren noch kamen die Leute hierher, um sich zu kurieren. Dies war ein gesunder Ort.«

Während Alfredo zu mir sprach, erinnerte ich mich an meine Tante, die, als ich ein Junge war, jedes Jahr wegen des Klimas nach San Benedetto gefahren ist. Buenos Aires ist sehr feucht, manchmal fast unerträglich. Immer, wenn sie zurückkam, schien sie wie ausgewechselt zu sein und pries die Vorzüge des Klimas von San Benedetto. Und zu denken, dass heutzutage fast kein Unterschied mehr besteht!

»Welches Datum ist heute, Juan?«, fragte Alfredo.

»Der zehnte August«, antwortete ich.

»Du wirst sehen, in ein paar Tagen ist Weihnachten und das Jahr ist vorbei.«

Alfredo machte ständig diese Art Sprüche in Bezug auf die Zeit.

»Wenn die Leute sich der Zeit bewusster wären«, sagte er, »und sie besser nutzen würden, würden die Dinge sicherlich anders laufen. Es steht nicht unbegrenzt Zeit zur Verfügung. Ganz im Gegenteil. Sie ist reduziert. Die Zeit, über die ich spreche, ist nicht genau die Zeit, die du und die anderen auf dieser Ebene der Existenz wahrnehmen könnt. Es ist eine andere und sie kann nicht erklärt werden.«

Alfredo blieb einen Moment still und fuhr fort:

»Alle würden sich gerne vervollständigen und sich in regenerierte menschliche Wesen verwandeln. Dies ist die Absicht, mit der sich die Personen mir nähern. Der größte Teil von ihnen erkennt die Chance, die sich ihnen bietet, und sie versuchen im Rahmen ihrer Fähigkeiten meinen Hinweisen zu folgen.

Wie du siehst, sage ich ‚der größte Teil', weil viele sich aus anderen irrigen Gründen nähern. Das Einzige, was sie erwarten, ist, dass ich ihre Phantasien und Illusionen nähre, Dinge, die auf unserem Weg keinen Platz haben. Ich bin nicht hier, um die Leute zufrieden zu stellen, weder zu belohnen noch zu bestrafen. Ich bin für ganz andere Dinge da und habe eine ganz präzise Funktion.

Eine der grundlegenden Schwierigkeiten, die auftauchen, ist zu versuchen, das Ganze in seiner Gesamtheit mit untauglichen Mitteln verstehen zu wollen. Das ist unmöglich. Sich damit aufzuhalten, ist lediglich eine Zeit- und Energieverschwendung. Dazu kommen mangelnde Bewusstheit und Erkenntnis, was bewirkt, dass jede Anstrengung sinnlos ist. Man muss sich daran erinnern, dass Totalität nicht dadurch erreicht werden kann, dass man Partialität benutzt. Du weißt, dass ich nicht müde werde, immer die gleichen Dinge zu wiederholen.

Sieh mal, Juan, manchmal ist alles so einfach, dass es mich wirklich langweilt. Aber unglücklicherweise liebt es das menschliche Wesen, sich das Leben komplizierter zu machen, wenn es einfach nur nötig ist, sich an einige Dinge zu erinnern und sie zu tun. Dies ist ein sehr schneller *Weg*, direkt und ohne Zwischenhändler. Vor hundert Jahren hätte ich eine traditionelle Arbeit gemacht, aber in der *Neuen Phase* ist keine Zeit mehr. Die Zeit ist begrenzt und man muss bestimmte Etappen schnell passieren. Deshalb braucht man höchste Aufmerksamkeit und die Erinnerung an das, was man tut.

Unser Universum ist elf-dimensional, wie unser Organismus, unsere *erweiterte Wahrnehmung*, unsere Zellen. Alles ist in elf Dimensionen konstruiert. Die Totalität des Geistes, die wir *höhere Wahrnehmung* nennen, ist das einzige Mittel, durch das die Gesamtheit dieser Universen begriffen werden kann, und dies ist unsere Natur und unser Schicksal. Der Satz ‚*Erkenne* dich *selbst, und du wirst die Wahrheit erkennen*‘, den so viele Meister der Vergangenheit gesagt haben, will genau das ausdrücken, was ich zuvor gesagt habe. Es handelt sich in Wirklichkeit um einen technischen Ausdruck, der auf die Notwendigkeit, unsere Vehikel zu stärken, hinweist und unserem kleineren Verstand (Intellekt und Persönlichkeit) nicht zu erlauben, in den göttlichen Plan auf der Erde einzugreifen. Dies ist ein technischer Ausdruck, der bedeutet, in uns selbst all das zu tun, was unverzichtbar ist, was von der *höheren Wahrnehmung* und dem verbindenden Gewebe des Universums diktiert wird, sozusagen in unserem Organismus und auf unserem Planeten. All dies macht es notwendig, dass man beim Voranschreiten von einem *echten Meister* geführt wird. Es ist eine Illusion zu glauben, dass dies auf eine andere Weise machbar ist. Diese Notwendigkeit ist gewisser als die Gewissheit selbst.«

Die Einheit

»Siehst Du, Juan, viele Leute irren jahrelang umher und suchen mit Vehemenz in den Büchern, in den Lehren, in den Philosophien, in den Religionen, ohne wirklich zu wissen, was sie suchen: die Wahrheit, das Glück, die Freiheit, Gott. Viele Menschen verlieren den Mut nach all dem Suchen, sie verlieren die Hoffnung. Selbst wenn einige manchmal ein paar Indizien der Wahrheit finden, dauert es nicht lange, bis sie erkennen, dass sie in der Wüste verloren sind.

Viele haben Pseudo-Meister gefunden, die wunderbar zu sein schienen. Aber dann haben sie entdeckt, dass diese echter Betrug waren. Für all diese Personen, die müde und nach Wahrheit dürstend und ohne Führer sind, wird der Weg erscheinen. Ja, so ist es: wenn jemand wirklich *Hunger* hat, dann erscheint die echte Chance. Die Frage ist in Wirklichkeit, ob man darauf vorbereitet ist, die Unterweisung zu empfangen.«

So hatte Alfredo seine Unterhaltung auf einem der morgendlichen Spaziergänge begonnen. Er fuhr fort:

»Ein Teil von dir weiß schon, weiß all die Dinge, hat sie immer gewusst. Dieser Teil ist dein *echtes Wesen*, es ist der Teil, der sagt ‚*Ich Bin*'. Er ist das *Ich Bin*, das in dir vibriert, und wenn er die *Wahrheit* hört, dann nimmt er sie wahr und erkennt sie wieder. Dieser Teil erkennt und weist den Irrtum von sich. Dieses *Ich Bin* wird nicht vom Irrtum genährt, seine Nahrung ist die Essenz der Erkenntnis.

Wenn eine Person mich findet, dann erkennt das *Ich Bin* das, was ich ihm vermittle, und dazu braucht es keine Worte. Es ist eine andere Art der Kommunikation, die sich etabliert. Es *weiß* und zweifelt nicht. Nur die verschiedenen Persönlichkeiten des Menschen greifen ein und hören nicht das *echte Bedürfnis des Ich Bin*. Wenn eine Person bereit ist, die Unterweisung zu empfangen und sich ihr die *Chance* bietet, wird ihr *Ich Bin* von der *Quelle* angezogen, um es irgendwie auszudrücken, die durch den wahrhaften Meister repräsentiert wird. Dies geschieht, weil sich trotz der Eingriffe, die die Persönlichkeiten produzieren, ein bestimmter Kontakt zwischen dem Menschen und seinem *Ich Bin*

installiert. Das bewirkt, dass der Mensch auf bewusste Weise an den *Bedürfnissen seines tiefen Wesens* teilnimmt.
Die Wahrheit aller Dinge ist nur eine Bestätigung für dein echtes Wesen. Das *Ich Bin* wusste innerlich immer, aber es hatte es nicht in definierten Begriffen an dein äußeres Bewusstsein übersetzt.«

Es war schwierig, alles, was Alfredo sagte, zu verstehen, aber ich hatte mich immer gefragt, warum nur einige Personen die Wahrheit und das wahre Wissen des Menschen „suchten" und die anderen das Leben vorbeigehen ließen und traurigerweise ihre Zeit verloren. Das, was Alfredo kommentiert hatte, beantwortete diese Frage und gab mir kleine Hinweise, damit ich anfangen konnte, bestimmte Tatsachen zu verstehen. Außerdem hatte ich bestimmte Sicherheiten in mir selbst erlebt, wenn ich mit ganz präzisen Zeichen konfrontiert war, bevor ich zum Weg kam.

»Das, was ich Dir sage, ist sehr nützlich, und du kannst es nicht verstehen, wenn du den Intellekt benutzt. Du brauchst die *Erfahrung*. Die Wahrheit, die du außen sehen kannst, ist nur eine Bestätigung für das, was dein *Ich Bin* schon weiß. Die äußeren Ausdrücke sind nur Kanäle, die Eindrücke auf dein Bewusstsein kreieren. Erinnere Dich daran, dass der kleinere Verstand oder Intellekt nicht das *Ich Bin* ist, sondern der Ausdruck deiner Persönlichkeit. Das *Ich Bin* ist der Ausdruck der *Einheit, einzig und untrennbar*.
Es ist notwendig, sich von der Vorherrschaft der Persönlichkeiten zu befreien. Sie sollen vielmehr deine Sklaven sein. Um dies zu erreichen, muss man stark sein und viel Mut haben. Man muss den Eigensinn, die Glaubenssätze und die persönlichen Meinungen beiseite lassen, die nichts weiter sind als Schrott, den du auf einem Land aufgesammelt hast, das von anderen beackert wurde. Wenn du stark genug bist, all das aufzugeben, dann kannst du an dein Ziel gelangen.«

Ich war sprachlos. Alfredo machte eine Pause. Etwas später fuhr er mit dem gleichen Thema fort:
»Aber du musst immer daran denken, dass du ständig von deinen verschiedenen Persönlichkeiten angegriffen werden wirst. Das geschieht, weil ihre ‚Leben' bedroht sind. Sie wissen, dass sie die Herr-

schaft über ihr Territorium, über deine Gedanken, über deine Aktionen verlieren werden. Darüber muss man sich bewusst sein.«

Alfredo hatte seine Unterhaltung beendet. Ich stellte keine Frage. Wir standen von der Bank auf, auf der wir gesessen hatten und gingen Richtung Zentrum der Stadt. In der Zwischenzeit versuchte ich alles, was ich gehört hatte zu speichern. In meinem Verstand schwirrten eine Menge Gedanken, Mutmaßungen und Interpretationen, die ich zu machen versuchte. Ich dachte auch darüber nach, wie manchmal dadurch, dass man ein Buch oder einen Satz las, das Leben sich total verändern konnte. Das geschah, dachte ich, weil ein Teil von uns erkannte, dass dort die „Spur" ist, der man folgen muss.

Während ich meinen inneren Dialog fortsetzte, unterbrach mich Alfredo, als hätte er meine Gedanken gelesen:

»Manchmal kann es vorkommen«, sagte er, »dass man in irgendeinem Buch Bruchstücke der Wahrheit findet, so als wenn es Gewissheit wäre. Auf irgend eine Weise hatte man immer geglaubt, dass die Dinge so seien, aber man weiß nicht warum. Versuche zu sehen, dass diese Worte von deinem *Ich Bin* sind und dass sie gleichzeitig Worte des universellen *Ich Bin* sind. Sie sind nichts anderes als Manifestationen des *Einzigen Wesens*, das jede Art von Kanal benutzt, um in dein Inneres zu kommen und dort zu vibrieren. Dieses Ziel ist manchmal gar nicht so einfach zu erreichen, weil der Verstand so konstruiert ist, dass er nichts akzeptiert, was nicht in den Grenzen ist, die er bereits ausprobiert und kennen gelernt hat und die er außerdem für vernünftig hält.

Andererseits tut der Mensch im Allgemeinen seinem Intellekt und seinem Körper alles Mögliche zu Gefallen und vergisst in der Folge sein echtes Wesen, das heißt das *Ich Bin*.

Der Mensch ist nicht sein Intellekt und auch nicht sein Körper, obwohl dies Teile von ihm sind, die eine wichtige Funktion erfüllen. Der Mensch ist *das Eine vereint mit dem Absoluten.*

Auch wenn all das, was ich dir sage, nur Worte sind: die wahre Erkenntnis von gewissen Prinzipien versteckt ihre *Macht,* und damit diese Macht sich manifestiert, müssen die Worte in dir gefühlt werden und in deinem Inneren vibrieren. Dazu muss man entspannt sein und der Verstand und die Gedanken müssen ruhig sein. Der Rest kommt von alleine und mit der Zeit.«

Die Unterhaltungen, die sich immer ergaben, halfen mir, Facetten der Arbeit zu erahnen. Im Verlauf der Zeit drang ich immer tiefer in den Weg ein. Jeden Tag passierten Dinge, die mir manchmal den Eindruck gaben, vorwärts zu kommen. Genauso hatte ich manchmal den Eindruck, überhaupt nichts verstanden zu haben; alles veränderte sich ständig. Alfredo legte immer die Betonung auf die Konditionierung der Personen, das heißt auf meine Konditionierung. Manchmal auf direkte Art und andere Male, weitaus häufiger, indem er über Themen sprach, die scheinbar keinerlei Beziehung mit der Arbeit oder mit geistigen Themen hatten.

In diesen Tagen machte Alfredo den folgenden Kommentar:

»Du musst lernen, dass alle deine Glaubenssätze, deine Moral, deine Unmoral, deine Ideale, für die du dich so stark eingesetzt hast, deine Überzeugungen, deine spirituellen Konzepte und sogar dein Konzept von Gott die Frucht deiner Konditionierung sind. All das gehört zu einem Gepäck, das dir nicht gehört und das du wie ein überflüssiges Gewicht auf deinen Schultern trägst. Auf diese Weise kommen alle zu mir. So bist auch du gekommen, eingetaucht in Illusionen.

Meine Arbeit im ersten Moment ist all das zu zerbrechen, eine Sache, die Zeit und Geduld braucht ... aber ich habe alle Geduld der Welt.

Die Personen identifizieren sich ständig mit irgendeiner Sache, weil sie die Sicherheit suchen. Es ist einfacher, zu irgendetwas dazu zu gehören oder zu glauben, dass man zu etwas gehört, weil man so die Illusion kreiert, dieses etwas zu sein. Es wäre ganz einfach für mich, wenn ich einen Kult kreieren wollte. Ich würde Tausende von Anhängern in aller Welt haben. Den Menschen gefällt es, betrogen zu werden, und auf gewisse Weise erhält jeder das, was er verdient.

Die Leute glauben, die Wahrheit zu suchen, aber das Einzige was sie suchen ist etwas, das sich an ihre Glaubenssätze anpasst. Ich nehme die Menschen mit zur *Freiheit*, aber die Menschen wollen die Freiheit nicht. Sie wollen als Sklaven ihrer Konditionierung weiter leben. Schau dir diese Leute an. Mit welcher Überzeugung gehen sie hin und reden über die anderen?« Er bezog sich auf eine Gruppe von Zeugen Jehovas, die durch den Park gingen. »Sie sind von einer Lüge aufgehetzt, von einem Betrug. Sie wurden einer Gehirnwäsche unterzogen, lernten ein Büchlein auswendig und ziehen durch die Straßen wie die Roboter, um andere von der Lüge, an die sie glauben, zu überzeugen.

Ich sage es dir noch einmal, Juan, es ist so leicht, die Leute aufzuhetzen. Es reicht, ihnen einige kleine, überzeugende Dinge zu geben, und fertig. Es reicht, wenn einige Menschen die gleiche Lüge sagen, damit sich diese in eine Wahrheit verwandelt.

So geht der Großteil der Menschheit durch die Welt, völlig schlafend, hinter Träumen herlaufend. Auf allen Gebieten der menschlichen Aktivität schläft der Mensch, schläft ständig. Kannst du dir vorstellen, wie viele Dinge der Mensch verwirklichen könnte, wenn er erwachen würde? Zum Glück sind wir in einer Etappe der Evolution, in der die Notwendigkeit große Veränderungen in der Menschheit bewirkt. Der Plan, der in dieser Etappe ausgeführt wird und von dem ich mit einem Teil beauftragt bin – das ist meine Arbeit – zerbricht auf verschiedenen Gebieten wie Politik, Religion und Moral gewisse mentale Konzepte, was notwendig ist, damit ein Sprung auf eine höhere Ebene in der Existenz des Menschen auf der Erde getan werden kann. Denkformen und Überzeugungen, die über Hunderte von Jahren verwurzelt waren, zerbrechen. Die Menschheit hat die Hauptrolle in diesen Veränderungen, und um sie zu rechtfertigen, schreibt sie sie diesen oder jenen Politikern oder Persönlichkeiten zu. Das geschieht in Wirklichkeit, weil der Mensch nicht die Fähigkeit hat wahrzunehmen, wie die Dinge wirklich sind. Er nimmt sie nur völlig bruchstückhaft wahr. Er verdaut, assimiliert und ordnet sie ein durch seine Konditionierung.

Das Leben ist ein Theater, jeder von uns ist ein Schauspieler, aber nur wenige wissen es und erkennen es. Sie glauben, dass das, was eine Rolle auf einer Bühne ist, die Realität sei. Diejenigen, die es erkennen und die das Bedürfnis haben herauszufinden, welches die essentielle Realität der Existenz ist, fangen an, den Regisseur oder die Regisseure des Stückes zu suchen und nicht den Schöpfer. Zu dem Schöpfer haben sie keinen Zugang. Den können sie nur haben, wenn sie fähig sind, sich selbst in Regisseure verwandeln.

Die Konditionierung hat viele Facetten, und viele davon sind sehr subtil. Anfangs kann man durch Beobachtung eine Unmenge Seiten an sich selbst entdecken und an ihnen arbeiten. Aber nach der Verfeinerung der oberen Schichten, um es irgendwie auszudrücken, kann uns nur die Verpflichtung auf den Weg und die Erfahrung die viel tieferen Schichten aufzeigen. In Wirklichkeit verwandelt sich der Weg später in etwas sehr, wirklich *sehr* Subtiles.«

Die Frage der Konditionierung war ein Aspekt, der sehr schwer zu überwinden war, und zu erkennen, welches Hindernis er darstellte, war sehr hart. Auf tausend verschiedene Arten zeigte uns Alfredo die verschiedenen Aspekte der Konditionierung, indem er Metaphern benutzte oder uns echten Situationen in uns selbst gegenüberstellte. Ich habe in den Jahren, die ich mit Alfredo verbrachte, erfahren, wie schwierig und sogar grausam es war, sich mit sich selbst zu konfrontieren, mit unserer eigenen Konditionierung, mit unseren eigenen Ketten. Es war so schwierig herauszufinden, warum wir uns nicht von bestimmtem unnützen Gewicht befreien wollen, welches der Teil von uns ist, der nicht will und warum nicht. Wenn man in diesen Mechanismus hineingerät, dann sucht man nur nach Entschuldigungen und Rechtfertigungen, statt die eigene Realität zu akzeptieren und wirklich aufrichtig zu sich selbst zu sein. Es kann sich nichts ändern, wenn man nicht aufrichtig ist und seinen Zustand so akzeptiert, wie er ist. Wenn jemand sich über bestimmte Aspekte von sich selbst bewusst ist, diese erkennt und nichts dafür tut, sie zu ändern, wohl wissend, dass sie ein Hindernis für sein eigenes Wachstum darstellen ... dann ist er in Wirklichkeit ein Masochist.

Diese Haltung, auch wenn sie unbewusst ist, kommt häufig vor bei den Menschen. Ich bin oft in diese Fallen getappt, vielleicht weil es mir an Mut fehlte oder weil ich Angst hatte. Als ich mich von bestimmten Dingen in mir befreien wollte und genau wusste, dass sie ein Hindernis bedeuteten, wollte ein Teil von mir das nicht – nennen wir ihn Persönlichkeit – und versuchte, mir alle möglichen Zweifel und Widersprüche einzuflößen. Das Gefühl, das dies in mir produzierte, war schrecklich, und es entfesselte sich in meinem Inneren eine Art Krieg, der eine harte Bewährungsprobe war. Dennoch blieb mir nichts anderes übrig, als mich aus der schwierigen Lage wieder zu befreien und weiter zu machen.

In meiner ersten Zeit mit Alfredo musste ich einen Aspekt zerbrechen, an den ich mich viele Jahre lang geklammert hatte. Ich lebte identifiziert mit der Musik. Ich hatte Stunden über Stunden investiert, um einer Illusion hinterherzulaufen und hatte gedacht, dass ich durch sie einen spirituellen Weg finden könne.

Nach kurzer Zeit fing Alfredo an, mich meiner Wirklichkeit gegenüberzustellen.

In meiner eigenen Haut meine eigenen Täuschungen zu spüren, die ich über Jahre hinweg aufgebaut hatte, war sehr unangenehm und schwer zu überwinden. Bei einer Gelegenheit, während wir zu Abend aßen, machte Alfredo einen kleinen Kommentar, während er mit einem der Gruppenmitglieder sprach:

»Wenn es eine Gruppe von Schlafenden gibt, dann die sogenannten ‚Künstler': Maler, dichter, Bildhauer, Musiker … sie leben in einer Traumwelt und versuchen das, was sie tun, zu rechtfertigen und Gründe dafür zu suchen. Dann gibt es noch die notwendigen ‚Kritiker', die sinnlose Theorien konstruieren, um die sogenannten Künstler, die ihnen zusagen, zu vergöttern. Alles auf einer falschen Welt aufgebaut und voller Lügen. Danach passen sich die Menschen an bestimmte Denkformen an, weil einige berühmte ‚Sachverständige' es sagen.

Die Dinge müssen so genommen werden wie sie sind. Ein Musiker ist nur ein Musiker, ein Maler ist nur ein Maler. Es ist eine Form, sein Geld zu verdienen für diejenigen, die das Glück haben, das zu schaffen, und es ist auch eine Form sich auszudrücken, und sonst nichts weiter. Wenn man spricht, drückt man sich auch aus … dann bin ich ein Wortkünstler, nicht wahr?«, lachte er.

»Wenn ihr euch nur über die Menge an Unsinn klar werden könntet, die über viele Dinge gesagt oder geschrieben wird, aber besonders über die ‚Kunst', dann könntet ihr erkennen, wie der Mensch sich selbst belügt und sich eine falsche Welt erbaut. In der antiken Welt wurde die Kunst als Mittel benutzt und nicht als Ziel. Sie war ein Mittel, um ganz bestimmte Effekte zu erreichen, die zu bestimmten Gelegenheiten benutzt wurden. All dies ist verloren gegangen und es blieben in bestimmten Kulturen nur noch Spuren davon übrig.

Versucht zu verstehen, was ich euch sagen will – ich bin nicht gegen die vermeintliche Kunst. Es sind wunderbare Sachen gemacht worden und es gibt Menschen mit beeindruckenden Fähigkeiten zum Instrumente spielen, zum Schreiben, Malen etc. Aber die Kunst ist ein Mittel und nicht das Ziel. Es wäre dumm und weit von der Realität entfernt, andere Bedeutungen für sie zu suchen.

Man soll sich nicht zu ernst nehmen. Wenn man genau versteht, was das heißt, dann kann man die Dinge tun und den ganzen Nutzen daraus ziehen.«

Dieser Kommentar war auf mich herabgestürzt wie eine Neutronenbombe. Er stellte mich, auf rohe Weise, vor eine Realität, die ich nicht erkennen wollte. Mit der Zeit beruhigte ich mich und es verwandelte sich in etwas Normales, bis zu dem Punkt, dass ich zurückblickend nicht mehr verstand, so blind gewesen zu sein.

Das, was mir geschah, geschah auf die gleiche Weise allen, die an der Gruppe teilnahmen und die sich wirklich verändern wollten. Jeder Einzelne lebte in seinem Traum und das Erwachen produzierte sehr starke Eindrücke. Wenn man sich tiefer in die Arbeit hineinbegab, entdeckte man immer mehr unbekannte Seiten an sich, an denen man arbeiten musste.

Die Arbeit der Gruppe war extrem wichtig in Bezug auf diesen Aspekt. Jeder Einzelne war ein Spiegel für uns alle. Wir konnten uns ständig in den anderen sehen. Um diese Gelegenheiten zu nutzen, musste man immer mit höchster Aufmerksamkeit dabei sein, denn das „Arbeitsmaterial", das zur Verfügung stand, war sehr subtil und wird normalerweise nicht als solches erkannt.

»Ich bin der Spiegel für euch«, sagte mir Alfredo während eines Spazierganges. »In mir könnt ihr Dinge sehen, die ihr in euch selbst nicht sehen könnt. Ich benutze viele Tricks, um bestimmte Dinge zu vermitteln, und ich benutze sie ständig. Man muss schon ziemlich fest schlafen, um das nicht zu erkennen. Und tatsächlich schlafen die Leute fest und tappen ständig in die Fallen ihrer eigenen Persönlichkeiten. Ich zerbreche all das die ganze Zeit. Einige erkennen es und ziehen ihren Vorteil daraus, andere schlafen weiter … aber ich bin gut und habe eine unendliche Geduld.«

Alfredo sah mir in die Augen und lächelte mich auf diese besondere Weise an, die für ihn charakteristisch ist, und fuhr fort:

»Ihr seid auch Spiegel für euch selbst. Das ist eine der Funktionen der Gruppen. Wenn ich gewisse Arten von Aktivitäten zur Ausführung bringe und bestimmten Personen Verantwortung übertrage, dann tue ich dies, um bestimmte Dinge zu produzieren, die in diesem Moment notwendig sind und genutzt werden können. In diesen Situationen kommen viele Aspekte zum Vorschein und ich bin immer wieder überrascht, wie die Leute sich von Problemen der Persönlichkeit hinreißen lassen und den Grund vergessen, warum sie auf dem Weg sind. Sie fangen so an: Karlchen hat mich schräg angesehen, Adriana will wichtiger sein als die anderen, und das ganze Register, das folgt und das ich so gut kenne, weil ich ganz genau die Natur des Menschen kenne. Das ist meine Arbeit. Diese Art Dummheiten, die Gelegenheiten zum Arbeiten bieten, müssen in der richtigen Weise genutzt werden, sonst verwandeln sie sich in unüberwindbare Hindernisse.

Das Problem sind niemals die anderen, sondern immer man selbst, wenn man sich nicht mit der gleichen Zähigkeit beobachtet wie die anderen. Es ist sehr gut möglich, dass das, was dir an dem Freund nicht gefällt, genau das ist, was dir an dir selbst nicht gefällt, und du siehst ihn, als ob er ein Spiegel wäre. Beobachte alles, ohne zu kritisieren und ohne Vorurteile. Wenn du deine Irrtümer erkennst, denke daran, dass es nichts nützt, sich selbst zu bestrafen. Nutze diese Gelegenheit zum Lernen und sorge dafür, dass du sie bei der nächsten Gelegenheit präsent hast, damit du den gleichen Fehler nicht wieder begehst.

Das, was ich dir sage, ist ein technisches Instrument und sollte auch so angewendet werden. Sonst verwandelt es sich in eine Menge schöner Worte, die man wiederholt, allerdings ohne Nutzen. Alle haben negative Aspekte in ihrer Persönlichkeit, die niemals von heute auf morgen verschwinden. Man muss versuchen, die Qualitäten, die uns fehlen, zu schaffen, indem man mit der Positivität arbeitet. Auf diese Weise erhöhen wir unser inneres Licht. Wir können sagen, dass man indirekt an den negativen Aspekten arbeitet. Mit der Zeit lernt man sie unter Kontrolle zu halten, und eines schönen Tages werden sie verschwinden.

Stell dir vor, dass dein Körper ein Königreich ist und dass es einen König gibt – der Einzige, der weiß und der Einzige, der regieren kann. Dieser König ist dein *Ich Bin*, dein *Gott*. Aber dieser König ist der Gefangene von verschiedenen Tyrannen, und das Einzige, was sie wollen, ist die Macht zu übernehmen. Jeder einzelne der Tyrannen hat seine kleine Armee und sie bekämpfen sich gegenseitig. Einen Moment lang sind die einen stärker und übernehmen provisorisch die Macht, und dann wieder umgekehrt. Das Volk glaubt einmal dem einen Tyrannen, dann wieder dem anderen. Es geht von hier nach da, komplett verwirrt. Der König sitzt hoch oben in seinem Schloss und versucht ständig, Nachrichten an sein Volk zu schicken, aber er wird nur manchmal gehört. Dennoch, wenn er es schafft, von einigen richtig gehört zu werden, dann fangen diese an sich zu organisieren und beginnen, dem Rest des Volkes die Wahrheit über den Zustand der Dinge zu verkünden.

Diese kleine Wahrheitsarmee fängt an, immer mehr zu wachsen bis zu dem Zeitpunkt, an dem die Tyrannen sich isoliert und unter Kontrolle befinden. Dann wird der König befreit und regiert für immer in seinem Reich.

Das ist mehr oder weniger das, was passiert, wenn ein Teil von uns erkennt, wer der König ist, und anfängt zu wachsen, um ihn zu befreien. Dies ist es, woran wir arbeiten – an der Positivität. Der Schüler muss lernen, in der *Einheit* zu sein: *Eins sehen, Eins fühlen, Eins hören, ganz Sein,* und das in jedem Moment. Die Krisen sind das Ergebnis des Getrenntseins und der niedrigen Gedanken. Man muss aufhören zu denken und die Einheit suchen.«

Alfredos Worte blieben mir immer im Gedächtnis. Oft nach irgendeinem seiner Kommentare erinnerte ich mich absolut nicht mehr an das, was er gesagt hatte. Aber in den darauffolgenden Tagen, in einem Moment, in dem ich es am wenigsten erwartete und aufgrund irgendeines Umstandes, kamen mir seine Worte mit völliger Klarheit wieder in den Sinn. Das Gleiche geschah, wenn ich nicht verstehen konnte, was Alfredo mir sagte, oder nicht erkannte, auf was er sich bezog. Seine Kommentare hatten verschiedene Verständnisebenen und sie führten in viele Richtungen. Nach einiger Zeit wurde alles, was er gesagt hatte und dessen Inhalt für mich völlig im Dunkeln gelegen hatte, durch eine Situation oder einen Zufall im täglichen Leben entwirrt, bis mir alles klar und verständlich erschien.

Bei einer anderen Gelegenheit sprach Alfredo zu mir über eine weitere Seite der Arbeit: von der *Präsenz,* die wir alle erreichen sollten.

»Man muss versuchen, in jedem Moment immerzu präsent zu sein. *Präsent* sein bedeutet, bewusst bei allem, was man tut, dabei zu sein, ohne abzuschweifen und in anderen Momenten der Vergangenheit zu leben: Wenn du isst, dann esse, wenn du liest, lese, wenn du arbeitest, arbeite – und ständig die Erinnerung daran wach halten, was man tut, wo man sich befindet und wohin man geht. Eine Technik, die sehr nützlich sein kann, ist, die Atmung zu verfolgen, sie ständig zu beobachten. Am Anfang kann das schwierig sein, aber mit etwas Ausdauer und etwas Zeit geht das automatisch. Das Geheimnis liegt in der Praxis, Juan, nur so können sich die Pforten der Erkenntnis öffnen.

Damit dies alles von Nutzen ist, muss man immer offen sein und vor allem lernen, sich zu verändern und nicht in den Energiefluss, der uns nährt, einzugreifen. Der Mensch muss ständig lernen, auch die, die auf einer fortgeschrittenen Ebene des Weges sind, obwohl natürlich die Dinge, die sie lernen, eine andere Kategorie haben. An dem Tag, an dem der Mensch nichts mehr zu lernen hat, wird er von dem Planeten verschwinden.

Das größte Hemmnis, das verhindert, dass die Menschen lernen, ist ihre Arroganz, ihre Eitelkeit. Dieser Aspekt steht immer hinter der Tür bereit anzugreifen und deshalb muss man sehr aufmerksam sein.

Jede Etappe des Weges hat ihre Fallen. Von tausend Personen können einige wenige erkennen, welche Fallen es sind und sie überwinden. Erinnere dich daran, dass nur wir selbst die Urheber unserer Niederlagen in diesem Kampf sind. Deshalb muss man immer makellos sein in dem, was man tut, weil nur die Makellosigkeit dir die nötige Macht verleiht. Zu denken, dass die Macht dir Stärke geben kann, ist ein Irrtum. Die Macht um der Macht willen bringt dir nur Sklaverei. Wenn man mit sich selbst nicht makellos ist und mit dem, was man tut, dann verwandelt sich die gleiche Energie in eine selbsterziehende, und auf die eine oder andere Weise versucht sie, den Irrtum bemerkbar zu machen und zu berichtigen. Das grundlegende Problem dieser Situation ist, dass viele Personen sich selbst verbieten zu wachsen, weil sie dem Weg untreu sind, und das ist so, weil sie das, was ich tue, mit einer Menge von Sachen mischen, die nichts damit zu tun haben. Das ist so, als ob man geweihtes Wasser mit Öl mischen würde – es verwandelt sich in etwas Erschlafftes.«

Alfredo machte mich immer auf viele Aspekte aufmerksam. Manchmal wusste ich nicht, ob er sich an mich richtete oder nicht. Dies provozierte eine ständige Analyse meiner selbst und meiner wirklichen Beziehung zur Arbeit. Ich erkannte genau, dass die Unsicherheit und die Zweifel an mir selbst notwendig waren, wenn sie auftauchten. Sie dienten dazu, bestimmte Dinge zu zerbrechen. Genauso wie die Arroganz und die Eitelkeit verwandelten sie sich in etwas so Subtiles, dass es sehr leicht war, in ihre Fallen zu tappen. Alfredo gab uns die Instrumente, um bestimmte Hindernisse zu bekämpfen und zu überwinden, die wir nur allein konfrontieren und überwinden konnten.

Genauso schwierig war es zu erkennen, wie man in seine eigenen Fallen fiel. Mir war aufgefallen, wie Alfredo irgendeinen Satz inmitten einer Konversation sagte, mit bestimmtem Gewicht und an jemanden im Besonderen gerichtet, um ihn auf etwas aufmerksam zu machen und ein bestimmtes Ergebnis zu erreichen. Und das war manchmal verheerend.

Ich erinnere mich an eine Zeit, in der sich in mir viele auffällige Veränderungen ereigneten, als Alfredo inmitten einer Unterhaltung mich fragte:

»Juan, deiner Meinung nach, was denkst du, wie viel ich zu deinen Veränderungen beigetragen habe?«

»Ich denke, ziemlich viel«, antwortete ich.

Und Alfredo antwortete mir, ganz subtil:

»Nicht ziemlich viel ... sondern vielmehr völlig.«

Das, was er bei dieser Gelegenheit sagte, stürzte wieder einmal wie eine Bombe auf mich herab. Es bewirkte, dass ich meine Arroganz erkannte zu glauben, ich sei der Urheber von irgendwas. Es war mir wirklich peinlich, ich hätte mich am liebsten versteckt. Dieser Satz wirkte über Jahre hinaus in mir fort und jedes Mal, wenn ich mich daran erinnerte, warnte er mich davor, wie leicht man auf seine eigene Wichtigkeit hereinfällt.

Dies ist nur ein Beispiel dafür, wie die Dinge, die Alfredo uns sagte, arbeiten können und für die Macht, die sich in seinen Worten versteckte – eine Macht, die für viele völlig unbemerkt vorbeigehen konnte.

Wenn der Sonnenwind weht

Seit fast eineinhalb Jahren ging ich nun mit Alfredo jeden Morgen spazieren. In dieser Zeit hatte sich Alfredo auf unglaubliche Weise von seinem Infarkt erholt und vermittelte den Eindruck, nie etwas gehabt zu haben. Wir liefen jeden Morgen vier oder fünf Kilometer am Strand entlang. Alfredo nahm seine Hunde mit und ich den meinen. Er war sehr methodisch und mit der Pünktlichkeit eines Zuges passierte er den Treffpunkt, egal ob die Sonne schien oder nicht schien, ob es regnete, neblig war oder schneite.

Einmal fiel eine große Menge Schnee, etwas, das in San Benedetto nur sehr selten vorkommt. Als ich morgens aufwachte und die Fenster öffnete, war ich überrascht von der Menge an Schnee, der die Stadt bedeckte. Logischerweise dachte ich, dass es nicht angebracht war spazieren zu gehen. Alfredo würde sicherlich auch zu Hause bleiben. Plötzlich erschien die Idee, dennoch hinauszugehen, in meinem Kopf. Ich zog mich an und ging los. Die Stadt war völlig still, bedeckt von fünfzehn oder zwanzig Zentimeter Schnee. Als ich zum Strand kam, wo keine Menschenseele war, sah ich ein paar Fußspuren im Schnee. Die einen waren offensichtlich von einem Mensch und die anderen, viel kleiner, gehörten zu einem Tier. Als ich den Strand hinunterging, sah ich von weitem zu meiner absoluten Überraschung Alfredo mit einem seiner Hunde. Als er mich sah, sagte er:

»Hast du dich von einem bisschen Schnee abschrecken lassen?«

Ich erzähle das, um die Methodik und die Präzision aufzuzeigen, die Alfredo charakterisieren, die gleiche, die er uns einzuflößen versuchte. Auf die gleiche Weise hatte er mir die Disziplin, morgens spazieren zu gehen, eingeflößt, und nicht nur wegen der Tatsache des Spaziergangs ... sondern dies zog andere Dinge nach sich, die ich mit der Zeit entdecken sollte.

Wir lernten alle viel, indem wir nur seine Art, sich in bestimmten Situationen zu benehmen und wie er jede Art von Problemen löste, beobachteten. Er sagte uns immer, dass man sich um die Lösung der

Probleme kümmern solle und nicht um die Probleme. In Bezug darauf erinnere ich mich, ihn sagen gehört zu haben:

»Die Leute erkennen nicht, dass sie ein Haufen Exkremente sind. Das Einzige, was der Mensch produziert, ist das und sonst nichts. Wenn man das wirklich erkennt, ist es lächerlich zu glauben, man sei Etwas. Das ist, als ob wir den anderen zeigen wollten, dass *unsere* Exkremente eine andere Qualität haben. Aber trotzdem hat der Mensch einen Funken in sich, den er entwickeln kann, damit er nicht wieder zu einem Beutel voller Exkremente wird. Denke immer daran, dass die Menschen ein Sack voller Probleme und nicht von Lösungen sind. Sie wollen sich immer um die Probleme kümmern, ohne als Ziel die Lösung im Auge zu haben. Alle Probleme haben eine Lösung. Wenn sie keine Lösung haben, dann sind sie schon keine Probleme mehr, sondern eine Realität und müssen als solche akzeptiert werden.«

Alfredo brachte uns zu den grundlegenden Dingen, zum Praktischen, zu dem, was für unser Wachstum wirklich nützlich war, und versuchte, jede phantastische Vorstellung zu zerbrechen, an der man sich festhalten wollte.

Das ist ganz einfach zu verstehen. Wenn jemand einen *Weg* geht und sich diesem mit vorgefertigten Ideen nähert in Bezug auf das, was er vorfindet, dann ist er ständig in der Erwartung, wunderbare und phantastische Dinge zu sehen und zu fühlen. Aber die wirkliche Realität ist davon weit entfernt. Aus diesem Grund ist *der Weg* fast unerreichbar für diejenigen, die glauben zu wissen oder verstanden zu haben, wie die Dinge wirklich sind. Für diese Menschen ist es sehr schwer, all ihre Ideen beiseite zu lassen. Sie verharren ständig in einer kritischen Einstellung.

Bei diesen Menschen fragte ich mich immer, warum sie bei der Arbeit waren und warum Alfredo ihnen erlaubte teilzunehmen. Bis ich eines Tages entdeckte, dass der wahre Grund, warum Alfredo sie dabei hatte, war, um den anderen zu zeigen, wie man es nicht tun sollte.

* * *

Eines Sonntagmorgen ging ich mit etwas Verspätung von zu Hause weg. Ich holte Alfredo auf der Hälfte des Weges ein. Es war ein ziemlich heißer Tag, es war zu Beginn des Frühlings. Kaum sah ich Alfredo, sagte er zu mir:

»Heute werde ich dir das *Geheimnis* geben. Das wird dir erlauben, die Tür zur Erkenntnis zu öffnen. Die Tür kann sich für dich in einem Monat öffnen, in einem Jahr, in fünf oder in zehn, das bleibt dem Willen Gottes vorbehalten. Dieses Wort ist geheim und du darfst es niemals laut aussprechen. Du musst es für dich selbst wiederholen, in deinem Inneren, es in deinem ganzen Wesen schwingen lassen. Dies ist keine Übung und du musst lernen, es in den Momenten zu benutzen, in denen du es brauchst.

Zu anderen Zeiten wurde dieser Moment von einer Zeremonie begleitet. Eine Zeremonie, die die Einweihung des Novizen repräsentierte. Aber das hat keinerlei Bedeutung. In diesem Moment bist du als Schüler akzeptiert, nicht nur von mir, sondern von allem, was hinter mir steht und was ich repräsentiere.

Von jetzt an kannst du spezielle Erfahrungen machen, es können Bilder erscheinen und solche Dinge … all das ist normal und du darfst dem keine zu große Bedeutung beimessen. Du hast jetzt eine weitere Komponente zu deinen Gunsten für dein Wachstum, und du musst sie weise nutzen. Das, was ich dir sage, sind nur Worte und sie nutzen nur etwas hier auf der Erde. Mehr kann ich dazu nicht sagen.«

Nachdem ich Alfredo gehört hatte, blieb ich bewegungslos, fast wie festgefroren, sagte kein Wort und machte nicht die kleinste Bewegung. Danach bat er mich, dass ich in Richtung Sonne blicken solle und plötzlich, ohne dass ich es gemerkt hatte, vielleicht durch einen optischen Effekt oder ich weiß nicht wodurch, verwandelte sich alles in Dunkelheit und ich sah nichts mehr. Plötzlich näherte sich Alfredo meinem Ohr und sagte mir das *Wort*, das in meinem ganzen Körper widerhallte, und nach und nach begann ich wieder normal zu sehen. All das geschah im Bruchteil einer Sekunde. Er sagte nichts mehr dazu. Auf dem Nachhauseweg war ich sehr zufrieden mit dem, was geschehen war, vor allem, weil es die Bestätigung war, dass ich auf irgendeine Weise auf dem Weg vorwärts kam.

* * *

Manchmal begleitete uns irgendein Freund aus der Gruppe auf den morgendlichen Spaziergängen. Auf einem dieser Spaziergänge antwortete Alfredo auf eine Frage eines Freundes in Bezug auf eine vermutliche „*Hierarchie*", die die Schritte der Menschheit leitete, das Folgende:

»Die Vorstellung, dass eine *Hierarchie* existiert, welche die Schritte der Menschheit leitet, ist richtig und gleichzeitig ist sie es nicht. Lasst uns sagen, die Wahrheit liegt dazwischen. Wir können sagen, dass eine Art *Hierarchie* existiert, aber sie kann nicht eingreifen, vielmehr kann sie beeinflussen.

Du kannst dir diese *Hierarchie* wie Intelligenzen mit einem höheren Verständnis vorstellen. Dahinter existiert auch eine gewisse Organisation, aber hier sprechen wir von einer Ebene jenseits des Menschlichen. Die Arbeit ist keine mathematische Sache … wenn sie mathematisch wäre, wäre sie sehr einfach. Sie kann nicht mathematisch sein, weil es ständige Veränderungen gibt, an die man sich anpassen und woran man im Einvernehmen mit der Zeit, dem Ort und den Menschen arbeiten muss. Es gibt einen ganz genau definierten Plan, der zur Ausführung kommen muss und der auf verschiedenen Ebenen funktioniert. Aber das Ziel ist, die Evolution des Planeten auf eine Linie mit dem Sonnensystem ausgerichtet zu halten. In der Geschichte gibt es besondere Momente, in denen der Eingriff, das heißt die Aktion, notwendig ist, und dies auch wiederum durch bestimmte Bedingungen. Dies jetzt ist ein ganz besonderer Moment, wie ich schon so oft gesagt habe, weil der *Sonnenwind* weht. Viele Menschen können einen großen Teil der Arbeit in einer Generation vollenden und einige wenige von ihnen können sich in einem einzigen Leben komplett verwirklichen. Deshalb spreche ich über die Bedeutung dieser Gelegenheit und von der Notwendigkeit, immer wach zu sein.

Auf alle Fälle, wenn Personen wie ich kommen, dann hat diese Organisation die Aufgabe, alle Elemente so vorzubereiten, dass ich in *meiner Funktion* funktionieren kann. Das hat mit ihnen nichts zu tun, aber sie haben diese Aufgabe. Wenn diese Gelegenheit vorüber ist, machen sie weiter und sorgen dafür, dass das Feuer brennt, wenn der nächste Moment kommt. Das heißt, dass diese *Chance*, die sich hier und jetzt präsentiert, sich wieder präsentieren kann, wenn der *Sonnenwind* wieder gegenwärtig sein wird. Das kann alle tausend Jahre vorkommen und hängt von vielen Dingen ab. Alles ist sehr gut geplant, aber es endet nicht hier.

Diese Organisation, von der ich abstamme, ist diejenige, die den Anfang aller Religionen genährt und beeinflusst hat. Meine Funktion, die viel älter ist, wie ich dir versichern kann, ist nicht, wie viele denken könnten, eine *prophetische Mission*, die dazu dient, die Leute zu beeinflussen mit dem Ziel, neue Religionen zu gründen. Meine Funktion besteht darin, der menschlichen Rasse neue Ideen einzuflößen, damit sich eine Veränderung, eine Mutation in Übereinstimmung mit dem göttlichen Plan, ereignen kann. Mehr oder weniger wie einen Samen zu pflanzen, aber nicht ganz genau so …

Jetzt, das was ich hier mache … besser gesagt, ich will nicht von mir sprechen, denn ‚Ich' bin nicht; das ist die Sache: ich bin der Kanal in diesem Moment … wenn sich die Basis für diesen Mechanismus ergibt, dann fangen die Menschen an aufzutauchen, die sich der Arbeit anschließen. Es gibt viele Personen, die mit mir verbunden sind und die in Übereinstimmung mit dem Plan arbeiten. Von außen kann es so aussehen, als ob sie andere Dinge tun würden, aber in Wirklichkeit arbeiten sie für den Weg, und ich benutze sie, um bestimmte Dinge zu produzieren. Wie ihr seht, kümmere ich mich um unendlich viele Dinge, die mich in Wirklichkeit nicht interessieren, aber ich kann mich nicht anders verhalten. Wenn ihr ein wenig aufmerksam seid, dann werdet ihr bemerken, wenn ich etwas unterstütze, sei es ein wenig bekanntes therapeutisches System, ein medizinisches Kraut oder irgendeinen Apparat, der zum Nutzen der Menschheit verwendet werden kann, dann wird nach einigen Jahren dessen Nutzen umfassend anerkannt und verwendet, aus gutem Grund, nicht wahr?«

Das stimmte. In all den Jahren hatte ich gesehen, dass etwas, das Alfredo förderte, egal auf welchem Gebiet, und das für die Menschheit von Nutzen und zum Vorteil war, sich innerhalb seines Aktionsradius in eine massive Anwendung verwandelte.

»Aus diesem Grund«, fuhr er fort, »brauche ich Leute um mich herum, die mit dem Weg arbeiten und die bereit sind mir zuzuhören und die einigen meiner Vorschläge folgen, um bestimmte Dinge zu produzieren, die auf materieller Ebene notwendig sind.

Wenn jemand darin perfekt funktioniert und genügend der Arbeit verpflichtet ist, muss er völlig desinteressiert sein: eine Sache zu tun oder nicht zu tun, muss für ihn das gleiche sein. Nun gut, viele Leute irren sich und bleiben am ‚menschlichen' Alfredo hängen, an dem, der sich ärgern kann, an dem der zufrieden ist: am Bild des Meisters. Dies ist jedoch nicht das Wichtige. Sie müssen erkennen, dass sie sich mit der Energie, die ich repräsentiere, verbinden müssen, mit dem, was hinter mir steht. Logischerweise repräsentiert die Beziehung zwischen dem Meister und dem Schüler einen grundlegenden Aspekt in der Arbeit, und es ist sehr schwer völlig *korrekt* in diesem Aspekt zu sein. Viele kommen zu mir in der Hoffnung überzeugt zu werden, aber ich muss niemanden überzeugen. Diejenigen, die sich der Arbeit verpflichten, *sind dabei*, sie brauchen nicht überzeugt werden. Diejenigen, die *nicht dabei* sind, sind nicht dabei, auch wenn sie das Gegenteil glauben.«

* * *

Je mehr Zeit verging, desto mehr Bedeutung bekamen Alfredos Unterweisungen. Die Worte, die anfangs am Eingang des Intellektes hängen geblieben waren, begannen sich zu ihrer wahren Bedeutung einen Weg zu bahnen. Die Notwendigkeit, *völlig in der Welt zu sein,* fing in dieser Etappe an, viel klarer für mich zu sein, und ich erkannte, wie schwierig es war, bestimmte Hindernisse zu überwinden, die ich anfing, in mir zu entdecken.

Bestimmte Worte zeigten ihre wahre Größe und ich weiß nicht, aus welchem Grund, aber meine Aufmerksamkeit richtete sich in den verschiedenen Etappen, die ich durchquerte, auf bestimmte Aspekte, die ich in mir entdeckte und die ich seit so langer Zeit mit mir herumschleppte. Diese Seiten fesselten und konditionierten mich und lenkten meine Aufmerksamkeit von der Arbeit ab, fast ohne dass ich es bemerkte. In dieser Periode befand ich mich in einer Situation von sentimentaler *Abhängigkeit*, die sich ganz subtil in eine Art Spinnennetz verwandelt hatte, das mich gefangen hielt. Seit ich in die Gruppe und mit Alfredos Unterweisung in Kontakt gekommen war, hatte ich erkannt, welch ein Hindernis die *Abhängigkeit* darstellte und welche Risiken sie mit sich brachte. Dennoch, es war, als ob etwas in mir, wissend und sich darüber im Klaren seiend, was die Abhängigkeit repräsentierte, nicht wirklich hören wollte, als ob es sie übergehen und diesen Teil nicht in Betracht ziehen wollte. Wie alle Dinge wurde die Situation mit der Zeit chronisch und fast nicht mehr haltbar, nicht wegen der Beziehung selbst, sondern wegen der Ablenkung, die sie mir auf dem Weg kreierte. Und das Wichtigste für mich war der Weg und den Unterweisungen Alfredos zu folgen. Augenscheinlich wusste Alfredo von meiner Lage, aber er sagte niemals direkt etwas dazu (und dies ist seine Art zu unterweisen), auch nicht, was ich tun sollte, und dies war, wie schon zuvor gesagt, weil man selbst erkennen und reagieren muss. Diese Situation ließ mich viele meiner Schwächen sehen, die vorher unbemerkt vorüber gegangen waren.

Ich hatte aus einigen Kommentaren bemerkt, die Alfredo anderen Personen oder auch mir gegenüber gemacht hatte, indem er sich auf Dritte bezog, wie er einige falsche Konzepte und Konditionierungen ans Licht brachte, die man hatte und die das Produkt der *Abhängigkeit* waren. Die Kommentare von Alfredo waren von ungewöhnlicher Gemeingültigkeit. In wenigen Worten legte er klar dar, wie die Dinge wirklich waren und was man tun musste, wenn man sich von bestimmten sinnlosen „*Gewichten*" befreien wollte, die man auf den Schultern mit sich herumschleppte.

Bei einer Gelegenheit, inmitten einer Unterhaltung, sagte Alfredo einen Satz, der mich tief berührte und der mich auf mich selbst sehen ließ, als ob ich ein Idiot wäre. Alfredo sagte:

»Wie kann ein Mensch glauben, dass ihm eine andere Person gehört, wenn er sich nicht einmal selbst gehört?«

Ich fühlte mich an die Wand gestellt. Jetzt konnte ich mich vor dieser Realität nicht mehr verstecken.

Durch eine programmierte Situation oder die Umstände oder vielleicht, weil es der richtige Moment war ... Tatsache ist jedenfalls, dass sich mir eine Szenerie bot, um es irgendwie zu nennen, die mich eine Situation zerbrechen ließ, die ich seit langem mit mir herumschleppte. Der Effekt, den ich erlitt, war groß und ich begann die Bedeutung des *Mutes* zu verstehen, den Alfredo so oft hervorhob. Niemals zuvor hatte ich eine ähnliche Situation erlebt und die Leere, die in mir zurückblieb, war sehr groß. Etwas in meinem Inneren war zerbrochen und ich begann, viele Dinge auf andere Weise zu sehen.

Alles veränderte sich ständig. In dem Moment, in dem ich mir eine „Vorstellung" konstruiert hatte, änderte ein minimaler Umstand alles von Neuem. Dies geschah ständig, und immer wieder vergaß ich, warum, denn wie alle Personen versuchte ich mich an einem „Fundament" festzuhalten. Aber Alfredo bewegte den Boden ständig, denn das sicherste Fundament ist, gar kein Fundament zu haben. Obwohl dies der erste richtige Schlag für mich war, seit ich mit Alfredo zusammen war, konnte ich schnell feststellen, dass nach nur wenigen Tagen alles in die Erinnerung überging, so als ob nie etwas gewesen wäre. Und trotzdem setzte man immer Widerstand dagegen, eines um das andere Mal, und eins ums andre Mal musste man sich stoßen, vielleicht weil das die einzige Form zu lernen war..

Es scheint kaum glaublich zu sein, dass manchmal das Gewicht, das man so viele Jahre mitgeschleppt hat und das nur sinnloses Leiden produziert hat, auf so schnelle Weise verschwinden kann. Das einzige Hindernis, damit dies geschehen kann, sind wir selbst mit unseren eigenen Widerständen und unserer Blindheit, indem wir eine Unzahl von Ängsten haben, die wie Geister um uns herumschwirren und die nur durch Mut und den Wunsch zu wachsen verschwinden.

Alfredo brachte uns dazu, die wahre Bedeutung des Gleichgewichtes zu erfahren. Bei vielen Gelegenheiten wiederholte er, dass die Arbeit nur von normalen Personen gemacht werden könne, und eine normale Person sei eine ausgeglichene Person und eine ausgeglichene Person ist eine Person mit der Fähigkeit sich anzupassen.

Viele Leute haben zum Beispiel die „Loslösung" zum Ziel, verstehen aber die Loslösung als eine Gleichgültigkeit allem gegenüber. Das widerspricht dem *in der Welt sein* und bringt als Konsequenz eine „Sklaverei der Loslösung".

In Alfredos Lehre ist es richtig, die Fähigkeit losgelöst zu sein zu haben und gleichzeitig nicht losgelöst zu sein – dies als Ausgangspunkt und nicht als Ziel. Was dies sagen will ist: »*Eine Sache zu tun oder nicht zu tun muss egal sein.*«

Alfredo provozierte manchmal Situationen, um die Menschen in „Versuchung" zu führen, das Gegenteil von dem zu tun, was sie eigentlich tun sollten, und dies zweifellos, um zu verstehen, wo der Irrtum liegt und daraus zu lernen.

In der Arbeit erlebt man Perioden voller Enthusiasmus und andere voller Unruhe. Alle diese Zustände, die normal sind, werden durch das

Übermaß an innerer Unruhe verursacht, mit der man die Dinge tut, und manchmal durch die Ungeduld, bestimmte Dinge des Weges zu glauben oder zu beweisen. Auf alle Fälle bewirken diese Zustände meiner Erfahrung nach den gegenteiligen Effekt, indem sie Anspannung schaffen, und mit Anspannung kann man sehr wenig erreichen. Alfredo hob diesen Aspekt sehr hervor und betonte die Notwendigkeit entspannt zu sein. Einmal saßen wir auf dem Rückweg von unserem Spaziergang im Stadtpark und Alfredo zeigte mir eine Übung, die er mit den Fingern machte. Danach bat er mich, sie zu wiederholen. Ich tat dies, aber nicht annähernd so, wie Alfredo es gemacht hatte, und so sagte er:

»Auf die Weise, wie du es machst, wirst du es nie schaffen. Du bist zu angespannt, und um dies zu machen, musst du völlig entspannt sein. Mit diesem einfachen Beispiel kannst du erkennen, was bei der Arbeit geschieht: mit zu viel Anspannung erreicht man nichts. Du kannst es so lange probieren wie du willst und das Ergebnis wird sehr gering sein, und das unter einer sehr großen Energieverschwendung. Die Entspannung in der Arbeit ist von grundlegender Bedeutung für ein harmonisches Wachstum. Die Anspannung dagegen reduziert die Aktionsfähigkeit. Viele Personen, die mit mir zusammen sind, versuchen auf irrige Weise hyper-aufmerksam zu sein, und das Einzige was sie erreichen, ist, das sie hyper-angespannt sind. Das geschieht, weil sie Angst haben, *Etwas* zu verpassen, aber die Dinge funktionieren so nicht. Wenn man fälschlicherweise zu viel Gewicht auf die Aufmerksamkeit legt, dann kreiert man Anspannung und Unaufmerksamkeit, obwohl man ganz davon überzeugt sein kann, dass man aufmerksam ist. Man muss entspannt sein, und alles wird sich auf natürliche Weise entwickeln.«

Ich hatte in den Momenten der Unruhe oder Ungeduld, „Ergebnisse" zu erreichen, in mir selbst bemerkt, dass alles viel komplizierter wurde, und ich brauchte ziemlich lange, bis ich erkannte, dass ich auf unproduktive Weise operierte. Es ist sehr normal, dass die Menschen in diese Haltung verfallen, und dagegen hilft nur Geduld. Man wird immer wieder vor ungeahnte Realitäten gestellt und muss immer wieder seine Art, die Dinge zu sehen, überprüfen. Deshalb bat uns Alfredo, immer allen Situationen oder Eindrücken gegenüber den „Verstand offen" zu halten, denn offen zu sein ist in Wirklichkeit die wahre Entspannung.

Ich erinnere mich an einen anderen Kommentar, den Alfredo in Bezug auf die Erwartungen machte, die die Personen haben können, wenn sie sich dem Weg nähern, in dem ich mich einmal mehr widergespiegelt sah.

Alfredo sagte zu mir:

»Wenn die Personen zu mir kommen, um die Unterweisung zu empfangen, bringen sie auf ihren Schultern eine immense Zahl an unnützen Gedanken, Illusionen, falsche Erwartungen, Träumen, falschen Konzepten von dem, was der Weg ist, von der Funktion eines Meisters, von dem, was sie glauben, was Göttlichkeit ist usw. mit. Aber gehen wir schrittweise vor. Vor allem müssen die Leute erkennen, dass die Entwicklungsfähigkeit des Menschen weit jenseits dessen ist, was er sich selbst vorstellen kann. Das Ziel meiner Arbeit in der *Neuen Phase* ist ganz knapp und präzise: Alles, was sich in unnützes Gewicht verwandelt, muss auf die Seite gelegt werden. Mit anderen Worten: Sagen wir, du bist bis zu einem gewissen Punkt am Fluss gekommen, aber um ihn zu überqueren, musst du über eine Papierbrücke gehen. Und wenn du nicht *alles* unnütze Gewicht abwirfst und dich nicht in ein völlig leichtes Wesen verwandelst, wird dein Gewicht die Brücke zerstören und du wirst ertrinken. Auf alle Fälle, und das hast du sicherlich schon bemerkt, fangen die Personen nach kurzer Zeit in der Gruppe an, ganz langsam bestimmte Gewohnheiten und bestimmte Denkformen und Reaktionsmuster den Ereignissen des Lebens gegenüber abzulegen. Viele Dinge, die sie vorher zu benötigen glaubten, brauchen sie dann nicht mehr, und sie fangen nach und nach an, das Ziel der Arbeit klarer zu erfassen und wohin ihre Anstrengung gerichtet werden muss. Das heißt nicht, dass man sich von der Welt zurückzieht, solange es nicht der Arbeit entgegen steht. Das heißt vielmehr, dass man lernt, die zur Verfügung stehende Energie mit Präzision zu nutzen. Auf diese Weise fangen viele Dinge an, sich in ihrem *in der Welt sein* zu verändern. Die innere Entwicklung reflektiert sich im Äußeren, und so funktionieren die Dinge in Wirklichkeit.

Ich sage immer, dass wir das Wachstum und den Wohlstand auf der materiellen, physischen, geistigen und seelischen Ebene verfolgen, das heißt auf *allen* Ebenen des Seins. Aus welchem Grund muss man um jeden Preis leiden? Wer hat gesagt, dass der Weg zur menschlichen Entwicklung, zur wahrhaften Entwicklung, mit Leiden verbunden ist?

Die Personen, die dies verkünden, haben absolut nichts verstanden und sind nur Masochisten. Damit will ich nicht sagen, dass man dem Leiden entfliehen soll, nein. Wir fliehen nicht vor dem Leid, wir werden dem Leid gegenüber aktiv. Denn das passive Leiden führt zur Zerstörung der eigenen Existenz und sonst nirgendwo hin. Das Leiden ist nur die Abschwächung der Anhaftung und des Getrenntseins, deshalb muss man sich immer die Freiheit wünschen und zulassen, dass diese uns hilft. Das, was die Personen daran hindert frei zu sein, ist das unnütze Gewicht, das sie mit sich tragen, zusammengesetzt aus Verwirrung, Egoismus und dem Besitz von falschen Dingen.

Unser Weg ist der Weg der Liebe, der Positivität und des Gleichgewichts auf allen Ebenen. Aus diesem Grund fangen alle, die zum Weg dazu kommen, an – nachdem sie sich mit der Unterweisung vertraut gemacht und etwas Zeit gegeben haben – ihre Leben auf positive Weise und auf allen Ebenen zu verändern.«

Bevor ich mit Alfredos Kommentar fortfahre, möchte ich einige Tatsachen hervorheben, die ich bei fast allen Personen beobachten konnte, die ich in Kontakt mit der Unterweisung kommen sah und die ich persönlich erlebt habe.

Es war unglaublich zu beobachten, wie sie sich veränderten, nachdem sie einige Male an den Versammlungen teilgenommen hatten. Sie begannen strahlender zu sein und wurden äußerlich schöner. Dies geschah ohne Ausnahme hauptsächlich in den „einfacheren" Personen. Dies konnte jeder beobachten, es war sehr offensichtlich. Wie Alfredo sagte, transformierte sie der Kontakt mit der Energie, wenn sie nicht gegen sich selbst spielten.

Außer diesem äußeren Aspekt, der logischerweise die Widerspiegelung des inneren Aspektes ist, verbesserten sich sichtbar die Aktivitäten, die man in der Welt ausübte, egal welche auch immer. Eine Reihe von Zufällen fing an sich zu ergeben, die die Personen dazu brachte, Gelegenheiten zu haben, die sie sich vorher niemals hätten vorstellen können. Bei einigen Personen waren diese Veränderungen so offensichtlich, dass alle davon überrascht waren, und diese Leute brauchten auch nicht lange, um anzuerkennen, dass der Kontakt mit dem *Weg* ihnen in Wirklichkeit das Leben gerettet hatte.

Auf der Liste der letzteren befinde ich mich selbst, denn die Wahrheit ist, dass ich, wenn ich Alfredo nicht getroffen hätte, in wer weiß was für einer Situation geendet wäre, völlig hinter Träumen und falschen Glaubenssätzen verloren. Allein daran zu denken, dass diese Möglichkeit existiert haben könnte, lässt mich verzweifeln. Dies geschieht fast allen, und je mehr man sich in die *Arbeit* hineinbegibt, desto offensichtlicher wird diese Feststellung. Je mehr wir unsere eigene Unfähigkeit etwas zu *tun* erkennen, desto klarer ist die Aktion des Meisters und gleichzeitig desto klarer erscheint unsere Einmischung dagegen, uns auf dem *Weg* leiten zu lassen. Dieser Aspekt transformiert sich mit der Zeit in etwas ganz Subtiles, auf die gleiche Weise wie die Widerstände, die wir einsetzen, jedes Mal für unsere Augen weniger auffällig sind.

Alfredos Kommentar ging wie folgt weiter:
»In dieser Arbeit darf man nicht die Einstellung haben, sofortige *Resultate* zu erwarten und die Übungen oder irgendeine Aktivität, die ich gebe, zu machen und sich dabei zu fragen, wofür das gut ist oder ob es sinnvoll ist, sie zu machen, oder in welcher Zeit ihr dies oder jenes erreichen werdet. Die Personen, die diese Haltung beibehalten, können nichts lernen. Als ersten Schritt müssen sie lernen zu *tun*, ohne nach dem Warum der Anweisung zu fragen. Logischerweise können sie danach fragen, wie es korrekt auszuführen ist.

Man hat nicht die Fähigkeit zu wissen, was besser oder schlechter für einen selbst ist, vor allem wenn wir über Erfahrungen und Zustände reden, die wir noch gar nicht kennen. Die Kenntnis von dem, was jeder einzelne braucht, und die Art es zu erreichen, steht nur dem Meister zu, und nur durch Disziplin und Gehorsam kann man konkrete Ergebnisse erzielen. Die Disziplin ist essentiell und deshalb muss man lernen, sich zu disziplinieren.

In meiner Unterweisung, in der *Neuen Phase,* auf diesem Weg, habt ihr alle Instrumente, die ihr braucht, um euch zu entwickeln. Ihr braucht nichts anderes. Wer mit mir zusammen ist und denkt, dass er aus anderen Situationen Nutzen ziehen kann und das, was ich mache, mit anderen Sachen vermischt, der beschmutzt nur seine eigene Makellosigkeit und verzögert seine eigene Entwicklung. Ich gebe euch allen das *‚Fahrrad'*, aber ihr müsst selbst in die Pedale treten. Mit anderen Worten: ihr müsst auf euren eigenen Füßen stehen. Niemand kann für euch gehen. Man kann Hilfe bekommen, ermutigt werden, aber jeder muss seine eigene Anstrengung und seine eigene Erfahrung unternehmen, um weiter zu wachsen. Juan, auf dieser Welt gibt es nichts umsonst. Du musst es dir verdienen und dich dafür anstrengen. Du wirst merken, dass du, je mehr du dich anstrengst, entsprechend mehr erhältst; dies ist ein Gesetz und so funktioniert es.

Jeder Einzelne von euch wird seine eigenen Erfahrungen machen, sein eigenes Erleben haben auf dem Weg, auf die gleiche Weise, wie nicht alle Schüler das Gleiche lernen und verstehen. Das ist sonst, als ob du mir die Erfahrung erzählen wolltest, die du gemacht hast, als du mit deiner Freundin geschlafen hast. Ich werde dich verstehen, aber nicht völlig. Dafür müsste ich auch mit ihr schlafen, und dennoch wäre es nicht das Gleiche. Während man den Weg durchläuft, erlebt man viele Dinge in sich selbst, aber viele davon können auch Täuschungen und Fallen sein. Man muss seine eigenen Erfahrungen beobachten, die Veränderung von emotionalen Zuständen. Das hilft, viele Dinge zu verstehen. So kann man sie verbessern und als das sehen, was sie in Wirklichkeit sind. Das heißt nicht, sie zu unterdrücken, man kann sie nicht unterdrücken. Man kann sie durch die Positivität verkleinern, indem man mit und nur mit Positivität arbeitet.

Auf dieser ‚Reise' kann man manchmal das Gefühl haben stillzustehen, denn es kann passieren, dass es nötig ist innezuhalten, um sich etwas auszuruhen. Das bedeutet nicht, dass man nicht mehr vorwärts geht, man geht auf jeden Fall vorwärts. Dies ist auch Teil des Weges.

Wenn wir uns diese Reise wie das Besteigen eines sehr hohen Berges vorstellen, des höchsten im Universums, dann können wir sagen, dass es Momente während des Aufstiegs gibt, in denen man anhält, um zu übernachten und auszuruhen. Aber es gibt auch andere Momente, in denen der Aufstieg schnell voran geht. Um diese Abschnitte des Weges zu überwinden, braucht man viel mehr Energie.

Auf die gleiche Weise gibt es Momente in der *Arbeit*, in denen man eine große Menge an Energie, sozusagen eine höhere Anstrengung braucht.

Die Gruppen produzieren, vermitteln und empfangen Energie. Wir arbeiten mit verschiedenen Arten von Energie und in verschiedenen Bereichen. Die Existenz von Gruppen in der Arbeit ist essentiell. Viele Menschen haben die Illusion, dass sie alleine arbeiten könnten und keine Gruppe brauchten. Ohne die Arbeit und Teilnahme an einer Gruppe, die der Arbeit verpflichtet ist, gibt es keine Möglichkeit, etwas mit Erfolg zu erreichen. Alle Anstrengung ist gemeinsam geteilt und alle Erfolge sind auch geteilt. Damit dies geschehen kann, müssen die Personen korrekt auf die Arbeit ausgerichtet sein und es muss eine gewisse Art von *Harmonie* zwischen ihnen existieren.

Wenn ich mich auf die *Harmonie* beziehe, dann spreche ich nicht davon, dass alle sich lieben müssen und dass es keinerlei Reibung geben darf. Die Reibungen sind notwendig und Teil der Harmonie, auf die ich mich beziehe. In den Gruppen muss es eine gewisse Verträglichkeit zwischen den Personen geben. Das bewirkt, dass mit der Zeit die Teilnehmer anfangen, sich untereinander zu harmonisieren, indem sie die Ecken abfeilen, die Reibungen produzieren. Ich benutze viele Mittel um zu versuchen, diese Harmonie zwischen den Personen herzustellen. Diese Mittel oder Situationen sind ständige Zeichen, damit die Personen erkennen können, worauf sie ihre Aufmerksamkeit und ihre Anstrengung richten sollen. Außer der harmonischen Situation, die zwischen den Personen, die eine Gruppe bilden, existieren muss, muss eine Gruppe sich auf die *Energie*, mit der wir arbeiten, einstellen und sich mit ihr harmonisieren. So entsteht eine Reihe von Verbindungen zwischen den verschiedenen Elementen, die Teil der Arbeit sind, was Nutzen und Vorteile auf allen Ebenen produziert.

Es kann sein, dass eine Person nicht harmonisch mitschwingt oder nicht ausgerichtet ist, was für mich das Gleiche ist. Eine Person, die nicht ausgerichtet ist, ist zwangsläufig nicht in Harmonie mit der Arbeit und all ihren Aspekten. Wenn diese Person sich nicht in einer bestimmten Zeit ausrichtet, dann wird sie anfangen zu merken, dass ihr etwas geschieht. Das kann in ein Gefühl des Unbehagens übersetzt werden. Sie beginnt, sich ausgeschlossen fühlen, ohne dass jemand sie ausschließt. Wenn nach einer Reihe von Feststellungen, die sie selbst machen wird, sie ihre Situation nicht ernsthaft überdenkt und ihre wahren Motive, die sie bis zu diesem Punkt gebracht haben, und nicht die richtigen Maßnahmen ergreift, um sich auf die Arbeit einzustellen, dann bleibt ihr nichts anderes übrig, als sich von dem Weg zu entfernen. Das ist automatisch und geschieht, weil dieses Benehmen das Fehlen der *Makellosigkeit* dieser Person anzeigt. Dieses Fehlen der *Makellosigkeit* verstärkt die negativen Seiten. Es vergrößert sie derart, dass die Personen von sich selbst aufgefressen werden, und da sie nicht die Fähigkeit und die Zähigkeit haben, diese Situation zu überwinden, ertrinken sie in sich selbst. Dies sind Situationen, die ständig festgestellt werden können in allen möglichen Kontexten mit der Arbeit, und in jedem Moment kann man in diese Falle gehen.«

Die Makellosigkeit mit sich selbst und mit der Unterweisung repräsentiert einen sehr delikaten Aspekt in der Arbeit. Ihre Reichweite ist sehr groß und fast nicht wahrnehmbar. Manchmal verwickelt man sich bewusst oder unbewusst in bestimmte „unkorrekte" Situationen, die einem aus den Händen gleiten, und danach findet man sich verloren und weiß nicht, was man tun soll. Wie Alfredo sagt, die Energie ist selbst-erziehend und kann jedes Mittel benutzen, um uns zu korrigieren. Die Möglichkeit, in diese Falle zu gehen, ist unterschwellig immer vorhanden, auch bei den Leuten, die schon lange Zeit in der Arbeit sind und sich als „ältere" Schüler betrachten können. *Makellos* zu sein heißt nicht, unfehlbar zu sein: man irrt sich ständig, sonst hätte man keine Möglichkeit etwas zu lernen. *Makellos* zu sein bedeutet, nicht in Widerspruch mit der Arbeit zu sein in dem, was man tut, und so das eigene Wachstum und die eigene Entwicklung aufs Spiel zu setzen.

Ich erinnere mich an eine Unterhaltung mit Alfredo in Bezug darauf:
»Ein Schüler muss völlig auf sein eigenes Wachstum konzentriert sein. All seine Anstrengung muss in diese Richtung ausgerichtet sein. Die Zeit, die einem dafür zur Verfügung steht, ist nicht unendlich, im Gegenteil, sie ist begrenzt und muss genutzt werden. Es ist eine Sünde, dass einige Personen nach einigen Jahren in die Fallen ihrer Persönlichkeiten gehen und in Konflikt mit der Unterweisung kommen, das heißt mit ihrer eigenen Makellosigkeit. Wenn diese Personen nicht schnellstens ihre Situation verändern, werden sie ihre *Chance* verfliegen sehen und alle ihre Anstrengungen werden umsonst gewesen sein. Auf

jeder Etappe des Weges gibt es eine Falle zu überwinden, und diese kann nur durch die eigene *Makellosigkeit* überwunden werden.«

Von den Worten Alfredos hatte eine Tatsache besonders meine Aufmerksamkeit erregt, nämlich die, dass man nach langer Zeit der Arbeit alle seine bis zu diesem Moment gemachten Anstrengungen wieder verlieren kann. Deshalb fragte ich ihn:

»Alfredo, wenn man sich entscheidet, die Unterweisung aufzugeben, nachdem man lange Zeit bei der Arbeit dabei war, verliert man das Erreichte? Das heißt, sammelt sich die Arbeit an oder nicht?«

»Die Erfolge, die man in der Arbeit erreicht«, antwortete er mir, »sammeln sich an, aber das ist relativ. Zur Erklärung: einige Personen haben nicht die Fähigkeit, die ‚*Tür*' zu durchschreiten, um es irgendwie auszudrücken, und die Arbeit, die sie machen, sammelt sich an und sie wird ihnen in einem anderen Zyklus dienen. Auf eine Weise sammeln sie *Verdienste*. Aber wenn eine Person die Möglichkeiten hat, ihr Ziel zu erreichen und durch ihre eigene Dummheit den Weg vor der Zeit verlässt, dann sind in gewissem Sinn alle vorhergehenden Anstrengungen umsonst gewesen, weil sie ihr nicht erlauben, irgendwohin zu kommen. Eine Person, die ein *echter Suchender* ist und die sich in einen *kosmischen Krieger* verwandelt hat, kann ihrer Mission und ihrer Aufgabe nicht entkommen. Aus diesem Grunde sage ich, dass ihre Anstrengung umsonst sein wird und dass es für dieses Verhalten keinerlei Entschuldigung gibt. Für einen *kosmischen Krieger*, wozu ich euch auszubilden versuche, kann es nur den Sieg geben. In diesem Prozess müssen drei Dinge geschaffen werden:

> *Zuerst kommt die Wahrheit.*
> *Nach der Wahrheit kommt der Sieg.*
> *Nach dem Sieg kommt die Freiheit.*«

* * *

Es kam oft vor, dass Alfredo auf den Spaziergängen meinen inneren Dialog unterbrach und auf das antwortete, was ich in dem Moment dachte. Ich war mir sicher, dass er meine Gedanken las, denn dies geschah so oft, dass es kein Zufall mehr sein konnte. Bei einer Gelegenheit hatte mich der Weggang einer Person aus der Gruppe sehr überrascht, da ich dies wirklich nicht erwartet hatte – hauptsächlich deshalb, weil es eine dieser Personen war, die gerne darüber redeten, was sie alles auf dem Weg gelernt hatten und was sie alles waren, und sie vermittelten den Eindruck, sich über alles sehr sicher zu sein.

Während ich darüber nachdachte, unterbrach mich Alfredo mit folgendem Kommentar:

»In den Gruppen gibt es bestimmte Personen, die da sind, um den anderen zu helfen, bestimmte Dinge zu lernen. Diese Personen sind notwendig, um zu verstehen, welches Verhalten und Benehmen man *nicht* haben sollte. Es gäbe keine Möglichkeit, dies zu lernen, wenn diese Teilnehmer nicht existieren würden, denn durch sie wird es möglich, dass die anderen die Situation erfahren. Gleichzeitig können diese Personen aus der Arbeit ihren Nutzen ziehen und sich verändern, obwohl dies sehr schwierig ist für sie, weil sie von Anfang an eine fehlerhafte Haltung haben, die nur schwer zu verändern ist. Es kommt der Moment, in dem diese fehlerhafte Haltung explodiert und sich so zeigt, wie sie wirklich ist. Diese Personen können die anderen Mitglieder der Gruppe täuschen, und das geschieht auch, aber sie können nicht den Meister täuschen. Wenn diese Personen vor den Augen aller bloßgestellt werden, versuchen sie zum Komplizen von jemandem in der Gruppe zu werden. Sie fangen an, schlecht über mich zu sprechen, über die Arbeit und auch über euch. Das geschieht, weil sie Rechtfertigungen suchen, um den anderen die Schuld zu geben und zu zeigen, dass sie Recht haben.

Diese Haltung lässt sie immer mehr in ihrer eigenen Negativität versinken. Alle Eindrücke und die Unterweisung selbst werden von ihnen beurteilt: sie akzeptieren bestimmte Dinge und was ihnen nicht gefällt, lehnen sie ab und kritisieren es.

Eine Person mit diesen Bedingungen hat schon keine Möglichkeiten mehr, sich in einen wahren Schüler zu verwandeln, und je mehr Zeit vergeht, desto schwieriger wird es für sie, sich zu ändern. Auch wenn sie in sich selbst Wertvolles haben, das entwickelt werden könnte – sie haben sich durch ihr eigenes Verhalten dazu entschieden, sich definitiv zu entfernen.

Es gibt bestimmte Dinge, die mit der eigenen *Makellosigkeit* zu tun haben, und sie zu übertreiben kann für die eigene Entwicklung sehr gefährlich sein. Eines davon ist, schlecht über deine Freunde zu sprechen, die auf der gleichen Reise sind. Du musst immer das Beste für sie wollen, das ist die richtige Haltung. Wenn du dich von dieser falschen Verhaltensweise einnehmen lässt, dann wächst sie mit der Zeit derart, dass sie dich mit sich reißt. Logischerweise werden mit der Zeit und mit der Arbeit viele Dinge erreicht. Das Vertrauen, das absolute Vertrauen, das auf gewissen Etappen nötig ist, erreicht man nicht auf intellektuelle Weise. Es kommt als Ergebnis von getaner Arbeit, und das braucht Zeit, Ausdauer und Geduld.

Es gibt bestimmte Dinge auf dem Weg, die auf bestimmte Weise funktionieren, und bestimmte falsche Haltungen sind das Zeichen, dass etwas nicht richtig funktioniert. Mit der Zeit wirst du das selbst merken, auch wenn du es jetzt nicht verstehen kannst. Zum Beispiel – und das hast du sicherlich schon beobachtet – wenn eine Person sich von der Gruppe entfernt, dann bekommst du automatisch den Eindruck, dass sie niemals existiert hat. Du wirst sie auch nicht mehr auf der Straße treffen, obwohl du sie vorher immer getroffen hast. Und wenn diese Person dich trifft, wird sie immer versuchen, dich zu vermeiden. Das ist ganz einfach: wer in das Land der Dunkelheit zurückkehrt, der verträgt das Licht nicht mehr.«

Ich nickte, denn das hatte ich erlebt. Es ist unglaublich, aber es funktioniert auf diese Weise. Wenn man Teil der Arbeit ist, dann genügt es, den Bruchteil einer Sekunde an einen Freund zu denken, um seine Gegenwart zu spüren. Das geschieht sozusagen automatisch, so als ob wir verbunden wären, und tatsächlich ist das auch so.

Aber wenn ein Freund aus irgendeinem Grund die Entscheidung trifft, sich aus der Unterweisung zurückzuziehen, und zwar vor allem, wenn es auf unkorrekte Weise geschieht, dann verschwindet er völlig. Manchmal kann man sich kaum noch an sein Gesicht erinnern.

»Aber die Schlimmste von all diesen Situationen ist«, fuhr Alfredo fort, »wenn der Schüler sich gegen den eigenen Meister stellt, wenn er sich über bestimmte Situationen im Klaren ist und nicht reagiert und sich somit in einen passiven Komplizen von diesen verwandelt. Es gibt eine Geschichte, die dies verdeutlicht:

Es war einmal ein Meister, der in verschiedenen Ländern im mittleren Orient viele Gruppen hatte. Durch gewisse Umstände war man zu einer

Etappe gekommen, in der bestimmte Gruppen eine Prüfung bestehen mussten. Diese Prüfung würde es erlauben, diejenigen Schüler auszuwählen, die fähig waren, mit der Arbeit fortzufahren, und die anderen abzuweisen.

Der Meister sandte einen seiner ältesten Schüler, um in den verschiedenen Gruppen zu sprechen. Dieser Schüler, der mit dem Meister abgestimmt hatte, was er sagen sollte, fing an, schlecht über den Meister zu sprechen: der Meister nütze die Menschen aus und er betrüge etc. Nachdem der Schüler seine Ansprache beendet hatte, fühlten sich viele Mitglieder der Gruppen bestürzt und beunruhigt. Sie fingen an, am Meister zu zweifeln und akzeptierten, was der Schüler gesagt hatte. Andere Mitglieder der Gruppe sagten dem Schüler, dass er in ihrer Gegenwart nicht so über den Meister sprechen könne. Sie erhoben sich und gingen weg.

Als der Schüler zum Meister zurückkehrte und ihn informierte über das, was geschehen war, sagte der Meister:

‚Diejenigen, die sich zurückgezogen haben und dir widersprochen haben, seien meine Schüler. Die anderen müssen die Arbeit verlassen, da nach so vielen Jahren der Arbeit und so vielen Feststellungen schon einige wenige Worte genügt haben, dass sie an allem gezweifelt haben'.«

Makellosigkeit verleiht Macht

Ich hatte bemerkt, dass durch den Kontakt mit der Unterweisung viele der Veränderungen und Etappen, die ich durchquerte – von denen ich viele erst wahrnahm, wenn ich sie überstanden hatte – sich durch *Impulse* bewegten. Diese Impulse, die sich im täglichen Leben manifestierten, hatten einen Widerhall in meiner inneren Welt. Am Anfang merkt man nicht, was passiert, aber danach gewinnt alles an Form und man beginnt zu verstehen, wie gewisse Zufälle auf eine innere Notwendigkeit antworten. Als wenn unserer innerer Teil sie provoziert hätte. Auf dem Weg war es sehr wichtig, den Zufällen gegenüber aufmerksam zu sein, die vielleicht gar keine waren, denn diese Zufälle können uns zu einem neuen Stadium der Erkenntnis bringen, durch das sich die Veränderung in unserem Inneren vollzieht. Nichts auf dem Weg konnte als fest, als statisch angesehen werden. Alles veränderte sich, manchmal auf offensichtliche Weise und andere Male ganz subtil. Während es schwieriger ist, in sich selbst die Veränderungen objektiv zu sehen, nehmen wir sie mit großer Klarheit in den Freunden, die mit uns auf dem Weg sind, wahr. Es war unglaublich zu beobachten, wie schnell manchmal die Leute sich veränderten und sich von ihrer gewöhnlichen Art zu denken freimachten und ihre Denkschemen anfingen zu zerbrechen.

Nach einiger Zeit, wenn man schon anfängt, die Unterweisung von Alfredo aufzunehmen, und der Kontakt mit der Energie anfängt, in einem zu arbeiten und ständige Veränderungen zu produzieren, dann bemerken die Menschen, die Teil unseres täglichen Lebens sind – seien es Familienangehörige, Freunde, Bekannte etc. – diese Veränderungen und sie deuten sie als: „Wie positiv du bist! Etwas an dir hat sich verändert und ich weiß nicht, was es ist" und andere Kommentare in dieser Art. Personen, die vorher eine gewisse Distanz hielten, fangen an, sich zu öffnen und ihre Probleme zu erzählen. Wenn dies geschieht, dann fängt man an zu verstehen, wie illusorisch die Welt ist, in der die Menschen leben. Eine illusorische Welt, in der wir leben …

In diesen Situationen, in denen man am Anfang ziemlich überrascht ist, gibt es Menschen, die unsere Veränderungen bemerken, aber auch wahrnehmen, dass etwas anderes dahinter steckt, dass in Wirklichkeit nicht wir selbst es sind, die so neu zu sein scheinen, sondern das neu ist, was wir in uns tragen, das heißt die Energie, die Energie der Unterweisung.

Aus diesem Grund sprach Alfredo über die Wichtigkeit der *Zufälle* und davon, immer aufmerksam zu sein. Denn die Personen, die verbunden sind und richtig auf die Arbeit eingestellt, fangen an, sich in *Anziehungspunkte* zu verwandeln, und Alfredo sagte, dass man auf diese Weise die Personen anzieht, die verloren sind und suchen. In diesen Situationen kann man kleine Zeichen geben, welche die Menschen auf irgendeine Weise verstehen werden, und sie werden anfangen, Fragen zu stellen und ihre wahren Bedürfnisse zu verstehen geben.

* * *

Es waren jetzt schon vier Jahre vergangen, seit ich mit Alfredo zusammen war, und ich fing an, mit einigen von meinen Schülern und Freunden ganz indirekt über die Arbeit zu sprechen. Ich sprach mit ihnen über den schlafenden Zustand, in dem der Mensch sich befindet und davon, dass er zu seiner eigenen Realität erwachen musste. Ich erzählte ihnen auch, dass man ohne die Führung eines „wahren Meisters" nichts erreichen konnte, und Dinge in der Art. Diese Personen sagten mir, außer dass sie sich für das, was ich ihnen sagte, interessierten, dass sie große Veränderungen an mir in den letzten Jahren bemerkt hätten, bis zu dem Punkt, dass sie gedacht hätten, ich sei eine andere Person. Einige von ihnen hatten sich vorgestellt, dass ich etwas besonderes tun würde, das nichts mit der Musik zu tun hatte.

Unsere Unterhaltungen gingen einige Zeit weiter. Ich ließ sie einige Bücher lesen, die sie sehr interessierten. Als der Moment gekommen war, entschied ich mich, Alfredo zu erzählen, was mir mit diesen Freunden geschah, und eines Morgens, als ich ihn traf, sagte ich zu ihm:

»Alfredo, seit einiger Zeit habe ich einige Freunde und Schüler, von denen ich den Eindruck habe, dass sie sich für den Weg interessieren. Was soll ich mit ihnen machen?«

Alfredo dachte einige Sekunden nach und sagte zu mir:

»Wenn deine Freunde interessiert sind, dann lade sie zu einer Versammlung ein, die du veranstaltest und wo du einige Übungen machst, die ich dir zeigen werde. Die Versammlung könnt ihr bei dir zu Hause machen oder an jedem anderen Ort. Es reicht, wenn du sicher bist, dass euch niemand stören wird.«

»Und wann soll ich diese Versammlung machen?«, fragte ich.

»Du wirst sie am kommenden Freitag machen. Das ist ein ganz besonderer Tag, es ist die ‚Nacht der Macht'. In dieser Nacht geschehen bestimmte Ereignisse, ganz besondere von großer Bedeutung auf kosmischer Ebene. Aber du denk nicht an all das! Lasse mich wissen, was deine Freunde entscheiden, und wir werden dann sehen, was kommt.«

Seine Worte erfüllten mich mit Unruhe und Ungeduld. Am folgenden Tag sprach ich mit meinen Freunden und alle waren interessiert daran, an einer Übung teilzunehmen. Vielleicht weil sie neugierig waren oder wer weiß aus welchem Grund, aber alle waren sehr interessiert zu erfahren, worum es ging. Am nächsten Tag, als ich Alfredo traf, sagte ich ihm, dass alle diese Personen einverstanden waren und teilnehmen wollten. Dann sagte Alfredo zu mir:

»Diese Nacht, die die ‚Nacht der Macht' ist, wirst du mit den Übungen ungefähr um neun Uhr beginnen. Bereite den Versammlungsort vor und stelle die Stühle im Kreis auf. Wenn alle bequem sitzen und sich entspannt haben, dann sagst du ihnen, dass du im Kontakt mit einer Quelle der Erkenntnis stehst, dass du im Kontakt mit einem Meister stehst, der zu einer langen Kette der Weitergabe gehört, und dass dieser Moment für sie etwas sehr Wichtiges bedeuten kann, was die Wahrheit ist.

Es ist nicht nötig, dass du mich erwähnst oder dass du sagst, wer ich bin im Moment. Entspanne dich und verbinde dich mit deinem ‚Geheimnis'. In dem Moment wirst du mit mir in Kontakt sein und mit allem, was ich repräsentiere. Danach machst du abwechselnd die drei Übungen, die ich dir gebe, bis Mitternacht. Wenn ihr fertig seid, dann entspannt ihr euch ein wenig und danach esst irgendetwas zusammen, egal was: ein Sandwich, Obst, was auch immer; es reicht, dass ihr etwas esst. Das ist sehr wichtig.«

Nachdem mir Alfredo die Übungen in allen Details erklärt hatte und einige andere Dinge dazu, verabschiedete ich mich von ihm und ging nach Hause. Ich fühlte mich mit einer beeindruckenden Verantwortung belastet. Es war das erste Mal, dass ich etwas derartiges machte, und ich fühlte mich ziemlich verwirrt und hatte Angst, irgendetwas falsch zu machen. Den ganzen Tag hatte ich meinen Kopf auf die Versammlung des gleichen Abends konzentriert. Dies bewirkte eine Anspannung in mir und ich wusste ganz genau, dass es nicht gut war, mich so zu fühlen, aber ich konnte es nicht verhindern.

Je näher die Stunde kam, desto ruhiger wurde ich, und alle Sorgen, die ich gehabt hatte, verschwanden. Die Versammlung wurde in einem unbewohnten Apartment abgehalten, das einer der Personen gehörte, die an der Versammlung teilnahmen.

Wir kamen alle eine Viertelstunde vor neun Uhr an. Ich bereitete das Wohnzimmer der Wohnung, in dem die Versammlung stattfinden sollte, nach den Anweisungen vor, die Alfredo mir gegeben hatte. Es war eine ganz besondere Atmosphäre entstanden und in den Personen war eine Art Angst bemerkbar, vielleicht durch meine Feierlichkeit und durch die geringe Flexibilität, mit der ich die Dinge tat.

Diese Situation repräsentierte für mich etwas sehr „Ernstes" und ich versuchte, jedes Verhalten zu korrigieren, das ich als „nicht korrekt" bei den Teilnehmern ansah und das die Bedeutung von dem, was wir tun wollten, beeinträchtigen konnte.

Wir traten alle in den Versammlungsraum ein. Als alle sich auf ihren Plätzen eingerichtet hatten, konzentrierte ich mich auf mein *Geheimnis*, um den Kontakt mit Alfredo herzustellen, und machte folgenden Kommentar:

»Diese Versammlung ist von meinem Meister gewollt und wird mit seiner Erlaubnis durchgeführt. Diese Situation kann eine unwiederholbare Chance in eurem Leben repräsentieren, weil ihr zum ersten Mal in Kontakt mit einer speziellen Art von Energie kommen werdet, der ‚*Quelle aller Erkenntnis*', zu der mein Meister die *Tür* ist.«

Nachdem ich die nötigen Erklärungen gegeben hatte, begann ich mit einer Reihe von Übungen. Ich merkte schnell, dass es nicht einfach war, die Konzentration so lange Zeit aufrecht zu erhalten. Aber in einem bestimmten Moment fing alles an, auf wunderbare Weise zu fließen, und der Ort wurde von einer zarten, frischen Brise überflutet.

Es fiel mir schwer zu verhindern, dass meine ganze Aufmerksamkeit sich auf das, was geschah, richtete: die frische Brise, die in Schüben zu kommen schien, überflutete mich völlig. Die drei Stunden vergingen wie im Flug, fast ohne dass ich es bemerkte. Als wir die Übung beendet hatten, aßen wir etwas zusammen. Die Personen fühlten sich wie nie zuvor. Sie erzählten mir, dass sie sich anders fühlten und fragten mich, wie es in Zukunft weitergehen solle. Ich sagte ihnen, dass ich dies noch nicht wüsste, aber dass ich sie informieren würde, sobald ich etwas wisse. Nach dem Essen verabschiedeten wir uns voneinander und verblieben damit, dass wir in Kontakt bleiben würden.

Ich kehrte nach Hause zurück und dachte über alles, was geschehen war, nach. Ich versuchte es intellektuell zu analysieren und zu ordnen, aber es war mir nicht möglich. Alles war rasend schnell gegangen und ich konnte es nicht analysieren. Es war geschehen, und damit basta! Ich war zufrieden, vielleicht weil ich die Gewissheit fühlte, dass ich alles richtig gemacht hatte.

* * *

Am folgenden Morgen stand ich auf und war ganz aufgeregt, Alfredo zu treffen, um ihm von der Versammlung zu erzählen. Ich traf ihn an einem der Plätze, an denen er normalerweise vorbeikam, aber er war in Begleitung. Ich dachte, dass ich ihm sicherlich nicht von der Versammlung erzählen könne.

Als Alfredo mich sah fragte er mich:

»Wie geht es dir, Juan?«

»Sehr gut.«

»Wie war es gestern?«

»Es war phantastisch!«

Und er unterhielt sich weiter mit der Person, die ihn begleitete. Sie sprachen über Geschäfte. Alfredo riet ihm, in bestimmten südamerikanischen Ländern zu investieren, denn dies wäre ein geeigneter Moment, um das zu tun.

Ich wusste, dass Alfredo viele Kontakte in der ganzen Welt hatte und dass er Geschäfte zu machen pflegte oder als Brücke diente, um gewisse Situationen in Kontakt zu bringen. Der Herr, der ihn begleitete, war der

Direktor einer sehr wichtigen Bank der Stadt und er verfolgte mit großer Aufmerksamkeit die Vorschläge, die Alfredo ihm machte. Während ich der Unterhaltung zuhörte, dachte ich, wenn dieser Herr wüsste, wer Alfredo in Wirklichkeit war und was er repräsentierte. Ich war mir sicher, dass er es nicht wusste. In einem bestimmten Moment verabschiedete sich dieser Herr von Alfredo und sagte, dass er zur Arbeit gehen müsse. Während wir unseren Spaziergang fortsetzten, fragte ich Alfredo:

»Diese Leute, die dich seit langem kennen, wissen sie von der Arbeit und von dem, was du bist?«

»Nein. Sie wissen nichts und sie können es auch nicht wissen. Das Einzige, was sie wissen, ist, dass ich viele Jahre in der Welt herum gereist bin und dass viele Leute mich besuchen kommen. Sie machen sich sicherlich viele falsche Vorstellungen, aber denke daran, dass niemand Prophet in seinem eigenen Land ist. Normalerweise unterrichtet ein Meister niemals an seinem Wohnort, manchmal sogar nicht einmal in seinem eigenen Land. Er kann eine Gruppe von Personen haben, die ihm auf organisatorischer Ebene helfen oder bei anderen Dingen. Es ist nicht nötig, dass die Leute körperlichen Kontakt mit dem Meister haben, denn die Unterweisung und der Kontakt finden auf anderer Ebene statt. Sie können ihn natürlich besuchen kommen, aber mehr nicht. Darin bin ich eine Ausnahme, denn ich bin da und ich kümmere mich um die Leute. Du siehst, dass ich bestimmte Stunden habe, in denen ich zur Verfügung stehe, aber das ist ein Messer mit zwei Schneiden und sehr gefährlich, wenn die Leute es auf falsche Weise benutzen. Juan, in meiner Unterweisung benutze ich die *Freundschaft*, aber ich könnte es auch anders machen, und es würde genauso funktionieren.«

Alfredo machte eine Pause, um anzuhalten und mit einer Person zu sprechen, die er kannte. In der Zwischenzeit dachte ich über das nach, was er über die verschiedenen Meister gesagt hatte. Alfredo erlaubte seinen Schülern, Kontakt mit ihm zu haben und bot allen seine *Freundschaft* an. Dies stellte ein sehr herzliche Beziehung her, die aber gleichzeitig sehr subtil und gefährlich war, weil man in die Falle gehen konnte zu vergessen, wen man vor sich hatte. Als Alfredo sich von dieser Person verabschiedet hatte, sagte er:

»Siehst du diesen Herren, mit dem ich gesprochen habe?«

»Ja.«

»Dieser Herr ist der Ex-Kommissar der Polizei. Er ist jetzt pensioniert. Er weiß, wer ich bin und was ich mache. Er kommt immer im Büro vorbei, um mich zu besuchen und ein wenig zu erzählen und fragt mich Sachen. Er ist eine sehr ehrenwerte Person.«

»Und wie hat er erfahren, was du machst?«

»Vor vielen Jahren kamen Gerüchte in der Stadt auf, die besagten, dass ich der Kopf einer Sekte sei und Dummheiten dieser Art. Diese Gerüchte kamen von einer Gruppe von Priestern. Das, was ich mache, ist absolut nicht geheim, und ich habe nichts mit Sekten zu tun und mit all den Dummheiten, die die Leute denken können. Dies ist eine sehr ernste Arbeit, und wenn jemand in schlechter Absicht eingreift, kann er sich großen Schaden zufügen, und nicht etwa weil ich etwas tun würde. Ich tue überhaupt nichts. Es ist die Energie, die etwas tut. Aus diesem Grund bin ich direkt zum Kommissar gegangen, um mit ihm zu sprechen, und habe ihn zu einer Versammlung eingeladen, damit er sich selbst ein Bild machen konnte, da er schon die Anzeigen erhalten hatte. Nach diesem Tag entstand eine gute Freundschaft und seitdem kommt er mich dann und wann kurz besuchen.

Das gleiche ist mit dem Bischof geschehen, der öfter kam, um mich in Bezug auf einige besondere Plätze der Region und über die Funktion, die bestimmte Heilige gehabt hatten, zu befragen. All das geschah vor vielen Jahren.«

Während wir spazieren gingen, fuhr ein Herr auf dem Fahrrad vorbei. Er grüßte Alfredo.

»Dieser Herr, den du gesehen hast«, kommentierte Alfredo, »war mit mir zwanzig Jahre lang zusammen. In dem Moment, als er den entscheidenden Schritt machen und auf die andere Seite wechseln sollte, fiel er vom Fahrrad.«

Das verwirrte mich. Wie konnte es sein, dass einer Person nach so langer Zeit so etwas passieren konnte?

Alfredo sagte, als hätte er meine Gedanken gelesen:

»Es braucht viel Zeit, Anstrengung und Vorbereitung, um den Gipfel eines Berges zu erreichen, aber man kann leicht hinfallen und herunterrollen, wenn man nicht aufpasst.

Auf dem Weg kommt ein Moment, in dem man *dienen* muss und nicht vorgeben darf, immer ‚bedient' werden zu müssen. *Dienen* bedeutet geben, ohne etwas im Austausch zu erwarten, und dies verwandelt sich in eine Notwendigkeit, um weiter zu kommen. Dies wirst du zu seiner Zeit verstehen können, wenn diese Notwendigkeit sich auch in dir einnistet.«

Nach einer langen Pause erzählte ich ihm mit allen Details von der Versammlung am Vortag und fragte ihn, was ich tun sollte.

»Im Moment lässt du ein paar Wochen vergehen. Es ist notwendig, dass sie das, was sie empfangen haben, absorbieren, und ich kann dir versichern, dass es viel war. Danach werden sie auf dich zukommen und dann sagst du ihnen, was zu tun ist, mit Ruhe, mit ganz viel Ruhe.«

»In einem bestimmten Moment der Übung wurden wir von einer zarten, ganz frischen Brise überschwemmt«, erzählte ich.

»Das ist der ‚*Wind von meinen Bergen*', das ist gut, sehr gut.«

Der Spaziergang war beendet. Ich verabschiedete mich von Alfredo und kehrte nach Hause zurück, voller Dinge zum Nachdenken.

Im Laufe der Wochen fingen die Leute, die die Übung mitgemacht hatten, an, mir Fragen zu stellen über das, was wir gemacht hatten, und sie sagten mir, dass sie ein Teil der Arbeit werden wollten. Seit der Versammlung fühlten sie sich anders und etwas in ihnen war erwacht. Ich erzählte Alfredo von der Absicht, die diese Personen hatten, und fragte ihn, was ich tun sollte.

»Sag diesen Personen, dass die einzige Möglichkeit, die sie haben, etwas für sich zu tun, die ist, dass sie Teil einer Arbeitsgruppe werden. Sprich mit ihnen direkt über die Arbeit, die getan wird, und von den Verpflichtungen, die sie erfordert. Wenn sie einverstanden sind, dann gründest du eine Gruppe, die du leiten wirst. Du versammelst dich Sonntags mit ihnen und folgst den Aktivitäten, die ich dir aufgeben werde.«

In den folgenden Tagen organisierte ich einen kleinen Vortrag, in dem ich die Arbeit vorstellte, die getan wurde, und die *Möglichkeit*, in Kontakt mit einer *wahren Unterweisung* zu kommen. Ich stellte es auf folgende Weise vor:

»Ihr seid heute durch verschiedene Zufälle hier. Zufälle, die vielleicht gar keine sind, aber etwas in euch hat sich bewegt und hat euch in diese Situation gebracht.

Die Art und Weise, wie wir uns kennen gelernt haben, war scheinbar völlig zufällig, aber sicherlich gab es einen unbewussten Austausch von Information zwischen uns, der offensichtlich nicht kontrolliert ist. Ein Schlüsselwort oder ein Satz brachte uns dazu, von Dingen zu sprechen, die die Mehrzahl der Personen normalerweise in sich schlafen haben, obwohl sie der wahre Grund für unsere Existenz sind. Den Grund für all dies können wir nicht erklären, aber es ist offensichtlich, dass wir es irgendwie feststellen können. Ihr habt *Etwas* wahrgenommen, das hinter mir steht. Diese *Etwas* ist der Kontakt mit einem wahrhaften Meister.

Auch wenn ihr es nicht verstehen könnt, den Kontakt mit einer *wahren Quelle der Unterweisung* herzustellen ist etwas sehr Schwieriges, ich würde sagen fast Unmögliches, und es müssen sich viele Zufälle ergeben, damit dies stattfindet.

Die Zufälle, die ihr erlebt habt, sind die gleichen, die mir zugestoßen sind, und die ich mir niemals vorgestellt hätte und als solche erkannt hätte. Dieser Weg, mit dem ihr in Kontakt kommt, ist der Weg, der in Alfredos Herz entstanden ist. Ich folge seinem Weg und wenn ihr wollt, könnt ihr das auch tun.«

In der Fortsetzung erklärte ich ihnen die Bedingungen und die Verpflichtungen, die sie respektieren sollten und die essentiell für die Arbeit waren. Alle waren sehr zufrieden, auch wenn sie nicht ganz verstanden, um was es ging, etwas, das völlig normal war. Von den sechs Personen, die dem Vortrag beigewohnt hatten, entschieden sich vier dafür, in die Arbeit einzusteigen. Die restlichen zwei wollten es sich überlegen.

Am nächsten Tag erzählte ich Alfredo, wie die Versammlung verlaufen war, und er gab mir die Erlaubnis, mit der Arbeit in der Gruppe zu beginnen. Wir begannen am darauffolgenden Sonntag.

Dieser neue Aspekt, der sich in meine Beziehung zu der Arbeit eingefügt hatte, hatte einen neuen *Impuls* geschaffen. Plötzlich begannen in mir Aspekte und Situationen aufzublühen, die ich vorher nicht beobachtet hatte. Alfredo hatte mir eine Verantwortung übergeben, deren

Gewicht ich spürte, und ich erkannte die Fallen, die sich dahinter verbergen konnten. Obwohl ich mich am Anfang unsicher fühlte und nicht genau wusste, was ich tun musste, fing ich mit der Zeit an zu bemerken, dass die Tatsache, dass ich mich um andere Personen kümmerte, die Form veränderte, in der ich mich selbst beobachtete. Es war, als ob man neues Studienmaterial vor sich hätte, in dem ständig neue Situationen entstanden und Prüfungen zu überwinden waren, viele davon mit großen Schwierigkeiten.

Nach fünf Monaten hatte sich die Gruppe auf sechs Personen eingependelt. Wir versammelten uns jeden Sonntagabend und arbeiteten mit dem Material, das Alfredo mir gab: Wir hörten eine Kassette, wir machten zu bestimmten Momenten bestimmte Übungen, und ich las vor oder erzählte von Aspekten der Unterweisung Alfredos. Danach aßen wir etwas zusammen, weil die Übung erst nach dem Essen endete.

Zu Beginn hatte Alfredo mir nur wenige Dinge gesagt; dies war eines seiner Charakteristika. Er sagte immer nur das Wesentliche und schaute auf das Konkrete.

Auf einem der morgendlichen Spaziergänge erklärte er mir:

»Die Gruppe, mit der du dich Sonntags versammelst, wird dir erlauben, vieles zu lernen, und wird dir helfen, in vielen Aspekten zu wachsen. Bestimmte Dinge kannst du nicht auf andere Weise lernen, als dass du dich um andere Menschen kümmerst. Diese Situation kann sich gleichzeitig als sehr gefährlich erweisen, wenn du nicht mit *Makellosigkeit* arbeitest. Denke immer daran, dass die *Makellosigkeit dir Macht verleiht* und dass die Macht um ihrer selbst willen dir nur Leid und Sklaverei bringt.«

Nach einer Pause fuhr er fort: »Du bist ein Schüler mit der *Erlaubnis zu unterrichten* und nicht nur von mir anerkannt, sondern von all dem, was ich repräsentiere.«

Die Worte Alfredos trafen mich wie ein Blitz. Ich blieb stumm, versunken in das, was er mir gesagt hatte.

Alfredo hatte verschiedene Stimmlagen, um die Dinge zu sagen, aber bei bestimmten Gelegenheiten, wie bei dieser, waren seine Worte durchdringend und vibrierten in meinem ganzen Wesen.

Ich verstand nicht ganz, was er mir sagen wollte, aber trotzdem hütete ich seine Worte wie einen Schatz und versuchte, sie immer gegenwärtig zu haben und in die Praxis umzusetzen, was ziemlich schwierig war.

Diese Verantwortung, die er mir übergeben hatte, gab mir die Möglichkeit zu experimentieren und vor allem ganz viele Aspekte der Arbeit zu entdecken, die *Unterweisung* Alfredos zu vermitteln und die Dinge von einem anderen Blickwinkel aus zu beobachten. Es war mir nicht ganz klar zu Beginn, aber im Laufe der Zeit konnte ich feststellen, wie die Leute ihre eigenen Prozesse der Transformation begannen durch den Kontakt mit der Unterweisung. Es handelte sich um nichts, was man sagen konnte, weil Worte auf ihre eigene subjektive Welt begrenzt sind. Dieser Transformationsprozess geschah vielmehr durch den Kontakt mit der *Energie*. Diesen Prozess erleben zu können, der sich in den Personen meiner Gruppe ergab, half mir viele Dinge zu verstehen, die Alfredo uns gesagt hatte in Bezug auf den Kontakt, der sich einstellt, wenn eine Person anfängt, Teil der Arbeit zu werden. Die Personen fangen an, zu einer anderen Art Energie Zugang zu haben und sich davon zu ernähren, was einen sofortigen Transformationsprozess einleitet.

Der kosmische Krieger

Alles in der Arbeit entwickelte sich in Teilschritten, obwohl man selbst nicht bemerkte, dass man Teil dieser Schritte war und sich das Material in Form von Erfahrungen ständig veränderte. Es war, als ob Alfredo auf immer der gleichen Bühne das Werk und die Rollen der Schauspieler ständig veränderte. In diesen wechselnden Rollen konnte man auf einige treffen, die man nicht repräsentieren wollte, d.h. man traf auf neue Aspekte von sich selbst, die man konfrontieren musste und die man vorher nur von Weitem betrachtet hatte.

Im Verlaufe der Zeit wurde man sich immer mehr der Notwendigkeit bewusst, bestimmte Aspekte von sich selbst zu akzeptieren und an ihnen zu arbeiten.

Ich erlebte diesen Prozess ständig und konnte ganz klar beobachten, wie gewisse *Momente* geeignet waren, um bestimmte Ergebnisse zu erzielen. Dieser Prozess geschah allen Personen genauso und einige waren aus verschiedenen Gründen nicht darauf vorbereitet, bestimmte Situationen zu konfrontieren. Dann verlor sich diese *Gelegenheit* und man musste einen anderen geeigneten *Moment* abwarten. Der richtige *Moment* in der Arbeit ist etwas, das sehr beachtet werden muss. Bestimmte Dinge können nur in gewissen *Momenten* getan werden, weder vorher noch nachher, damit eine richtige *Erfahrung* entstehen kann. Um den Moment zu nutzen, muss man aufmerksam sein und erkennen, was in einem geschieht und welches die neuen Komponenten sind, die die eigene Aufmerksamkeit erfordern. Die Unterweisung wird von den Personen absorbiert und wirkt auf sie ein und dies bewirkt, dass man die Hindernisse sehen muss, die das eigene Wachstum bremsen.

Auch wenn mir diese Seite ganz klar war, so war mir genauso klar, dass ich jederzeit auf meine eigenen Fallen und Selbsttäuschungen hereinfallen und dadurch mein Wachstum in Gefahr bringen konnte. Wenn man in diese Art Situationen gerät, dann wird man wie in einer Mühle von seiner eigenen Negativität herabgezogen, die immer bereit ist, anzugreifen und zu versuchen, ihr Territorium zurückzuerobern.

Es gibt *Momente*, in denen sich Situationen ergeben, die dafür prädestiniert sind, dass sich diese Dinge ereignen. Das liegt nicht in unserer Macht. Es wird, wie Alfredo sagt, durch kosmische Situationen verursacht. In diesen Situationen beginnt man die Größe der Arbeit, die geleistet wird, zu erahnen, die sich nicht auf unsere innere Welt beschränkt, aber dennoch einzig und allein durch unsere korrekte Anstrengung ausgeführt werden kann.

Es war in gewissen Momenten völlig normal, an sich selbst zu zweifeln und an dem, was man tat. Vor allem, weil man nie wusste, ob man die richtige Anstrengung in Bezug auf die Arbeit machte.

In diesem Sinn sagte Alfredo uns immer, dass *Zweifel* auftauchen könnten, dass es normal sei, dass dies geschehe, und dass sie gleichzeitig einen geeigneten Moment repräsentierten, um auf dem Weg zu wachsen, und schließlich dass es immer nötig sei, die *größte Anstrengung* zu machen. Wenn dies gewährleistet sei, dann könne man sicher sein, dass man die Dinge richtig machen würde, immer im Rahmen unserer Möglichkeiten.

Es war jetzt schon mehr als ein Jahr vergangen, seit ich mich mit der Gruppe jeden Sonntag versammelte. Die Gruppe hatte sich in die Arbeit von Alfredo integriert. Damit will ich sagen, dass sie den gleichen Aktivitäten wie die anderen Gruppen folgte. Die Personen waren komplett integriert, sie hatten schon direkten Kontakt mit Alfredo und den anderen Teilnehmern der Gruppen. Ich erkannte, dass ich ohne diese „*Situation*" nicht die Gelegenheit gehabt hätte, neue Seiten der Arbeit kennen zu lernen. Dies half mir auch, viele der Dinge zu verstehen und zu erfahren, die Alfredo mir aufwies und die ich oft nicht vollständig verstanden hatte, als er sie mir sagte.

Alfredo sprach in diesen Zeiten viel über die Gruppen und über gewisse Situationen, die sich in ihnen zwischen den Personen ergeben konnten. Diese Situationen waren in Wirklichkeit meine Situationen. Er beschrieb sie mir auf unglaubliche Weise und nach zwei, drei, sechs Monaten oder Jahren erfuhr ich sie an mir selbst. Diese Art der Feststellung ergab sich immer öfter, und gleichzeitig begannen andere Aspekte der Arbeit sich mit größerer Klarheit zu enthüllen.

Es gab viel Bewegung in den Gruppen, es kamen viele junge Leute dazu. Wie durch eine Explosion hatten sich im Ausland viele Gruppen gebildet, hauptsächlich in Südamerika. Es gab etwas, das ich nicht wahrnehmen und nicht erklären konnte. Es entstand der Eindruck, dass sich alles beschleunigen würde.

Ich hatte angefangen, diesen Prozess wahrzunehmen, seitdem Alfredo seinen Infarkt gehabt hatte. Es veränderte sich etwas und die Leute, die neu dazu kamen, vermittelten den Eindruck, viel offener und viel bereiter für die Arbeit zu sein. Viele Personen kamen Alfredo besuchen. Diese Personen hatten vor vielen Jahren mit ihm in einer anderen Periode zusammen gearbeitet. Es waren alles ältere Personen, und wie Alfredo mir erklärt hatte, konnte man sie als *jüngere Meister* ansehen. Normalerweise blieben sie ein oder zwei Tage in San Benedetto und gelegentlich gingen sie morgens mit Alfredo zum Spazieren. Diese Situationen waren für mich sehr interessant und manchmal verursachten sie mir tiefe Eindrücke.

Bei einer dieser Gelegenheiten war einer dieser Freunde ihn besuchen gekommen. Er hieß Luis. Alfredo bat mich, diesen Herrn zu seinem Hotel zu begleiten. Auf dem Weg unterhielten wir uns ein wenig und mitten in der Unterhaltung, als wir schon fast am Hotel angekommen waren, sagte er zu mir:

»Ihr alle,« er bezog sich auf die Gruppen, »könnt gar nicht erkennen, was für ein Glück ihr habt, zu Alfredo gekommen zu sein. Ich bin seit dreißig Jahren in dieser Arbeit und habe viele Jahre unter Alfredos Schutz verbracht. Alfredo wird als der *Meister der Ära* betrachtet und aus diesem Grund bin ich hier. Ich weiß nicht, ob du die Größe von dem, was ich dir sage, erfassen kannst. Versucht euren Nutzen daraus zu ziehen und verliert diese Chance nicht, denn es steht nicht mehr so viel Zeit zur Verfügung.«

Seine Worte hatten mich sehr beeindruckt und hatten mir viel zu denken gegeben.

Es war unglaublich festzustellen, wie ein Wort oder ein kleiner Satz die Türen zu einem größeren Verständnis für das, was man tat, öffnen konnte. Man hat die Neigung, zumindest war das bei mir der Fall, sich an Denkschemata festzuhalten und zu glauben, dass diese Schemata

„Verstehen" bedeuten würden. Aber später, zu einem Zeitpunkt und in einer Form, in der man es am wenigsten erwartete, erkannte man, dass man absolut nichts verstanden hatte. Alfredo leitete uns in Eindrücke und Situationen und vor allem zerbrach er Schemata, damit wir andere Instrumente benutzten und uns vertraut machten, die es erlaubten, zu einem echten Verständnis zu gelangen. Zu versuchen, diesen Prozess zu beschreiben, ist sehr schwierig, weil er sich ständig vollzieht, in zahllosen Veränderungen von Situationen und Zufällen, und nur wenn man versuchte, in einem maximalen Zustand der *Wachsamkeit* zu sein, konnte man dies erkennen und nutzen.

Manchmal setzte mir Alfredo auf den Spaziergängen „Flöhe ins Ohr", das heißt einen kleinen Samen einer Idee, damit sie in mir arbeitete. Das Schönste war, dass er dem, was er mir sagte, nicht die geringste Bedeutung beimaß und es inmitten einer anderen Unterhaltung beiläufig fallen ließ. Inmitten dieser Unterhaltungen, die sich im Allgemeinen auf das tägliche Leben bezog, sagte er dann etwas, so als ob nichts wäre, das in mir hängen blieb. Manchmal waren es Dinge, die ich nicht hören wollte oder die mich störten, und, obwohl sie in der Unterhaltung keinerlei Bedeutung hatten, wusste ich, dass Alfredo mir etwas aufzeigte.

Es gab Zeiten, in denen der Druck, den Alfredo allein durch seine Anwesenheit ausübte, extrem stark war. Ohne ein Wort zu sagen oder indem er nur ganz wenig sagte, nur das Notwendigste, zerbrach er ständig meine Schemata und auch die Schemata, die ich noch nicht als solche erkannte. Wenn ich glaubte, etwas Sicherheit erreicht zu haben, zerstörte Alfredo sie und drang immer noch tiefer vor.

Alfredo war immer fröhlich und sehr herzlich mit allen, aber dahinter verbarg er eine sehr subtile Art, die Dinge anzusprechen, die manchmal roh wirken konnte. Einmal sagte er zu mir:

»Denkst du, dass der Teufel schlecht ist? Ich bin noch schlechter als er. Denkst du, dass der Erzengel Gabriel gesegnet ist? Ich bin noch mehr gesegnet. In mir kanalisieren sich beide Dinge.«

Auf einem morgendlichen Spaziergang, ich erinnere mich nicht mehr genau, über was wir gesprochen hatten, näherte er sich meinem Ohr und sagte mir etwas, das mir damals als das Schrecklichste vorkam, was ich hören konnte. Instinktiv machte ich einen Sprung zur Seite, aber ich wollte auch nicht zeigen, dass das, was er mir gesagt hatte, mich belästigte, was mir offensichtlich nicht gelang. Alfredo wechselte rasch die Unterhaltung und fing an, Witze über etwas zu machen, das ihm am Tag zuvor geschehen war.

Ich blieb still. Seine Worte hatten mich verletzt und in tiefe Aufregung versetzt. Ich war völlig verwirrt. Ich wusste, dass er mir beweisen wollte, an welchem Punkt meine eigenen Grenzen von bestimmten Aspekten lagen.

Seine Worte arbeiteten lange Zeit in mir und zerbrachen Dinge, die ich selbst nicht gekannt hatte. Der Zustand, in dem ich mich innerlich befand, schimmerte nach außen durch, und auch wenn ich versuchte nicht zu denken, richtete sich meine Aufmerksamkeit immer auf diesen Punkt. Nur daran zu denken verwirrte mich.

Im Verlaufe der Zeit verloren diese Worte ihre Wirkung auf mich, sogar soweit, dass mir alles das, was ich gedacht und wogegen ich mich gestemmt hatte, lächerlich erschien.

Das Gefühl, das ich danach hatte, war eine Befreiung von einem unnützen Gewicht, das ich mit mir getragen hatte.

Offensichtlich ist dieser ganze Prozess nicht sehr klar in dem Moment, in dem man ihn durchmacht. Aber danach erscheint alles mit Klarheit und man kann viele Situationen verknüpfen, die vorher unzusammenhängend erschienen, und somit erscheint mit größerer Klarheit die Art, wie Alfredo uns von unseren eigenen Verkettungen mit der Konditionierung zu befreien versucht.

Manchmal bewirkte er, dass ich mich wie ein Tischtennisball fühlte, indem er mich von einer Seite mit auf die andere nahm. Einen Tag sagte er etwas, am nächsten Tag das Gegenteil davon. Manchmal übertrieb er unbedeutende Dinge auf unproportionierte Weise, und die wichtigen Sachen präsentierte er, als ob sie keinerlei Bedeutung hätten. Diese Techniken, die Alfredo benutzte, zerbrachen ständig die Schemata. Man könnte sagen, dass er uns ständig den „Boden unter den Füßen" wegzog.

Ich erinnere mich an eine Unterhaltung dazu:

»Ich werde mich jeder möglichen Methode bedienen, um gewisse Seiten der Personen zu zerstören, die ihr Wachstum behindern. Dies wird immer in dem Moment geschehen, in dem die Personen bereit sind es zu tun, obwohl sie dies natürlich noch nicht wissen. Es kann grausam erscheinen oder als ob ich Schaden anrichten würde oder irgendwelche anderen Dinge, aber das, was ich tun muss, werde ich tun. Manchmal werde ich Wahrheiten benutzen, andere Male Lügen. Einmal werde ich etwas zu einem Thema sagen und am nächsten Tag mir widersprechen. In Wirklichkeit kann ich alle möglichen Techniken benutzen. Dies wird bewirken, dass der Schüler beginnt, zu erkennen und zu verstehen.

Die Leute bevorzugen die Sklaverei, obwohl sie ständig von der Freiheit sprechen und davon, frei sein zu wollen. Die Freiheit, von der sie reden, befindet sich innerhalb ihrer eigenen Illusionen. Es ist nicht die echte Freiheit. Sie kommen zu mir mit einer Menge guter Vorsätze und bei dem kleinsten Hindernis vergessen sie diese völlig und fallen in ihre eigenen Träume. Ich biete ihnen alles Notwendige für diese Reise und ich gebe ihnen die technischen Mittel, um sie zu realisieren und das Wichtigste: den *Treibstoff*. Ohne ihn kann man nirgendwo hinkommen.

Aber die Leute wollen den Kopf nicht frei von Konditionierungen haben. Sie wollen versklavt durch eine Art zu denken leben, die von anderen Menschen in der Vergangenheit und in der Gegenwart kreiert wurde, für ihre eigene Macht und nicht für die Liebe zur *Wahrheit*.

Schau, Juan, wir können sagen, dass zyklisch Menschen aufgetaucht sind, um eine bestimmte Botschaft zu überbringen, und dies geschah, weil sie an den Informationsfluss der Gesamtheit angeschlossen waren. Ihre Arbeit war, Botschaften zu verbreiten, um bestimmte Eindrücke und Veränderungen in der Menschheit zu erzeugen. Sofort erfinden die Menschen phantastische Ereignisse, weil ihnen die Botschaft absolut überhaupt nichts bedeutet und sie sich mit den Ereignissen des Lebens unterhalten.

Die erste Etappe, um sich in einen echten *kosmischen Krieger* zu verwandeln, ist die innere Freiheit zu erreichen. Es ist notwendig, von jeder Art vorgefertigter und konditionierter Vorstellung frei zu sein. Dies wird ihm erlauben, das in der Welt zu tun, was er tun muss, ohne Widerstände gegen sich selbst und gegen seine Entwicklung, und gleichzeitig der Arbeit zu dienen, weil er nur durch diese Erfahrung sein Ziel erreichen können wird. Auf bestimmten Etappen ist es notwendig, sich völlig hinzugeben, sich selbst zum Trotz, denn andernfalls wird es sehr schwierig, sie zu überwinden. Man muss alles zerbrechen, sogar das Bild, das man sich von Gott gemacht hat. Wenn die Leute von Gott sprechen, sprechen sie von einem vermenschlichten Gott, wie sie ihn sich vorstellen. Ein Gott, der bestraft, ein Gott, der beschenkt, der die Probleme löst. Dies ist in den Menschen tiefer verwurzelt als man sich vorstellen kann und dies zu zerbrechen ist eine sehr mühselige Aufgabe.

Sehr oft beziehe ich mich auf den *Weg* so, als ob er eine Reise wäre, und benutze die Metapher eines Raumschiffes. Auf dieser Reise müssen viele Hindernisse und Kämpfe überwunden werden. Um sie zu verwirklichen, müssen diejenigen, die einen Teil der Armee bilden, in den verschiedenen Rollen, die sie ausführen müssen, instruiert werden, in Übereinstimmung mit ihren echten Fähigkeiten und nicht in Übereinstimmung mit ihren Wünschen.

Der Meister, als General der Armee, ist der Einzige der weiß, was das endgültige Ziel ist. Er kennt alle Schwierigkeiten und weiß, wie alle Hindernisse zu überwinden sind. Aber um diese Reise zu verwirklichen und jeden einzelnen der Kämpfe zu überwinden, müssen echte *kosmische Krieger* ausgebildet werden. Jedem einzelnen von ihnen wird eine Funktion zugewiesen: Ausbilder für die neuen Anwärter, Verantwortliche für Küche, Krankheitswesen, Reinigung, Waffen, etc. etc. Nur eine auf gemeinschaftliche und auf professionelle Weise gemachte Arbeit kann dieses Unternehmen zum Erfolg bringen. Die Basis des *Kriegers* muss der Gehorsam sein und mit der Entwicklung seiner Fähigkeiten werden sich auch seine Verantwortlichkeiten erhöhen. Dies wird sein Verständnis vergrößern und ihn wachsen lassen.

Auf dieser Reise weiß der *Krieger* nicht, was das Ziel ist. Er kennt alles, was er erlebt und hinter sich gelassen hat. Das Ziel kennt nur der General, das heißt der Meister. Deshalb die Notwendigkeit, in jedem Moment präsent, in der Gegenwart zu sein, ohne Energien in Phantasien zu verschwenden über etwas, das man noch nicht kennt.

Meine Aufgabe als General ist es, echte *kosmische Krieger* auszubilden. Viele sind es bereits, andere sind dabei, es zu werden, und andere befinden sich in der Trainingsphase. Einige sind bereits in der Phase der *Spezialisierung*, obwohl sie dies nicht wissen. Ich habe Pläne für jeden Einzelnen in Bezug auf seine Fähigkeiten, auf die gleiche Weise, wie ich ganz genaue Pläne für dich habe. Es ist nicht nötig, dass die Menschen das wissen, denn das Wissen könnte sich in ein Hindernis verwandeln. Die Eitelkeit und die eigene Wichtigkeit sind große Hindernisse für unsere Tätigkeit. Man darf sich selbst nicht zu ernst nehmen, weil es sonst nicht funktioniert. Es ist die *höhere Wahrnehmung*, die funktionieren muss, nicht die *niedere*. All das, Juan, ist nichts Mathematisches, es ist keine perfekte Gleichung. Es ist eine schwierige Arbeit, in der aus ganz exakten Gründen alle Bedingungen für ihre Verwirklichung enthalten sind, und dahinter steht ein ganzes Heer von Professionellen.

Diese Arbeit wird auf planetarer Ebene ausgeführt und umfasst die Entwicklung der ganzen Menschheit. Aus diesem Grund erscheinen auf zyklische Weise Menschen wie ich und andere, die schon mit diesem Auftrag kommen.«

Nur wenige Male bezog sich Alfredo auf seine Vergangenheit und auf die Arbeit, die er gemacht hatte. Diese Seite interessierte mich sehr. Manchmal sprach er über seine Jugend, die er in Argentinien verbracht hatte, und von den Reisen, die er auf den fünf Kontinenten gemacht hatte, wo er in verschiedenen Ländern gelebt hatte. Bei einer Gelegenheit, Bezug nehmend auf seine Vorbereitung und auf seinen Auftrag, erklärte er mir:

»Ich bin das Resultat der Ausbildung, die ich von meinem Großvater, meinem Vater und von den Meistern, die ich hatte, seien es lebende oder nicht lebende, erhielt. Die Kette der Wahrheit und Erkenntnis ist eine einzige, aber auf bestimmter Ebene verteilt sie sich und formt verschiedene Übertragungsketten. Ich musste verschiedene Etappen durchqueren, bis ich zu der kam, an der ich mich heute befinde: der von El-Khidr. Es gibt Meister und Meister, spirituelle Führer, usw. Aber in Wirklichkeit gibt es nur wenige, die direkt von El-Khidr empfangen. Man kann sie an einer Hand abzählen. Es gibt in jeder Epoche vier. Einer ist der Leiter, die anderen sind Stützen, aber alle haben die gleiche Macht. Dies sind Personen, die mit dem Auftrag kommen. Das ist so, und damit genug. Es ist eine Funktion und jeder Einzelne ist sich seiner Aufgabe bewusst.«

Jede Situation und jedes Ereignis, egal ob es eine Situation war, die für ein ganz bestimmtes Ziel kreiert wurde oder irgendein zufälliges Zusammentreffen, waren für mich Situationen, in denen ich sehr wachsam sein musste, denn sie zogen eine Bedeutung nach sich. Etwas, das ich lernen musste oder das mich in andere Aspekte der Arbeit einführen würde.

Bei einer Gelegenheit, als ein alter Freund von Alfredo zu Besuch war, machte Alfredo eine Bemerkung, sobald dieser sich zurückgezogen hatte, die ziemlichen Eindruck auf mich machte:

»Hast du gesehen, Juan, dass mich seit einiger Zeit viele alte Freunde besuchen kommen, die zwanzig oder fünfundzwanzig Jahre lang in einer anderen Etappe der Arbeit mit mir zusammen waren. Sie kommen, weil sie auf gewisse Weise der Welle der Arbeit folgen, die in dieser Zeit verwirklicht wird. Er macht in dieser Periode eine mystische Zeit durch, mit einigen Gefühlen unter dem Zeichen der Jungfrau. Das sind Dinge, die ich hinter mich gebracht habe und die ich gelebt habe, aber sie sind nicht das, was man denken könnte, wenn sie geschehen. Es sind Dinge, die man mit viel Losgelöstheit nehmen muss, wie alle anderen Dinge auch. Diese Dinge tauchen auf, damit man sich darüber klar wird, dass es auf der anderen Seite immer noch mehr Dinge gibt. Er hat sich eine schöne ‚Ohrfeige' abgeholt, denn alles, was er mir gesagt hat, war auf seinen eigenen Glaubenssätzen gegründet, und ich musste sie ihm zerstören.

Vor langer Zeit und in einer anderen Periode ließ ich ihn Kontakt mit den UFOs herstellen, aber es sind in Wirklichkeit keine UFOs, sondern Photonenansammlungen, und die können viele Personen gleichzeitig sehen, im allgemeinen durch Zufall. Dies sind Kontakte mit den Dimensionen des Bewusstseins. Von diesem Moment an begann ein völlig anderer Prozess für ihn. Jetzt, wenn er sich in ein völlig befreites Wesen verwandeln will, muss er mit wenigen Worten aufhören es zu verpatzen: es geschieht nicht durch den Intellekt oder durch den emotionalen Anteil, dass er bestimmte Dinge entdecken kann. In Wirklichkeit, Juan, gibt es nichts zu entdecken, man muss sich in die Ganzheit integrieren. Das Maximum, das ein Heiliger oder ein Weiser erreichen kann, ist, dass die einzige Realität die Einheit ist, die Einheit aller Dinge.

Das heißt, wenn du dich vereinst, dann bist du nicht mehr getrennt, und alles, was du auf außerordentliche Weise erfahren oder erleben kannst, wirst du nicht als etwas Äußeres ansehen, sondern viel mehr so, als ob *du dies wärst*. Das, was in Wirklichkeit übrigbleibt, ist eine *langweilige Glückseligkeit*, weil alle Schemata wegfallen und es nicht anders sein kann. Erinnere dich immer an dies: *Es gibt nur Ergebenheit. Es gibt keine Befriedigung – nur Harmonie und Frieden.*

Mich, Juan, interessiert überhaupt nichts, ich bin ein absolut *toter* Mann, im mystischen Sinn des Wortes. Ich bin durch verschiedene Arten von Tod gegangen. Also muss ich Dinge erfinden. Auf diese Weise bin ich beschäftigt in der Welt, indem ich praktische Dinge tue und eine Menge Dinge bewege, um Ergebnisse zu produzieren. Ich kann es nicht auf andere Weise machen. Meine Arbeit verwirklicht sich auf verschiedenen Ebenen und in verschiedenen Dimensionen, der *andere* Teil von mir arbeitet 36 Stunden am Tag. Das *Erwachen* in einem Menschen dauert lange. Es wird ihm ermöglichen, in allen Dimensionen unseres Universums zu funktionieren. Das kann nicht auf einen Schlag geschehen – das dauert Jahre. Und es ist notwendig, dass in den Personen ein echtes Verlangen besteht, das aus ihren Herzen kommen muss.

Viele laufen hinter Spiritualität, Esoterik, der Magie oder anderen partiellen Systemen hinterher, wie Yoga oder irgendwelchen anderen Sachen – all das nützt nichts. Hinterher kommen sie zu mir, um von mir überzeugt zu werden. Aber ich überzeuge niemanden. Zu versuchen einen Menschen von etwas zu überzeugen, ist der größte Schaden, den ich ihm antun kann. Ich habe in meinen Übungsjahren viele Tricks gelernt. Wenn man den Menschen einen Trick gibt, weil es in diesem Moment sinnvoll ist für sie, dann machen sie aus dem Trick einen Kult, ohne zu erkennen, dass der Trick dazu dient, das zu bewegen, was hinter ihm ist.«

Nach einer Pause fuhr Alfredo fort:

»Wenn eine Person – nachdem sie zwanzig oder fünfundzwanzig Jahre in der Arbeit und ein Mensch ist, der schon gewisse Instrumente und sein *Geheimnis* beherrscht – wenn diese Person immer noch betet, dann heißt das, dass etwas nicht stimmt. Wenn du dich in einen Fachmann der Sache verwandelt hast, dann brauchst du um nichts mehr zu bitten. Es genügt, sich in das *Geheimnis* zu versenken, und der Wille Gottes vollzieht sich. Die Leute verstehen das manchmal nicht, weil sie glauben, dass es einer Infrastruktur bedürfe, um sich in Kontakt zu begeben. Aber ich benutze diese Infrastruktur nicht, weil ich den *Kontakt* habe.

Wer den Kontakt *nicht* hat, der braucht Jahre, um dies zu erkennen. Wenn jemand nach vielen Jahren und nachdem er die Reise ohne Wiederkehr angetreten hat, weiterhin betet und dies tut, weil er zu diesen Techniken zurückkehrt, um sich zu vermenschlichen, dann ist das richtig. Aber wenn er es nicht aus diesem Grund tut, dann heißt das, dass er die Macht seines *Geheimnisses* vergessen und sich somit verirrt hat. Das ist, als ob man mit Steinchen rechnen würde, obwohl man einen Taschenrechner zur Verfügung hat. Oder so, als ob man eine direkte Telefonverbindung mit Gott hätte und dann ins Freie geht und hinausruft: ‚Hörst du mich, Gott?' Kann sein, dass er dich hört, nicht wahr? Aber es ist besser, wenn du dich direkt in Gott versenkst.

Dies sage ich dir, damit du eine Ahnung davon bekommst, dass die Instrumente ihre Bedeutung haben und dass man sie korrekt benutzen muss.

Sieh, die praktischen Schritte von jedem echten Weg sind:

Man betet *zu* Gott.
Man betet *mit* Gott.
Man betet *in* Gott.
Man betet *nicht* mehr.

Wenn man dies erkennt, dann betet man nicht mehr, denn dann ist es Gott, der in Dir betet. Du rufst nach jemandem, wenn du ihn finden willst, aber wenn du ihn gefunden hast, ist es lächerlich, weiterhin nach ihm zu rufen.

Aber in all dem ist es eine Sache, etwas auszusprechen oder zu intellektualisieren, und eine ganz andere Sache ist es, dies zu erleben. Ich war vor dem Infarkt und seit ungefähr fünfzehn Jahren zu 99 % tot. Aber ich musste erst den Infarkt haben, um zu 100 % tot zu sein. Juan, ich bin ein *toter* Mann, und alles in mir funktioniert automatisch, um es irgendwie auszudrücken. Ich bin ein Katalysator, damit bestimmte Dinge geschehen, und manchmal kann ich nicht verhindern, dass mein Körper sie fühlt. Mit der Zeit wirst du verstehen können, was ich sage, und du wirst anfangen, die *Macht* zu benutzen. Zuerst wirst du lernen, sie zu erkennen, und dich mit ihr vertraut machen. Danach wirst du sie benutzen, wenn du sie brauchst.

Aber, aufgepasst! *Die Macht Gottes erkennen heißt, dass du selbst keinerlei Macht besitzt, denn die Macht Gottes ist die einzige, die existiert, nicht diejenige, die du hast.* Wenn man selbst wegfällt, dann bleibt die Macht dennoch bestehen. Auf diese Weise verwandelst du dich in ein perfektes Instrument. Ich versichere dir, dass ich vierundzwanzig Stunden am Tag wach bin. Selbst wenn ich schlafe, bin ich wach.

Die Leute haben keine Geduld. Viele kommen zu mir und sagen mir: ich muss mit dir sprechen. Ich sage zu ihnen OK. Und dann sagen sie mir: ich will dies oder jenes wissen. So funktioniert das nicht! Es gibt keinen Weg, dass ich einer Person etwas gebe, wenn es nicht der richtige Moment ist, dies zu tun. Und dies kann die Person niemals wissen, dazu hat sie nicht die Fähigkeiten. Außerdem, wenn ich jemandem etwas geben muss, dann versichere ich mich auf tausenderlei Art, dass er es auch erhält.

Der *richtige Moment* ist sehr wichtig in dieser Arbeit. Wenn du im *richtigen Moment* nicht da bist, weil du Maulaffen feilhältst, dann wirst du warten müssen, bis wieder ein *richtiger Moment* erscheint, im Vertrauen darauf, dass du dann nicht immer noch Maulaffen feilhältst.

Es ist sehr wichtig für die Schüler, den Kontakt mit dem Meister aufrecht zu erhalten. Der Kontakt muss nicht körperlich sein, das ist nicht notwendig. Allerdings ist es wichtig, dass der Schüler den Meister zumindest einmal persönlich kennen lernt. Der Kontakt, den man unterhalten muss, ist der spirituelle. Um dich spirituell mit mir in Kontakt zu versetzen, setzt du dich hin und entspannst dich ein wenig. Danach denkst du ein wenig an mich und versenkst dich in dich. Du brauchst nicht zu rufen: Alfredo! Alfredo! Denn dann werde ich sagen: ‚Mensch, Juan. Was willst du denn? Geh mir nicht auf die Nerven'«, lachte er. »Nimm Dir einen Augenblick Zeit und halte den Kontakt. In dem Moment, in dem du in deinem *Geheimnis* bist, bist du mit der Übertragungskette verbunden, und das erste Glied dieser Kette, das der Schüler antrifft, ist sein

Meister, und hinter ihm ist alles. Du hast in Wirklichkeit eine Armee von Fachleuten zu deiner Verfügung.«

* * *

Jedes Mal wurde ich mit gewissen Instrumenten immer vertrauter, die anfingen, sich in mir zu entwickeln. Plötzlich durchzogen mich Bilder von Situationen wie ein Blitz, Situationen, die ich nicht kannte und die ich erst nach einiger Zeit erlebte. Oder von Situationen, die in diesem Moment geschahen. Sie waren so flüchtig, dass ich keine Zeit hatte sie zu erfassen. Alfredo hatte mich gewarnt, dass ich sie mit großer Gelassenheit und Abstand betrachten sollte. Manchmal hatte ich für den Bruchteil einer Sekunde den Eindruck, in einer anderen Dimension, an einem anderen Ort zu sein, den Kontakt mit einer anderen Realität herzustellen und zu verstehen. Aber im gleichen Moment, in dem ich anfing, über das, was ich erlebte, nachzudenken, verschwand alles, als ob nichts geschehen wäre. Diese Art Erfahrungen traten immer häufiger auf und überraschten mich schon nicht mehr. Sie fingen an, normal zu sein, und ich beobachtete sie nur. Außerdem waren sie völlig unkontrollierbar und zufällig, so als ob man sich nur auf zufällige Weise mit einer Situation verband, die in diesem Moment an irgendeinem Ort geschah.

Meine Träume hatten sich auch modifiziert. Während einer Zeit, die mit Sicherheit sehr turbulent für mich war, hatte ich ständig Träume von Angriffen. Ich träumte von Menschen, die mich töten wollten, mich und andere Mitglieder der Gruppen. Manchmal waren es Alpträume und beim Erwachen fühlte ich Erleichterung, wenn ich sah, dass alles nur ein Traum gewesen war.

Bei einer Gelegenheit hatte ich einen Traum, der mich für einige Tage in Unruhe versetzte. Ich traf mich im Traum mit Alfredo an einem Ort, von dem ich in meinem Traum dachte, es sei Afghanistan, aber nach der Uniform zu urteilen, die die Soldaten dort trugen, war es in der Türkei. Wir versteckten uns und versuchten, an einen Ort zu gelangen, der vom Militär stark bewacht wurde. Tatsächlich sah ich überall Soldaten. Ganz langsam kamen wir bis auf wenige Meter an ein Fenster heran, das sich im Keller des bewachten Hauses befand. Alfredo machte mir ein Zeichen, durch das Fenster zu schauen und zeigte auf ein Instrument, das sich in einer Glaskiste befand. Es schien eine Reliquie zu sein, etwas sehr Altes und sehr Wertvolles. Alfredo sagte mir, dass ich es zurückholen müsse. Während wir uns weiter näherten, drehte ich mich um und sah zwei Soldaten, die uns entdeckt hatten und sich uns näherten. Dies erfüllte mich mit Panik und ich sagte Alfredo, dass wir entdeckt waren. Die Soldaten fingen an Dinge zu sagen, die ich nicht verstand, und gingen in Stellung um zu schießen. Sie waren einige Meter von uns entfernt. In diesem Moment dachte ich, dass sie unmöglich Alfredo umbringen könnten, dies konnte auf keinen Fall geschehen. Ich hatte noch nie zuvor solche Angst und Verzweiflung verspürt. In dem Moment, in dem die Soldaten zu schießen anfangen wollten, sah Alfredo sie an und die Soldaten wurden zerlegt.

Ich erwachte erschreckt, in Schweiß gebadet und mit der Freude, dass alles nur ein Traum war. Ich erzählte Alfredo die Träume, die ich hatte. Er sagte folgendes zu mir:

»Dies ist eine Zeit, in der wir unter ständigen Angriffen stehen. Es gibt einen Teil, besser gesagt, es existiert ein ganz bestimmtes Vorhaben mit dem Ziel, dass die Arbeit nicht ausgeführt wird. Aus diesem Grund ist es notwendig, *aufmerksam* und ganz *wachsam* zu sein. Ich benutze diejenigen, die ich kann und die auf bestimmte Weise vorbereitet sind, um spezielle Arbeiten auf anderen Ebenen zu verwirklichen. Aber wenn man unaufmerksam ist, dann öffnet man den Raum dafür, dass gewisse Dinge eintreten, und obwohl sie keinen Schaden anrichten können, weil es immer eine gewisse Menge an schützender Energie gibt, können sie kleine ‚Unfälle' anrichten. In diesen Momenten gehen viele in eine Falle und sie merken es immer noch nicht. Nur einige retten sich. Denke immer daran, dass auf jedem Abschnitt des Weges eine Falle existiert, und nur wenige erkennen und überwinden sie. Diese Arbeit wird auf vielen Ebenen gemacht, und wenn jemand auf unserer existenziellen Ebene nicht aufmerksam ist, dann ist er es auch auf den anderen nicht. Diese Ebene ist ein Kontrapunkt von den anderen. Man kann sich nicht auf einem Weg halten, indem man nach hinten schaut. Nicht wahr? Gut, denn das ist es, was ihr oft tut. Wie solltet ihr euch dann auch nicht verletzen?«

Bei anderen Gelegenheiten bezog sich Alfredo auf Situationen, die auf anderen Ebenen geschahen und auf die *Angriffe*, denen wir ausgesetzt waren. Und auch wenn wir es nicht verstehen konnten, gab er uns dennoch gewisse Hinweise, welche das Bewusstsein für das, was wir taten, erhöhten. Bei einer Gelegenheit war ich sehr beeindruckt von dem, was er mir sagte.

Es war eines Nachmittags im Sommer, mitten im August. Alfredo saß im Parkcafé im Schatten unter den Pinien. Das war etwas, das er normalerweise nach dem Nachmittagsspaziergang machte. Es war Ferienzeit und viele seiner Schüler aus Rom waren zu Besuch gekommen, viele davon Frauen. Ich kam zufällig vorbei und setzte mich dazu, um mit ihnen etwas zu trinken. Ich hatte etwas Ungewöhnliches an Alfredo bemerkt. Er vermittelte den Eindruck, sich körperlich nicht wohl zu fühlen. Er hatte ungefähr zehn oder zwölf Personen um sich. Plötzlich beschloss Alfredo, nach Hause zu gehen, und wir begleiteten ihn ein Stück des Weges. Ich ging etwas vor und begleitete ihn nach Hause. Nach einem Moment sagte er:

»In diesem Moment, Juan, greifen sie mich an. Sie probieren es immer und sie denken, dass ich das nicht weiß, aber ich weiß es. Ich lasse sei eintreten und danach verschließe ich ihnen die Tür. Sie haben um 19:45 Uhr angefangen und sind jetzt auf dem Höhepunkt ihres Angriffes. Warum, denkst du, Juan, dass ich jetzt von Frauen umgeben bin? Sie sind leer, und auf gewisse Weise erleichtern sie mich, weil sie mir etwas von der Last abnehmen, und wenn sie auf die Toilette gehen, laden sie sie ab. Es ist nicht wichtig, dass sie es wissen, aber es gibt einen Teil von ihnen, der auf diese Weise funktioniert. Du kannst das noch nicht verstehen, aber du wirst es – er rechnete – in ungefähr zwölf Jahren verstehen. Du wirst all dies so genau verstehen können, als ob du eine Zeitung lesen würdest. Das wird alles von dir abhängen.«

* * *

In einer Mittwochsversammlung, in der Alfredo uns angekündigt hatte, dass wir eine besondere Übung machen würden, um bestimmte Dinge zu produzieren, hatte ich das Gefühl, einige Wesenheiten mit uns zu spüren. Ich hatte sogar den Eindruck, zwei Männer zu sehen, die – wie ich vermutete – in den Ecken des Zimmers standen. Ich war mir dessen, was ich gesehen hatte, nicht sicher und hätte mir leicht etwas vormachen können. Am nächsten Morgen, als ich Alfredo traf, erzählte ich es ihm und er sagte zu mir:

»Juan, wir haben immer Assistenz. Gestern hatten wir einige Besucher, das ist etwas ganz Normales. Du darfst dem keine Bedeutung geben. In unserem Universum existieren verschiedene Arten von Wesen, die das Aussehen von Menschen haben können, oder es können unsichtbare Wesen sein oder Lichtwesen. Es gibt sogar Wesen, die uns als ‚Monster' erscheinen können, aber sie sind nicht wirklich monsterhaft. All diese Wesen gehören zu uns und arbeiten in anderen Dimensionen und in anderen Zeiten.«

Während Alfredo mir dies sagte, erinnerte ich mich daran, dass ich einmal von einem „gläsernen Menschen" geträumt hatte, der einen energetisch sehr wichtigen Ort bewachte.

»Wir sind niemals alleine«, sagte Alfredo dann. »Ihr seid nicht alleine und ich habe auch sehr gute Begleitung. Es gibt Wesen, die jenseits des menschlichen Niveaus sind und die ständig für dieses Projekt arbeiten. Hier in dieser Zone existieren bestimmte Orte, die energetisch gesehen sehr wichtige *Zentren* sind. An diesen Orten gibt es *Wächter*, die sie für alle Zeiten bewachen. Einmal vor vielen Jahren habe ich Fernando und noch einige Personen, die aus dem Ausland gekommen waren, zu einem dieser Orte mitgenommen, um eine ganz bestimmte Arbeit zu machen. Fernando, der Arme, er ist völlig erschrocken, als ihm der *Wächter* erschienen ist.

Es gibt bestimmte Plätze, an denen es eine ganz besondere Energie gibt, die verwahrt wird, um dann benutzt zu werden, wenn sie gebraucht wird, sagen wir in den Momenten, in denen es nötig sein wird zu ‚*operieren*'. Die Arbeit ist in diesem Moment zum Teil, und zwar nur zum Teil, in einer Phase der Vorbereitung, obwohl einige Dinge schon ausgeführt werden. Aber es ist nicht nötig, dass die Menschen an diese Dinge denken, weil sie verwirrt werden könnten und dies ihre Entwicklung bremsen kann. Wenn ich bestimmte Dinge erwähne, müssen sie so aufgenommen werden, als ob sie eine Erzählung über Science-Fiction wären und sonst nichts.«

Alfredo hatte uns verschiedene Techniken gezeigt, um eine bestimmte Art von Energie zu erzeugen für Momente, in denen sie gebraucht wurde. Viele von uns begannen, sich mit diesen besagten Techniken vertraut zu machen, und wir fingen an, sie zu benutzen. Bei verschiedenen Gelegenheiten sprach er mit uns über den Gebrauch und die Anwendung der Energie in der Arbeit und von der Notwendigkeit, bestimmte „technische Mittel" auf die richtige Art anzuwenden. Ich erinnere mich an eine Unterhaltung. Es war in einer Versammlung, in der sich viele seiner Anhänger befanden:

»Wir arbeiten mit verschiedenen Arten von Energie. Auch wenn die Energie immer die gleiche ist, verändert sich doch die Ebene der Verfeinerung. Eine Person erzeugt Energie auf die gleiche Weise wie eine Gruppe sie erzeugt. Diese Energie wird verwahrt und benutzt auf verschiedenen Ebenen der Arbeit, je nach den Anforderungen des Zeitpunktes. Jede Gruppe hat eine spezielle Funktion und produziert eine bestimmte Art von Energie. Die Personen der Gruppe können ihren Nutzen aus dieser Energie ziehen und Zugang zu ihr haben. Sie können sie benutzen, aber nicht verschwenden. Ich habe euch verschiedene Techniken gegeben, damit ihr den richtigen Zugang zu einer bestimmten Art von Energie habt und sie benutzt. Logischerweise sind diese Techniken, so wie andere Dinge, die noch kommen werden, nur funktional für Personen, die mit der Unterweisung in Kontakt stehen, weil ihr damit an die *Quelle* angeschlossen seid, die ich vertrete und von der ich ein Kanal bin. Jede Art von Aktivität oder Übung innerhalb der *Neuen Phase* hat das Ziel, Energie zu produzieren. Diese Energie arbeitet in euch, produziert Veränderungen und Austausch und modifiziert und harmonisiert euch auf verschiedenen Ebenen. Dies ist nur eine Seite der Anwendung der Energie, weil auch die Energie, die durch die gemeinsame Arbeit in den Gruppen und anderen Situationen erzeugt wird, dazu benutzt wird, um die Voraussetzungen dafür zu schaffen, dass sich gewisse Veränderungen auf planetarer Ebene ergeben. Wir arbeiten mit dem, was ich *positive Energie* nenne. In bestimmten Momenten im Leben des Planeten werden große Mengen an positiver Energie ausgeschüttet. Dies schafft die Möglichkeit, dass bestimmte Veränderungen in der Menschheit beschleunigt werden und den Planeten auf den Evolutionsprozess des Universums einstellen. Diese günstigen Momente, um es irgendwie zu nennen, sind nicht immer gegenwärtig. Sie erscheinen, wie ich es schon so oft wiederholt habe, wenn der Sonnenwind weht. Unter diesen Bedingungen gibt es viele Möglichkeiten, die Arbeit in dieser Phase zu verwirklichen. Das heißt, dass viele Personen sich völlig in diesem Leben entwickeln können. Auch wenn ihr nicht versteht, was ich euch sage, die Dinge sind so.

In diesem Zusammenhang ist der Faktor *Zeit* von herausragender Wichtigkeit. Wenn ich von ‚*Zeit*' spreche, meine ich nicht die Zeit, die ihr gewohnt seid wahrzunehmen. Es gibt verschiedene ‚*Zeiten*', die sich auf anderen Ebenen überlagern, wo Vergangenheit, Gegenwart und Zukunft in einer unendlichen Gegenwart verschmelzen. Die Arbeit wird auf all diesen Ebenen der Existenz und der Zeit durchgeführt und da, wo man keinen Zugang hat, hat man zumindest gewisse Wahrnehmungsinstrumente entwickelt.

Ich muss zu manchen Gelegenheiten mit Bruchteilen einer Sekunde arbeiten, und ich kann euch versichern, dass dies genug Zeit ist, um in gewissen Feldern zu intervenieren. Für euch ist das nicht wahrnehmbar und ihr werdet euch fragen, wie man so etwas in einer Zeit macht, die auf dieser Ebene fast nicht existiert. Tja, man kann dies tun und noch viele andere Dinge.

Es existieren Zeiten, wie ich zuvor gesagt habe, in denen die *Anhäufung negativer Energie* sehr gefährliche Ausmaße annehmen kann, was die Arbeit, die durchgeführt wird, in Gefahr bringt. In solchen Momenten müssen Leute wie ich und andere sofort einschreiten, damit das Niveau der Negativität innerhalb der Grenzen und unter Kontrolle bleibt. Aus diesem Grunde ist es notwendig in dieser Arbeit, die durchgeführt wird und von der ihr ein Teil seid, das *Bewusstsein* für das, was getan wird, zu erhöhen, denn das bewirkt einen *größeren Beitrag der Positivität,* und gleichzeitig seid ihr selbst die Träger einer bestimmten Art von Energie. Wenn diese Art von Energie als ‚*Botschaft*' verstanden wird, kann sie von anderen Personen wahrgenommen werden, die auf die eine oder andere Weise für die Arbeit bereit sind. Die Menschheit durchquert eine sehr wichtige Etappe, in der die echte Notwendigkeit besteht, dass die Menschen sich in wahrhaft Suchende verwandeln. Dies erlaubt, dass in eine höhere Etappe der Existenz übergewechselt werden kann, in der immer mehr Bewusstsein für die wahre Rolle des Menschen auf dem Planeten entsteht.«

* * *

Bezugnehmend auf die verschiedenen Instrumente und Techniken erklärte Alfredo folgendes in einer anderen Versammlung:

»Ihr müsst euch immer daran erinnern, dass bei jeder Aktivität, Übung oder Versammlung sich immer *Energie* kreiert, mit der gearbeitet wird. Sehr oft könnt ihr sie nicht wahrnehmen, aber ihr müsst sie gegenwärtig haben, denn es wird der Moment kommen, in dem euch all dies sehr klar werden wird.

Innerhalb unserer Aktivitäten hat alles eine spezifische Funktion und ein genau bestimmtes Ziel. Die Aktivitäten, die zwischen euch selbst entstehen können, sei es durch Geschäfte oder durch dergleichen Art von Aktivitäten, haben unter anderem die Funktion, Energie auszutauschen und euch zu harmonisieren. Nicht alle können sich untereinander im Einklang fühlen, dies ist ein menschlicher Faktor. Einige Personen werden sich mit bestimmten Personen mehr als mit anderen eingestimmt fühlen und dies ist normal. Wenn dieser Einklang zwischen Personen entsteht, dann wird eine bestimmte Art von Harmonie zwischen ihnen geschaffen. Dies produziert Energie, die innerhalb der Aktivitäten benutzt werden kann und die einen Nutzen für die Personen mit sich bringt. Ich kann jetzt jede Art von Aktivität dazu benutzen, wie z.B. Geschäfte oder eine bestimmte Art von Therapie, oder Produkte fördern, die der Gemeinschaft nutzen, um damit eine bestimmte Art von Harmonie zwischen den Personen zu erreichen. Zum Beispiel jetzt, da wir all diese neuen Freunde in Lateinamerika haben, ist es notwendig, *Freundschaftsbande* zwischen ihnen und euch zu knüpfen. Diese Bande werden nicht dadurch errichtet, dass die ganze Zeit über Gott und den Weg gesprochen wird. Zuerst werdet ihr euch ein wenig kennen lernen und danach werden sich durch die gemeinsamen Aktivitäten usw. tiefere Kontakte installieren. Das ist sehr wichtig, weil es die Möglichkeit schafft, dass ein Austausch zwischen den Personen entsteht und sich die Freundschaftsbande und die Positivität verstärken. Ich setze – und das wisst ihr ganz genau – immer eine große Menge an Dingen und Situationen in Bewegung. Viele davon sind nur praktikabel, wenn die entsprechenden Personen erscheinen und wenn zwischen ihnen diese Art von Austausch und Harmonie, von der ich spreche, besteht. Wenn die Personen sich integrieren und die richtige Anstrengung in der gleichen Richtung unternehmen, können sie Nutzen für alle sammeln. Denkt daran, dass eine große Menge an Energie durch gemeinsame Aktivitäten produziert wird.

Genauso wie all diese Aspekte von großer Wichtigkeit bei der Durchführung der Aktivitäten der Arbeit sind, ist es auch wichtig, die *richtige Absicht* zu haben. Wenn eine Person oder eine Gruppe von Personen entscheidet, irgendeine Aktivität im Kontext der Unterweisung durchzuführen, dann muss sie es immer mit einer klaren und genauen Absicht tun. Man kann nicht erwarten, dass man in Mailand ankommt, wenn man die Straße nach Sizilien nimmt, das ist für jeden ganz klar.

Eine genaue *Absicht* zu haben heißt, unsere zur Verfügung stehende Energie in eine ganz bestimmte Richtung zu konzentrieren. Dies ergibt die Richtschnur, um eine *positive Aktivität* durchzuführen. Logischerweise, wenn eine *positive Aktivität* existiert, wird automatisch eine negative versuchen, ihre Verwirklichung zu verhindern, egal welche Ebene von Aktivität es ist. In einer Person genauso wie in einer Gruppe besteht immer ein kleiner Teil von Negativität, der versucht einzugreifen, und auch wenn dieser Teil sehr klein ist, ist er immer in einem aufmerksamen Zustand, um dies zu erreichen.

Im Allgemeinen fangen diese negativen Faktoren an zu arbeiten, weil die Personen für sie anfällig sind. Dies geschieht durch den Mangel an *Achtsamkeit*. Ihr seid alle beschützt, denn es steht eine bestimmte Menge an Energie zur Verfügung, aber ich kann euch nicht vor dem Mangel an *Achtsamkeit* beschützen, der durch Dummheit entsteht. Das, was ich euch sage, ist nichts anderes, als euch an die Instrumente und Techniken zu erinnern, die ihr in der *Neuen Phase* zur Verfügung habt und an eure Verantwortung, sie zu benutzen.«

Der Plan

Die Erfahrungen begannen sich zu vervielfältigen. Ich fühlte, dass in uns allen etwas Neues entstand. Wir befreiten uns immer mehr von unseren Konditionierungen, und dies konnte nichts anderes als ein Gefühl der Freude bringen. Zwischen den Personen existierten tiefe Freundschaftsbande, die absolut nichts mit übergroßer Anhänglichkeit, Eifersucht oder krankhaften Beziehungen zu tun hatten. Es existierte eine wirkliche *„Versammlungssituation"*, in der eine besondere Harmonie zwischen uns bestand und in der wir uns alle darüber bewusst waren, dass wir durch ein gemeinsames Ziel vereint waren. Ich konnte ganz klar verstehen, was Alfredo meinte, als er uns sagte, dass eine Gruppe, um sich wirklich in eine solche zu verwandeln, durch viele Etappen gehen müsse und verschiedene Hindernisse überwinden müsse, die durch die verschiedenen Persönlichkeiten der Gruppenmitglieder kreiert wurden. Wenn man bestimmte Etappen überwunden hatte, sagte er, und die Gruppe sich in einer gemeinsamen Anstrengung vereinte, basierend auf einer echten Freundschaft, dann beschleunigte sich das Wachstum.

Bestimmte Dinge, die Alfredo uns sagte und die intellektuell begreifbar waren, vollständig zu verstehen dauerte Jahre und sie konnten nur vollständig durch die Erfahrung verstanden werden. Viele Male dachte ich an die Menge von Personen, die wirklich „suchten" und die sich in Büchern und Meinungen verloren, weil sie glaubten, dass sie durch Studieren und Intellektualisieren etwas erreichen könnten. Dies machte mich traurig. Es machte mich traurig, weil, obgleich ein „Teil" dieser Personen die *Wahrheit* brauchte wie das einzig richtige Nahrungsmittel, das sie zu einer kompletten Entwicklung bringt, der andere Teil eingreift und die Existenz aufs Spiel setzt.

In gewissem Sinn haben die Menschen eine große Verwirrung in Bezug auf das, was „spirituelle" Wege sind. Sie bringen sie mit dem Orient in Verbindung, mit etwas, das eine vorgefertigte Form haben muss, und vermischen alles zu einem echten „russischen Salat": Pseudo-Schulen, Pseudo-Meister pfropfen kristallisierte Systeme aus anderen Kulturen auf, glauben, dass die äußere Erscheinung und das Ritual ausreichend sind, verwechseln den Kontinent mit dem Inhalt. Alles verwandelt sich in etwas Wirres und die Möglichkeit, einen echten Weg zu finden, wird immer geringer.

Ich hatte dies alles persönlich erlebt und trotz der vielen „Zufälle", die mich zum Weg gebracht haben, hätte ich in jedem Moment desertieren und meine Chance verlieren können. Ich erinnere mich, dass Alfredo mir zu diesem Thema folgendes erklärte:

»80 % der sogenannten spirituellen Systeme nützen überhaupt nichts, sie sind Betrug. 15 % sind teilweise gut und funktionieren einzig innerhalb ihrer eigenen Kultur, und nur 5 % sind echte Wege.

Viele der Erfahrungen der sogenannten ‚Heiligen', von denen alle die Religionen sprechen, sind nur Zustände von teilweisem Bewusstsein. Sie hatten diese Zustände für einige Momente, in denen sie mit bestimmten Ebenen der höheren Existenz in Kontakt kamen, und danach kehrten sie zur Welt zurück und litten. Sie litten körperlich. Diese Zustände können sogar zufällig passieren.

Mit einem *echten Weg* versucht man in den Personen einen wirklichen und dauerhaften Zustand zu erreichen, der sich auf allen existenziellen Ebenen entwickelt.«

Ich konnte mir nicht vorstellen, außerhalb des Weges zu sein. Es war, als ob ich immer schon dort gewesen wäre, so wie mir auch die Freunde auf dem Weg den Eindruck vermittelten, sie schon immer gekannt zu haben. Es war schwer zu erklären, aber es existierte mit der Mehrzahl eine Art „Wiedererkennen" von etwas, das uns von vorher verband, ohne dass wir uns gekannt hätten.

Dazu fragte ich Alfredo einmal, wie man einen *Suchenden* erkannte, da er uns immer darum bat, auf die Begegnungen zu achten, die zwar zufällig erschienen, uns aber in Wirklichkeit eine Art Botschaft überbrachten.

Seine Antwort war ungefähr folgende:

»Es gibt keine bestimmte Art, einen *Suchenden* zu erkennen. Das ist eine Fähigkeit, die du mit der Zeit entwickeln wirst. Diese Fähigkeit ergibt sich nicht durch den Intellekt oder durch die Gedanken: das wirst du fühlen und du wirst es wissen. Alle Personen, die mit mir zusammen sind, vertreten meine Energie. Ihr tragt sie in euch selbst, auch wenn ihr sie vergesst. Ein *wahrhaft Suchender*, der wirklich hungrig ist, erkennt auf eine Weise diese Energie, auch wenn er selbst dies nicht bemerkt. In exakt diesem Augenblick wird etwas geschehen. Du wirst irgendeine Art von Information erhalten und irgendein Wort bietet eine Einleitung und erhellt das, was diese Person sucht. Deshalb ist es notwendig, immer *die Antennen aufgestellt* zu haben.

Alle die Personen, die mit mir in der Arbeit zusammen sind, waren dies schon in anderen Leben und in anderen Zeiten der Existenz. Du wirst bemerkt haben, dass es Personen gibt, die dazukommen und den Eindruck erwecken, schon immer auf dem Weg gewesen zu sein. Diese Personen nehmen den Platz ein, der ihnen zusteht, denn wenn man *gerufen* wird, kann man nur folgen. Dieser Weg ist für wenige und es ist nicht einfach dazuzukommen, und zwar nicht, weil er geheim wäre, sondern weil der Mensch sich die Schleier abnehmen muss, die verhindern, dass er den Weg erkennt.«

Die Treffen zum Abendessen spielten eine wichtige Rolle in der Arbeit Alfredos. Es waren Gelegenheiten, in denen sich immer Situationen für eine Unterweisung ergaben und in denen scheinbar nur durch das Zusammensein bestimmte Eindrücke erzeugt wurden, die die Art zu denken und die Dinge zu sehen, an die wir gewohnt waren, veränderten. Bei diesen Gelegenheiten gab es immer irgend eine neue „Zutat", die etwas in uns zerbrach.

Alfredo hat einen großen Sinn für Humor, der manchmal die Leute, die ihn kaum kennen, in Schwierigkeiten bringt. Viele Leute wurden durch Situationen, die Alfredo kreierte, völlig verlegen, Situationen, die da waren, um ganz genaue Anweisungen zu geben. Dies geschah im Allgemeinen dadurch, dass die Personen ihre Aufmerksamkeit auf etwas lenkten, das sie billigen, und sie erkennen nicht, wenn Alfredo eine Situation kreiert, die einen verwirrt oder in Verlegenheit bringt, dass es das ist, worauf man seine ganze Aufmerksamkeit richten muss.

Eine andere Charakteristik der Versammlungen war seine Fähigkeit, die „Situation" zu verändern. Wenn zum Beispiel eine Versammlung zu feierlich war, verwandelte Alfredo sie in eine fröhliche, und umgekehrt. All dies geschah innerhalb von Sekundenbruchteilen und man wurde völlig verwirrt.

Etwas anderes, das meine Aufmerksamkeit in den Versammlungen oder bei den Essen stark erregte, war, dass obwohl die Personen sich unter sich unterhielten, in einem bestimmten Moment, so als ob wir uns abgestimmt hätten, alle still wurden und diese Stille dann den Raum ergab, damit Alfredo uns irgend etwas erklärte. Es war, als ob er selbst uns diese Stille eingeben würde.

Bei vielen Gelegenheiten erzählte Alfredo uns Anekdoten aus seinem Leben, bezugnehmend auf seine Reisen oder auf die Menge an Personen, die in all den Jahren seiner Unterweisung mit ihm in Kontakt gekommen waren. Es waren auch Politiker, Schriftsteller, Wissenschaftler usw. unter ihnen.

Andere Male bezog er sich auf seine Beziehung mit seinem Großvater und auf die Art, wie sein Großvater und sein Vater ihn für die Arbeit, die er tun musste, vorbereitet hatten.

Diese Anekdoten hatten nicht das Ziel uns zu unterhalten, sondern hoben irgendeine Situation hervor, damit wir sie betrachten konnten, da es manchmal unverzichtbar ist, wenn man über bestimmte Aspekte sprechen will, dies auf indirekte Weise durch Sinnbilder oder Anekdoten zu tun.

Ich war auch von der Tatsache überrascht, dass Alfredo auf alle Fragen antwortete, bevor sie ihm gestellt wurden, so als ob er auf das Bedürfnis des Augenblickes antworten würde.

Bei einem dieser Abendessen sprach Alfredo auf besondere Weise über die Rolle des Meisters und über einige Aspekte der Unterweisung:

»Ein Schüler muss einen Punkt erreichen, an dem er sich völlig dem Willen des Meisters unterwirft. Ohne diese Grundbedingung kann er bestimmte Zustände nicht überwinden.

In Wirklichkeit muss der Schüler in seinem Meister Gott sehen. Für den Schüler muss zwischen Gott und dem Meister *der Meister* wichtiger sein, denn nur er kann ihn zu Gott bringen. Dieses Ziel zu erreichen dauert seine Zeit und muss für die Beziehung zwischen Schüler und Meister die Basis sein. Der Schüler darf dem Meister gegenüber keinerlei Vorbehalte haben und muss überzeugt davon sein, dass der Meister nur zugunsten seiner Entwicklung arbeitet und nicht dafür, ihn zufrieden zu stellen.

Es existiert ein großer Unterschied zwischen Wunsch und Bedürfnis. Ein Meister nährt den Schüler mit dem, was er wirklich braucht, und nicht mit dem, was der Schüler glaubt zu brauchen, was sein Wunsch ist. Der Wunsch unterliegt der Herrschaft seines niederen Wesens, das Bedürfnis nährt das höhere oder wirkliche Wesen.

Einem Meister ist der Verstand der Menschen und all ihre Träume egal. Er zerbricht das alles ständig, weil sein einziges Interesse darin besteht, die Essenz des Schülers weiterzubringen, so grausam das auch erscheinen mag. Deshalb muss ein Schüler, wenn er wirklich Nutzen daraus ziehen und wachsen will, den Anweisungen des Meisters folgen. Viele Leute, die mit mir zusammen sind, wachsen beständig in den ersten Jahren, weil sie alle ihre Übungen mit Ausdauer und der richtigen Hingabe machen. Danach fangen sie an, sie nur noch manchmal zu machen, weil sie behaupten, keine Zeit zu haben, um dann dazu überzugehen, sie überhaupt nicht mehr zu machen.

Ich verlange wenige Dinge von den Leuten, und wenn sie nicht dazu fähig sind, diese Dinge zu tun, wie können sie dann erwarten, weiterzukommen?

Die persönliche Übung muss immer gemacht werden, und zwar richtig. Dies produziert immer mehr Licht in der Person. Es wird der Moment kommen, in dem die Flasche gefüllt ist und sich mit dem äußeren Teil in Einklang bringt. Das wird dann das Zeichen sein, dass man bereit ist die *‚Reise'* zu beginnen.

In einer Unterweisung kann es keine wahren Dinge geben, wenn es keine *Klarheit* gibt. Es gibt verschiedene Arten, die Menschen zu behandeln, um *‚Eindrücke'* zu vermitteln und zu erreichen, aber an der Basis von allem muss der aufrichtige Wunsch zu helfen existieren. Meine Arbeit ist sehr schwierig, weil die Leute im Grunde betrogen werden wollen. Wenn man ihnen die Wahrheit sagt, verstehen sie sie nicht.«

Nach einer kurzen Pause zum Wassertrinken fuhr er fort:

»Das, was wir tun, hat keinen Namen. All diejenigen, die einer Unterweisung einen Namen gegeben haben, haben gelogen und verdrehten die Wahrheit. Ich nenne dies die *Neue Phase*, und zwar nicht um ihr einen Namen zu geben, sondern um zu bestimmen, dass dieser Moment die neue Phase der Arbeit repräsentiert, die immer existiert hat, von Anbeginn der Menschheit an. Viele Meister der Vergangenheit und der Gegenwart arbeiteten und arbeiten daran, den *Großen Plan* zu verwirklichen, von dem ich einen Teil kenne – das ist der, an dem ich arbeite, denn ich habe nicht das ‚Alleinrecht'. Den ‚Gesamtplan' kennt nur Gott, und wir sind alle immer in seiner Hand. Viele Leute glauben, dass diejenigen Menschen, die einen echten mystischen Weg gegangen sind, dies nur für ihre eigene Errettung getan haben oder um Anhänger zu haben. Außer dass er diese Dinge tut, arbeitet ein *Mensch Gottes* auch auf kosmischer Ebene.

Ihr dürft nie vergessen, dass meine Arbeit, der ihr euch verpflichtet habt, in Harmonie mit dem *Göttlichen Plan* auf der Erde ist. Viele Ereignisse, die wie Zufälle erscheinen können oder scheinbar kein Ziel haben, gehören zu einem ganz genauen Plan.

Alle die Prozesse, die die Menschheit durchlebt, werden beeinflusst und kontrolliert, damit die *Irrtümer*, die der Mensch begehen kann, ihn nicht von dem Entwicklungsplan des Planeten entfernen.«

* * *

Ein anderes Mal, während ich mit Alfredo spazieren ging, hatten wir eine Unterhaltung über diesen interessanten Aspekt. Alfredo begann folgendermaßen:

»Die Menschheit ist dabei, auf eine höhere Ebene der Existenz überzuwechseln. Viele Denkweisen, die über Jahrhunderte hinweg fest verwurzelt waren, werden zerbrechen und machen den Zugang frei für eine neue Sichtweise der eigenen Existenz des Menschen auf dem Planeten, die ein größeres Bewusstsein für das Universum hat, mit dem der Mensch eine einzige Einheit bildet. Das wird den Menschen dazu bringen, sich von seinen eigenen Glaubenssätzen zu befreien, denn er kann nur auf diese Weise anfangen zu verstehen. Viele Dinge haben schon angefangen zu zerfallen. Als die *Neue Phase* begann, hatte ich den Fall des Kommunismus angekündigt und vorausgesehen. Die Mehrheit der Menschen glaubt, dass dies durch diese oder jene Person geschehen ist. Denke an alles, was darüber geschrieben wurde, an alles, was gesagt wurde. Glaub mir, Juan, alles Worte ohne Wert. Wie viele Menschen starben für diese Ideale. Sie machten sie zum Sinn ihres Lebens und plötzlich, innerhalb kürzester Zeit, war alles zerbrochen.

Durch den Traum, in dem die Menschen leben, können sie nicht richtig erkennen, was geschieht. Aber wenn man mit Aufmerksamkeit beobachtet und mit einem Minimum an Objektivität, dann wird man schnell erkennen, dass bestimmte Säulen zusammenbrechen, sie zerfallen.

Dieser Transformationsprozess wird sich auf den verschiedenen Feldern des Lebens der Menschen vollziehen. Ein ähnlicher Prozess beginnt in den großen Religionen, und der Bruch wird nicht von *außen* kommen, sondern von *innen*.

Juan, es kann nicht anders sein. Es ist notwendig, dass dies geschieht, damit der Mensch sich mit seiner eigenen Evolution im Universum auf eine Linie bringt. Es wird der Moment kommen, in dem viele Dinge stürzen werden, und unter ihnen werden viele falsche Konzepte in Bezug auf die Moral, so wie sie von den Menschen verstanden wird, zerbrechen. Es müssen viele Tabus zerbrechen, hauptsächlich solche, die den Sex verwahren und die ein großes Hindernis darstellen, das die Menschheit überwinden muss. Sex hat mit Moral nichts zu tun, aber fast das ganze Gedankensystem ist auf diesem Aspekt aufgebaut, was sich als Angst und Zwangsvorstellung von der Sünde manifestiert. Es existiert nichts dergleichen. All dies wurde kreiert, um die breite Masse unter Kontrolle zu halten. Es wird der Moment kommen, in dem der Mensch sich davon befreien wird und es so, wie es ist, leben wird. Seine Aufmerksamkeit wird sich auf seine eigene Evolution richten.

Alles dies ist Teil des *Planes*, von dem ich ein Kanal bin, damit diese Dinge geschehen können, und es gibt auch andere Menschen, die daran arbeiten.

Die Menschen werden anfangen, andere Arten von Wahrnehmungen zu haben, und es wird etwas in ihnen etwas aufblühen, das sie nicht verstehen können, aber es wird sie antreiben und zu ihrer eigenen Suche bringen. Dafür ist es notwendig, wie ich dir schon so oft gesagt habe, dass es mehr *Suchende* gibt. Denn auf diese Weise setzt die Evolution ihren Verlauf fort. Wir sind in einer Etappe, in der die zukünftigen Generationen darauf vorbereitet sein werden, den Entwicklungsprozess bewusst zu beschleunigen, und dies deshalb, weil in jeder Epoche mehr Energie angehäuft wird und konsequenterweise werden mehr *Wahrheiten* vermittelt an die, die kommen. Es wird ein Zeitpunkt kommen, an dem die Personen direkten Zugang zu einer bestimmten Art von Information haben werden und wählen können. Aus diesem Grunde, je mehr Menschen an der Arbeit teilnehmen, desto größer werden die Wachstumsmöglichkeiten der Menschen sein.

In den letzten zehn Jahren hat sich die Arbeit aus ganz spezifischen Gründen beschleunigt. Dies ermöglicht, dass die Menschen wegen der Notwendigkeit, eine bestimmte Arbeit zu verwirklichen, sehr schnell wachsen können. Deshalb spreche ich mit euch über die *direkte Wahrnehmung* oder über die *nicht-verbale* Kommunikation. Es gibt keine andere Art es zu machen. Die Menschen, die mit mir zusammen sind, empfangen durch dieses direkte Instrument große ‚Blöcke' von Informationen. Dies entsteht von Zelle zu Zelle, von erweiterter Wahrnehmung zu erweiterter Wahrnehmung, von Essenz zu Essenz. Ihr merkt es nicht, aber ihr seid dabei, mit einer enormen Geschwindigkeit zu wachsen. Wenn dieser Kontakt nicht bestehen würde, wäre dies unmöglich. Diese Daten können nicht durch Worte vermittelt werden. Es würde Jahre über Jahre dauern und selbst dann könnte es nicht getan werden. Die Zeit ist zu kurz.«

Ich war perplex über das, was ich gehört hatte, aber ein Gedanke durchzuckte meinen Verstand wie ein Blitz. Ich dachte an die Periode, die die Menschheit gerade durchquerte, mit Kriegen überall, Katastrophen, Krankheiten. Hatte das etwa auch mit dem „*Plan*" zu tun? Ich fragte Alfredo und er antwortete:

»Die Dinge sind nicht so, wie man denken könnte, weil die Leute nur einen Teil der Dinge sehen können und die Reichweite nicht erkennen können, die die Existenz des Menschen auf dem Planeten einschließt. Das, was wir als etwas Schreckliches auf menschlicher Ebene ansehen, das sich durch Kriege, Katastrophen, Krankheiten manifestiert, hat auf anderen Ebenen der Existenz nicht die gleiche Bedeutung. Natürlich leidet unser menschlicher Teil unter alldem, aber bestimmte Ereignisse können nicht vermieden werden, sie können nur abgeschwächt werden. Das heißt, dass man eingreifen kann, damit es so wenig Leid wie möglich gibt, aber man kann es nicht verhindern. Erinnere dich daran, dass der einzige Grund für die Existenz des Menschen die Evolution ist und dass alle Ereignisse, so gut oder schlecht sie uns vorkommen mögen, in die Evolution eingehen und sich vollziehen müssen.«

Nach einer kurzen Pause fuhr Alfredo fort:

»Es kommt gerade ein Planet der Erde näher und es wird einen Austausch von Wesen geben. Das heißt, dass die Wesen von unserem Planeten, die weniger entwickelt sind, diesen Planeten besetzen werden, sich in für diesen Planeten entwickelte Wesen verwandeln und ihm zu seiner Evolution verhelfen werden. Viele Leute werden unseren Planeten verlassen, es wird Katastrophen geben, Epidemien, Kriege ... und die am meisten betroffenen Gebiete werden immer die am wenigsten entwickelten sein. Nicht alles davon geschieht innerhalb eines vorgeschriebenen Planes. Viele Dinge geschehen durch ‚Irrtümer', die der Mensch begeht, und davon gibt es so viele. In diesen Situationen von *Irrtum*, in denen die eigene Evolution des Planeten in Gefahr ist und auf dem Spiel steht, muss eingegriffen werden, und das ist es, was geschieht. Das Eingreifen kann durch die Zeit gemacht werden: ich kann in der Zukunft eingreifen, in der Gegenwart oder in der Vergangenheit. Wenn zum Beispiel eine Form des Denkens dabei ist zu entstehen, die im Verlaufe der Jahre sich in etwas Gefährliches für den *Plan* verwandeln kann, oder wenn es kurz davor ist, dass irreparable *Fehler* gemacht werden, die die Arbeit behindern würden, muss eingegriffen werden. Dieses Eingreifen kann sich auf viele verschiedene Arten manifestieren.«

* * *

Auf den morgendlichen Spaziergängen, die ich jeden Tag mit Alfredo machte, geschahen manchmal Dinge, die für mich außerordentlich waren. Zu Beginn hatte ich schon seine Fähigkeit erleben können, sich durch die Zeit zu bewegen, denn wir, ich und zwei andere seiner Schüler, hatten ihn einmal an drei verschiedenen Orten zur gleichen Zeit gesehen, und außerdem hatten wir alle drei mit ihm gesprochen!

Es war schon ganz normal, dass er immer auf das, was ich gerade dachte, antwortete, oder er sagte mir inmitten einer Unterhaltung, wobei er meinen inneren Dialog unterbrach, dass diese Art zu denken mich nirgendwohin bringen würde.

Einmal saßen wir auf einer Parkbank, und Alfredo sagte zu mir:

»Sieh dir diesen Herren auf der anderen Seite der Straße an.«

Ich schaute ihn an und sah nichts Besonderes. Nach einigen Sekunden zeigte mir Alfredo auf:

»Jetzt fasst er sich an die Nase, jetzt steht er auf, jetzt kratzt er sich am Kopf und jetzt setzt er sich wieder hin.«

Alles, was Alfredo sagte, geschah genau in dem Augenblick. Ich war überrascht. Ich fragte ihn, wie er das gemacht hatte, und er sagte zu mir:

»Ich habe ihm nur einige Dinge in seinen Verstand eingegeben und er hat sie geglaubt in der Annahme, dass es sein eigener Wille sei, der sie ihm diktiert.

Siehst du, Juan, wenn ich meine Fähigkeiten den Menschen zeigen würde, dann würden sie nur kommen, um sie zu erlernen und nicht wegen eines echten Bedürfnisses nach Erkenntnis. Die Fähigkeiten allein versklaven nur, man muss weiter gehen, viel weiter.«

Manchmal trafen wir Personen, im Allgemeinen alte Menschen, die, wenn sie begannen sich mit Alfredo zu unterhalten, Dinge sagten, die den Eindruck erweckten, dass sie ihn wiedererkannten. Einmal, als wir zu seinem Büro zurückkehrten, trafen wir einen alten Herrn, den wir jeden Morgen am Strand spazieren gehen sahen. Seit langem hatte ich ihn nicht mehr gesehen, und an diesem Morgen trafen wir ihn durch Zufall. Der Alte hielt an, gab uns die Hand zum Gruß und sagte zu Alfredo:

»Ich freue mich, dich zu sehen, Freund der Wahrheit.«

Danach wandte er sich an mich und sagte zu mir:

»Folge ihm immer nach.«

Ich blieb stumm.

Als der Alte gegangen war, erklärte Alfredo mir:

»Er ist kurz davor wegzugehen, deshalb konnte er mich erkennen.«

Er starb zwei Tage später.

Diese Situationen geschahen nicht nur einmal, sondern Dutzende von Malen, und ich hatte mich später so daran gewöhnt, dass ich sie als das, was sie waren, aufnahm.

Eine andere Charakteristik, die ich in Alfredo bemerkt hatte, war, dass er manchmal Sätze inmitten einer Unterhaltung offen ließ, um einen bestimmten Effekt zu produzieren. Einmal saßen wir im Park und Alfredo zog aus seiner Tasche ein Holzrechteck, das mit einer Platte aus Kupfer bedeckt war, in der Inschriften eingraviert waren, die Arabisch oder in einer dem Arabischen ähnlichen Sprache zu sein schienen, und er sagte zu mir:

»Dies ist ein Instrument, das dazu dient zu heilen. Ich habe zu niemandem das Vertrauen, um ihm diese Instrumente zu geben. In Wirklichkeit gebe ich nichts her, sie schnappen sie sich.«

Er sagte nichts weiter. Er steckte es in die andere Tasche und fuhr fort, über andere Dinge zu sprechen. Auf diese Weise gewöhnte er einen daran, dass er Sätze sagte, die in dem Moment, in dem er sie sagte, keine Auswirkung hatten, sondern nur im Laufe der Zeit, und eine Situation vorwegnahmen, die man in der nahen Zukunft erleben konnte.

* * *

Einige Male ging ich in die Falle und vergaß bestimmte essentielle Dinge. Eine dieser Fallen war, niemals zu versuchen, das zu verstehen, was man am Benehmen des Meisters nicht verstehen kann. Ich erlebte gerade eine aufreibende Zeit in mir, denn ich war auf diese Situation hereingefallen und konnte das Benehmen nicht verstehen, das Alfredo in einer Situation gehabt hatte, von der ich auch betroffen war.

Alfredo wusste offensichtlich genau, was für eine Zeit ich verbrachte, und eines Morgens sagte er zu mir:

»Kennst du die Geschichte von El-Khidr und Moses?«

»Nein«, antwortete ich.

»Dann werde ich sie dir erzählen, sie ist sehr interessant.

Moses durchquerte die Wüste und sah von weitem einen Mann, in dem er den Meister Khidr, den Grünen erkannte. Den Meister der Meister, den, der die Menschheit leitete durch diejenigen, die den direkten Kontakt mit ihm erreichten. Moses bat ihn darum, dass er ihn auf seiner Reise begleiten möge. El-Khidr antwortete ihm, dass er ihn begleiten würde unter der einzigen Bedingung, dass er keinerlei Fragen stellen dürfe, egal was er tun würde.

Moses akzeptierte den Pakt, und sie fingen an zu laufen, bis sie zu einem Fluss kamen, der unmöglich ohne ein Kanu überquert werden konnte. Es gab dort ein Kanu, das einem Alten gehörte, und es war das Einzige, das er besaß, um Geld zu verdienen. Khidr einigte sich mit dem Alten darauf, dass sie das Kanu benutzen konnten, den Fluss zu überqueren und an das andere Ufer zu gelangen.

Als sie an das andere Ufer gelangten, machte Khidr ein Loch in das Kanu und ließ zu, dass es vor den Augen seines Besitzers, der verzweifelt weinte, versank.

Moses konnte nicht verstehen, wie ein so spirituelles Wesen Gutes mit Schlechtem vergalt, und sagte es ihm. Khidr erinnerte ihn nur an den Pakt, den sie vereinbart hatten.

Sie gingen weiter, bis sie zu einem anderen Dorf kamen, wo sie um etwas Wasser baten. Niemand wollte ihnen auch nur einen Tropfen geben und man vertrieb sie aus dem Dorf. Während sie weggingen, sah El-Khidr, dass die Mauer eines Hauses am Einstürzen war, und er bat Moses darum, ihm dabei zu helfen, sie zu reparieren. Da sagte Moses zu ihm:

‚Heiliger Mann, ich weiß, dass wir unseren Feinden Gutes tun sollen, aber es ist doch sicherlich nicht nötig, zu solchen Extremen zu gehen.'

Khidr erinnerte Moses nur an den Pakt, den sie vereinbart hatten.

Als sie zu einem anderen Dorf kamen, sah Khidr eine Gruppe von Kindern, die dort spielten. Khidr nahm einen von ihnen und drückte ihn so lange, bis der Junge starb.

Das war zu viel für Moses, der sagte:

‚Großer Heiliger Khidr, ich hörte sagen, dass ein Großer Plan existiert und dass nach dem Übel immer das Gute kommt. Aber das, was ich gerade gesehen habe, ist zu viel für mich. Das, was du gemacht hast, ist nicht richtig und verboten. Ich muss dich sofort verlassen, wenn du es mir nicht wenigstens erklärst.'

Und El-Khidr sagte zu ihm:

‚Ich werde dir sagen, was ich getan habe. Aber wenn ich es dir gesagt habe, dann musst du mich für immer verlassen, denn du hast gezeigt, dass du bestimmte Erfahrungen nicht verkraften kannst.'

‚Ich werde dich auf jeden Fall verlassen', sagte Moses, ‚denn die Unterweisung, die ich in der Vergangenheit erhalten habe, hatte zum Ziel, mich zu einem höheren Wesen zu machen, als all das, was du mir gezeigt hast.'

‚Dann höre gut zu, Moses', sagte Khidr, ‚es gibt immer für alles, was geschieht, einen Grund, und ein Teil des Planes ist nicht vollständig ohne die anderen.

Ich selbst arbeite in Übereinstimmung mit einem Plan, den du nicht sehen kannst. Ich habe nur Kenntnis von einem Teil des Planes, da nur Gott ihn völlig kennt. Auf die gleiche Weise, auf die du größeres Wissen hast als eine unwissende Person, auf diese gleiche Weise habe ich ein größeres Wissen als du. Dieses Wissen lässt mich bestimmte Handlungen ausführen, die den Augen eines Unwissenden unbegreiflich erscheinen können.

Wisse zum Beispiel, dass ein Tyrann dabei ist, alle Kanus zu konfiszieren, um seine Armee zu transportieren. Wenn dieses Boot, das ich versenkt habe, immer noch funktionieren würde, würden es die Soldaten beschlagnahmen und niemals wieder an seinen Besitzer zurückgeben. Da sie es aber nicht benutzen können, lassen sie es dort. Später wird ein Schreiner kommen, es reparieren und es dem Alten zurückgeben.'

Moses fragte dann:

‚Und jene Mauer? Das Schlechte mit dem Guten zu vergelten? War das, um mir etwas zu zeigen, oder um Verdienste zu erwerben?'

El-Khidr antwortete:

‚Die Leute, die in diesem Dorf leben, sind schlecht und grausam. In dieser Mauer ist ein Gefäß mit Gold versteckt, das der Vater einigen Waisenkindern hinterlassen hat. Die Kinder sind noch nicht groß genug, um es in Besitz zu nehmen und das Gold zu beschützen. Wir haben diese Mauer repariert. Auf diese Weise wird sie bis zu dem Tag bestehen bleiben, an dem die Kinder ihr Erbe antreten können.'

Moses fing an, sich beeindruckt zu fühlen und erkannte die Größe der Arbeit, die El-Khidr durchführte. Aber nachdem er den Mord mit angesehen hatte ... kaltblütig diesen Jungen zu ermorden, konnte sicherlich keine Rechtfertigung haben.

El-Khidr sagte zu Moses:

‚Das Kind wurde ermordet, weil es dazu bestimmt war heranzuwachsen und, wenn es gelebt hätte, sich in einen der schlechtesten Männer aller Zeiten zu verwandeln. Durch all die Gräueltaten, die er begangen hätte, wären Millionen Menschen gestorben.'

Da fiel Moses auf die Knie und rief:

‚Oh, Heiliger! Lass mich dich begleiten! Verzeihe meine Unwissenheit und meine Einfältigkeit!'

Aber El-Khidr stimmte nicht zu, und Moses blieb von da an für immer der Gefangene von seinem begrenzten Teil des Planes.«

Die Ausdehnung in Lateinamerika

Immer öfter kamen Personen Alfredo besuchen, die Mitglieder der lateinamerikanischen Gruppen waren. Sie kamen aus Mexiko, Argentinien, Chile, Brasilien, Uruguay, Panama, zusätzlich zu denen, die aus Europa kamen. Alfredo sagte mir, dass ich Gelegenheit bekäme, ein wenig Spanisch zu üben, da ich es sonst vergessen würde.

Die Gruppen in Lateinamerika wuchsen, und dies hatte meine Aufmerksamkeit erregt. Obwohl es immer Gruppen gegeben hatte, die mit Alfredo in Kontakt waren, fingen sie von einem bestimmten Zeitpunkt an, in auffälliger Weise zu wachsen, so als ob sie auf etwas, das geschah, antworten würden. Ich kommentierte Alfredo dies und er sagte zu mir:

»Die Arbeit findet in diesem Moment in Lateinamerika statt. Dort wird sich ein neuer Impuls in der Evolution ergeben, ein neuer kultureller Wechsel. Dies ist der Grund für dieses plötzliche Wachstum, das du beobachtet hast, obwohl es in Wirklichkeit nicht ganz so plötzlich ist. Es ist seit vielen Jahren daran gearbeitet worden, sagen wir gesät worden, und dies ist der Moment, in dem man anfangen kann, die Früchte zu sehen. Die erste ‚Tür' von diesem ersten Erwachen befindet sich in Mexiko und die andere in Argentinien. Wenn Mexiko erwacht, wird ganz Lateinamerika erwachen. Nach und nach werden sich in verschiedenen Ländern Veränderungen auf wirtschaftlicher, politischer und kultureller Ebene in Systemen zeigen, die sich über Jahre aufrecht erhalten hatten.«

Alles, was Alfredo mir zu diesem Thema erklärte, interessierte mich sehr. Zu einer Gelegenheit erzählte er mir, dass einige energetische Zentren an verschiedenen Punkten in Lateinamerika reaktiviert worden seien und erklärte mir die genauen Orte, wo sie sich befanden. Er sagte mir auch, dass Lateinamerika eine Tradition habe, die zu Kolumbus Zeiten begonnen hatte, als es außer den Spaniern auch Juden und Araber gegeben hätte, die die Aufgabe hatten, mit der Reaktivierung von bestimmten energetischen Zentren zu beginnen und sie gleichzeitig vor der Zerstörung zu schützen, die die Kirche überall vollzog. Diese vorbereitende Arbeit wurde über Jahrhunderte hinweg durchgeführt bis zu dem Punkt, an dem die eigentliche Arbeit begann.

Alfredo sprach mit mir auch über die Existenz einer Landkarte, die dreihundert Jahre vor der Entdeckung Amerikas angefertigt worden war, auf der alle energetischen Punkte aufgeführt waren, die aktiviert werden müssen, und auf der mit Präzision angegeben ist, in welchem Jahr die „Techniker" oder besser gesagt die Meister die Aktivierung durchführen müssen.

* * *

Alfredo hatte mich dazu gebracht, verschiedene Zustände zu erleben durch Mittel und Instrumente, die ich nicht als solche erkennen konnte. Durch die Gruppe, für die er mich in den letzten Jahren verantwortlich gemacht hatte, hatte er mir geholfen, eine große Menge an innen liegenden Faktoren zu entdecken, die mir vorher verborgen gewesen waren. Ich fing an, die wahre Bedeutung und den wahren Wert des *Dienens* zu erkennen und wie schwierig es war, dies mit Makellosigkeit zu tun, da sich dahinter sehr subtile Fallen verbargen, in die man gehen konnte. Obwohl man einer anderen Person hilfreich war, konnte sich diese nutzbringende Situation, die wechselseitig war, in eine sehr schädliche für einen selbst verwandeln. Diese Art von Erfahrungen unbeschadet zu überstehen war ziemlich schwierig und in diesem Sinne dienten die Irrtümer, die man innerhalb gewisser Sicherheitsgrenzen beging, dazu zu lernen. Alle diese Dinge wurden von Alfredo kontrolliert, denn in dem Moment, in dem eine Situation der Verantwortung oder des Dienens sich in eine zu gefährliche für eine Person verwandelte, nahm er ihr das Instrument weg, das er ihr gegeben hatte, um in dieser Situation zu wachsen.

Alfredo bereitete, unter vielen anderen Dingen, bestimmte Personen darauf vor, bestimmte Funktionen innerhalb der Arbeit zu übernehmen, und die Verantwortlichkeiten oder die Situationen des Dienens, wie zuvor gesagt, versetzten sie in die Position, dass sie sich objektiv in einem neuen Blickwinkel sehen konnten, so als ob man selbst eine andere Person unter Beobachtung wäre. Bei einer Gelegenheit bezog er sich auf das *Dienen* mit anderen Begriffen:

»Man kann auf diesem Weg alles empfangen, aber es kommt ein Moment, in dem man geben muss, um weiter zu kommen. Geben ohne etwas zu verlangen, ohne irgendeine Anerkennung zu erwarten: dies ist sehr schwierig zu akzeptieren für den Menschen. Das Dienen ist essenziell und es ist der erste Schritt, um den Weg zu gehen. Es repräsentiert nicht das Ziel und es ist das *Minimum*, was ein *Krieger* auf diesem Weg lernen muss.

Du darfst niemals etwas zu deinem eigenen Vorteil tun oder dafür arbeiten oder aus Situationen deinen eigenen Vorteil ziehen. Du musst immer geben, ohne etwas zurückzuhalten, immer das *Mehr* benutzen. Gib den Menschen immer das, was du in den Taschen hast, und stell dir vor, dass deine Hand wie ein *Sieb* ist. Je mehr Wasser durch sie hindurchfließt, desto sauberer ist sie und desto mehr wird sie dir nützen. All das ist in der *Makellosigkeit* enthalten, die man haben muss, und es ist die einzige Weise, aus dem *Dienen* Nutzen zu ziehen und zu wachsen.«

Ich hatte ihm einmal gesagt, dass ich den Eindruck hatte, dass nach seinem Infarkt sich etwas in ihm verändert hätte. Ich wusste nicht was. Ich hatte den Eindruck, dass alles viel schneller geschah. Die Zufälle, die die Personen dazu brachten, den Kontakt mit der Unterweisung aufzunehmen, grenzten ans Unglaubliche. Außerdem hatten viele Personen, die, als sie Alfredo trafen, ohne jede Möglichkeit waren, im Leben voran zu kommen, Erfolg Dank ihm.

Alfredo veränderte das Leben von allen, natürlich immer nur, wenn man wollte und wenn man seinen Vorschlägen folgte. Die Personen, die sich der Unterweisung näherten, wovon der größte Teil junge Leute waren, schienen „bereit" zu sein. Sie waren viel flinker, viel offener. Im Vergleich zu meinen Anfängen überwanden sie bestimmte Hindernisse mit Leichtigkeit, während ich Jahre dazu gebraucht hatte. Das konnte natürlich nur meine Aufmerksamkeit erregen.

Auf meine Überlegungen antwortete Alfredo folgendermaßen:

»Das, was dir wie eine Veränderung vorkommt, ist nichts anderes als eine *Beschleunigung* der Arbeit. Der Wachstumsprozess, den ihr alle durchmacht, ist sehr schnell und das ist offensichtlich. Dieser Beschleunigungsprozess fiel zeitlich mit meinem Infarkt zusammen, das ist kein Zufall … sagen wir, es war notwendig. Der *Mensch Gottes* hat keine Wahl, Juan: er kann sich beklagen und sogar rebellieren, aber er kann nichts dagegen tun. Er gehört Gott und muss seine Funktion erfüllen.

Deshalb sage ich immer, dass die Unterweisung nur durch einen *nicht-verbalen* Kontakt übertragen werden kann. Es ist dir sicherlich schon passiert, dass du Dinge sagst, von denen du nicht weißt, woher sie dir eingefallen sind, so als ob sie dir jemand eingegeben hätte. Dies geschieht, weil ich euch Informationsblöcke übermittle, im Allgemeinen wenn ihr schlaft, weil ihr dann nicht eingreift. Alle diese Daten können nicht anders als durch andere Arten von Kontakt übermittelt werden. Wenn es nicht so wäre, würde es Jahre über Jahre dauern, und die Zeit ist knapp. Es ist keine Zeit für Symbolismen, Rituale – dies ist ein *direkter* Weg ohne Zwischenhändler.

Wenn ich über bestimmte höhere Zustände spreche, ist es unmöglich, etwas, das unerklärbar ist, direkt zu erklären. Ich kann Sinnbilder oder irgendetwas anderes benutzen. Ich könnte nicht mit dir darüber sprechen, wie ich die Dinge sehe und wie sie in Wirklichkeit sind. Ich kann dich nur vorbereiten und dir die notwendigen Techniken geben, damit du es erleben kannst.«

Wenn es etwas gab, das ich lernte und das mir auf dem Weg immer klarer wurde, dann das: *Nicht das zu tun, was man will, sondern das zu tun, was man nicht tun will.* Ich wurde mir dieser Tatsache immer bewusster und einer anderen Sache, die Alfredo immer erwähnte und die für die Arbeit essentiell war: *Der Anstrengung keinen Widerstand entgegensetzen.* Dies war die einzige Art und Weise, alles zu tun, was zu tun war.

Eines Tages, sich auf diese Themen beziehend, sagte er zu mir:

»Ich mache meine Arbeit und kann tausend andere Dinge gleichzeitig tun. Die Leute können das nicht verstehen, weil sie ständig beschäftigt sind. Den Menschen öffnen sich unendlich viele Möglichkeiten, die sie nicht nutzen, und zwar nicht, weil diese Möglichkeiten ein echtes Hindernis darstellen, sondern weil sie kein Selbstvertrauen haben, wegen Widerständen, Ängsten, unnützen Sorgen usw. Man kann eine Person nicht leiten, wenn sie nicht in sich selbst ausgeglichen ist. Man muss mit seiner Lebenssituation zufrieden sein, sie akzeptieren, und wenn sie einmal akzeptiert ist, die größte Anstrengung machen, um sie zu verändern. Der Schlüssel liegt darin, zu tun was zu tun ist. Man hat keine andere Wahl, wenn man vorwärtskommen will.«

* * *

Die Versammlung für Ostern 1991 wurde organisiert. Diese jährlichen Versammlungen, die mit Ostern zusammen fielen, hatten nichts mit dem christlichen Fest zu tun. Sie wurden nur zu diesem Zeitpunkt veranstaltet, weil die Leute einige Tage frei hatten.

Diese Versammlung war sehr wichtig, weil alle lateinamerikanischen und europäischen Gruppen kamen, wodurch eine sehr wichtige Situation für den Austausch zwischen den Personen entstand. Alfredo hatte die Schöpfung einer Gesellschaft angeregt, die er *„Life Quality Project International"* nannte. Diese Gesellschaft funktionierte in allen Ländern, wo es Gruppen gab, und hatte das Ziel, auf verschiedenen Gebieten eine Reihe von Aktivitäten zu fördern, die der Verbesserung der Lebensqualität dienten, sowie die größtmögliche Zahl von Leuten zu bewegen, daran teilzunehmen, auch wenn sie nicht an der Unterweisung interessiert waren. Tatsächlich war das *Life Quality Project* nicht *„der Weg"*. Diese Versammlung setzte viele Aktivitäten in Gang, welche die Personen in den verschiedenen Ländern miteinander in Verbindung brachte.

Es existierte auch eine Gruppe von zahlreichen Ärzten, die Alfredo an die Arbeit gebracht hatte, indem er eine enge Verbindung zwischen ihnen herstellte. Diese Ärzte, Mitglieder der Gruppen von verschiedenen Ländern, arbeiteten die Ideen aus, die Alfredo ihnen vorschlug, hauptsächlich auf dem Gebiet der alternativen Medizin.

Alfredo kannte viele Arten von Therapien und Heilmethoden und es überraschte mich manchmal zu hören, dass einige Ärzte ihn fragten, welche Heilmethode sie für diese oder jene Krankheit anwenden sollten. In Wirklichkeit konnte es gar nicht anders sein, da Alfredo schon echte Wunder bei einigen Personen bewirkt hatte. Ich hatte selbst gesehen, wie viele Personen sich von „unheilbaren" Krankheiten wie Krebs oder anderen kurierten, aber Alfredo sprach nur ganz selten darüber.

Die Energie, die bei dieser Art von Versammlungen zirkulierte, war beeindruckend, aber sie war besonders beeindruckend in dieser Osterversammlung. Nachdem wir eine gemeinsame Übung gemacht hatten, richtete Alfredo einige Worte an uns, in denen er sich kurz auf den „Kontakt" und andere generelle Themen bezog. Er begann folgendermaßen:

»Viele von unseren ausländischen Freunden haben mich nach dem ‚Kontakt' gefragt und darüber, ob sie, da sie keinen physischen Kontakt mit mir haben, etwas verpassen oder nicht den gleichen Nutzen aus der Unterweisung ziehen können wie die, die mir körperlich nahe sind. Auf diese Frage antworte ich, dass ihr immer mit mir in Kontakt seid, und dass dies weder von der Entfernung noch vom geographischen Ort abhängt. Das ist es nicht, was den Schüler voranbringt. Was ihn vorwärts bringt, ist seine Ausrichtung auf die Arbeit und der Kontakt mit der Energie, von der ich ein Kanal bin. Denkt immer daran, dass für einen Meister alle Schüler gleich sind, und alle sind in seinem Herzen.

Ihr dürft nicht vergessen, dass ihr darin nicht allein seid und dass ihr alle nicht nur mit mir in Kontakt seid, sondern auch untereinander.

Der Weg ist ein Synonym für *Freiheit*. Es ist die *Freiheit* dessen, was unverzichtbar ist. Man kann nichts anderes tun als das, was unverzichtbar ist. Man hat keinerlei Wahl. Deshalb ist ‚*Freiheit*' die Freiheit zu wissen, dass man keine Wahl hat. Ihr müsst euch daran erinnern, dass dies kein Verein ist und dass es nicht reicht, sich mittwochs zu versammeln und die Übungen zu machen. Man ist auf dem Weg, weil man nach *Wahrheit* dürstet, was auch beinhaltet, dass man in seinem Leben eine Wahl getroffen hat. Man wurde in einem Reisevehikel akzeptiert, in einem Transportmittel, aber das Benzin oder die Räder oder die Füße zum Gehen muss man selber beitragen. Niemand kann für den anderen gehen. Wenn einen Moment lang die Geschwindigkeit absinkt oder man anhält, weil man sich gut fühlt, dann wird einen die Gruppe weiter drängen. Aber wenn man absteigt, um Blumen zu pflücken oder weil man denkt, dass es woanders interessanter oder unterhaltender oder intelligenter ist und von diesem Reisegefährt absteigt, dann wird man höchstwahrscheinlich, auch wenn man zu uns zurückkehrt, nicht wieder auf den Transport aufsteigen können, denn man wird an der Station anlangen, an der man abgestiegen ist, und dort wird man nur noch die Erinnerung antreffen.

Es ist sehr schwierig, dass eine Person, die ausgestiegen ist, wieder zurückkommt, hauptsächlich deshalb, weil sie uns nicht mehr wiedererkennt. Es ist für sie sehr schwer, dies zu tun. Wenn jemand von Neuem mit Erfolg zu dem Transportmittel zurückkehrt, dann deshalb, weil er auf irgendeine Weise seine Reise mit dem Taxi fortgesetzt hat oder mit einem anderen Verkehrsmittel, das durch den Weg selbst zur Verfügung gestellt wurde.

All das sage ich, weil ich es ständig über Jahre hinweg immer wiederhole, immer das Gleiche. Ich tue dies, weil der Mensch eine große Begabung hat zu vergessen, vor allem aber sich selbst zu vergessen. Sie vergessen, wer sie sind, was sie gewählt haben, was sie dabei sind zu tun. Und wie alles, was uns umgibt, momentan und vergänglich ist – nichts ist ewig, nicht einmal wir selbst – müsst ihr euch ständig und in jedem Moment daran erinnern.

Der Weg, die Neue Phase hat seit einiger Zeit an allen Orten, an denen sie arbeitet, eine Periode der *Expansion* begonnen. Dies wird viele *Sucher* anziehen, die mit Ernsthaftigkeit suchen, und dies wird gleichzeitig mithelfen, dass andere beschleunigt werden.

Ich habe das ‚Motto' herausgegeben, dass sich im kommenden Jahr alles verzehnfacht. Von heute an bis zum nächsten Osterfest wird sich alles verzehnfachen, alles Gute. Und mit Gut beziehe ich mich nicht nur auf den ‚*Geist*', der den Leuten so sehr gefällt: *Alle* guten Dinge werden sich verzehnfachen. Nun gut, einige werden nicht fähig sein, dies auszunutzen. Dies wird nicht meine Schuld sein, so wie auch nicht die Schuld von denen, die Vorteil daraus ziehen werden. Es wird einzig so sein, dass es diese Personen aus irgendeinem Grund verschlafen haben oder hyper-wach sind, das heißt auf falsche Weise wach sind, in einem schlaflosen Zustand. Aus diesem Grund ist es besser, in den Stunden, in denen man schläft, zu schlafen, denn sonst schläft man später mit offenen Augen … wenn man schläft, während man wach sein müsste, dann ist man ganz schön aufgeschmissen.«

* * *

Nach der Osterversammlung kam eine neue Situation der Verantwortung und des Dienens auf mich zu. Tatsächlich hatte mich Alfredo zum *„Allgemeinen Koordinator für Lateinamerika"* ernannt. Dies beinhaltete, in die verschiedenen lateinamerikanischen Länder, in denen Gruppen der *Neuen Phase* existierten, als sein Delegierter oder Abgeordneter zu reisen, die verschiedenen Gruppen also zu besuchen und Alfredo über die verschiedenen Situationen zu informieren.

Natürlich war ich mir nicht sicher, dass ich diese Verantwortung erfüllen konnte, aber Alfredo hatte mich auf irgendeine Weise darauf vorbereitet, dies tun zu können.

Zu einer Gelegenheit bezog er sich auf die Bedingungen, die die Personen haben mussten, die eine verantwortliche Rolle hatten, und sagte zu mir:

»Die *Ergebenheit* ist die grundlegende Bedingung, die der Schüler haben muss, besonders wenn er eine Verantwortung hat oder im Namen des Meisters handelt. Die *echte Ergebenheit*, Juan, ist jene, die spontan aus dem Herzen Gott und dem Meister entgegenströmt. Diese Ergebenheit muss das Resultat der Erkenntnis sein, dass man sich einzig durch die totale Unterwerfung von der Sklaverei der Persönlichkeit befreien kann. Und das Resultat der Erkenntnis der Schranken durch eigene Unfähigkeit sowie richtig die negativen Effekte des dominanten *‚Ichs'* zu sehen. Und die Schranken durch unkritisches Benutzen des Intellektes auf Gebieten, auf denen dieses begrenzte Instrument nicht wirkungsvoll arbeiten kann, da es das Gebiet der *Erkenntnis*, die Domäne der *erweiterten Wahrnehmung* oder der *‚vereinigten Wahrnehmung'* ist.

Die *Ergebenheit* sowie die Unterweisung kann nicht aufgezwungen werden und kann auch nicht durch Argumentation empfangen werden. Sie kann nur von einem echten Meister und kompletten Menschen benutzt werden, der, wenn es notwendig ist, die Methoden und die richtigen Mittel für jede Gemeinschaft, Zeit und geographisches Gebiet erneut anpassen, benutzen oder ausarbeiten kann, und dabei die Fähigkeit von jedem einzelnen Bewerber, Schüler oder Suchendem berücksichtigt.

Aus all diesen Gründen müssen die Beauftragten der Gruppen, die Sekretäre und die anderen, die Aufgaben für die Leute aus unserer

Gemeinschaft übernommen haben, sich immer daran erinnern, dass sie als repräsentierende Abgeordnete des Meisters handeln. Und wenn man dies mit *Makellosigkeit*, Sorgfalt und Ernsthaftigkeit tut, wird der Nutzen für die Schüler genauso sein wie für diejenigen, die direkt aus des Meisters Mund die Lehre empfangen. Jede andere Haltung, die diese Qualität im Namen des Meisters zu handeln nicht mit einschließt und die egoistisch oder persönlich ist, fällt unter die Dynamik der *Welt*, unter das *in der Welt sein* und in die Sphäre der niederen Wahrnehmung. Das wird dann nur zeitweilige Erfolge bringen, der größere Rahmen des Irrtums ist damit vorgezeichnet und der Schaden für sich selbst und für die anderen. Diese Haltung wird Schmerz und Zwänge erzeugen und ich kann dir versichern, dass dies nicht ratsam ist. Juan, es ist notwendig, ein ‚nobler Kanal' zu sein, weil – bis man nicht das vollständige Bewusstsein hat – man den Begrenzungen ausgesetzt sein wird, die durch diese so dichte und chaotische Dimension produziert werden, und man kann dem *Nichtsein* nicht entfliehen.

Präsent sein bedeutet, sich daran zu erinnern, dass man ein Kanal ist und eine Funktion in meinem Namen ausübt.
Präsent sein heißt, ständig zu versuchen, wach und verfügbar zu sein.
Präsent sein heißt, sich an sich selbst zu erinnern, an die anderen, an Gott, in Einheit und Freude.
Präsent in jedem Moment und für immer.«

Alfredo war einen Moment still, dann fuhr er fort:
»Erinnere Dich immer daran:

Die *Ergebenheit* ist eine Qualität und keine Strafe.
Die *Ergebenheit* hilft, die Einheit herbeizuführen.
Die *Ergebenheit* ist Bemühung und echte *Makellosigkeit*.
Die *Ergebenheit* ist der Beginn des echten *Dienens*.
Die *Ergebenheit* an die Gnade ist die totale *Freiheit*.«

* * *

Es verging ein ganzes Jahr, bevor ich begann, die ersten Reisen zu machen. In dieser Zeit sprach Alfredo mit mir über viele besondere

Aspekte in Bezug auf die Arbeit. Zu manchen Gelegenheiten ließ er mich Briefe lesen, die er aus Lateinamerika erhielt, damit ich das Verhalten der Leute beobachten und studieren konnte und sah, auf welche Weise sie durch ihre eigene Dummheit die *Gelegenheit* verpassten, die er ihnen bot.

Andere Male ließ er mich einige Briefe beantworten.

Einmal sagte er mitten in einer Unterhaltung zu mir:

»Juan, glaubst du, dass ich dir in all den Jahren etwas gegeben habe? Nun denn, nein, das Einzige, was ich getan habe, ist wegzunehmen … ich habe weggenommen, nichts gegeben, ich habe dich zerbrochen, ich habe dich nicht aufgebaut.«

Die Tatsache, mit dem Reisen zu beginnen, konfrontierte mich mit vielen neuen Eindrücken und mit der Möglichkeit, selbst festzustellen, auf welche Weise die Unterweisung arbeitete.

Die Arbeit und das Werk Alfredos waren enorm, und seine Gegenwart und seine Energie waren überall. Auf diesen Reisen geschahen viele Zufälle, die so außergewöhnlich waren, dass sie mich ständig überraschten. Alfredo hatte mich schon vor all diesen Dingen gewarnt, indem er zu mir sagte: »Wenn dir außergewöhnliche Dinge passieren, beobachte sie kühl und falle nicht darauf herein. Erinnere dich daran, dass du nicht allein bist und dass du immer in meinem Namen handelst.«

Ich reiste einige Male nach Mexiko und in andere Länder. Die letzte Reise ging nach Argentinien und war für mich eine ganz besondere, da ich vor elf Jahren aus Argentinien fortgegangen war und den „*Kontakt*" mit dem „*Meister dieser Zeit*" gesucht hatte, wie die Personen, die ich kannte, mich angewiesen hatten. Jetzt kehrte ich wieder nach Argentinien zurück als Abgeordneter des Meisters.

Als ich den Verantwortlichen für die Gruppen in Argentinien besuchte, der César heißt und im Süden des Landes lebt, hatte ich eine kurze Unterhaltung mit einer Reihe von Personen, die an der Unterweisung interessiert waren. Einer von ihnen war Adrian. Nachdem die Versammlung beendet war und er sich von mir verabschiedete, hatte ich die Gewissheit, dass er ein „*wahrhaft Suchender*" war. Er kam am nächsten Tag, bevor ich wieder nach Buenos Aires zurückkehrte, zu César nach Hause, wo ich zu Gast war. Er sagte mir, dass er in die Arbeit einsteigen wolle und fragte, was er tun müsse. Nachdem ich ihm erklärt hatte, wie er vorgehen musste, erzählte Adrian mir kurz seine Geschichte, die mit vielen Daten, die Alfredo mir vorhergesagt hatte, übereinstimmte.

Er erzählte mir, dass sein Vater einem spirituellen Orden angehört hatte und dass er folglich in den Schoß dieses Ordens geboren worden war. Der Orden war von einem Italiener Namens Santiago gegründet worden, ungefähr im Jahre 1937. Dieser Mann hatte eine Funktion zu erfüllen in Übereinstimmung mit einem *„göttlichen Plan"*, wie er sagte, da sich neue Ideen und Werke für die Welt vorbereiteten. Don Santiago hatte viele künstlerische und literarische Umfelder beeinflusst, ohne persönlich zu erscheinen. Der Orden weitete sich in verschiedenen Ländern Amerikas aus, mit Argentinien als dem wichtigsten Zentrum. Durch die Veränderungen und die Anforderungen hatte die Arbeit sich beschleunigt, und der Orden konnte sich an diese neuen Veränderungen nicht anpassen.

Don Santiago unterbrach seine Arbeit und ging weg. Er starb 1962, ohne einen geistigen Nachfolger hinterlassen zu haben. Er deutete nur an, dass eine andere Person kommen würde, die die Arbeit weiterführen und beenden würde. Adrian erzählte mir, dass nach seinem Tod die Personen um die Macht kämpften, wie es immer in solchen Fällen geschah. Auf diese Weise begann der langsame Tod der Verkörperung des Ordens, dessen energetischer Körper auf dieser Ebene 1986 völlig ausgestorben war. Der Orden hatte sich in fossile Überreste verwandelt, die völlig kristallisiert waren. Adrian sagte mir, um seine Geschichte abzuschließen, dass ihm Don Santiago im Traum erschienen sei und ihm ein Haus zeigte, zu dem er gehen sollte, denn dort werde der Kontakt mit dem „Meister der Zeit" hergestellt, der beauftragt war, mit der Arbeit fortzufahren und sie zu verwirklichen. Dieses Haus, das ihm Don Santiago gezeigt hatte, war das Haus von César, dem Verantwortlichen der Gruppe von Argentinien für die Arbeit Alfredos.

Epilog

Dieses Buch kann kein Ende haben, denn meine Reise auf dem Weg dauert an.

Ich habe viele Erfahrungen gemacht, und sicherlich werden noch viele auf mich zukommen. Aber eines ist sicher: ich kann nicht mehr zurück.

Aus ganz spezifischen Gründen entwickelt sich die *Neue Phase* und steht allen *wahrhaft Suchenden* zur Verfügung. Und auch wenn Sie es nicht glauben, diese *Möglichkeit* kann für Sie näher sein, als Sie sich vorstellen.

Wenn dieses Buch Ihr Interesse geweckt hat, erreichen Sie uns bei
„Life Quality Project International" unter folgenden Kontaktadressen
„Life Quality Project Germany" befindet sich z.Z. im Aufbau

DEUTSCHLAND

Life Quality Project Germany
Mail: lifeqp@gmx.de
t-online.de

ITALIEN

Life Quality Project Italia
Via San Giovanni in Laterano 190
I-00184 Rome, ITALY
Web: www.lifeqp.it

SPANIEN

Life Quality Project Espana
c/ Jaime I El Conquistador 22
E-28005 Madrid, ESPANA
Mail: j.pmarco@teleline.es

U.S.A.

Life Quality Project U.S.A.
PO Box 939
Scottsdale, AZ 85252, U.S.A.
Mail: lqpnewphase@aol.com

MEXICO

Life Quality Project Mexico
Apartado Postal 40063
C.P. 06140 Mexico, D.F.
MÉXICO
Web: lifequalityproject.com.mx

ARGENTINIEN

Life Quality Project Argentina
Casilla de Correos 60
C.P. 8400 San Carlos de Bariloche
Río Negro, ARGENTINA
Web: www.lifeqp.org.ar

**Zwischen Himmel und Erde
Der Kontakt. Die Initiation.***
von Marco Santello
*Abb. Originalversion
(Winter 2002 bei BoD.de)

Dies ist ein Buch für jeden Suchenden nach der Bedeutung unserer Reise durch das Leben. Es ist die Geschichte der Begegnung eines jungen Mannes mit einem echten Lehrer der Wahrheit – des immer gegenwärtigen, immer verborgenen Weges, der die Menschheit unterstützt.
Es ist ein Zeugnis der Hoffnungen, Zweifel, Ängste, des Durstes nach Wissen und nach Wachstum eines heutigen „Suchers" vor dem Hintergrund einer italienischen Provinzstadt:

- Die tiefe Traurigkeit des kleinen Jungen über den frühen Tod seines Vaters führt zu ersten, wenig klaren Fragen und einer Sehnsucht, das Mysterium des Lebens zu verstehen.
- Die ersten, unsicheren Schritte des jungen Mannes in der Begegnung mit "Spiritualität" in östlichen Disziplinen.
- Eine Reihe von „Zufällen" führt zu außergewöhnlichen Treffen mit einem Lehrer der Wahrheit – verborgen und doch sichtbar, „in" der Welt, doch nicht „von" der Welt.
- Es ist eine Reise zur Selbst-Entdeckung und zum Licht, das in uns allen ist, begraben unter unseren Persönlichkeiten und vergessen durch unsere Ablenkungen und unsere Gleichgültigkeit. Es ist eine Reise zum wahren Herzen, das, fast vergessen, niemals aufgehört hat zu rufen.

Dieses Buch ist Zeugnis der Lehre und der Erfahrungen des Suchenden als Schüler und Freund eines außergewöhnlichen Lehrers, Alfredo, der die profunde Arbeit des Weges repräsentiert und aufrechterhält.